어릿
광대의
동화

어릿광대의 동화 2

초판 1쇄 펴낸 날 | 2018년 5월 23일

지은이 | 네르비
펴낸이 | 서경석

편집책임 | 조윤희 편집 | 이은주, 이예진 디자인 | 신현아
마케팅 | 서기원 경영지원 | 서지혜, 이문영

임프린트 | (MUSE)
주소 | 경기도 부천시 부일로 483번길 40 서경B/D 3F (우) 14640
전화 | 032-656-4452 팩스 | 032-656-4453
이메일 | roramce@naver.com 블로그 | bolg.naver.com/roramce
홈페이지 | http://www.chungeoram.com

발 행 처 | 도서출판 청어람
출판등록 | 1999년 5월 31일 제387-1999-000006호
어람번호 | 제11-0084호

ⓒ 네르비, 2018

ISBN 979-11-04-91719-6 04810
ISBN 979-11-04-91717-2 (SET)

뮤즈는 도서출판 청어람 단행본사업본부의 임프린트입니다.

도서출판 청어람은 언제나 여러분의 소중한 작품 투고와 도서 출간 기획 등 다양한 제안
을 기다리고 있습니다. chungeorambook@daum.net

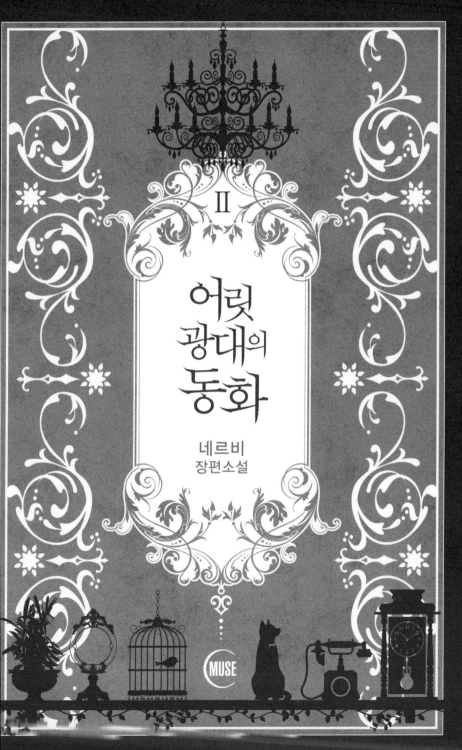

II

어릿
광대의
동화

네르비
장편소설

MUSE

목차

chapter 7. 세상에 공짜 점심은 없다 (2) _ 007

chapter 8. 마녀 _ 107

chapter 9. 불보다 뜨겁고 초콜릿보다 달콤한 _ 209

chapter 10. 너의 이름은 _ 281

chapter 11. 여우와 나무와 샘 _ 355

chapter 12. 달리아 _ 393

chapter 7.

세상에
공짜 점심은
없다
(2)

『이사벨라의 과자집』

그레텔은 숲속 제과점에 걸린 간판을 가만히 바라보았다. 멋들어진 글씨체로 무언가 써 있다는 건 알겠는데, 글자를 모르니 읽을 방도가 없다. 그래도 옆에 그려진 그림은 제법 그럴듯했다.

'과자로 만들어진 집이라니……. 제과점답네.'

글자를 모르는 사람이라도 그림을 보면 뭘 파는 가게인지 바로 알 수 있겠다. 하긴, 이런 숲에서 이렇게 단내를 풍기는 가게는 딱 하나뿐이었으니 모르고 찾아오는 게 더 이상한 일이긴 할 터다. 우연히 발견했다고 하기에는 지나치게 숨겨져 있는 곳이기도 했고.

당연히 그레텔도 용건이 있었다. 몹시 자존심 상하고 기분 나쁜 용건. 그녀는 문 앞에 서서 한참을 망설이고, 망설이고, 또 망설이다가— 결국 크게 심호흡을 하고 문을 두드렸다.

"계세요-?"

문 안쪽에서는 대답이 없었다. 그레텔은 조금 당황했다. 이런 한낮에 자리를 비웠을 리도 없는데 왜 대답이 없는가. 다시 두드렸다. 목청도 조금 더 키웠다.

"계세요-?"

"네에, 있죠."

"히이이익!"

대답은 가게 안이 아니라 뒤에서 들렸다. 툭, 어깨를 건드리는 손길에 기겁한 그레텔이 비명을 지르다 못해 아예 그 자리에 주저앉아 숨을 헐떡였다. 그 격렬한 반응에 벨이 더 놀랐다. 옆구리에 소중하게 끼고 있던 약초 바구니를 팽개치듯 내려놓고 그레텔의 상태를 살폈다. 주저앉은 그레텔에게서는 달콤한 과자 냄새와 향료 냄새가 풍겼다.

"……멀쩡하네. 아니, 젊은 아가씨가 대체 왜 그렇게 놀라요? 내가 더 놀랐네."

"왜, 왜 뒤에서 나타나가지고……."

"남의 가게 앞에 서서 이리 갔다 저리 갔다 하도 빨빨대는 게 웃겨서 구경 좀 했는데 왜요. 그러게 뒤도 좀 신경 쓰지 그랬어요."

멀쩡하다는 걸 알자마자 벨의 태도는 퍽 쌀쌀해졌다. 가게 앞을 얼씬거리는 동종업계 종사자라니, 반갑지 않다. 그새 흐트러진 약초를 수습하는 손길에 짜증이 묻어 있었다.

"비켜요. 문을 막고 있으면 어떡해요?"

멍하니 주저앉아 있던 그레텔이 허둥지둥 일어나 벨의 옷자락을 움켜쥐었다. 벨이 사납게 노려보자 움찔 놀라면서도 손을 놓지 않는다. 결국 벨이 홱 몸을 돌리며 억지로 손을 떼어냈다.

"왜요? 나한테 무슨 볼 일이라도 있어요?"

"주, 주문! 주문하러 왔어요."

"무슨 주문이요? 보아하니 아가씨도 나랑 같은 장사를 하는 사람인데 웬 주문? 내가 아가씨 같은 사람 어디 한둘 본 줄 알아요?"

오래전, 벨을 마녀라고 신고했던 사람도 그녀처럼 제과점을 운영하던 사람이었다. 과자보다는 빵에 좀 더 주력하고 있긴 했지만 어느 정도 영역이 겹치는 것만은 분명했다. 나름 사이좋게 지낸다고 생각했었는데, 벨이 신작 과자 레시피를 개발하고 매출 차이가 급격히 벌어지면서 관계가 매우 소원해졌다. 거기서 끝났으면 좋으련만. 벨이 씩– 미소를 지었다.

"알죠? 내 레시피 욕심내서 날 신고했던 사람들, 내가 어떻게 만들어줬는지."

그레텔은 자기도 모르게 한 발짝 뒤로 물러섰다. 다리 한쪽 제대로 못쓰는 병신인데 분위기가 아주 살벌한 게 무섭다. 안 그래도 마녀재판을 이겨낸 벨이 자신을 신고했던 경쟁업자를 되레 신고하고 그 업자의 재산을 모조리 삼켰던 일은 꽤 유명한 사건이기도 했다.

"그런 거 아니에요."

다 큰 처녀라지만 아직 어린 축에 속하는 그레텔이 슬슬 눈치를 보며 손을 꼼지락대는 모습은 벨에게 아주 약간의 동정심을 불러 일으켰다. 분명 예전에 다 말라비틀어졌다고 생각했던 감정이었기에, 벨은 스스로가 낯설었다.

'누구 덕분에 아주 물렁물렁해졌네.'

함께했던 시간은 겨우 두 달이었다. 혼자 있었던 시간은 그보다 훨씬 길었는데 그들은 겨우 두 달로 벨의 마음을 말랑말랑하게 녹여놓았다. 빈 가게에서 무심결에 데비, 하고 소리 높여 부르다가 화들짝 놀란 게 벌써 몇 번이나 됐다. 혼자 먹기엔 벅찰 정도로 음식을 잔뜩 하는 것도 어느새 버릇이 되었다.

'다신 안 오겠지…….'

납치당한 이의 소식도 궁금하고, 코쉬에게서 말과 마차를 빌려 간 이의 소식도 궁금했다. 하지만 어떻게 일이 흘러가든, 안 좋은 기억이 남았을 카멜르에 다시 돌아올 일은 없을 것이다. 한번 맛본 따스함은 벨을 더욱 깊은 외로움으로 잡아끌었다. 종일 입 한 번 뗄 일 없는 하루하루가 그녀를 좀먹고 있었다.

"그런 게 아니면요. 업자가 왜 내 과자를 주문해요?"

"그, 그게 실은……."

"실은?"

"으, 으으…… 실은 심부름 온 거예요! 대신 주문 좀 넣어달라고!"

그레텔은 간신히 말을 쏟아내고는 화끈거리는 얼굴을 감싸고 주저앉았다. 그녀도 자신의 가게에서 파는 파이가 형편없다는 것쯤은 알았다. 벨의 과자와는 비교할 수조차 없다는 것도. 혀가 있는데 왜 모르겠는가.

"나도…… 이런 거 하기 싫었어요. 아빠 약값만 아니었어도…… 내가…… 내가 남의 가게 과자 주문 심부름까지 다니진 않았을 건데……."

중얼거림에 눈물이 섞였다. 요즘 들어 이상하게 파이가 잘 팔려서 겨우 한숨 돌리나 했는데, 그건 정말 잠깐이었다. 조금 든다

싫었던 손님은 금세 끊겼고, 그레텔은 전보다 더한 가난에 허덕였다. 차라리 가게를 팔아버리라는 주변의 조언이 있었지만 그것만은 싫어 전보다 더 일을 찾아 헤맸다. 그런 와중에 코쉬가 제안을 해왔다.

"그레텔. 그렇게 일이 급하면 내가 하던 거 해보는 게 어때?"

"아저씨는 마부잖아요. 난 말 못 다뤄요."

"아니, 마차 일 말고. 그…… 내가 벨의 가게에 과자 대리 주문을 하고 있던 거 알지? 이제 그거 그만하려고 하거든."

"오, 드디어 호구 탈출이에요? 축하드려요, 아저씨. 벨 그 여자는 아저씨 안 좋아한다고 그렇게 말을 해도 못 알아들으시더니 이제 귀가 좀 트이셨나 보네요."

"그런 거 아니야…… 그냥, 좀 사정이 있어서 그래."

"뭐야. 아니에요? 괜히 축하했네. 그리고 아저씨, 저도 자존심이라는 게 있거든요? 우리 집도 제과점이라면 제과점인데 남의 제과점 대리 주문까지 하고 싶진 않네요."

"그렇지만 네 아빠 약값은 벌어야지 않겠냐. 헨젤 놈이 제몫을 하는 것도 아닌데 너라도 일을 해야지."

정말 자존심 상했다. 파리 날리는 가게를 버려두고 옆 가게 포목점에서 점원 노릇을 하며 돈을 벌 때도 이런 기분은 아니었는데. 자신을 경계하는 벨의 눈초리를 보자 밑바닥에 고여 있던 설움이 왈칵 흘러넘쳤다.

"어차피 우리 가게 파이는 당신네 가게 거랑은 비교도 안 되게 맛없어요. 다들 값이라도 싸서 먹지 아니면 쳐다도 안 볼 거라고 한다고요. 그러니까 그렇게 도끼눈 뜨지 않아도 돼요. 우리 가게 파이는 공짜로 준대도 싫다는 사람 널렸어요."

"으음……."

안 그래도 물렁해진 마음에 비수가 꽂혔다. 벨은 어쩐지 큰 잘 못을 한 것만 같은 기분이 들어 등에서 땀이 다 났다. 코쉬가 요즘 들어 자꾸 오기 싫어하는 티를 내긴 했지만 이렇게 재정 상황이 나쁜 아이에게 일을 떠맡겼을 거라곤 생각도 못했다.

"그만 일어나요."

"……우리 가게 파이가 조금만 더 맛있었으면 좋았을 텐데. 그럼 이렇게 자존심 상하게 대리 주문 따위 하러 올 일도 없었을 건데."

"주문 받으러 왔다면서요. 빨리 일어나요. 안 일어나면 주문 못 받은 걸로 칠 거예요."

벨의 으름장이 끝나자마자 그레텔이 벌떡 일어났다. 조금 전에 울먹거렸던 건 다 뻥이라고 주장하는 듯 얼굴이 보송보송하다. 어 이가 없어진 벨이 헛웃음을 짓는데, 그레텔은 뻣뻣하게 고개를 들고 방긋방긋 미소를 지었다.

"얼른 가게 문 여셔야죠. 주문 받아주신다면서요. 아, 혹시 바 구니가 불편하세요? 대신 들어드릴까요?"

"어머."

"생각보다 무겁네요? 뭘 이렇게 많이 캐셨어요? 전부 허브들이 에요?"

다리가 불편한 벨은 버티는 힘이 약했다. 그레텔은 벨에게서 아주 손쉽게 약초 바구니를 빼앗아 들었다. 바구니에 담긴 약초 들에서 알싸한 향기가 물씬 풍겼다.

"생각보다 훨씬 씩씩한 아가씨였네. 자, 들어와요. 약초 바구니는 저쪽에 두고."

문을 열자 달콤한 향기가 화악 퍼져 나왔다. 파이가게인 그레텔의 가게와는 조금 다르지만, 달콤하고 새콤하고 고소한 향기가 입맛을 자극하는 건 똑같았다.

그레텔은 슬슬 벨의 눈치를 보며 가게 안을 살폈다. 벨의 가게는 깔끔하게 정돈되어 있었는데, 역시 주문을 받아 과자를 파는 집답게 가게 내에 보기 좋게 전시된 과자는 거의 없었다. 보존기간이 긴 잼과 절임들이 주로 보이고, 그나마 이미 만들어진 과자들도 뚜껑 달린 바구니에 담겨 알아보기가 힘들었다.

"이름이 뭐예요?"

"……네? 네? 제 이름이요?"

"주문받으러 왔다면서요. 이제 자주 볼 텐데 이름은 알아야죠."

"네……. 저는 그레텔이에요. 성은 따로 없고, 오빠 이름은 헨젤이고요."

그레텔이 왜 헨젤의 이름을 언급했겠나. 헨젤이 하도 벨, 벨, 하고 노래를 불러대니 그 꼴이 보기 싫어 이름이라도 알았으면, 하고 입에 담은 것이다. 그 헨젤이 얼마 전까지 벨의 뒤를 따라다니던 그 남자라는 걸 알았다면 벨의 반응이 조금 달랐으련만, 거기까지 알 리 없는 벨은 그저 부드럽게 웃었다.

"오라버니 이름까지 알려줄 필요는 없는데. 후후. 점심은 챙겨 먹었어요?"

"아뇨……."

"그럼 먹고 가요. 내가 아침을 너무 많이 해놔서, 음식이 좀 남네요."

먹을 것을 준다는데 사양할 수 있을 리가 없다. 그레텔은 반짝반짝한 눈으로 고개를 끄덕였고, 벨은 그 모습이 마치 음식을 기다리던 연두와 같아 또 웃음을 흘렸다.

잘 구운 빵, 고기가 듬뿍 들어간 스튜, 숲에서 따온 허브들로 만든 샐러드. 벨이 내온 점심식사는 풍성하고 맛있었다. 요 며칠간 음식 같지 않은 음식으로 끼니를 잇고 있던 그레텔에게는 천국에서의 식사나 마찬가지였다. 그녀는 예의도 체면도 모두 잊고 식탁에 달려들었다.

"그렇게 먹으면 체해요. 자, 여기 물."

감사 인사조차 없었다. 그레텔은 벨이 내민 물을 단숨에 마셔 버리곤 다시 식사에 탐닉했다. 이렇게 맛있는 음식을, 이렇게 배부르게 먹어본 게 대체 얼마만의 일인지. 팔리지 않은 파이를 몽땅 솥에 던져 넣고 물을 부어 끓인 죽은 그저 죽기 싫어 먹는 무언가지 음식이 아니었다.

큰 그릇에 담긴 스튜를 바닥까지 긁어먹었고 조금 남은 빵으로는 스튜 그릇을 닦아가며 먹었다. 그 뒤 새콤한 소스가 뿌려진 샐러드가 바닥을 보이고 나서야, 그레텔은 벨이 내온 음식을 자기 혼자 거의 다 먹어치웠다는 사실을 알았다. 스튜야 한 사람에 한 그릇이었다지만 빵과 샐러드는 한 접시였는데 벨은 내내 스튜만 떠먹고 있었던 것이다.

'창피해······.'

배가 부르고 나자 가출했던 염치가 돌아왔다. 얼굴이 새빨갛게 달아오른 그레텔이 슬금슬금 벨의 눈치를 보며 포크를 내려놓았다. 벨의 그릇에는 아직도 스튜가 절반이나 남아 있었다.

"모자라지 않아요?"

"아, 아뇨! 아뇨, 아뇨, 충분해요. 잘 먹었습니다."

"더 먹고 싶으면 얘기해요. 더 있으니까."

더 달라고 하는 건 그레텔의 자존심이 용납하지 않았다. 가난해도 자존심은 있는 법이었다. 가난해도, 배고파도, 그렇기에 더욱 놓을 수 없는 자존심. 누군가는 자존심이 밥 먹여주냐고 손가락질을 하겠지만, 그거라도 있어서 아득바득 살아가는 사람도 있기는 한 것이다.

벨은 그런 그레텔의 기색을 민감하게 눈치챘다. 정신을 차리지 못하고 식탁에 달려들어 먹어치울 땐 자존심이고 뭐고 다 팔아치운 줄 알았더니 그건 아니었던 게다. 끊임없이 눈동자가 흔들리고 손가락을 꼼지락대면서도 끝끝내 입을 다무는 게 몹시 귀엽게 느껴졌다. 벨은 그레텔이 눈치채지 못하게 속 안으로 웃음을 삼켰다.

"어디서 얼마나 주문을 했던 건지는 기억해요?"

"네. 안 까먹으려고 계속 외우면서 왔어요."

돈 받으며 하는 일이다. 그레텔은 숲을 가로지르는 내내 외웠던 것들을 한 글자도 틀리지 않고 줄줄 외웠다. 벨에게는 익숙한 고객 명단에 익숙한 주문 내역이었으니, 한번 듣는 것만으로 금세 고개를 끄덕였다. 변동은 크지 않았다.

"어, 한 번 들으셨는데 괜찮아요?"

"네에. 그레텔이라고 했죠?"

"네."

"과자는 어떻게 가져갈 셈이죠? 무거울 텐데요."

"저 힘세요. 괜찮아요."

미심쩍은 눈으로 바라보는 벨을 향해 그레텔이 팔뚝을 걷고 근육을 보여주었다. 그래봤자 계집아이 근육인지라 어설프기 짝이 없었지만 말이다. 벨은 큰 바구니를 꺼내 과자들을 담기 시작했다.

"혹여 과자를 바닥에 떨어뜨리기라도 하면 그레텔이 손해를 물어야 해요. 알죠?"

"……그, 그럼요!"

"좋아요. 대금은요?"

그레텔이 치마 안쪽에 매달아두었던 주머니를 꺼내 내밀었다. 그레텔의 가게 석 달치 수입보다 많은 금액인지라, 잃어버리기라도 할까 봐 얼마나 무서웠는지.

금액을 헤아려 본 벨이 만족스럽게 고개를 끄덕였다. 한두 푼은 없어졌을 줄로 알았는데 틀림이 없다. 이래서 자존심 강한 아이들이 좋다. 제 마음에 흠이 생기는 걸 견디지 못하니까. 벨은 주머니 안에서 동전 몇 개를 꺼내 그레텔을 향해 던졌다. 팁이었다.

팁을 줄 거라곤 생각지도 못했던 그레텔은 겨우 두 개의 동전을 받아냈고, 나머지는 바닥에 떨어져 데굴데굴 굴렀다. 그레텔은 벨을 쳐다볼 새도 없이 바닥에 달려들어 동전을 주워 모았다. 늘 재빠르게 동전을 낚아채던 코쉬를 생각했던 벨이 뒤늦게 어깨를 움찔거렸다.

"아무튼 난 정직한 사람을 좋아하고, 그레텔은 거기에 합격했어요. 이번에 배달까지 제대로 잘 해내면 다음에도 그레텔이 와도 좋아요."

"저, 정말이요?"

"싫어요?"

"아니요!"

싫을 리가 있나. 그레텔은 다 주워 모은 동전을 갈무리하며 행복하게 웃었다. 자존심 조금 꺾은 것만으로 이 정도 돈을 벌 수 있다니, 정말 수지맞는 장사가 아닌가. 가슴 한쪽을 묵직하게 눌러오는 갑갑함은 애써 무시한 웃음이었다.

벨이 배달할 과자 바구니와 함께 다른 작은 보퉁이를 내밀었다. 거기엔 팔기에는 시간이 좀 지나 아슬아슬한 과자 몇 개와, 모양이 망가진 과자 몇 개, 신작 레시피를 실험하다가 망한 과자 몇 개, 그리고 아침에 만든 빵이 조금 들어 있었다.

"이건 가면서 먹고. 남으면 식구들이랑 나눠 먹어요. 내가 혼자 처리하기에는 너무 많아서 주는 거니까 신경 쓰지 말고."

"아…… 감사합니다."

"뭘요. 가는 길에 짐승 조심해요."

그레텔은 천천히 걸었다. 양손이 무거웠다. 달콤하고 좋은 냄새가 양쪽에서 풍겨오는데, 늘 맡기만 해도 행복해지는 그런 냄새였는데- 왜인지 눈물이 났다. 새하얀 햇살이 쏟아지고 사박사박 밟히는 풀이 기분 좋은 숲길을 걸으면서, 그레텔은 내내 울었다.

그날 이후 그레텔은 벨의 가게에 들어가는 주문을 도맡아 가져왔다. 좀체 카멜르 성에 오지 않는 벨을 대신해 영업이라도 하는 건지, 나날이 주문량이 늘었다. 벨은 떠나간 두 사람의 빈자리를 느낄 수도 없을 정도로 정신없이 바빠졌다.

"벨, 아직 덜 된 거예요?"

"조금만 기다려요. 식기만 하면 되니까. 그레텔이 주문을 맡아 주고 나서부터 갑자기 주문량이 확 늘었네요. 좋기는 한데 너무 힘들어요."

벨이 뻐근한 어깨와 팔을 주무르며 한탄했다. 재고가 급격히 줄어드는 건 좋지만 혼자서 소화하려니 그야말로 죽을 맛이었다. 곧바로 다음 과자의 반죽을 해야 하지만 쿠키가 식는 동안 잠깐 쉴 틈이 있었다. 의자에 기대앉는 짧은 휴식이 꿀처럼 달다.

테이블에 앉아 발을 흔들고 있던 그레텔이 벨의 입에 과자를 들이댔다. 기다리는 동안 먹으라고 벨이 내준 것이었다. 요 며칠 새 몰라보게 뽀얗게 살이 오른 뺨에 예쁜 볼우물이 패였다.

"주문을 많이 받아오면 벨이 팁을 더 주잖아요. 저 여기저기에 열심히 홍보했어요. 앞으로는 더 많이 팔 거예요!"

"이것 참 부담스러울 정도네요. 더 주문이 늘어나면 나 혼자서는 손이 달려요. 이제 적당히 쳐 내는 게 좋겠어요."

"어, 어, 왜요? 팔 수 있을 때 많이 팔아야죠. 아무리 맛있는 과자라도 시간이 지나면 다들 시들해지는걸요."

"어머나……. 그런 걱정을 하고 있었어요? 괜찮아요. 내 과자는 그렇게 쉽게 질리지 않아요. 그리고 질리면 또 어때요? 새로운 과자를 팔면 되는데."

벨은 아주 재미있는 말을 들었다는 듯, 대수롭지 않게 웃었다. 벨의 여유는 그녀의 실력과 경험으로부터 나왔고, 그건 그레텔에게 몹시 신선한 충격이었다. 그렇게나 비싼 과자를 팔면서도 팔리지 않을 걸 걱정하지 않아도 된다니.

'나도 그런 과자를 만들 수 있다면 좋을 텐데. 실패했다고 주는 과자를 내다 파는 것만으로도 돈이 되는데, 진짜 팔 만한 과자를 팔면 얼마나 벌까? 엄청나겠지?'

그레텔의 가게는 카멜르 성의 안쪽에 있었다. 레시피를 배우기만 한다면, 대리 주문 심부름을 하고 버는 돈 따위는 우스워 보일 정도의 돈을 벌 수 있을 테다. 안 그래도 먹으라고 주는 과자를 팔아 버는 돈이 상당한 상태였다. 그레텔은 문득 벨이 벌어들이는 돈을 어림잡아 계산했다가 그 어마어마한 액수에 그만 아찔해졌다.

"벨, 날 도제로 삼는 건 어때요?"

"음?"

"어릴 적부터 파이 반죽하는 걸 보면서 자랐어요. 제법 손이 야무지다고 칭찬도 많이 받았고요. 벨이 날 도제로 삼아서 일을 하면, 지금보다 훨씬 쉽고 빠르게 많은 과자를 만들 수 있을 거예요."

당장 도제로 받아들이라는 듯 당당한 태도가 몹시 당혹스럽다. 벨은 그만 어이가 없어 웃음을 터뜨리고 말았다. 그레텔은 아직 어렸다. 세상이 다 제 것 같고 못할 게 없을 것처럼 느껴지는 나이라는 걸 알고는 있지만 이렇게 노골적으로 나오는 건 처음 보았다.

"자신만만한 건 좋지만, 조금 황당하네요. 그레텔의 가게에서 파는 파이는 카멜르 성에서 가장 맛없는 파이라면서요? 그런 솜씨로 내 도제를 하겠다고요?"

"레시피가 엉망이라서 그래요. 좋은 레시피가 있다면 잘 만들 수 있어요."

"레시피를 얻어갈 생각 말고 개발할 생각을 해야죠. 난 내가 하는 걸 따라 하기만 하려는 도제는 필요 없어요."

"당장 먹고 살기도 힘든데 개발을 어떻게 해요? 꾸역꾸역 가게 여는 것도 어려웠단 말이에요."

"내가 그걸 왜 고려해야 하죠? 어차피 안 팔렸다면서요. 팔리지도 않을 파이를 만드느라 쓸 재료가 있었다면 차라리 그걸로 새 파이 연구를 했어야죠."

연두에게 일상요리를 가르치던 것과는 사정이 달랐다. 도제로 삼는다는 건 벨이 가진 기술 전부를 가르치고 전수한다는 의미였다. 이왕 도제를 받을 거라면 좀 더 발전적인 사람을 원하는 게 당연했다.

"아주 억울해 죽을 것 같은 얼굴이네요. 사정이 있다고 말하고 싶은가요?"

"사정이 있는 게 당연하죠. 그 엉망인 파이를 만들 재료라도 사려면 나가서 일을 해야 하고, 일을 하다보면 레시피 개발은 꿈도 꿀 수 없단 말이에요. 어떡해요, 식구는 넷이어도 버는 건 나 혼자인데! 시간이 없었단 말이에요!"

"그랬군요. 혼자서 벌어 가족을 먹여 살리다니, 아주 대견해요. 그래서 이제 내 기술을 배워다가 그레텔의 가게에서 팔고 싶은가요? 그럼 좀 편하게 돈 벌 수 있을 것 같아요?"

벨이 몸을 일으켜 그레텔을 내려다보았다. 그 서늘한 시선에 압도당한 그레텔은 가늘게 몸을 떨었다. 다리도 제대로 못 쓰는 병신인데, 세차게 밀면 버티지 못하고 넘어져 버릴 병신인데 도무지 몸을 움직일 수가 없다.

"어, 어떻게……."

"장인으로서의 자부심도 없이, 돈벌이용으로만 기술을 취급하는 사람을 도제로 들이고 싶지 않아요. 그레텔이 힘든 상황이었다는 건 알겠지만 그렇다 해도 그게 모든 변명이 될 수는 없어요."

"……."

"내가 하는 말이 무슨 뜻인지 잘 알겠죠? 도제 운운하는 얘기는 이쯤에서 끝내죠. 내준 과자나 마저 먹으면서 기다리고 있으세요. 금방 다음 과자를 만들어올 테니까."

그레텔은 더는 도제 얘기를 꺼내지 못하고 입을 다물었다. 장인으로서의 자부심, 이라는 말은 여기저기에서 많이 들어보았다. 옆 건물에서 포목점을 운영하는 재봉사도, 건넛집에서 장사하는 대장장이도 그런 얘기를 하며 그레텔을 거절했으니까. 다들 그레텔을 점원 취급할 뿐, 기술 한 자락 가르쳐 주기를 거부했다.

그땐 본래 가진 업종이 달라서 기술을 가르쳐 주지 않는 거라고만 생각했었는데, 벨에게서도 같은 말을 들을 줄은 몰랐다. 그레텔은 생각에 잠겨 빨간 입술을 잘근잘근 씹어댔다. 좀처럼 고치지 못한 버릇이었다.

'그 자부심이라는 게 대체 뭔데 다들 그 난리지? 어차피 돈 벌려고 기술 익히는 거 아니야? 하여간 다들 쓸데없이 비싸게 굴어.'

그레텔은 길게 자란 풀을 괜히 짓밟으며 발을 재촉했다. 계절은 어느새 완연한 여름이라, 벨의 가게에서 카멜르 성으로 가는 길목은 온통 길게 자란 풀이 늘어져 있었다. 손에 들린 바구니도 무거운데 치맛자락을 건드리는 풀이 짜증스러웠다.

구불구불한 숲길을 얼마나 걸었을까, 저 멀리서 낯익은 남자가 손을 흔들며 달려왔다. 그레텔의 오라비인 헨젤이 동생을 마중 나온 것이다. 그는 만면에 미소를 띤 채 그레텔의 손에서 바구니를 빼앗아 들었다. 고마운 일인데 그레텔의 표정은 영 좋지가 않다.

"또 왔어? 오지 말라니까 왜 자꾸 쳐 와. 가게 좀 보고 있으라니까 내 말은 말 같지가 않지?"

"괜찮아. 다 팔렸다구. 가게 문도 잘 잠그고 왔으니까 걱정 안 해도 돼. 그리고 내가 왜 왔겠어? 다 너 도와주려고 온 거지. 무섭잖아."

"날 도와주려고 왔다니, 퍽이나 그렇겠다. 입에 침이나 바르고 거짓말해. 벨은 오빠 얼굴도 모르고 관심도 없는데 이렇게 주변을 백날 맴돌아서 뭐 어쩌잔 거야?"

헨젤은 뜨끔한 마음에 괜히 시선을 피했다. 머리로는 아는데 좀체 마음이 따르질 못하는 걸 어쩌란 말인가. 짐승의 내장을 흩뿌리는 끔찍한 꼴을 보고 나서도 끌리는 건 변함이 없어, 자꾸만 꿈에 그녀가 나와 아랫도리를 적시곤 했다. 지금도 그는 그레텔의 어깨 너머로 흘끔흘끔 시선을 던지는 걸 멈추지 못하고 있었다.

오라비의 그런 한심한 모습이 그레텔의 화에 불을 붙였다. 나막신 신은 발로 정강이를 걷어차고 등짝을 두드리며 신경질을 부린다.

"그렇게 좋으면 당장 가서 내가 헨젤이요, 당신을 좋아하오, 말이라도 붙여보든가. 갑갑해 죽겠네."

"그건 좀……."

"그러지도 못할 거면서 왜 오냐고, 왜. 아, 가까이 가지도 못할 거 그만 기웃대고 앞장 서! 도와주러 왔다며?"

"알았어, 알았다니까. 하여간 계집애 주제에 지독해 가지고 잔소리만 많아."

"흥, 그러는 너는 계집애가 벌어오는 돈으로 먹고사는 주제에 말이 많아. 빨리 가, 빨리 가라고. 하여간 허우대만 길쭉해 가지고 쓸데가 없어."

"오라비한테 너라니, 말버릇 나쁜 거 봐라. 야, 예전에 집 한번 망할 뻔했을 때 부모님이 너 내다 버린다는 거 내가 막아줬던 거 기억 안 나? 그 다음에 진짜 버려졌을 때에도 내가 너 도로 데려 왔잖아. 그때 맞아가지고 내가 여태 다리 저는 거 까먹었어?"

헨젤이 뽐내듯 어깨를 폈다. 반면 그레텔은 애써 외면하고 있던 오래된 죄책감이 도로 피어오르는 것에 그만 미간을 찌푸리고 말았다. 그때는 꽤 믿음직하고 멋진 오빠였던 거 같은데, 어떻게 이렇게 멍청하고 쓸모없는 인간으로 자랐는지 알 수가 없다.

"기억이야 하지. 근데 그걸 써먹기엔 좀 너무 옛날 일 같지 않아?"

"하여간 계집애라 의리를 몰라. 목숨을 구해줬는데 옛날 일이 라고 헛소리하는 거 봐."

"시끄러워. 그러는 너야말로 먹여 살린 의리나 좀 갚아봐라. 내가 벌어 먹인 게 대체 얼마야? 다리만 좀 절지 사지 멀쩡한 남정네 주제에 광산 일은 힘들어서 못해, 가게 일은 창피해서 못해, 기술 배우겠답시고 들어가는 곳마다 문제 일으키고 쫓겨나. 아주 잘하는 짓이다."

"내가 조금 노는 거 가지고 그런 식으로 말하면 쓰냐. 내가 벨 저 계집이랑 결혼만 해봐. 그럼 그년이 버는 돈이 다 내 거가 되는 거라고. 이런 과자부스러기 팔아서 버는 돈은 비교도 안 될걸. 야, 그때 가서 아 내가 오라버니에게 좀 더 잘할걸, 뭐 이런 후회하지 마라."

"지랄하고 있네. 차라리 낳지도 않은 새끼 돼지로 통구이를 해 먹겠다고 하지, 왜. 그리고 바구니 흔들지 말라고 내가 몇 번이나 말해? 그따위로 흔들면 실패작들은 다 부서진다고 내가 얘기 했어, 안 했어? 가게에서 팔려면 모양이 그럴듯해야 한다고 했잖아."

"에이씨, 우리 먹으라고 주는 거라며. 근데 그걸 꼭 팔아야 돼? 망가지면 그냥 먹으면 되잖아."

"그거 판 돈으로 어제 고기 스튜 먹었던 걸 벌써 까먹다니, 네 머리통은 진짜 답이 없구나. 과자쪼가리 먹는 거보다 배부른 게 훨씬 좋다며?"

"별걸 다 기억하고 있어……."

입이 막힌 헨젤은 구시렁대기를 그만두었다. 귀엽게 생긴 외모와는 달리 성격 억센 여동생을 말로 이길 자신이 없었다. 무슨 말을 해도 지는 법 없이 받아치니 입을 다무는 게 이기는 것이다.

하나 몹시 짜증난 상태인 그레텔은 입을 다문 헨젤의 등에 말로 만든 칼을 푹 쑤셔 넣었다. 항복한 상대를 쑤시기에는 그 칼이 몹시 날카롭다.

"기억 못하는 네가 이상한 거야. 하긴, 제 손으로 돈을 벌어서 가족들 입에 뭘 넣어봤어야 돈 귀하고 음식 귀한 줄 알겠지."

이죽대는 얼굴에 지친 기색이 완연했다. 어린 나이에 짊어진 짐이 무거웠다. 고단한 삶을 살면서도 차마 가족을 향하지는 못하던 원망이 벨을 향해 쏟아졌다.

'그깟 도제가 뭐라고 그렇게 거절을 해? 그냥 싫으면 싫다고 할 것이지, 자부심 같은 웃기는 소리나 하고 말이야. 숲에 처박혀 사는 다리병신 주제에 돈 좀 번다고 유세는. 내가 그 기술 못 배울 거 같아?'

질겅질겅 씹힌 입술에서 피가 배어나왔다. 그레텔은 핏물 섞인 침을 퉤, 내뱉고 발을 재촉했다. 어느새 훌쩍 멀리 간 헨젤이 빨리 오라고 손짓을 하고 있었다.

그렇게 풀숲을 가로질러 걸어가는 오누이의 뒤에서 풀숲이 바스락거리며 흔들렸다. 그리고 길게 자란 풀 사이로 빨간 털가죽을 쓴 여우 한 마리가 빼꼼이 고개를 내밀었다.

유독 큰 귀. 벨이 먹이를 주던 여우다. 그녀에게 먹이를 얻어먹던 새끼 여우가 어느새 훌쩍 자라 어엿한 성체가 되어 있었다. 여우는 까만 눈으로 멀리 사라지는 오누이의 뒤를 바라보다가 다시 풀숲 속으로 모습을 감췄다.

여름날의 숲길은 다시 조용해졌다.

❂

준규의 뒤로 숨어드는 연두를 보며 니니스는 쓴웃음을 지었다. 관리자가 부재중인 드림랜드를 찾아올 정도의 욕망이 무언지 짐작이 가서였다.

'나 같은 마녀에게 눈도장이 찍힌 것도 모자라 저런 남자까지 달고 다니다니, 그 아가씨 참 죄 많은 아가씨야.'

진짜 연두의 팔자가 어떻든, 니니스는 당장 눈앞에 있는 연두에게 집중했다. 그 몸을 만든 건 자신이지만 움직이게 하는 건 자신이 아니니, 그런 인형은 처음이었다. 인형의 집에 자리 잡은 인형들과는 어디가 어떻게 다를까. 마녀의 눈이 호기심에 가득 차 반짝거린다.

연두는 그런 니니스의 시선이 두렵고 싫은 모양이었다. 준규의 옷자락을 쥔 손이 바들바들, 가여울 정도로 떨리고 있으니. 그녀가 겁을 낼수록 준규의 경계심 또한 높아졌다. 불안정하게 흔들리는 연두의 호흡이 그의 신경을 바짝 곤두세웠다.

니니스는 준규가 겨누는 검 앞에서도 여유롭게 웃었다. 얇은 블라우스가 에어컨 바람에 살랑거리며 그녀의 몸에 찰싹 달라붙었다.

"입으로는 그 사람 자체가 좋다고 하면서, 사실은 자기가 원하는 모습이 되어주기를 바라지. 상대가 그걸 거부하면 분노하고, 수용하면 만족해."

"무슨 말을 하는 거야?"

"지금 네 꼴을 두고 하는 말이야. 네 눈엔 저 인형이 정말 연두 씨로 보여? 아, 이 무슨 싸구려 괴담 같은 대사인지. 말하면서도 민망하네."

"멀쩡한 사람을 두고 인형이라니, 날이 밝는 대로 병원에 가는 게 좋겠어. 물론 정신과로 가야겠지? 내가 괜찮은 병원을 알고 있는데 소개시켜 주지. 거기 의사들이 실력이 제법 괜찮아. 고객 최우선 병원이지."

그 병원이란, 준열을 VIP 고객으로 둔 병원이었다. 준규는 아직 한 번도 이용해 본 일이 없지만 집안을 밝히는 것만으로도 최상의 서비스를 해줄 게 틀림없다. 비록 그 서비스란 것이 세간에서 생각하는 그런 서비스는 아닐지라도.

그런 내막은 몰라도 뉘앙스만은 확실하게 전해졌으련만, 니니스는 그저 웃기만 했다. 정신병원에 가두겠다니, 그녀가 이제까지 살아오면서 들어본 협박 중에서 그처럼 온건하고 상냥한 협박도 드물 것이다.

"됐어. 한 번에 알아들었으면 더 놀랐을 거야. 아무튼 좀 비켜

봐. 그 더미 구경 좀 하자."

준규는 더 상대할 필요성을 느끼지 못했다. 그는 대답을 하는 대신 단번에 거리를 좁히며 검을 내질렀다. 연두에게 온통 시선을 두고 있던 니니스의 반응은 조금 느렸고, 덕분에 고개를 젖힌 그녀의 뺨에는 검이 스쳐 지나간 빨간 줄이 생겨났다.

준규가 다시 자세를 잡았을 때, 니니스는 이미 자리를 옮긴 뒤였다. 방심을 노렸던 준규로서는 뼈아픈 결과다. 다시 공격 자세를 잡는 준규의 얼굴에는 표정이 없었지만 니니스는 여전히, 아직도 웃고 있었다. 뺨을 감싼 손가락 사이로 붉은 피가 배어나오고 있는데도.

"내 얼굴에 상처를 내다니, 자랑스러워해도 좋아."

"……."

"하지만 여기까지야."

조용히 숨을 죽이고 있던 인형들이 일제히 손을 뻗어 준규의 팔다리를 움켜쥐었다. 놀란 준규가 팔다리에 힘을 주었지만 인형들은 힘이 아주 장사였다. 거대한 기계에 잡히기라도 한 것처럼 꿈쩍을 않는다.

'제기랄. 움직이질 않으니까, 마네킹으로 착각해 버렸어. 그 꼴을 봐놓고도…….'

이를 악문 준규에게 다가온 인형이 그의 손에서 검을 빼앗았다. 내주지 않으려 버텼지만 인형의 힘에 당할 수가 없다. 준규는 눈앞에서 검을 빼앗기는 것도 모자라 입까지 틀어 막히는 신세가 되었다.

"선배!"

"어허. 가만히 있어."

놀란 연두가 인형을 향해 달려들었지만 이내 인형들에게 붙들렸다. 격렬한 반항은 손쉽게 제압되었고, 그녀는 작살에 꿰인 물고기처럼 파드닥대며 니니스의 앞까지 끌려왔다. 연두를 바라보는 니니스의 얼굴에 짙은 호기심이 달그림자처럼 어른거렸다.

니니스의 손길은 마치 실험실의 동물이라도 다루는 것처럼 냉정했고, 온기가 없었다. 연두가 싫은 표정을 짓든 말든 본인의 호기심을 채우는 게 먼저다. 연두의 턱을 움켜쥐고 이리저리 얼굴을 돌려가며 살폈다. 손에 닿는 피부의 감촉, 체온, 조금 뜨겁게 느껴지는 숨ー 뭐 하나 살아 있는 인간과 다를 바가 없다. 맥이 팔딱거리는 목도, 힘이 잔뜩 들어간 어깨도 마찬가지였다.

"이런, 내가 깨운 인형들과 다를 바가 없네. 이거 조금 자존심이 상하는걸."

"누가 인형이야? 난 멀쩡한 사람, 악!"

"통각은 제대로 기능하는 것 같고. 흐음."

팔을 세게 꼬집힌 연두가 비명을 질렀다. 어찌나 세게 꼬집었는지 그 한 번의 손길로 벌써 퍼렇게 멍이 들었다. 내내 소심하게 준규의 뒤에 숨어 다니기만 하던 연두의 눈에서 불길이 일렁거렸다.

"퉤!"

"……흐응. 침을 뱉었네. 역시 내가 깨운 게 아니라서 그런가? 이해는 가지만 기분 나쁜 건 어쩔 수가 없네."

니니스가 연두의 뺨을 후려갈겼다. 어찌나 세게 때렸는지, 인형들에게 잡혀 있던 연두의 몸이 한쪽으로 크게 기울었다. 잡혀 있던 준규 쪽에서 제법 큰 소리가 났다. 흘끗 준규를 돌아본 니니스의 미간에 주름이 잡혔다.

"잘 누르고 있으라니까."

"으으읍-!"

"이봐, 당신. 자꾸 시끄럽게 굴면 아예 팔다리를 분질러서 거꾸로 매달아놓을 거야."

준규가 잠깐 멈칫한 사이 연두가 인형들에게 떠밀려 바닥에 나뒹굴었다. 니니스는 태연히 연두를 걷어찼다. 일어나려고 힘 준 팔을 걷어차고, 어떻게든 기어 도망가려는 다리를 걷어차고. 화려한 드레스를 차려입은 인형들이 장벽이 되어 연두의 앞길을 막아섰다.

"어딜 자꾸 도망가려고 그러니."

처음에야 관찰이 목적이었다지만, 몇 번씩 반복해 걷어차는 동안 그건 잔인한 놀이가 되었다. 연두는 계속 걷어차이며 바닥을 굴렀다. 머리카락은 산발이 되고 옷은 죄다 더럽혀져 엉망이 되어간다.

그런 폭력에도 연두는 반응이 없었다. 침을 뱉었던 게 이상하게 느껴질 만큼 얌전하게 바닥을 뒹군다. 드러난 살갗 여기저기에 벌겋게 멍이 오르고 있는데도 말이다. 연두를 굴리는 데 집중하고 있던 니니스에게도 그건 분명 이상하게 느껴졌다. 니니스는 엎드린 채 미동 없는 연두에게 다가가 발로 툭툭, 머리를 건드렸다.

"무슨 생각하느라 그렇게 가만히 있는 거니? 아까처럼 팔팔하게 대들어봐."

"……"

"얘, 죽은 척은 하지 말고. 이러면 내가 재미가 없, 꺅! 이 미친 게!"

부지불식간의 일이었다. 죽은 것처럼 늘어져 있던 연두가 니니스의 다리를 끌어안고 장딴지를 물어뜯었다. 어찌나 세게 깨물었는지 살이 한 덩이나 뜯겨나가고 피가 줄줄 흘렀다.

연두는 휘청거리는 니니스를 밀어 넘어뜨리고 그녀의 명치를 노려 콱 짓밟았다. 그리고 니니스가 컥컥대는 사이 준규를 내리누르고 있는 인형들에게 달려들었다.

준규가 몸부림칠 때는 꿈쩍도 않던 인형들은 연두가 손을 대자 허무할 정도로 간단하게 나가떨어졌다. 준규를 부축하는 연두는 마치 전쟁터의 병사처럼 비장한 표정을 짓고 있었다.

"선배, 이 틈에 도망가요."

"너 괜찮아? 안 아파?"

"아플 틈도 없어요. 빨리요."

연두가 준규를 재촉했다. 준규는 황망한 와중에도 인형에게 빼앗겼던 검을 챙겼다. 그리곤 바닥에 쓰러진 채 숨을 헐떡이는 니니스를 잠시 내려다보았다. 연두에게 밟힌 게 컸는지, 그녀는 몸을 일으킬 엄두도 내지 못한 채 헐떡거리고 있었다. 아마도 명치를 제대로 밟힌 것이리라.

'찌를까. 하지만……'

기회를 놓치지 말라는 본능과, 살인하지 말라는 이성이 뒤엉켰다. 머리가 고민하는 와중에도 손은 정직했다. 그는 마음이 시키는 그대로 목을 향해 검 끝을 겨누었다. 그리고 힘을 주어 내리찍으려는 순간, 연두가 준규의 어깨를 붙들었다.

"선배, 뭐 하는 거예요? 빨리 가자니까요!"

"잠깐만 기다려, 이 여자부터……."

"살인은 안 돼요."

연두의 어조는 굳건했다. 그녀는 준규의 팔에 매달려 그의 행사를 방해했다.

"절대 안 돼요."

"……누굴 잠재적 살인마 취급하는 거야? 하지만 이대로 도망쳤다간 금방 따라잡힐 거야. 강연두, 물러서."

"선배? 뭘 하려고."

"아아악!"

니니스의 다리에서 피가 튀었다. 준규는 니니스의 장딴지를 반쯤 갈라놓다시피 했고, 이어 허벅지에 커다란 구멍을 냈다. 바닥에 드러누운 니니스의 아래로 핏물이 고이기 시작했다.

"가자. 빨리!"

"선, 선배……."

"뭘 그렇게 굳어 있어? 움직여!"

준규는 딱딱하게 굳어 숨을 몰아쉬는 연두를 잡아끌었다. 연두의 얼굴은 백짓장처럼 창백했다. 준규에게 끌려가다시피 달리는 동안 그녀는 몇 번이고 뒤돌아보며 니니스를 확인했다. 니니스는 고통에 겨워 몸을 일으키지 못하고 핏물 위에서 꿈틀거리고 있었다.

두 사람은 최대한 니니스에게서 멀리 도망쳤다. 아무것도 없는 벽을 찾아 등지고 인형들을 죄다 밀어놓았다. 구조물에 가까운 소품들이 바리케이드가 되었다.

그럭저럭 괜찮아 보이는 벽을 완성하고 나자 간신히 약간의 여유가 생겼다. 준규는 쌓아놓았던 한숨을 내쉬자마자 연두를 붙들고 상처를 살폈다. 그렇게 굴렀는데 걱정했던 것보다는 상처가 얕다. 피멍이 아니라 얕은 멍이라 며칠만 지나도 다 빠질 것들이었다. 그는 가까스로 옅은 미소를 만들어냈다.

"생각보다 괜찮네."

"그럼요. 누구한테 배운 건데."

연두가 배시시 웃었다. 대학 시절, 연두는 준규의 직속제자였다. 그에게 검도를 배웠다. 어찌나 호되게 굴렀는지 그의 이름만 들어도 이를 갈던 때도 있었다. 준규가 같은 학과 선배고, 그의 소개로 공짜로 다니는 도장이 아니었다면 진즉에 도망갔을지도 몰랐다.

나중에 연두가 제법 검도에 자신을 갖게 되었을 때, 준규는 연두더러 막대기로 사람 패지 말라며 맨손 격투를 가르쳤다. 하지만 연두는 맨손으로 좀체 사람을 때리지 못해 대신 크게 다치지 않게 맞는 법을 배웠다.

준규는 괜히 연두의 머리를 쥐어박는 척을 했다.

"맞는 것만 배워놓고 웃기는. 때리는 것도 좀 배우라니까."

"어떡해요, 도저히 손이 안 나가는걸. 그래도 배운 거 잘 써먹고 있는 거 보면 장하지 않아요?"

"그래, 장하다. 어차피 못 때리고 맞을 거면 다치지나 않게 맞고 다녀."

"헤헤. 근데 선배, 선배는 졸업하고도 계속 연습한 거예요? 자세가 아주 기가 막히던데. 바빠 죽을 거 같다며 언제 그렇게 연습을 하셨대?"

"바쁘다고 놓을 만한 상황이 아니잖아, 내가."

준규는 그저 쓴웃음을 지었다. 그의 집안은 건설업계에서 손꼽히는 대형회사인 선림건설 창업가였다. 단지 그뿐이라면 그저 금수저를 물고 태어났구나, 하겠지만……. 선림건설의 모태가 그리 밝지 않은 음지라는 건 아는 사람은 다 아는 얘기였다. 준규의 둘

째 형인 준열이 운영하는 대부업체가 그의 삼촌에게서 물려받은
거라면 알 만하지 않겠나. 준규의 손도 그다지 깨끗하지만은 않
았다.

그가 이런 사정을 기억을 잃은 연두에게 말한 적은 없다. 알아
들을 거라고는 기대도 하지 않았는데, 뜻밖에도 연두가 그와 비
슷한 쓴웃음을 지으며 고개를 끄덕였다. 어깨를 툭툭 두드리는
손길이 제법 다정했다.

"그건 그렇죠. 그래도 대단해요, 선배. 난 죽어도 못 따라갈 거
같은데."

"내 상황을 알고 그런 말을 하는 거야, 지금?"

"선림건설 모르는 한국인도 있어요? 게다가 난 기자라고요, 기
자. 다 알지."

연두는 새삼 자신이 기자라는 점을 강조하며 어깨를 폈다. 태
연하게 선림건설의 이름을 입에 담는 연두의 모습에 준규의 얼굴
에 살짝 화색이 돌았다. 이제 괜찮아진 건가. 잊었던 기억들이 다
돌아왔는가. 연두는 그의 기대에 웃음으로 보답했다.

"지금까진 왜 까먹고 있었는지 모르겠어요. 왜 그랬지? 여기 들
어와서 인형 구경하다가 다리 아파서 잠깐 쉬었는데 그 뒤로 기억
이 깜깜이에요. 괜히 이런 데에 와서 선배한테 폐나 끼치고……
죄송해요."

"괜찮아. 이럴 줄 알고 온 건 아니잖아. 하지만 연락도 않고 온
건 잘못했어. 연락이 끊겨서 내 속이 까맣게 태운 게 대체 몇 번
째야? 다음에 또 어디 취재 갈 일 있으면 꼬박꼬박 연락해."

"어……. 음……. 노력할게요."

눈을 데굴데굴 굴리는 모양새가 그다지 믿음직스럽지는 않지

만, 이전에 눈을 흡뜨며 거부하던 것에 비하면 훨씬 나은 반응이
다.

준규는 피식 미소 짓고 산발이 된 연두의 머리를 정돈했다. 그
의 시선이 연두의 입가에 가 닿았다. 어찌나 야무지게 깨물었는
지, 입술 부근에 핏물이 벌겋게 묻어 있다. 미처 의식하기도 전에
손이 갔다.

별것 없는 동작이었는데 연두는 흠칫 고개를 틀어 피했다. 그
래놓고는 놀라 연신 사과하는데, 그런 그녀의 얼굴은 잘 익은 사
과만큼이나 붉었다. 그 얼굴을 보고 있자니 민망해진 손을 거두
는 것조차 기분이 좋아 준규는 슬그머니 떠오르는 미소를 감췄
다.

"어, 어어. 죄, 죄송해요."

"아니, 됐어. 놀라게 했나 보네. 입술 부근에 피 묻었어. 닦아."

"네, 네……."

연두는 뒤돌아서서 입을 닦아냈다. 그새 말라붙어 잘 지워지
지 않아 입술에 침을 묻혀가며 지웠다. 나중엔 그냥 핥아먹는 건
지, 옷자락으로 닦는 건지 모를 상황이 되긴 했지만 돌아선 연두
의 얼굴은 마냥 깨끗했다.

"잘 닦았네. 충분히 쉰 거 같으니까 이제 나가자. 출구를 찾아
야지."

"출구……. 그렇게 돌아다녔는데도 못 찾았는데. 있긴 한 걸까
요?"

"왜 그렇게 울상이야? 입구가 있으면 출구가 있기 마련인데. 우
리가 못 찾은 거야. 출구 못 찾으면 입구라도 찾아 나가면 되고,
그것도 못 찾으면 창문이라도 깨고 나가면 돼."

"네? 여기 창문 없는 건물이잖아요. 사방이 다 벽인데."

"무슨 소리야, 내가 널 어떻게 찾았는데. 창문 너머로 네가 있는 걸 내 눈으로 보고 들어왔어."

준규의 반박에도 연두의 표정은 풀릴 기미가 보이지 않았다. 그녀는 사방을 훑어보며 창문을 찾았지만, 그녀의 시선이 닿는 벽에는 창문 비슷한 것도 없었다. 거대한 그림과 훌륭한 태피스트리들이 벽을 장식하고 있을 뿐.

"뭐어…… 선배가 거짓말을 하진 않을 테니까……. 있겠죠, 뭐."

"있다니까. 워낙에 넓고 구조가 복잡해서 그래. 내키지 않으면 여기서 좀 쉬고 있어도 괜찮아."

"아니에요. 같이 가요. 저 혼자 있을 때 그 여자가 찾아오면 어떡해요? 그건 무섭단 말이에요."

"냅다 물어뜯을 땐 언제고 엄살은……. 아까 그 용감하던 강연두 어디 갔어? 다리에 구멍을 내놨으니 당분간은 못 움직여."

"싫어요. 같이 갈래요. 혼자 있는 건 질색이란 말이에요."

"자취 경력만 십 년이 넘어가는 녀석이 새삼스럽게. 내가 스토커 문제로 잔소리 할 때 그렇게 반응해 보지 좀."

"그거야…… 에이. 나가기만 하면 선배 말 잘 들을게요. 진짜로. 정말로."

힘주어 말하는 연두를 향해 준규가 못 믿겠다는 눈빛을 보냈다. 끈질기게 따라다니는 스토커 때문에 심각한 스트레스를 받으면서도 제 도움을 극구 거절하던 그녀를 알고 있어서였다. 그녀가 진즉에 준규의 도움을 받아들였다면, 달동네 옥탑방까지 밀려나는 일까지는 없었을 거였다.

"그 거짓말 진짜야?"

"농담 마시고요. 선배가 구해주는 아파트에 들어가라고 했던 것도 그렇게 할 거고, 데스크 통과도 안 될 기사 쓰는 것도 그만 할게요. 네? 진짜예요."

"거기에 어디 취재 가기 전에 꼭 연락하는 것도 추가."

"으…… 정말이지, 기회를 안 놓친다니까. 알았어요. 그렇게 할게요."

"좋아. 진작 그렇게 말 좀 듣지."

결국 준규와 연두는 함께 인형의 집 탐사에 나섰다. 조금 전보다 훨씬 절박한 마음으로 하는 탐사다. 두 사람은 뭐 하나 놓칠세라 꼼꼼하게 돌아다녔고 문이 있을 만한 공간은 전부 두드렸다.

그것도 모자라 나중에는 벽을 장식하고 있는 그림과 태피스트리 뒷면까지도 들춰보았지만 문 비슷한 것도 발견하지 못했다. 놀이공원용으로 지어진 건물이니만큼 어느 한 구석 허술한 구석이 있을 법도 한데 지독스러울 정도로 꼼꼼했다.

"역시 반대편인가……"

고민에 빠진 준규의 옆에 선 연두의 얼굴에 미묘한 열기가 어렸다가 금세 사라졌다. 남은 건 반대쪽 공간뿐인데, 거긴 니니스가 쓰러진 곳을 지나쳐 가야만 했다. 부르르 몸을 떠는 연두의 팔에 때마침 인형의 손이 스쳤다. 그녀는 기겁을 하고 팔을 털어냈다. 마치 바퀴벌레라도 닿은 것처럼 혐오감 어린 동작이었다.

"그 여자, 분명 인형을 자기 마음대로 움직였었죠? 이 인형들, 보는 것만으로도 기분 나빠요. 너무 정교해서 사람 같잖아요."

"그 답 없는 인형 사랑에 드디어 종언을 고하는구나, 네가. 그러고 보면 아까 그 인형들, 네가 건드리자마자 뻥뻥 넘어가던데,

대체 어떻게 된 건지 혹시 알아?"

"알면 제가 그렇게 맞고 있었겠어요?"

"그건 그렇네. 그래도 어떻게 된 일인지 알면 도움이 좀 될 거 같은데……. 윽."

"선배? 선배! 왜 그래요?"

준규가 신음성과 함께 몸을 반으로 접었다. 벌레가 내장을 파먹는 것만 같은 복통이 그를 파고들었다. 눈앞에서 별이 번쩍이는 것 같더니 금세 시야가 수십 개로 조각났다. 색색의 드레스들이 퍼즐 조각처럼 쪼개져 마구 뒤섞였다. 반듯한 이마에서 굵은 땀방울이 쉴 새 없이 떨어졌다. 당황한 연두가 그에게 달려들어 어깨를 흔들었다.

"배 아파요? 잠깐 누워 계실래요?"

"으…… 그래…… 잠깐만…… 쉬다가……."

연두는 좀체 정신을 차리지 못하는 준규를 부축한 채 그를 눕힐 만한 곳을 찾아 사방을 살폈다. 하지만 인형과 가구들이 워낙 빽빽하게 배치되어 있어 마땅한 공간이 보이질 않았다. 이대로라면 준규를 차가운 통로 바닥에 그대로 눕혀놔야 할 판이다.

"헉……."

"선배, 조금만 참아요. 조금만……."

주문처럼 조금만 참으라는 말을 반복하고 있던 그때였다. 허공을 바라보고 있던 인형들이 일제히 그녀를 향해 고개를 돌렸다. 아름답게 채색된 유리구슬들이 형체 없는 시선을 건넨다. 연두의 등줄기에서 소름이 쭉 달려 올라왔다. 그녀는 입술을 꽉 깨물며 애써 마음을 다스렸다.

'정신 차리자.'

성경 속에 등장하는 아담과 하와는 선악과를 먹고 지혜를 갖추게 되었다고 한다. 니니스의 손에 만들어지고 준규의 바람으로 깨어난 연두에게 마녀 니니스의 장딴지에서 떨어져 나온 살점은 성경 속의 선악과 그 자체였다.

입안에 들어온 살점을 씹어 삼키고 피를 빨아먹는 동안, 백짓장 같던 연두의 머릿속에 제 것 아닌 지식과 기억이 폭포수처럼 쏟아져 들어왔다. 빈지도 모르게 비어 있던 속이 알 수 없는 무언가로 가득 차 뿌듯하게 출렁거렸다.

어디 그뿐이랴? 니니스의 살점과 피는 드림랜드에 대해 니니스가 가지고 있던 권한의 일부를 연두에게도 부여해 주었다. 이제 연두는 미약하나마 인형들에게 명령을 내릴 수도 있게 되었다. 이제까지 그걸 드러내지 않았던 건 오로지 준규의 눈치를 살피느라 그랬던 것뿐이었다.

'지금이라면…… 괜찮을지도 몰라.'

고민하는 사이 그녀에게 기대고 있던 준규의 몸에서 힘이 쭉 빠져나갔다. 기절한 것이다. 연두는 준규를 추슬러 가볍게 들쳐 업었다. 부축만으로도 힘들어 절절매던 게 거짓말 같다. 그녀는 몇 번 목을 가다듬고는 인형들을 향해 명령했다.

"눕힐 만한 곳으로 안내해."

길을 가로막듯 주변을 메우고 있던 인형들이 스스로 움직여 길을 텄다. 화려한 드레스 자락들 사이로 카펫 무늬 화려한 길이 생겨났다. 하지만 인형들의 동작이란 건 하품이 나올 정도로 느려 터진 것이라, 결국에는 그녀의 조급증에 불을 붙이고 말았다.

연두는 느릿하게 움직이는 인형들을 마구 밀쳐 내며 길을 만들었다. 값비싸고 정교한 드레스를 휘감은 인형들이 차례로 넘어지며 저들끼리 뭉쳐 뒹굴었다. 연두는 인형의 치맛자락에 발자국을 찍으며 점점 인형들 가운데로 걸어 들어갔다.

그러나 계속 그렇게 전진하기에는 인형들이 안내하는 길이 하염없이 길었다. 제아무리 넓은 건물이라지만 이렇게까지 넓었던가, 하고 의문이 솟을 정도였다. 가뿐하게만 느껴지던 준규의 몸이 돌로 만든 궤짝처럼 무거워져 연두의 어깨를 짓누르기 시작했다.

결국 기세 좋게 인형들을 밀쳐 내던 짓은 그만둘 수밖에 없었다. 연두는 숨이 턱턱 막히고 다리가 후들거리는 가운데에도 이를 악물고 걸음을 뗐다. 색색으로 화려한 치맛자락들이 그녀의 눈을 어지럽혔다.

그렇게 한참이나 걷고서야 연두의 눈앞에 빈 침대가 나타났다. 침대는 높은 퀄리티를 자랑하는 인형의 집에 놓인 소품답게 그 만듦새가 몹시 훌륭했다. 다만 조금 전까지 누군가 누워 있던 흔적이 남아 있는 것만이 옥의 티라고 해야 할 것이다.

연두는 슬쩍 주변을 확인했다. 침대 주변에는 온갖 차림을 한 인형들이 둥그렇게 모여서 그녀를 바라보고 있었다. 그중에는 본래 그 침대의 주인이었던 인형도 있었다. 연두는 그 인형이 얌전히 두 손을 모으고 눈을 내리깐 채 서 있는 것을 확인한 뒤에야 준규를 침대에 뉘였다.

희고 반듯한 이마 위로 땀에 젖은 검은 머리카락이 흐트러졌다. 매끈한 미간에 시시때때로 주름이 잡히고 고통스러운 신음소리가 끊이질 않는다. 준규는 정신을 잃고서도 고통에 시달리고 있었다. 온몸이 불덩이처럼 뜨거웠다. 단순한 인형이었던 연두가 제대로 의지를 가진 존재로 훅 뛰어오른 대가를 그가 치르고 있었다.

"수건에 물을 적셔와."

연두가 명령을 내렸지만 인형들은 반응이 없었다. 유리구슬 눈
동자로 물끄러미 그녀를 바라보기만 할 뿐. 연두가 재차 명령했을
때에도 마찬가지였다. 그녀는 자신의 지배력이 니니스에 비해 열
세라는 걸 뼈저리게 인정해야만 했다. 살점 조금 삼키고 피 좀 핥
아먹었다고 어떻게 해볼 만한 상대가 아닌 것이다. 침대까지 안내
받은 것만으로도 대단한 일이었다.

'조금이라도 더 뜯어먹었어야 하는데.'

뒤늦은 후회였지만 어쩔 수 없는 일이었다. 준규가 바로 앞에
있는데 식인귀라도 되는 것처럼 들러붙어 피와 살점을 탐할 수는
없는 노릇이었으니까. 그나마 조금 위안이 되는 게 있다면 그녀를
죽이지 않고 살려뒀다는 것이다.

연두는 무심결에 입맛을 다셨다. 바닥을 새빨갛게 물들여 가
던 피웅덩이가 눈앞에 어른거렸다.

'딱 한 입만 더 먹으면 좋을 텐데.'

식은땀을 흘리는 준규를 잠시 내려다보던 연두는 슬금슬금 엉
덩이를 뗐다.

그런데 그때 준규가 눈을 떴다. 버스럭거리는 소리가 거슬린 모
양이다. 열에 들뜬 눈이 뜨겁게 젖은 채 연두를 향해 시선을 주었
다. 연두는 감전이라도 된 것처럼 그 자리에 멈춰 섰다. 그의 시선
이 몸을 옭아매는 밧줄이라도 된 양 발이 떨어지질 않는다.

"……가지 마."

열이 올라 뜨거운 손이 연두의 손목을 우악스레 움켜쥐었다.
이제까지 세심하게 연두를 보살펴주던 손이라곤 믿을 수 없이 거

친 손길이었다. 꽉 틀어 잡힌 손목이 허옇게 핏기를 잃었다. 연두는 저도 모르게 미간을 찌푸렸다.

"선배, 아파요. 놔주세요."

"놓으면 도망갈 거잖아."

"네?"

준규가 몸을 일으켜 앉았다. 몸동작은 민첩하고 손아귀 힘도 여전한데, 눈빛만은 아까와 같지 않다. 기이하도록 부글부글 끓는 눈빛을 하고는 연두의 얼굴에서 시선을 떼지 않는다. 연두는 그의 손에서 손목을 떼어내려 시도했지만 소용없는 일이었다. 잡힌 손이 저릿하게 저려왔다.

"아프다니까요!"

"넌 나한테서 못 벗어나."

"선배!"

"절대."

연두의 안색이 허옇게 질렸다. 손목의 아픔은 둘째치고라도, 준규가 이런 모습을 하는 건 깨어난 이후의 기억과 새롭게 받아들인 기억 어디를 뒤져도 없었다. 그는 언제 어느 때나 이성적이고, 강하고, 여유로운 사람이었다. 그런데 지금의 그는 완전히 다른 사람이 된 것처럼 낯설었다.

"선배가 이렇게 붙잡지 않아도 도망 안 가요."

"거짓말."

준규가 연두를 잡아당겨 얼굴을 바짝 붙였다. 뜨거운 숨결이 훅 끼쳐 왔다. 으르렁대는 것처럼 낮은 목소리는 마치 맹수의 울음처럼 오싹했다.

"넌 언제든 나한테서 도망갈 궁리만 하고 있잖아."

"아니에요."

"절대 안 놔줄 거야. 절대 못 벗어나."

연두는 지금의 준규가 정상이 아니라고 판단했다. 그렇다면 애써 설득하려 해봤자 소용이 없다. 그녀는 전략을 바꿨다. 잡힌 손을 빼내려고 애쓰는 대신 되레 몸을 바짝 붙이고 교태를 부렸다.

"난 아무 데도 안 가요."

풍만한 가슴에 팔이 파묻히자 준규가 흠칫 몸을 굳혔다. 연두는 한술 더 떠 침대 위로 기어 올라가 준규에게 슬그머니 몸을 기댔다. 그의 손에서 힘이 풀렸다.

"선배한테 잡혀 있는 게 얼마나 기분 좋은 일인데 도망을 가요?"

"너⋯⋯."

"앞으로도 계속 붙들고 있어주세요."

연두는 진하게 웃으며 그의 목에 팔을 둘렀다. 준규는 기껏 찾아온 기회를 마다하지 않았다. 단단한 팔로 연두의 허리를 휘감고 통통하게 부푼 입술에 서슴없이 입을 맞췄다. 따뜻한 숨이 뒤섞였다. 준규는 아주 오랫동안 그녀를 놓아주지 않았다.

✲

연두의 손은 천천히 아물었다. 가르피나에서 좀 더 쉬며 치료를 계속하면 좋았겠지만 두 사람은 몹시 마음이 급했고, 그 도시에서 오랫동안 머물 여유가 없었다. 결국 연두는 열 손가락에 붕대를 칭칭 감은 채 마차를 수배했다.

마차를 타고서도 수도까지는 한참이었다. 그동안 광대는 몇 번이나 연두의 손을 치료해 주고 싶어 했지만, 그녀는 그때마다 아주 완강하게 치료를 거절했다. 지금도 가벼운 일상생활을 영위하는 데에는 별 문제가 없다는 게 그 이유였다.

그러나 그렇게 말을 하면서도 연두는 손을 쓰지 않으려고 극도로 조심했고, 그때마다 광대의 속에는 시커멓게 멍이 들었다. 그렇게 꼴 뵈기 싫던 입술 껍질을 잡아 뜯는 버릇이 그리워질 정도니 말해 무엇하랴.

"낫게 해준다는데도 그렇게 싫어하는 걸 도저히 이해할 수가 없어."

"지금도 충분하다니까."

"퍽이나 충분하겠다. 조금 전에 옷 추스르다가 기겁하는 거 내가 다 봤거든?"

광대의 힐난에 연두가 냉큼 귀를 틀어막고 눈을 감았다. 하지만 수도로 향하는 좁은 마차에 단둘이 탔는데 그게 안 보이겠는가. 답답해진 광대가 가슴을 두드렸다. 하는 짓이 아주 깜찍하다 못해 화가 치민다.

"이제 곧 도착인데 왜 그렇게 몸을 빼? 신데렐라 앞에 그 꼬라지로 나갈 셈이야?"

"곧 도착은 무슨……. 적어도 나흘은 더 가야 하는데. 그때까지도 이 꼴이면 그때 부탁할게."

"겨우 나흘 지난다고 뭐가 나아져? 지금 당장 치료받고 편하게 지내는 게 어때?"

"안 들려. 몰라. 나 잘래."

"야! 강연두!"

연두는 냉큼 광대의 무릎을 베고 누워 눈을 감았다. 말로는 억지로 붕대를 풀어버릴 것처럼 말하는 광대지만, 정작 그녀가 이렇게 달라붙어 생떼를 쓰면 어쩔 수 없다는 듯 져 주곤 했다. 과연 광대의 목소리는 금방 잦아들었고, 연두는 따뜻한 체온에 기대어 평화롭게 잠들었다.

광대는 제 무릎을 베고 색색 숨소리를 내고 있는 연두를 심란한 눈으로 바라보았다. 스스로도 이해하기 힘든 마음의 변화를 자각한 지 얼마 되지도 않았다. 한번 깨달은 마음은 놀랍도록 제멋대로여서, 그는 자기 자신을 제어하는 것조차 힘겨웠다.

작은 오두막에서 함께 지내면서 아무렇지 않았던 이전이 너무나 이상했다. 어떻게 행동하는 게 평소다운 건지 가늠이 안 됐다. 그는 필사적으로 이전의 자신을 흉내 내고 있는 중이었다. 비록 그게 잘되고 있는 건지조차 판단이 어렵지만 그렇게라도 하지 않으면 정말 머리가 이상해질 것만 같았다.

'죽겠다.'

광대는 몸을 홱 젖혀 등받이에 기대고 눈을 감아버렸다. 차라리 연두의 얼굴을 보지 않으려는 슬픈 시도였다. 눈을 감자 더 생생하게 느껴지는 체온에 금세 후회하며 도로 눈을 떴지만 말이다.

이럴 바엔 차라리 그녀를 맞은편 의자로 옮겨 눕히는 게 나으련만, 광대는 좀체 그렇게 하질 못하고 미적거렸다. 왜 옮기지 못하는지는 광대 자신도 잘 알고 있다. 얇은 옷자락 너머로 열이 올라 따뜻한 체온이 느껴지는 걸 놓치는 게 아쉬운 것이다.

'이건 뭐 희망고문도 아니고.'

광대는 무릎을 베고 편안히 잠든 연두를 한참이나 바라본 뒤에야 한숨과 함께 그녀를 옮겼다. 그냥 누우면 멀미가 난다며 죽어도 무릎을 베고 자야겠다고 우기더니만, 옮겨놓는 것도 모르고 쿨쿨 잘만 잔다. 텅 빈 무릎이 허전했다.

나이팅게일이 옆에 없는 게 그저 다행이었다. 그 수다쟁이가 이 꼴을 보았다간 그 조그만 부리를 뽑아버리고 싶어질 정도로 놀려 대리라. 광대는 새 주제에 멀미가 있다는 걸 두고 비웃었던 자신을 진지하게 반성했다. 제발 그 멀미가 나아지지 않기를.

그는 문득 품 안을 뒤지며 카드를 찾다가 혀를 찼다. 이미 오래 전에 연두의 손에 아작 났던 걸 잊고 있었다. 뭐, 상관없다. 카드가 없다고 점을 못 치는 건 아니니까. 의자 밑에 처박아두었던 짐에서 주사위 몇 개와 길쭉한 막대기와 통 등을 끄집어냈다.

이미 몇 번이나 쳐 본 점이지만 다시 한 번 쳐 볼 셈이었다. 질문은 이제까지 했던 것과 같다.

'왕궁으로 가면 납치범 일이 해결되는가?'

통 안에서 막대기와 주사위가 함께 덜그럭덜그럭 소리를 내며 구르다 점괘를 내었다. 그 점괘를 확인한 광대는 그만 미간을 찌푸렸다. 당연히 이전과 같은 결과가 나올 줄 알았는데 지금 점괘는 다른 말을 하고 있었다.

마구 흔들리는 마차 안에서 대충 친 점이라 결과가 이상하게 나온 게 틀림없다. 광대는 스스로도 못 믿을 변명을 하며 다시 점을 쳤다. 그러나 아까의 곱절만큼 신중하게 점을 쳤음에도 결과는 같았다. 세 번째도, 네 번째도 마찬가지였다.

'새로운 문제가 기다리고 있음.'

점괘는 그저 질문에 충실한 대답을 해줬을 뿐이다. 이걸 긍정적으로 봐야 하는 건지, 부정적으로 봐야 하는 건지는 전적으로 해석하는 사람의 몫이었다. 하나 그 새로운 문제라는 게 무엇을

의미하는 건지 알 수 없는 상황에서 속단할 수는 없다.

광대는 미간에 깊은 주름을 만들며 고민하다가, 불쑥 마차의 창문을 열고 나이팅게일을 불러들였다. 마차에서 졸다가 멀미하느니 차라리 잠을 줄이고 부지런히 나는 걸 선택하겠다던 작은 새는 광대의 어깨를 횃대 삼아 앉은 채 죽는 소리를 했다.

「아이고, 어지러워! 할 얘기 있으면 빨리 해! 아가씨도 자는데 난 뭐 하러 불렀어?」

"왕궁이 어딘지 알지?"

「이 멍청한 광대가 당연한 걸 묻고 있어. 이 반시 왕국의 왕궁이 어디인지 쯤이야, 당연히 알고 있지!」

"새대가리 주제에 잘난 척은. 아무튼 알고 있다니 잘됐네. 너 우리보다 먼저 왕궁에 가서 신데렐라를 관찰하고 와."

나이팅게일이 동그마하니 귀여운 머리통을 갸웃거렸다. 광대가 하는 말이 얼른 이해가 안 가는 눈치다. 광대의 목소리에 짜증이 서렸다.

"설마 신데렐라가 누군지 모르는 건 아니지?"

「그럴 리가. 그런데 신데렐라는 왜?」

"예감이 좋지 않아. 점괘가 이상하게 나왔어."

「네가 점을 엉망으로 친 건 아니고? 너 요새 아주 넋을 빼놓고 있었잖아.」

"넋을 빼놓긴 뭘 넋을 빼놨다고 그래. 그냥 생각이 좀 많았던 거야. 그리고 점괘가 이상한 게 한 번이면 상관없는데, 몇 번이나 점을 쳤는데 그때마다 결과가 같았어. 불길하잖아?"

그제야 나이팅게일도 심각해졌다. 광대가 치는 점이 얼마나 정확하고 신통한지는 나이팅게일도 익히 알고 있는 바였다. 둘은 자고 있는 연두가 깰라 소곤소곤 말을 나눴고, 나이팅게일은 그날의 해가 지기 전에 왕궁을 향해 날아올랐다. 파닥대는 날갯짓이 제법 결연하다.

"겨우 갔네."

그런데 이를 어쩌랴. 광대는 나이팅게일에게 기대하는 바가 거의 없었다. 그는 그럴듯한 이유를 들어 방해꾼을 쫓아 보낸 것에 만족하고 마차 구석에 처박혔다. 그런 그의 시선은 자석이라도 붙인 것처럼 연두에게 가 박혀 있었다.

소렐 백작부인의 저택은 여전히 사람의 출입을 금하고 있었다. 이제 배가 눈에 띄게 부를 때가 되었으니 그럴 법도 하건만, 개중 음모론을 좋아하는 사람들은 그녀가 하지도 않은 임신으로 사람들을 속이고 있다고 떠들어댔다. 날씬한 배를 보여줄 수 없어서 저택의 출입을 막았다고 말이다.

사람들은 자극적인 소문을 좋아했다. 소렐 백작부인은 그녀를 편들어줄 친정이랄 것도 없었으니 그 입방아가 오죽할까. 그러나 부풀어 올랐던 소문은 곧 사그라지고 말았다. 그건 왕과 둘째 왕자 린든 때문이었다. 그들은 경솔하게 입을 놀리는 사람들을 용서하지 않았다. 이제 사람들은 굳게 닫힌 저택문을 보며 조용히 소곤거릴 뿐 감히 그녀의 배를 두고 떠들어대지 못했다.

대신 다른 소문이 났다. 사생아를 반기지 않는 게 당연한 둘째 왕자가 소렐 백작부인을 비호하는 건, 사실 그녀의 뱃속에 있는 아이가 그의 씨이기 때문일 거라고. 지금의 왕자비를 찾기 위해 그가 일으켰던 소동을 생각하면 참 터무니없는 소문이었다. 하나 쉬이 넘기지 못하는 사람도 있었다. 소문의 당사자 중 한 명인,

소렐 백작부인이었다.

"나가."

"하지만 마님, 이건 국왕 전하께서 보내주신 거예요. 꼭 드시라고 하셨는걸요."

"안 먹는다고 하잖아."

어린 시녀는 잘 달인 약을 들고 어쩔 줄을 몰라 발을 동동거렸다. 왕의 엄한 명령과 모셔야 하는 마님 사이에서 갈팡질팡하는 것이다. 베테랑 시녀라면 당장은 물러났다가 다음을 기약하련만, 그럴만한 시녀는 이 저택에 겨우 한두 명뿐이었다. 나머지는 수아나의 신경질과 까탈스러움을 견디지 못하고 죄다 왕궁으로 돌아가 버렸다.

"나가래도!"

어린 시녀는 다시 한 번 약을 권했지만 돌아온 건 불붙은 담뱃대였다. 어린 시녀는 뜨거운 재를 뒤집어쓰고 화들짝 놀라 도망갔다. 수아나는 그 뒤꽁무니를 보며 깔깔 소리 높여 웃었다.

"저 멍청한 꼴을 보라지! 하하하!"

그렇게 웃다가도 갑자기 배를 끌어안고 흐느꼈다.

"아가야, 사람들이 네가 왕의 자식이 아니라고 하는데 어떡하지? 응? 아가씨께서 널 구해주지 않으시면 어떡하지? 못된 요정이 널 데려가면 그땐 나도 이 저택에서 쫓겨나겠지? 흐흑……. 다시 시골 방앗간에 처박혀 밀 포대를 세는 꼴이 되겠지?"

어떻게 보든 정상은 아니었다. 베테랑 시녀들은 어떻게든 어린 시녀들의 입을 단속하려고 애쓰고 있었지만 쉽지 않았다. 소렐 백작부인이 미쳐 버렸다는 소문은 아주 은밀하게 사방으로 퍼져 나갔다. 그리고 그 소문은 다시 저택으로 돌아와 수아나를 괴롭했다.

둘째 왕자의 비인 아셰라드가 보낸 시녀가 소렐 백작부인의 저택에 왔을 때는 저택이 온통 음울한 분위기로 뒤덮여 있을 때였다. 커다란 바구니를 끌어안은 시녀는 한없이 우울하게 가라앉은 시녀들의 표정이 무척 의외인 듯, 예쁜 갈색 눈동자를 커다랗게 뜨고 재잘거렸다.

"세상에, 어딜 가든 고충은 있는 거네요. 이렇게나 멋진 저택에서 국왕 전하의 애첩 딱 한 분만 모실 수 있다니 굉장히 운이 좋은 사람들이라고 생각했는데."

"처음이야 그렇게 생각했어요. 그런 좋은 기회를 걷어차다니, 돌아오는 사람들은 전부 바보라고요."

안내를 맡은 시녀가 진저리를 쳤다. 그녀는 그동안 쌓여 있던 불만을 조심스럽게 소곤거렸다. 왕자비의 시녀는 좋은 이야기 상대였다. 무슨 이야기를 하건 성심성의껏 들으며 고개를 끄덕인다.

"신경질이 보통이 아니에요. 조금만 거슬렸다간 담뱃대니, 물병이니, 하는 것들이 마구 날아온다니까요. 정말이지, 시녀 생활을 시작하고 처음 겪는 일이에요."

"어쩜……. 농가의 아낙도 아니고 백작부인이신데도 그러신단 말이에요?"

"출신은 못 속인다더니 딱 그렇다니까요. 품위도 교양도 기대할 수가 없어요. 아, 지금 하는 얘기 비밀인 거 알죠?"

"그럼요. 절대 말 안 할게요."

"믿어요. 근데 그 선물, 꼭 직접 전해드려야 하는 건가요?"

"네. 잘 받으시는 걸 꼭 보고 오라고 하셨는걸요."

왕자비의 시녀가 끌어안고 있는 바구니는 덩치가 꽤 컸다. 무겁지는 않은지 가뿐하게 들고 있었지만 저택의 시녀는 퍽 안쓰럽다는 얼굴로 위로의 말을 건넸다.

"그 안에 들어 있는 게 깨지는 물건이 아니기를 빌어요. 그 예쁜 얼굴이 상하면 정말 아쉬울 거예요."

"굉장한 기도네요……."

"농담 아니니까 새겨들어요. 자, 심호흡하세요."

저택의 시녀는 왕자비의 시녀가 심부름 온 것을 알리지도 않고 문을 열었다. 어차피 알리나 마나 제대로 된 답변이 돌아올 리 없었으니까. 문이 열리자마자 뜨끈하게 데워진 공기가 확 밀려 나왔다.

"얼른 들어가요. 문을 오래 열어두는 걸 싫어하신단 말이에요."

"아니 그래도 저어, 이렇게 갑자기……."

왕자비의 시녀가 당혹스러운 표정을 지었지만 문은 매정하게도 눈앞에서 닫혀 버렸다. 그녀는 하는 수 없이 돌아서서 방 안의 풍경을 살폈다. 백작부인의 상태가 좋지 않다며 응접실이 아닌 방으로 안내된 것인데 그 방의 상태라고 썩 좋지는 않았다.

해가 훤한 한낮임에도 창문마다 두꺼운 커튼을 둘러 쳐 어두컴컴했다. 비린내 섞인 눅눅한 공기가 목덜미에 끈적하게 달라붙어 오는 것이, 환기도 제대로 되지 않고 있는 것 같았다.

왕자비의 시녀는 바구니를 한쪽에 내려놓고 거침없이 커튼을 젖혔다. 눈부신 한낮의 햇살이 방 안으로 와락 뛰어들었다. 주변이 밝아지자 어렴풋이 형체만 보였던 방 안의 모습이 적나라하게 드러났다.

방을 장식한 가구들은 꽤 고급이었다. 장식품의 수준 역시 높았지만 퍽 난잡한 느낌을 지울 수가 없었다. 게다가 그 가구들의 모서리마다 상처가 가득하고 방바닥에는 채 치우지 못한 것들이—도자기 파편이라든가, 유리 파편이라든가— 굴러다녔다. 하녀들이 들어가기 싫어 서로 꽁무니를 빼다더니 그 탓일 게다.

"엉망이네……."

왕자비의 시녀는 혀를 차면서 대강 청소를 시작했다. 테이블에 쌓인 먼지를 닦아내고, 발로 바닥을 밀어 치웠다. 몇 번 움직이지도 않았는데 쓰레기가 금세 작은 더미가 되어 쌓였다. 그러는 동안 소리가 제법 크게 났는데도 침대 위에 있는 백작부인에게서는 아무런 말도 나오지 않았다. 불룩 튀어나온 이불더미가 오르락내리락하는 걸 보지 못했다면 주인이 자리를 비운 줄로만 알았을 것이다.

왕자비의 시녀는 대담하게도 백작부인을 흔들어 깨우기 시작했다. 이불 한쪽에서 잠들어 있던 흰 고양이가 화들짝 놀라 도망쳤다.

"마님, 일어나세요."

"……."

"해가 머리 꼭대기에 있는걸요. 게으름을 부리면 안 되죠."

수아나는 새벽녘까지 제대로 잠을 이루지 못하다가 동이 틀 때가 다 되어서야 간신히 잠이 들었다. 해가 머리꼭대기에 있든 말든, 꿀 같은 단잠을 자고 있는 시간인 것이다. 그녀는 귓가에서 앵앵대는 목소리를 피해 머리끝까지 이불을 뒤집어썼다. 그러나 곧바로 도로 빼앗겼다. 왕자비의 시녀는 거침없이 이불을 빼앗으며 그녀를 깨웠다. 수아나가 소렐 백작부인이라는 지위를 얻은 이후로는 처음 당하는 취급이었다.

"뭔데 날 깨우는 거야!"

결국 수아나는 머리끝까지 치솟은 짜증과 함께 몸을 일으켰다. 아직 멍한 머리를 흔들고 좀체 떠지지 않는 눈을 비비면서. 그녀는 주변을 더듬어 손에 잡힌 베개를 냅다 내던졌다. 좀 더 단단한 것이면 좋았으련만, 약삭빠른 시녀들이 치워놓은 지 이미 오래였다.

왕자비의 시녀는 날아오는 베개에도 굴하지 않았다. 수아나가 무의식중에 끌어당긴 이불깃을 잡아당기는 것도 모자라 그녀의 등짝을 철썩 후려치기까지 했다.

"감히 누구에게!"

"한낮에 자꾸 자니까 밤에 잠을 못 자지."

친구에게 하듯 친근한 말투다. 울컥 화를 내려던 수아나는 시녀의 얼굴을 확인하고 그만 멍청한 표정을 짓고 말았다. 요정과 아기를 건 약속을 하고 난 이후부터 수시로 떠올리고 있는 얼굴이 눈앞에 있었다.

"날 그렇게 찾았다며? 설마 그래놓고 내 얼굴을 잊은 건 아니지, 수아나?"

"그런……"

"그래, 나야. 무슨 수로 둘째 왕자 부처를 다 움직였어? 대체 너한테 무슨 재주가 있어서?"

수아나를 바라보는 연두의 눈빛은 그저 사납기만 했다. 눈썹이 하늘로 치솟아 내려올 줄을 모른다. 연두는 짧은 사이에 겪은 수난을 떠올리고 으드득 이를 갈았다.

C

기껏 왕궁에 도착해 심부름꾼의 목걸이를 내밀었을 때, 연두와 광대는 아셰라드에게 안내되는 것이 아니라 그대로 린든의 앞으로 끌려갔다. 그때 연두는 광대가 보내는 시선에 찔려 죽는 줄 알았다.

"분명 아셰라드에게 가게 되어 있었는데……."

"부부가 일심동체인 모양이야."

연두는 나름 변명을 웅얼댔지만 광대의 빈정거림을 당할 수는 없었다. 그녀는 퍽 풀이 죽었다.

린든은 두 사람을 바라보며 만족스러운 미소를 지었다. 납치 과정에서 계집을 놓치더라도 걱정할 것 없다며, 반드시 왕궁으로 돌아올 거라던 아셰라드의 말이 그대로 증명된 것이다.

"심부름꾼의 목걸이라니, 생각도 못했지. 내 부인의 협조가 없었다면 이렇게 쉽게 둘을 만날 수는 없었을 거야. 반갑네."

생각보다 단어 선택이 부드럽다. 연두와 광대는 바짝 긴장해 숨도 제대로 못 쉬고 있는데, 린든은 손수 둘의 손을 잡아주며 꽤나 다정하게 굴었다. 심지어 연두가 손가락에 붕대를 감고 있는 걸 보고 혀를 차며 안타까워하기까지 했다.

"정중히 대하라고 했는데……. 아무래도 거친 녀석들이라 배려가 부족했나 보군. 내가 사과하지."

악어의 눈물도 그보다 가증스럽진 않을 것이다. 연두는 그 자리에서 린든의 뺨을 때릴 뻔했다. 때마침 광대가 진정하라며 팔을 잡아당기지 않았다면 정말 그랬을지도 모른다.

연두를 납치한 린든의 수하들은 폭력에 익숙한 자들이었고, 연두는 스스로를 지키기 위해 사나운 암고양이처럼 손톱을 세웠다. 설마 손가락에 망치질을 할 줄 알았다면 좀 더 얌전히 굴었을 테지만, 이미 저질러진 일을 어쩌겠나.

린든은 연두와 광대가 좀체 말을 들으려 하지 않자 아셰라드를 불러내 설득을 부탁했다. 그리고 린든이 둘을 중간에 채간 걸 몰랐던 아셰라드는 린든과 거한 부부싸움을 한 끝에 연두와 광대를 설득하는 것에 동의했다. 두 사람 앞에 나온 아셰라드는 평소의 그녀답지 않게 꽤 미안한 표정을 짓고 있었다.

"그린, 피에로. 내 얼굴을 봐서라도 수아나에게 가서 그녀를 안심시켜 줬으면 좋겠어. 임신을 하고 난 뒤 어찌나 신경이 날카로운지, 요새는 요정이 집 안에 드나든다며 울상이야. 그 요정이 아기를 빼앗아갈 거라며 떨고 있지."

"그런 증상이라면 저희보다는 경험 많고 지혜로운 부인들이 적임일 텐데요."

"아니, 그럴 수가 없는 게……. 수아나는 피에로가 마법사라고 믿고 있거든."

"헛소리가 늘었군요. 요정에 이어 마법사라니, 다섯 살배기 아이도 아니고. 아무도 믿지 않을 텐데요. 모두 초산을 두려워하는 임산부의 망상이라고 말할 거예요."

단칼에 가능성을 부정하는 연두를 향해 아셰라드는 가만히 시선을 주었다. 꽤 압박감이 있는 시선이었다. 아름다운 얼굴에 숨길 수 없는 피로감이 짙게 드러났다.

"그린. 나는 수아나의 방에서 금실을 거둬오는 일을 언제나 너에게 맡겼지."

"그건……."

"서로 다 아는 사이에 말 피하지 말자꾸나. 너도 나도 수아나에게 요정이 붙어 있다는 걸 이미 알고 있어. 그럼 수아나가 하는 헛소리도 절반쯤은 진실일 수도 있는 거겠지. 그렇게 무서운 얼굴은 말렴. 피에로가 마법사라는 건 나도 안 믿으니까. 저 녀석은 마법사라기엔 좀……."

"허술하죠……."

"그렇지. 마법사라는 게 죄다 저런 녀석들뿐이라면 마법사와 마녀에 대해 걱정할 건 아무것도 없을 거야."

공감대를 형성한 연두와 아셰라드가 고개를 끄덕였다. 가만히 있다가 얻어맞은 꼴이 된 광대가 몹시 끼어들고 싶은 표정을 지었지만 두 여자는 신경 쓰지 않았다.

"그럼 요정이 아기를 데려가겠다고 한 부분을 걱정하시는 건가요?"

"그래. 난 늘 궁금했거든……. 그 요정이 대체 왜 수아나를 도와주는 건지, 이해할 수가 없었어. 뭔가 은혜를 베푼 것도 아닌데 말이야. 저 피에로 녀석이 손을 썼을 거라 짐작은 했지만 그래도 좀 과했단 말이지. 그런 면에서 이번 일은 차라리 이해가 가. 요정이 그동안 일해준 대가로 아기를 원한 거야."

"으음……."

연두와 광대의 미간에 저절로 주름이 잡혔다. 아셰라드의 짐작대로 광대가 손을 썼던 것은 맞다. 하나 그 요정이란 애초에 수아나를 도울 것을 목적으로 하고 만들어낸 존재였다. 대가를 요구하는 것만으로도 충분히 이상한 일이건만 무려 아기를 바란다니, 그 무슨 웃기는 얘기란 말인가. 요정에게 인간의 아기가 대체 무슨 소용이 있다고.

서로에게 눈짓을 하느라 바쁜 두 사람을 바라보던 아셰라드가 통 큰 조건을 제시했다.

"네가 도와주기만 한다면, 반드시 보상하마. 내가 할 수 있는 거라면 뭐든 다 들어주겠어."

"납치를 당하지 않았더라면 그 말씀을 믿었을 텐데."

"납치씩이나 할 줄은 몰랐다. 모두 그 사람이 단독으로 한 짓이야."

"심부름꾼의 목걸이를 내밀고 린든님께 끌려가지 않았다면 그 말씀도 믿었을 거예요. 하지만 수아나를 도우라는 명령에는 따를게요. 첫 아이를 가지고 그렇게까지 힘들어한다는데 외면할 수야 없죠."

아셰라드는 뭐라 형언하기 힘든 표정으로 연두를 바라보았다.

"너만큼 무도한 시녀는 또 없을 거야."

"관대하신 마음씀씀이에 항상 감사하고 있답니다."

☾

무심결에 손을 꽉 움켜쥐자 짜릿한 통증이 신경을 하얗게 태우며 눈앞을 아찔하게 했다. 하지만 덕택에 정신이 들었다. 연두는 과거 회상을 그만두고 눈앞의 수아나를 향해 다시금 물었다.

"대체 무슨 말을 했기에, 그 둘이 입을 모아 날더러 널 도우라고 하는 건지 말해봐."

"그건, 그건⋯⋯!"

수아나가 연두를 와락 끌어안고 매달렸다. 연두의 표정은 좀 더 냉담해졌지만 그런 것까지 눈에 들어오지는 않는 모양이다. 연두를 바라보는 수아나의 표정엔 온통 기대와 반가움이 가득 차 있었다.

"그린, 피에로는 왔어? 응?"

"그래. 왔어."

"왔구나……."

굉장히 안심한 듯 짓는 미소가 어여쁘다. 연두는 수아나를 떼어내고 그녀의 얼굴을 찬찬히 훑어보았다. 굉장히 말랐다. 불룩 튀어나온 배가 이상해 보일 정도로 바짝 말라서 저도 모르게 눈살이 찌푸려졌다. 기껏 신분 상승에 임신까지 하고서 꼴이 이게 뭔지.

"왜 찾았냐니까?"

"아셰라드님께 얘기 못 들었어? 으응? 그분께는 사실대로 다 말씀드렸는데!"

연두는 가만히 혀를 찼다. 못 들었을 리가 있나. 그러나 연두도 광대도 아셰라드의 설명을 믿지 않았다. 분명 아셰라드가 뭔가 더 얘기하지 않은 부분이 있을 거라고, 또한 수아나가 감추고 있는 부분도 더 있을 거라고 생각했다. 그래서 이렇게 추궁을 거듭하고 있건만 수아나는 아셰라드에게 숨김없이 말했다며 펄펄 뛰기만 했다.

"모조리 말씀드렸어! 그런데 넌 왜 자꾸 내가 숨기는 게 있기라도 한 것처럼 캐묻는데? 설마 너도 내 뱃속의 아이가 국왕 전하가 아니라 린든님의 아이라고 생각하는 거야? 그런 거야?"

"알았어, 알았다니까. 그냥, 도저히 이해가 안 가서 물어봤어. 대체 왜 요정이 너에게 아기를 달라고 한 건지 모르겠단 말이야."

"그야, 처음 약속이 그랬으니까 그랬지."

"……음? 약속?"

아셰라드에게는 듣지 못한 말이었다. 고개를 갸웃대는 연두를 향해 수아나는 실로 천진난만한 표정을 지으며 설명했다.

"아기를 가지면 정부가 될 수 있잖아. 하지만 잠자리를 계속 가져도 좀체 생기지가 않아서…… 요정에게 부탁했어. 그랬더니, 아기를 갖게 해줄 수는 있지만 낳으면 자기에게 줘야 한다잖아. 그래서 그러자고 했지."

연두는 가까스로 신음을 삼켰다. 이 무슨 소름끼치는 거래란 말인가. 그러고 보면 아직 이 세계는 아동 인권이 확립되지 않았다. 아이는 전적으로 부모의 소유물이었다. 흉년이 들어 먹을 게 없으면 죽여서 입을 덜거나 떠돌이 곡예단 따위에 팔아서 돈으로 바꾸는 일 정도는 흔하게 일어났다. 배고픔은 모성본능조차 눌러버리는 시련이었다.

'빌어먹…… 동화 속 세상 주제에 너무 잔인한 거 아니야?'

연두가 바짝 굳어 있거나 말거나 수아나의 이야기는 계속해서 이어졌다.

"어차피 낳아봤자 사생아잖아. 그러니 줘도 될 거 같았단 말이야. 국왕 전하께서 그렇게 신경 쓰실 걸 알았다면 바로 안 주고 조금 지나서 주겠다고 했을 텐데……. 이대로 요정에게 아이를 빼앗겼다간 난 소렐 백작부인이라는 작위를 빼앗기고 시골로 쫓겨날지도 몰라. 그린, 도와줘. 응? 네 약혼자는 마법사잖아."

"피에로는 마법사가 아니야."

"거짓말. 내 귀로 똑똑히 들었는걸."

수아나가 배시시 웃었다. 그 미소는 그녀가 아직 평범한 마을 처녀이던 시절에 자주 짓던 미소와 매우 닮아 있었다. 상대를 찔러 죽일 듯이 뾰족하게 솟아오른 가시만 조금 눕힌다면 말이다.

"마녀 니니스가 그린 너를 기다린다며? 마녀와 알고 지내는 건 마녀와 마법사뿐이야."

"마녀 니니스라니, 그건 또 누구래. 수아나, 상상도 정도껏 해야지."

"날 도와주지 않으면, 네가 마법으로 만든 구두를 아셰라드님께 바쳤다고 떠들고 다닐 거야. 집시를 약혼자로 둔 이민족 여자가 마법의 유리구두를 가지고 있었다고 하면, 재미있어 하는 사람이 아주 많을 거야. 그렇지?"

연두는 무심결에 이를 갈았다. 그나마 입 밖으로 욕을 하지 않은 건 임산부에 대한 최소한의 예의였다.

수아나의 말대로 그런 소문이 퍼지기라도 했다간 연두와 아셰라드 모두 곤욕을 치를 게 자명했다. 아니, 아셰라드는 신분을 방패 삼기라도 하겠지만 연두에겐 그런 것도 없으니 분명 이리저리 굴려지며 씹히느라 남아나는 게 없을 터다. 씹히는 걸로만 끝나면 다행이었다.

자극적인 소문은 사실 여부와 상관없이 사람들의 관심을 끌어모으기 마련이고, 때때로 그런 소문은 소문 자체만으로 사람을 죽였다. 이곳처럼 인권이 무시되는 사회라면 그 위력이란 말할 것도 없다. 펜으로 밥 벌어먹는 직업을 가졌던 연두는 그 사실을 잘 알고 있었다.

"……아셰라드님도 이런 식으로 협박했어?"

"도와주면 아무 일도 없어. 그린, 그 못된 요정을 쫓아줘. 응? 너도 내가 얼마나 신분 상승을 하고 싶어 했는지 알잖아. 나, 방앗간으로 다시 돌아가고 싶지 않단 말이야."

수아나는 어린아이처럼 칭얼거리며 연두에게 달라붙었다. 연두는 그녀를 밀쳐 내지 못한 채 어지러운 머릿속을 정리하려 노력했다. 광대의 경고가 새삼 사무쳤다.

"너와 이곳 사람들은 아예 도덕의 기준 자체가 달라."

이미 충분히 알고 있다고 생각했는데. 연두는 쓰게 웃었다. 동화 주인공에게 가지고 있던 콩깍지가 한 꺼풀 벗겨져나간 것만 같다. 아세라드의 복수를 보며 이미 충분히 벗겨졌다고 생각했었는데 아직까지 남아 있는 콩깍지가 있었다니 그것 참 신기한 일이었다.

"알았어……. 대신, 잘 먹고 잘 잔다고 약속해. 지금 네 꼴을 봐선 아이가 태어나는 것도 힘들게 생겼어."

"그래? 내 꼴이 그렇게나 엉망이야? 어디…… 이런, 세상에."

수아나는 연두와 제 팔목의 두께를 비교해 보고 신음을 토했다. 이전에는 거의 비슷했던 것 같은데 지금은 반쪽밖에 되지 않았다. 딱딱한 나뭇가지 같은 손목을 만지고 있으니 뭔가 아주 울적해지는 기분이 들었다.

연두는 그런 수아나의 앞에 본인이 가져온 바구니를 대령했다. 수아나를 찾은 첫 번째 목적이 요정에 대한 진실을 아는 것이었다면, 두 번째 목적은 바로 이 바구니를 전달하는 거였다.

"일단…… 선물부터 받아. 아세라드님이 너에게 보내는 거야."

"선물? 아세라드님이? 뭔데 그렇게 크…… 어머나!"

커다란 바구니 안에는 새카만 고양이 한 마리가 웅크리고 앉아 있었다. 수아나가 탄성을 터뜨렸다. 그녀는 무섬증도 없이 냉큼 손을 넣어 고양이를 꺼내들었다. 늘씬하고 긴 꼬리가 인상적인 검은 고양이는 수아나의 낯선 손길에도 저항 없이 얌전했다.

배가 불러 불편할 텐데도 불평 없이 연신 고양이를 쓰다듬는 수아나는 조금 전 연두를 협박하던 그 사람과 동일인물이라고 보기 힘들 정도로 인상이 바뀌어 있었다. 따스하고 다정한 얼굴이다.

"고양이 좋아한다며? 마음의 안정에 도움이 될 거라고 하시더라. 집이 온통 고양이 소굴이라 한 마리 더해봐야 뭐가 나아지겠냐 했는데……. 지금 표정 보니까 효과가 있긴 한가 보네."

"검은 고양이는 찾기가 힘들었어."

"그래? 저기 숨어 있는 흰 고양이도 꽤 예쁜데."

"쟤 이름은 스노우야."

"어, 그래. 생긴 것 같은 이름이네. 나는 일단 왕자비궁으로 돌아가야 해. 그런 표정 짓지 말고. 지금 난 어디까지나 심부름 온 거니까 어쩔 수 없어. 네가 정식으로 왕자비궁에 요청해야 올 수 있다구."

"알았어."

"그리고 여기 하녀들더러 청소 좀 하라고 해. 어휴, 털 굴러다니는 거 봐."

연두가 침대 아래쪽에서 구르는 털을 대충 쓸어 모으며 혀를 찼다. 고양이를 쓰다듬으며 새로운 털 뭉치를 생성 중이던 수아나는 그저 멋쩍은 미소를 지었다.

연두가 돌아가고 난 뒤, 수아나의 관심은 온통 고양이에게 쏠렸다. 온몸이 새카맣고 눈은 노란색. 파르만 영지에 있을 때 밥을 주던 고양이, 블랙과 똑같은 생김새였다. 수아나는 그 고양이에게도 블랙이라는 이름을 주었다.

"블랙, 이리 와."

수아나가 부르자 블랙이 다가와 그녀의 손에 머리를 비볐다. 순한 것만 아니라 영리하기까지 한 고양이였다. 스노우는 블랙이 마음에 들었는지 자꾸만 옆에 가서 붙어 있으려고 했다. 비록 블랙이 질색을 하고 싫어하긴 했지만 말이다.

"희고 검은 고양이가 같이 있으니 예쁘네. 새끼를 기대해 봐도 되겠어."

미야―

"어머, 블랙. 말만 하는 건데도 싫으니? 스노우가 얼마나 미인인데 그래? 너도 참 눈이 높구나."

블랙은 자꾸만 질척대는 스노우를 걷어차고 창가에 자리를 잡았다. 햇살 닿은 까만 털에서 윤기가 반지르르하게 흘렀다. 노랗게 반짝이는 눈이 호박처럼 깊고 진했다.

수아나는 블랙이 앉은 그 창문가로 다가가 제 손으로 창문을 열어젖혔다. 정원에서 여름의 신록을 가득 담은 바람이 와락 밀려들어 그녀의 머릿결을 훑고 지나갔다. 정말 오랜만에 이런 신선한 공기를 마신다는 느낌이 들었다. 가슴에 얹혀 있던 돌덩이가 쑥 내려간 것처럼, 무거운 짐을 내버린 것처럼 마음이 개운하고 어깨가 가벼웠다.

창문 밖으로 고개를 쑥 내밀고 아래를 내려다보자 아름답게 조형된 정원이 한눈에 들어왔다. 늦은 여름, 꽃이 만발한 정원에서 늙수그레한 정원사는 벌써부터 가을을 준비하고 있었다. 허리를 구부린 정원사의 위로 새파란 하늘이 구름 몇 조각을 끌어안고 펼쳐졌다.

"여름이 어느새 다 가버렸네……."

수아나는 느긋하게 계절을 즐겼다. 뺨에 닿는 햇살, 목덜미를 스치는 바람— 모든 게 다 좋다. 새벽에 잠들 때까지만 해도 세상이 온통 깜깜하고 어두워 다시는 해가 뜨지 않을 것 같더니 지금은 눈 닿는 곳마다 빛이 흘러넘치는 것처럼 반짝거렸다.

이제 눈에 띄게 부풀어 오른 배를 끌어안고 살며시 속삭였다.

"넌 내가 지켜줄게. 꼭 멀쩡히 나와야 해. ……어머!"

뱃속의 아기가 엄마의 목소리를 알아들은 것처럼 발차기를 했다. 이상할 정도로 잠잠하던 아기가 처음으로 한 태동이었다. 정말로 뱃속에 아기가 있구나. 새삼스러운 깨달음과 함께 알 수 없는 온기가 등줄기를 따라 흘러 손끝에 모였다.

이상한 기분이 들었다. 뺨이 홧홧하게 달아오르고 눈에 눈물이 고였다. 갑작스레 고양된 기분이 그녀를 끌어당겼다. 몇 발짝 걷는 것만으로 날아갈 것만 같은 느낌이 들어 발을 멈춰야 했다. 우습지만 정말 그랬다.

문득 허기가 느껴졌다. 당장 배를 채워야 할 것만 같은 극심한 허기였다. 수아나는 곧바로 시녀들을 불러들였다.

"당장 식사를 내와. 따뜻한 국물이 있는 거면 좋겠어. 식사를 하고 나면 산책을 나가야겠으니 옷을 준비해 줘. 그리고 내가 돌아오기 전까지 이 방을 깨끗하게 치워두도록."

갑자기 밝아진 마님의 모습에 시녀들은 몹시 당황한 모양이었다. 그녀들은 허둥지둥 식사를 준비하고 하녀들을 부려 방청소를 하는 등 부산하게 굴었다. 그러면서도 흘끔흘끔 수아나를 훔쳐보며 쑥덕거렸다.

"저렇게 기분 좋아 보이는 얼굴은 처음 봐. 어, 정말로 산책 나가려나 본데? 웬일이지?"

"왕자비 전하의 시녀가 고양이를 주고 갔다나 봐. 선배들이 그러는데, 새 고양이가 들어오면 잠깐은 저런대."

"그놈의 고양이. 지금도 고양이 소굴인데 질리지도 않나?"

"지금을 즐겨. 어차피 새 고양이 생겨봤자 한 달도 못 가. 스노운지 뭔지 하는 흰 고양이는 조금 오래 귀여워했지만……. 결국은 그렇게 됐잖아? 저것도 한때야."

누군가의 말에 다들 고개를 끄덕거리고는 어깨를 늘어뜨렸다. 그녀들에게 수아나는 정말로 모시는 보람이 없는 상전이었다.

하나 수아나는 그런 아랫것들의 심정 따위를 헤아릴 상태가 아니었다. 지금 그녀는 처음으로 국왕과 잠자리를 했던 때만큼 기분이 좋았고 임신을 알았던 순간처럼 행복했다. 뱃속의 아기는 배를 걷어찰 만큼 건강했고 아기를 요정으로부터 지켜줄 사람도 찾아냈다. 거기에 오래전부터 그리워했던 블랙과 꼭 닮은 고양이를 선물받았다. 온통 좋은 일만 있던 하루였다.

"피곤하네……."

요즘 들어 온종일 침대에 누워 지내다가 갑자기 돌아다녀서 그런가, 해가 떨어지고 주변이 어두워지기 시작하자 바로 잠이 쏟아졌다. 수아나는 정말 오랜만에 뒤척이지 않고 깊이 잠들었다.

그날 밤은 보름이었다. 유독 커다랗고 창백한 달이 밤하늘 가운데에서 빛났다. 커튼을 닫지 않은 창문 너머에서 흰 달빛이 쏟아져 일렁거렸다. 달과 별이 느긋하게 하늘을 헤엄치다 새벽이 되었을 때, 달빛에 희게 빛나고 있던 카펫에 그림자가 생겼다. 웅송 그리고 있던 그림자가 천천히 몸을 펴고 일어섰다. 두 팔을 머리 위로 쭉 뻗어 기지개를 켜고 느긋하게 달을 바라본다. 호박색 눈동자가 우아하게 반짝였다.

"좋은 달밤이야."

광대였다. 그가 테라스로 향하는 창문을 열자, 한밤의 합창을 하고 있던 벌레 소리가 단숨에 음량을 높였다. 거기에 밤이 되면 활동적이 되는 나이팅게일의 지저귐까지 합쳐지니, 조용하던 방은 단숨에 한밤의 소음으로 가득 찼다.

광대는 창틀에 기대어 느긋하게 시간을 보냈다. 잠에서 깬 스노우가 광대의 다리에 몸을 비비며 친근감을 표시했다.

수아나는 정말 오랜만에 단잠을 자고 있었다. 오랫동안 마음고생에 시달렸던 몸은 그녀를 잠에서 좀체 놓아주지 않았다. 하나 그렇게 깊은 잠을 자고 있던 그녀는 광대가 불러들인 소음에 잠에서 끌려 나오고 말았다. 그녀는 끙끙대며 이불을 뒤집어쓰는 등의 노력을 해봤지만 어째 그럴수록 소음은 점점 커지기만 했다.

"시끄러워……."

어떻게든 다시 자기 위해 노력하던 수아나는 결국 억지로 눈을 뜨고 말았다. 억지로 깬 것이라 머리가 몽롱하니 잘 굴러가지 않는다. 그녀는 눈앞에서 웬 나이팅게일 한 마리가 폴짝대는 걸 보면서도 정신을 차리지 못했다. 보다 못한 나이팅게일이 그녀의 귓가에 대고 버럭 소리를 질렀다.

삐이이이익!

"악! 저리 가!"

깜짝 놀란 수아나가 벌떡 일어나 팔을 휘저었다. 그런다고 나이팅게일을 잡을 수는 없었지만, 덕분에 잠은 확실히 깼다. 새가 들어오다니, 잠자리를 챙긴 시녀가 창문을 제대로 닫지 않은 모양이라고- 수아나는 단지 그렇게만 생각했다.

새를 쫓아내려면 시녀를 불러야 한다. 시녀방과 연결된 줄을 잡아당기려던 손이 누군가에 잡혀 저지당했다. 수아나는 낯설고 뜨거운 체온에 놀라 소리를 지르려다가 곧바로 입까지 틀어 막히고 말았다. 쿵쿵 뛰는 심장소리가 귓가에 선명했다.

"쉿, 조용히. 자기소개를…… 해야 하나?"

수아나는 정신없이 고개를 저었다. 오랜만에 듣는 목소리였지만 잊을 수 있었을 리 없다. 무덤을 파고 돌아온 뒤 악몽 속에서 몇 번이나 들었던 목소리였다.

"손을 치워도 조용히 할 수 있겠어? 다른 사람을 부르면 난 이 일에서 빠질 거야. 알겠지? 자, 치운다."

"흐읍, 콜록콜록! 하아, 하……. 당신이 왜, 왜 여기에 있는 거죠?"

"아니, 날 그렇게 찾아놓고 그렇게 물으면 어쩌자는 거지? 지금 마음 같아서는 창문 밖으로 밀어버리고 싶은 걸 참고 있으니까 얌전히 협조하라고."

수아나의 낯에서 핏기가 싹 빠져나갔다. 창백해진 얼굴이 안쓰러울 만도 하건만, 광대의 웃는 얼굴은 그저 사나웠다.

"뭐, 뭘 협조하라고……. 자세한 이야기는 아셰라드님과 그린에게 다 했어요!"

"알아. 하지만 말 안 한 것도 있지."

광대가 한 걸음 뒤로 물러섰다. 그러나 수아나는 그가 뒤로 물러섰다는 걸 도저히 믿을 수 없었다. 멀어졌다기에는 그 존재감이 전혀 옅어지지 않았던 탓이다.

"전부 말 했어요…… 전부."

"요정은 단순한 존재라서, 흰 것을 가르치면 희게 되고 검은 것을 가르치면 검게 돼. 요정이 그따위 요구를 하게 된 건 너한테 배워서일 거야. 수아나, 요정에게 뭘 가르쳤지?"

"아무것도…… 아무것도 가르치지 않았어요. 그 요정은 처음부터 그랬어요. 뭐든 받으려면 대가가 있어야 한다고 했어요."

광대는 미간을 찌푸렸다. 그는 요정에게 수아나를 도우라고 했지, 그녀와 거래를 하라고 하지는 않았다. 수아나의 이야기는 이상했다.

"처음부터 그랬다고?"

"그래요. 처음부터 그 모양이었어요. 그 요정에게 뭔가를 받을 때마다 대가를 치러야 했다고요."

"금실만 받은 건 아니로군."

"그건……."

수아나는 빨리 대답하지 못하고 눈을 데구루루 굴렸다. 광대의 말 그대로였다. 아세라드에게는 금실이 필요할 때마다 대가를 주었다고 했지만, 수아나가 요정에게 요구한 건 단지 금실만이 아니었다.

갖고 싶었던 옷, 장신구, 화장품, 보석……. 요정은 수아나가 원하는 것이라면 뭐든 가져다주었다. 대가는 금화일 때도 있었고, 입던 옷일 때도 있었고, 잘라낸 손톱일 때도 있었다. 요정은 작은 것을 받고 큰 것을 돌려주었다. 늘 그랬다.

침대 위에서 떨고 있던 수아나가 불쑥 고개를 쳐들고 물었다.

"그게 문제가 되나요? 설마, 쫓아내려면 이제껏 받은 걸 다 돌려줘야 해요?"

"돌려줄 수는 있고?"

수아나가 울상을 지은 채 고개를 저었다. 요정에게 받은 것들 태반이 사치품이었고 개중에는 먹고 쓰는 것들이 상당수 있었다. 전부 돌려줄 수는 없었다. 그건 불가능했다.

광대는 쯧, 하고 혀를 찼다. 이미 짐작하고 있던 바였다. 벽지에서 평범하게 자란 처녀가 갑자기 뭐든 호화롭게 반짝이는 왕궁에서 시녀 생활을 시작한 것이다. 게다가 마침 그녀에게는 뭐든 가져다주는 요정이 붙어 있었다. 사치스러워지지 말라는 게 무리한 요구일 터이다.

순백이었던 요정이 수아나의 욕심에 물들었다고 친다면 억지이긴 해도 아귀는 맞아든다. 하나 요정이 하고많은 것 중에서 아이를 달라고 한 이유는 아무리 생각해도 이해가 안 갔다.

"요정이 대체 왜 아이를 달라고 했을까⋯⋯. 믿어지지가 않는데. 거짓말을 한 건 아닌가⋯⋯ 싶기도 하고?"

"절대 아니에요. 절대. 당신과는⋯⋯ 다시는 엮이고 싶지 않았어요. 이런 일만 아니었으면 절대 안 찾았어요. 제발 도와줘요. 네? 이 일만 잘 해결되면, 그땐 정말 다시는 찾지 않을게요."

낮에만 해도 연두에게 능숙하게 협박을 해댔던 주제에 수아나의 표정은 절박했다. 광대는 의심을 접었다. 초여름, 물에 빠진 연두를 구하고 돌아오는 길에 숲에서 마주쳤던 요정은 그가 생각하기에도 정상이 아니었다.

"그래. 이번만은 네 말을 믿도록 하지. 그런데 너, 무슨 수로 요정을 불렀지?"

"그건 그냥⋯⋯ 부탁할 게 있다고 하면 왔어요."

"주로 언제 불렀지? 무얼 가지고? 무슨 말을 했어?"

"어⋯⋯ 그러니까⋯⋯ 보통 이렇게 달이 뜬 밤에 지푸라기를 가지고 불렀어요. 이 지푸라기를 금실로 바꿔줄 요정이 있으면 좋을 텐데! 하고⋯⋯."

"⋯⋯겨우 그것뿐이야?"

광대는 그만 혀를 차고 말았다. 본래 서로 다른 영역에서 살아가는 존재라면 좀 더 만나기 어렵고 나름의 규칙도 있어야 하는 것이거늘, 만들 때 그저 수아나를 도울 것─ 이라고만 조건을 걸어뒀더니 생각 이상으로 쉬운 녀석이 되어버렸다.

"아무튼 알겠어. 조만간 연…… 아니, 그린이 네 시녀로 올 거야. 그때 요정을 불러."

"네? 바로 쫓아내 주는 거 아니었어요?"

"무슨 소리야. 아무리 나라도 멀쩡히 맺은 약속을 함부로 깰 자격은 없어. 요정과의 약속을 함부로 어기면 무슨 일이 일어나는지 누누이 들었을 텐데?"

수아나의 얼굴이 새파랗게 질렸다. 민가의 아이들은 요정과 마녀에 대한 전승을 어린 시절부터 듣고 자랐다. 약속을 어겼다가 두꺼비가 되는 욕심쟁이의 이야기는 잠자리에서 듣는 단골 자장가였다.

"알았어요……. 그런데, 불러서 뭘 하면 되는 거죠?"

"아기를 가져가겠다는 건 꽤 큰 대가야. 그런 조건을 걸 때는 반드시 다른 조건이 있어야 해. 예를 들면……. 이러이러한 무언가를 주고 대신 아기를 데려가겠다, 하지만 만약 네가 아기 대신 어떤 걸 지불하면 아기는 데려가지 않겠다. 이런 거지. 그 조건을 알아내."

"요정은 그런 얘기는 하지 않았어요."

"당연히 다른 방법은 없냐고 물어볼 줄 알았겠지."

광대는 팔짱을 낀 채 한쪽 입꼬리를 삐뚜름하게 끌어올렸다. 달빛 비친 얼굴이 몹시 심술궂었다.

"설마 아무리 사생아라도 어머니인데 냉큼 그러마 할 줄 알았겠어? 지금도 봐. 만약 아기의 아버지가 간절히 원하지만 않았다면 넌 아기를 요정에게 바로 넘겨 버릴 거였잖아. 당연히 지금처럼 우릴 찾지도 않았겠지. 그래서 못 들은 거야."

수아나의 얼굴이 빨갛게 물들었다. 광대의 말은 지나치게 날카로웠다. 가슴에서 돌이 쿵 떨어졌다. 알 수 없는 분노가 속에서부터 끓어올라 그녀를 일으켜 세웠다. 수아나는 침대에서 벗어나 광대를 향해 걷기 시작했다. 아까부터 그녀를 짓누르고 있던 압박감은 까맣게 잊은 채였다.

"아닐 수도 있잖아요."

"정말?"

"네. 막상 낳아보니 아기가 너무 예뻐서 마음이 바뀔 수도 있는 거잖아요?"

"흐음……. 뭐, 그럴 수도 있겠지. 하지만 그건 확률이 너무 낮아 보이는군그래."

"당신이 뭘 안다고!"

수아나가 광대에게 와락 달려들었다. 하나 쉬이 잡혀줄 광대가 아니었기에, 그녀는 달려들던 기세 그대로 바닥에 나뒹굴었다. 다행히 두툼한 카펫이 깔려 있긴 했지만 충격은 상당했다. 수아나는 본능적으로 아랫배를 감싸 안은 채 광대를 향해 사나운 시선을 던졌다.

"이…… 개자식."

"이런, 몸을 조심해야지. 지켜준다며? 그렇게 몸을 막 굴리다간 아기가 뱃속에서 멀미를 할 거라구."

광대는 얄밉게 입을 삐죽대며 수아나를 비웃었다. 그런 굼뜬 동작으로 달려들면 맞아줄래야 맞아줄 수가 없다. 놀림당한 수아나의 눈에서 불꽃이 튀었다. 그러거나 말거나, 광대는 하늘 꼭대기에 걸린 달을 바라보며 시간을 가늠했다. 이제 가야 할 때였다.

"유익한 만남이었어. 또 보자고."

"안 와도 돼요!"

수아나가 신경질을 부렸지만 개의치 않았다. 광대는 아까 열어 둔 테라스를 향해 사뿐사뿐 걸어가 높다란 난간 위에 올라섰다. 올라선 본인은 태연한데 수아나만 눈을 휘둥그렇게 떴다. 정원이 훤히 내려다보이는 테라스였다. 높이가 만만치 않다.

"떨어지면 큰일 나요!"

"언제는 개자식이라더니, 걱정은."

광대는 웃음소리만을 남겨놓고 홱 뛰어내렸다. 수아나는 다급히 테라스로 달려 나와 아래를 살폈지만 광대의 모습은 어디에도 없었다. 달빛 쏟아지는 정원은 그저 평화로웠다.

꽉 차오른 달은 어디에나 똑같이 빛을 뿌렸다. 아셰라드가 무릎 꿇고 있는 왕족 전용 예배당에도 흰 달빛이 쏟아졌다. 천사와 성인들의 조각상으로 가득 찬 장엄한 공간은 흰 달빛에 물들어 오싹할 정도로 신성하게 느껴졌다. 경건하게 기도를 올리던 아셰라드는 등골이 서늘해지는 낯익은 느낌에 눈을 떴다. 드러난 살 갗에 오소소 소름이 돋았다.

"넌 정말이지 여전하구나."

"변하기에는 조금 모자란 시간이었죠. 저에게나, 아셰라드님에게나."

아무것도 없던 허공에서 갑작스레 부피감이 솟아올랐다. 그건 서서히 사람의 형체를 갖추어 달빛 아래로 걸어 나왔다. 새카만 머리칼과 노란 눈동자, 언제나 빙긋이 웃고 있는 입매─ 광대였다.

아셰라드의 눈가가 바르르 떨렸다. 이미 몇 번이나 본 광경이지만, 아무리 보아도 익숙해지지 않을 광경이기도 했다. 그녀는 뱃속에서부터 올라오는 거부감을 딱히 감추지 않고 드러냈다.

"널 볼 때마다 생각하는 건데, 그린은 참 눈이 없어. 영리한 아이인데 이상도 하지."

"여전히 평가가 박하시군요."

"사실을 말한 거야."

매정한 대답이었으나 광대는 그저 어깨를 으쓱였을 뿐이다. 아셰라드의 그런 태도는 그에게 매우 익숙했다.

"다른 조건에 대해서는 들은 바가 없더군요."

"그래……. 그럴 것 같았지. ……무사히 해결될 거라고 믿어도 되겠지?"

아셰라드의 어조에는 가시가 서 있었다. 유리구두를 거론한 수아나의 협박은 꽤 효과를 발휘하는 중이었다. 아셰라드는 기반이 약했다. 아무도 믿지 않을 헛소문조차 그녀에게는 치명타가 될 수 있었다. 그녀의 초조함을 마주하고도 광대는 그저 여유로웠다.

"걱정 말고 기다리고 계시길. 선의에는 선의로 갚는 게 제 원칙이니까요."

"악의에는 악의로 갚겠다는 말로 들리는구나."

"당연한 말씀을 하시네요."

일전에 연두가 평했던 그대로, 광대에게는 사람의 속을 뒤집는 재주가 있었다. 분명 맞는 말인데도 히죽히죽 웃는 얼굴은 아셰라드의 속을 왈칵 뒤집었다. 잘 다듬어진 예쁜 눈썹이 하늘을 향해 치솟았다.

"너란 녀석은 대체……."

"이미 잘 아시면서 뭘 또 따지세요? 괜히 예쁜 얼굴에 주름 만들지 마시고 선물 받으세요."

"……네 녀석이 선물을 주겠다니 믿기지가 않는데?"

아셰라드는 떨떠름한 표정을 숨기지 못했다. 그녀가 뭔가 일을 시킬 때마다 꼬박꼬박 보수를 받아내던 광대가 갑자기 선물을 주겠다니. 묘한 기대감과 함께 껄끄러운 마음이 드는 건 어쩔 수 없는 일이었다.

광대는 주춤거리는 아셰라드에게 그의 어깨에 앉아 있던 새 한 마리를 내밀었다. 눈 주변은 노란색, 머리는 빨간색, 날개깃은 푸르게 반짝이는 파랑새였다. 린든이 보았다면 눈을 반짝였을 테지만 아셰라드는 새에 대해서는 잘 몰랐다.

"난 새는 그다지 좋아하지 않아."

"새장은 많으시잖아요. 흔해빠진 새이긴 하지만 이 녀석에게 어울리는 새장도 하나쯤은 갖고 계실 테죠."

"그 새장들을 채울 생각이었다면 진즉 채웠지. 날개 달린 것들은 하늘을 날며 살아야 해. 아무리 아름다워도 새장은 그저 새장일 뿐인 것을……."

아셰라드는 투덜대면서도 선선히 파랑새를 받아들었다. 파랑새는 낯선 사람의 손에 넘어가서도 날개를 퍼덕이거나 살갗을 쪼거나 하지 않은 채 얌전을 떨었다. 아셰라드는 그 얌전한 자태가 못내 못마땅하여 입술을 일그러뜨렸다.

"이렇게 길이 잘 들어 사람을 겁내지 않는 새라니, 새장이 굳이 필요할까 싶구나."

"선물을 하시려면 새장에 넣어서 선물하는 게 모양새가 좋을 텐데요."

"이 녀석은 네가 내게 주는 선물이 아니니. 나는 선물이 마음에 들지 않는다고 냉큼 다른 사람에게 넘길 만큼 예의를 모르는 사람이 아니란다. 일단 받기는 하였으니 이 녀석은 내가 소중하게 보살피도록 하마."

"그러셔도 좋겠지만…… 새를 좋아하는 사람은 따로 있지 않나요? 넘기셔도 괜찮아요."

"너……."

섬뜩한 한기가 아셰라드를 집어삼켰다. 밤을 걷는 짐승처럼 노란 눈동자가 얼어붙은 아셰라드를 놀리기라도 하는 것처럼 가늘어졌다. 광대는 소리 없이 미소 짓다가 그대로 뒷걸음질을 쳤다. 달빛 아래에서 검은 덩어리처럼 서 있던 몸뚱이는 금세 어둠에 녹아들어 보이지 않게 되었다. 사람이 갖는 특유의 존재감도, 부피감도, 그 무엇도 남지 않았다. 눈앞은 그저 새카맣게 빈 공간이었다.

아셰라드는 달빛이 그려낸 흰 카펫 안에서 차마 손도 뻗지 못하고 얼어붙었다. 희게 빛나는 달빛이 그녀를 보호하는 얇은 방패막 같아 감히 벗어날 엄두가 나지 않았다. 핏기 잃은 얼굴은 시체처럼 창백했다.

광대가 사라진 교회는 얄팍한 침묵으로 가득 찼다. 그러나 초겨울의 살얼음처럼 아슬아슬하던 침묵은 금세 깨어졌다. 묵직한 발소리가 교회를 가득 울렸다.

"블루벨, 역시 여기 있었군."

아셰라드를 블루벨로 부를 수 있는 단 한 사람. 그녀의 남편인 린든이 때가 되었는데도 자리를 비우고 있는 부인을 찾아 교회에 까지 온 것이다. 낯익은 얼굴을 보는 순간 어찌나 안심이 되던지, 아셰라드는 다리에 힘이 풀려 그 자리에서 쓰러질 뻔했다.

"페러……"

"음? 내 사랑스러운 블루벨, 그대가 그렇게 간절하게 내 이름을 부르는 건 처음 보는 것 같군그래."

빙긋 웃는 얼굴이, 다정하게 벌린 팔이 어찌나 믿음직스러운지. 아셰라드는 린든의 팔 안으로 뛰어들어 그의 가슴팍에 머리를 기대고 가느다랗게 몸을 떨었다.

생전 안 하던 짓에 놀란 린든의 목덜미가 붉게 달아올랐다. 그는 괜히 헛기침을 하며 걸치고 있던 겉옷을 벗어 아셰라드의 어깨에 둘러주었다. 그리고 다정하게 그녀의 등을 끌어안고 도닥거렸다.

"왜 이렇게 몸이 찬 거야? 이것 참, 거추장스러운 왕족의 복식이 고마울 날도 있군."

"……페러……"

아셰라드는 린든의 이름을 신음처럼 속삭이며 그의 품을 파고들었다. 강하게 안아주는 팔과 따뜻한 체온에 더없이 안심이 된다. 겨우 진정하고 안도의 숨을 내쉬는 그녀의 정수리에 따뜻한 입맞춤이 내려앉았다.

"그거 아나? 그대가 이럴 때면 난 정말 어쩔 줄을 모르게 돼. 진한 설탕물을 그릇째 들이킨 것처럼 정신이 멍해져."

"농담도……"

"아니, 사실이야. 이것 참 곤란하군."

린든은 아셰라드의 머리에 턱을 얹은 채 난처한 미소를 지었다. 한밤중에 괴이쩍은 외출을 했다는 밀고를 듣고 추궁하러 왔는데 그녀가 몸을 붙여오자마자 모든 게 다 아무것도 아닌 게 되어버렸다. 심지어 머릿속에는 그녀를 위한 변명만이 줄줄이 맴돌고 있었다. 교회에 기도하러 가는 데에 시간이 뭐가 문제냐고 말이다.

'여자에 빠져 인생을 망친 수많은 영웅들의 심정이 이해가 가는걸⋯⋯.'

품 안의 체온을 지킬 수만 있다면 그게 뭐든 다 할 수 있을 것만 같은 기분이었다. 이 가녀리고 안타까운 여자를 지키고 보호하는 것이 인생에서 가장 가치 있는 일로 느껴지다니, 자신은 미친 게 틀림없다. 린든은 괜히 입술을 삐죽 내밀고 투덜거렸다.

"아무래도 그대가 내 영혼을 가져가 버린 것만 같아."

"말이 되는 소리를 하세요."

"진심인데. 봐⋯⋯. 지금도 이렇게⋯⋯ 내 부인의 눈에 눈물 맺힌 일이 세상에서 가장 큰 일로 느껴지는걸."

다정한 입맞춤이 눈가를 스쳤다. 이어 매끈한 미간에, 반듯한 콧등에, 그리고 빨갛고 탐스러운 입술에. 린든은 잡아먹기라도 할 기세로 아셰라드의 입술을 탐했다. 아셰라드는 든든하게 등을 받쳐 주는 팔에 안긴 채 그가 넘겨주는 숨을 허겁지겁 들이마셨다.

린든 한참의 시간이 흐른 뒤에야 아셰라드를 놓아주었다. 그녀의 입술이 배는 부풀어 올랐음에도 아쉬움이 남았는지 목덜미와 가슴께를 더듬는 손에 흑심이 가득 담겨 있다.

"블루벨, 그대는 왜 이런 시간에 교회에 있는 거야? 지금 우리가 있는 곳이 침실이 아니라는 게 너무 아쉬운걸."

"어머나. 당신에게 그 정도 분별이 남아 있다니 그것 참 놀랍네요."

아셰라드는 슬금슬금 옷 속을 파고들려는 손을 찰싹 때려 떼어놓고는 한 걸음 물러서서 손을 뻗었다. 그러자 흰 자작나무 가지처럼 아름답게 뻗어진 손 위로 파랑새가 날아와 앉았다.

삐익!

린든은 새를 좋아했다. 날개 달린 것들을 몹시 사랑하는 그는 좀처럼 찾기도 힘들고 길들이기도 힘든 파랑새를 금세 알아보고 눈을 화등잔만 하게 떴다. 그가 알기로 아셰라드는 새를 별로 좋아하지 않았다.

"블루벨, 이 새는 어디서 난 거야? 그대가 훈련시켰을 리는 없는데."

"선물 받았지요."

"이런 재주를 가진 훈련사를 그대만 알고 지냈단 말이야? 내게도 소개시켜 줬으면 좋겠군."

"그가 누군지는 페러 당신도 이미 알고 있어요. 자, 받아요. 나보다는 당신이 더 잘 키울 테니까."

엉겁결에 파랑새를 받아들고도 린든은 어리둥절한 표정을 지우지 못했다. 아셰라드는 그런 그가 귀여워 키득키득 웃고 말았다. 평소엔 빈틈없이 치밀한 사람이 이렇게 때때로 무방비하게 빈틈을 드러내 놓으니, 그 간극이 견딜 수 없이 사랑스럽다. 흰 손이 린든의 뺨을 다정하게 쓸어내렸다.

"광대는 점만 잘 치는 게 아니라 새도 잘 다루더군요."

"그대의 광대라면…… 그 피에로? 그 녀석이 준 선물을 이렇게 막 넘겨도 돼?"

"처음부터 날 주려던 게 아닌 것 같던걸요. 새를 좋아하는 사람에게 넘겨도 좋다고 토를 달더군요. 그리고 내 주변에 새를 좋아하는 사람은 페러, 당신뿐이니까요."

"으음……."

린든이 침음성을 흘렸다. 이렇게나 길이 잘 든 파랑새라니 탐이 나긴 하지만, '그' 남자가 주는 선물이라니 어딘지 꺼림칙한 것도 사실이었다.

"왜 하필 나에게 주는 걸까……?"

"글쎄요. 페러, 너무 걱정하지 말아요. 선의에는 선의로 답하는 게 철칙이라 하니, 너무 미움 살 만한 짓만 하지 않으면 괜찮을 거예요."

"이미 충분히 미움 산 것 같은데……."

린든의 목소리가 기어들어 갔다. 그가 연두에게 사과하는 동안 광대가 보내오는 눈빛이 어찌나 강렬했는지, 그때 린든은 얼굴 가죽에 구멍이 나는 줄 알았다.

"눈빛만으로 목을 비트는 게 가능했다면 난 그때 죽었을 거야. 틀림없어."

"그러게 수하 관리를 잘했어야죠. 그래도 곧바로 사과한 건 잘했어요. 덕분에 그린이 크게 화내지 않았던 거니까요."

"아아…… 그 여자. 왕족 앞에서 고개를 바짝 쳐든 평민 계집이라니 참 놀라웠어. 목숨이 열 개는 되는 모양이지."

"그린은 그게 매력이죠. 좀체 길들지 않는 야생의 늑대 같거든요."

"늑대만큼 머리도 좋고?"

"거기에 늑대만큼 의리도 있고요."

의리, 라는 말에 린든의 표정이 이상해졌지만 아세라드는 그저 웃었다. 남자들은 의리라는 게 오로지 그들의 전유물인 것처럼 생각하지만 여자들 사이에서도 의리는 있었다. 이미 한 번 궁을 탈출한 전적이 있던 연두가 이토록 얌전히 지내는 건 본인의 입으로 말했듯 오로지 수아나에 대한 의리 때문일 터였다.

그녀는 진심을 담아 충고했다.

"피에로의 목줄을 쥔 건 그린이에요. 그린에게 잘해주세요. 물론 그린은 계산이 확실하고 당신이 입힌 손해는 막심하니 어지간한 걸론 어림도 없겠지만요."

린든은 진심을 담은 한숨을 내쉬었다. 아무리 영리하고 재주 있어봤자 이민족 계집과 집시 남자라고, 우습게 여겼던 과거의 자신이 한심해졌다.

"사실 그 피에로가 불태운 내 안가들만 해도 손해액이 어마어마하지만…… 연인의 상처에 눈이 먼 남자에게는 아무 의미도 없겠지."

비록 그 뒷수습을 하느라 숨겨두었던 비상금의 절반 이상을 털렸다고 해도 그에게는 말하지 않는 게 현명할 것이다. 린든의 입가에 쓴웃음이 맺혔다.

"당신이 납치는 멍청한 짓이라고 말렸을 때 그 말을 들을 걸 그랬어."

"내가 후회할 거라고 했잖아요. 말로만 해도 됐을 걸 납치를 하고, 그도 모자라 내게로 오는 걸 빼돌리고. 덕분에 나도 그동안 쌓았던 신뢰를 죄다 잃었다고요."

"아아……. 안 그래도 반성 중이야. 앞으로는 더더욱 조심하도록 하지. 토라지지 마, 블루벨. 그대가 화를 내면 난 정말 세상에 다시없을 죄인이 된 것 같아."

린든이 은근슬쩍 아셰라드의 어깨를 휘어 감고 끌어당겨 그녀의 뺨에 입을 맞췄다. 아셰라드는 은근슬쩍 맨 살갗을 어루만지며 수작을 부리는 그를 향해 밉지 않게 눈을 흘겼다가 곧 웃고 말았다. 린든이 가슴에 손을 얹고 상처받은 척을 했기 때문이었다.

"하여간…… 아이는 좀 나중에 갖자더니."

"뭐 어때. 아이는 본래 하늘이 주는 거니까, 사실 사람의 계획은 별 의미가 없다고. 당장 오늘밤은 부부다운 일을 해보는 게 어때?"

린든이 아셰라드의 귀에 훅, 따뜻한 바람을 불어넣었다. 아셰라드의 흰 뺨에 화끈 열이 올랐다. 린든은 순식간에 붉게 물든 얼굴에 다정스레 입을 맞췄다. 품 안에 얌전히 안긴 체온이 몹시 흡족했다.

돌아가는 부부의 뒤로 흰 달빛만이 남아 바닥에 아름다운 무늬를 그려냈다. 눈 깜빡이는 일도, 입 떼는 일도 없는 조각상들만이 물끄러미 그 광경을 바라보고 있었다.

❋

흰 대리석으로 마감된 고급스러운 바닥에 한 양동이는 족히 되는 피가 고여 있었다. 새빨간 색채가 흰 바닥과 대비되어 더욱 선명했다. 니니스는 그 피 웅덩이에 엎어진 채 숨을 헐떡였다. 흘린 피의 양만 보자면 당장 과다출혈 쇼크를 일으켜도 이상하지 않은데, 그녀의 혈색은 기이할 정도로 발그레했다.

"으음……."

보랏빛 아이섀도를 짙게 바른 눈이 사방을 살폈다. 그녀는 주변에 움직이는 존재가 아무도 없다는 걸 확인한 뒤에야 슬그머니 몸을 일으켰다. 피에 젖어 사방에 흩어진 머리카락을 주섬주섬 주워 모으는 손길이 제법 야무졌다.

"아이구구…… 어지러워 죽겠네……."

니니스는 피 웅덩이에 주저앉은 채 다리를 확인했다. 반쯤 갈라져 덜렁대는 장딴지, 커다란 구멍이 난 허벅지. 얼핏 봐도 목숨을 장담할 수 없는 큰 상처였다. 하나 니니스는 대수롭지 않은 것처럼 그저 혀를 한 번 찼을 뿐이었다.

"이 나이 먹고 이게 무슨 꼴이람."

그녀가 크게 벌어진 장딴지를 쓰다듬자 상처는 금세 아물어갔다. 마치 상처가 있는 부분의 시간만이 빨리 흘러가기라도 하는 것처럼 살점이 달라붙고 딱지가 앉았다가 깨끗하게 떨어졌다. 희고 불룩하게 튀어나왔던 상처 자국은 점차 희미해지다가 완전히 사라졌다.

허벅지도 다르지 않았다. 동맥이 끊기기라도 한 듯 피를 쏟아내던 구멍은 그녀의 손짓 몇 번에 깨끗하게 아물었다. 그녀의 다리는 다시 처음처럼 매끈해졌다.

니니스는 가뿐하게 자리에서 일어났다. 몸의 절반은 아직도 피에 젖어 엉망인데 개의치 않고 기지개까지 켠다. 과연 오랜 시간을 살아온 마녀다운 재주라 하겠다. 그녀는 느긋하게 코를 올리며 사방을 살폈다. 준규와 연두가 있을 곳의 거리를 가늠하는 것이다.

"흐흥, 얼마나 갔으려나? 멀리 갔으…… 아야!"

하나 기세 좋게 한 걸음 발을 떼었던 니니스는 생각지도 못한 고통에 인상을 쓰며 발을 멈추고 말았다. 확인해 보니 분명 깨끗하게 다 아물었던 장딴지에 다시 상처가 났지 뭔가. 아까 연두가 물어뜯었던 그 자리였다.

"뭐야, 이거. 왜 이래?"

몹시 당황한 니니스가 다시 한 번 장딴지를 쓰다듬었지만, 상처는 아물지 않았다. 오히려 작은 구멍이었던 상처는 점차 벌어져서 처음에 연두에게 물어뜯겼던 그 상태로 돌아가 버렸다. 선명한 이빨 자국을 남긴 채 뜯겨져 나간 상처에서 피가 줄줄 흘러내려 구두 속으로 스며들었다.

'이거 안 좋은데.'

니니스는 이를 악물었다. 잠깐 어울려 주고 숨어 있을 셈이었는데 이런 식의 상처를 입을 줄이야. 왜 이렇게 됐는지에 대한 몇 가지 가정이 떠올랐다가 금세 사라졌다. 어느 것 하나 확실한 게 없었다.

손짓으로 마녀 인형을 불렀다. 마녀 인형은 긴 망토 안에 수십 가지의 약을 감추고 있었다. 니니스는 그 약 중 몇 가지를 꺼내 거침없이 다리에 쏟아부었다. 그러자 줄줄 흘러내리던 피가 간신히 멎었다. 하나 좀 전처럼 살점이 차오른 건 아니어서, 그녀는 마녀 인형의 옷자락을 조금 찢어 다리에 감아야 했다.

니니스는 신중하게 몇 걸음 걸어보고 불만스럽게 혀를 찼지만, 더 어떻게 할 수가 없었다. 제대로 된 치료를 하려면 이곳을 나가야 했다. 겨우 걸을 만해진 정도로도 감지덕지다. 그녀는 슬슬 엉덩이를 빼려는 마녀 인형의 옷자락을 붙들고 배시시 웃었다.

"얘, 잠깐만 내 흉내 좀 내고 있어. 응?"

마녀 인형이 질색을 하며 도리질을 쳤다. 당장에라도 일어나 도망가고 싶어 하는 것을, 니니스는 살살 어르고 달래며 꾀었다.

"이름 지어줄게. 응? 아프지도 않아. 그냥 잠깐만 누워 있으면 끝나."

도망가려던 발이 바닥에 달라붙었다. 이름을 지어주겠다는 말이 인형에게는 퍽이나 달콤한 유혹인 모양이다. 마녀 인형은 한참을 갈등하다가 뭔가 결심한 표정을 지었다. 그러더니 니니스를 툭툭 두드리며 자신이 먼저라는 손짓을 하는 게 아닌가. 황당한 상황에 니니스의 턱이 아래로 툭 떨어졌다.

"너 먼저라고?"

끄덕.

"이름 먼저 지어주면 흉내를 내겠다?"

끄덕.

"어휴……. 그런 건 어디서 배웠어?"

마녀 인형이 팩 고개를 돌렸다. 아쉬운 쪽은 니니스다. 그녀는 다급히 고개를 끄덕였다.

"알았어, 알았다니까. 무슨 이름이 좋을까……. 이왕 짓는 거니까 예쁜 이름이 좋겠지. 표정 하고는……. 너무 기대하지 마, 급하게 짓는 거란 말이야."

이런저런 이름들을 입안에서 굴리던 니니스가 마침내 미소를 지었다. 그리고 기대에 차 눈을 반짝이는 마녀 인형에게 다가가 그녀의 이마에 아주 경건한 입맞춤을 했다. 흰 이마에 입술 모양의 핏자국이 낙인처럼 새겨졌다가 사라졌다.

"이사벨라."

"이사…… 벨라……."

"예쁜 이름이지?"

마녀 인형, 아니 이사벨라가 방긋 미소를 짓고 고개를 끄덕였다. 오묘하게 반짝이는 보랏빛 눈이 온통 즐거움으로 가득 차 있었다.

이사벨라는 주먹을 쥐었다 폈다 하며 신기함을 감추지 못했다. 말을 할 수 있게 된 것도 좋지만, 피부에 와 닿는 느낌이 조금 전과는 완전히 달랐다. 시각, 촉각, 청각, 그 모든 것들이 전보다 훨씬 예민해지고 선명해졌다.

"이름이 생기고 나니까 기분이 이상해요……. 그, 뭐랄까…… 뭔가 뒤집어쓰고 있던 게 없어진 것 같아요."

"그래? 난 깨우기만 하는 거라서 그런 자세한 느낌까진 모르겠네. 자, 이름을 받았으니 이제 약속을 지켜야지?"

이사벨라는 순순히 고개를 끄덕였다. 니니스가 이사벨라의 어깨를 톡톡 두드렸다. 그러자 이사벨라의 외양이 니니스와 꼭 닮은 모습으로 변하기 시작했다.

쭉 뻗은 직모는 구불거리는 웨이브 머리칼로 바뀌었고 보랏빛 눈동자는 새카만 검은색이 되었다. 얼굴 윤곽은 물론 화장마저 바뀌었다. 약간의 시간이 지난 뒤 니니스와 이사벨라는 거울을 마주 보는 듯 같은 얼굴이 되었다.

이사벨라는 변한 제 얼굴과 몸을 더듬으며 신기해했다. 한데 뺨을 꼬집고 팔다리를 만져 보느라 정신이 없는 그녀 앞에서 니니스가 훌렁훌렁 옷을 벗는 게 아닌가. 늘씬하고 탄력 있는 몸매가 실오라기 하나 없이 드러났다. 그녀는 놀란 토끼처럼 굳은 이사벨라의 옆구리를 찌르며 재촉했다.

"너도 벗어."

"저, 저도요? 저도 벗어야 돼요?"

"내 흉내를 낼 거면서 그 옷 입고 엎어져 있게? 바꿔 입어야지."

"아……."

옷까지 바꿔 입고 나자 이제 이사벨라는 완전히 니니스처럼 보였다. 니니스는 이사벨라의 얼굴과 머리카락에 피를 묻혀놓고 피구덩이에 눕혔다. 그리고 이사벨라의 몸을 꽉 내리누른 채 날카롭게 손톱을 세웠다. 영문을 모르고 있던 이사벨라는 뒤늦게 반항을 시도했지만 어찌된 일인지 손가락 하나 까딱일 수가 없었다.

"어, 어어……."

"자, 마음의 준비 다 됐지? 찌를게."

"그런, 그런 얘기는 없었잖아요!"

"어머, 그게 무슨 멍청한 소리야. 내가 여기 엎어져 있어야 한다고 처음부터 얘기했잖아? 쓰러져 있던 내 흉내를 낼 건데 당연히 상처도 있어야지."

상처 입힐 다리를 주무르는 손길이 사뭇 다정했다. 이사벨라는 선뜩하게 목을 적시는 공포를 이기지 못하고 비명을 질렀다.

"안 아플 거라면서요!"

"응. 아프진 않을 거야. 넌 인형이잖아?"

니니스의 말대로 아프지는 않았다. 그러나 살이 찢겨지고 구멍나는 기묘한 감각만은 선명하게 느껴졌다. 이어 뜨끈한 피가 다리를 적시고 흘러가는 것 역시. 끔찍한 경험이었다. 이사벨라의 눈에서 굵은 눈물방울이 후드득 떨어지건만, 니니스는 그저 태연하기만 했다.

"안 아프지?"

"아…… 아아……."

"뭘 울고 그래. 일이 끝나면 깨끗하게 고쳐 줄 건데. 자, 그럼 난 가 볼 테니까 여기서 계속 죽은 척하고 있어. 알았지?"

니니스는 대답을 듣지 않고 그 자리를 떠났다. 이사벨라는 멀어져 가는 발자국 소리를 들으며 핏물에 고개를 박았다. 몇 번 느리게 깜박이던 눈꺼풀이 무겁게 내려앉았다.

그렇게 이사벨라를 내던져 놓고, 니니스는 스스럼없이 인형의 집 내부를 돌아다녔다. 그리고 연두가 저지른 파괴 행각이 생각 이상이라는 걸 알았다. 멀쩡한 인형을 찾기가 어려울 지경이다. 심심풀이로 만들었어도 작품에 대한 애정만은 진짜였던 니니스에겐 이루 말할 수 없이 화나는 일이었다.

"더미 주제에 내 작품에 뭔 짓을 한 거야? 때려 부숴도 내가 했어야 하는 건데."

혀를 차며 산발이 된 머리카락을 정리해 주고, 뒤집힌 옷자락을 정돈했다. 망가진 소품들은 적당히 손을 봤다. 그렇게 인형의 집을 가로지르던 중, 니니스는 도저히 그냥 넘어갈 수 없는 인형을 발견했다. 엉망으로 망가진 땅요정 인형이었다.

연두가 대충 수습해 벽에 기대놓았던 인형은 어찌된 일인지 바닥에 나뒹굴고 있었고, 그 탓인지 처음보다 더 상태가 나빴다. 니니스가 아연실색한 것도 무리는 아니었다.

"세상에……. 목이 부러졌잖아? 팔다리는 또 이게 뭐야."

목은 부러져 덜렁거리고 팔다리는 사방으로 꺾였다. 기껏 입혀 놓은 옷은 뒤집힌 채였고 신발은 어디로 갔는지 보이지도 않았다. 유리구슬로 만들어 달아놓은 눈도 반쪽이 나 있었지만 가장 큰 문제는 입이었다. 대체 뭔 짓을 한 건지 귀까지 찢어진 채다. 어지간하면 나중에 수리하겠는데 이건 정말 눈뜨고 못 볼 수준이지 않은가.

니니스는 가시덤불로 조끼를 뜨고 있던 인형에게서 바느질 도구를 강탈했다. 그리고 즉석에서 바느질을 시작했다. 가장 심각한 목을 수리하고, 팔다리를 제 위치에 맞게 끼웠다. 눈은 어쩔 수가 없어서 포기했다. 인형은 금세 제 모습을 되찾아갔다.

그렇게 니니스가 인형을 수리하는 데에 정신이 팔린 사이, 연두와 준규는 다시 인형의 집 탐사에 나섰다. 하나 처음만큼의 열렬함은 그다지 보이지 않았는데, 그건 어쩔 수 없는 일이었다. 서로의 손을 꽉 붙들고 있는데 어디 제대로 된 탐사가 되겠는가 말이다. 둘 다 입술이 살짝 부풀어 있었다.

준규의 시선은 자꾸만 인형이 아닌 연두에게 가 닿았고, 연두는 그의 시선을 느낄 때마다 얼굴을 붉혔다. 조금씩 붉어지는 그녀의 얼굴이 마치 잘 익은 토마토 같다. 남은 손으로 괜히 귓불을 만지작대던 연두는 낯익은 인형을 발견하고 발을 멈췄다.

"선배, 우리 자꾸 같은 곳을 도는 것 같지 않아요?"

"흠…… 글쎄. 난 전혀 모르겠는데?"

"딴청 피우지 말고요. 저 인형 좀 봐요. 낯익잖아요."

연두가 가리킨 건 짙은 검은 머리와 창백한 흰 피부가 특징적인 인형이었다. 노란 치맛자락을 지키기라도 하듯 늘어선 작은 난쟁이 인형들과 새빨간 사과 소품들이 인상적이다. 한번 보면 잊기 힘든 비주얼인데도 준규는 그저 이맛살을 찌푸렸을 뿐이었다.

"딱 봐도 백설공주가 모티브인 인형인가 본데……. 그래서 낯익은 거 아냐? 너 인형 전시회에 자주 다녔잖아. 워낙에 단골인 소재라 헷갈렸나 보지."

준규는 인형의 주변에 쌓인 사과를 집어 냄새를 맡아보았다. 새빨간 사과에서는 저절로 침이 고일 만큼 좋은 향기가 났다. 생각했던 그대로, 이 사과들은 가짜가 아니었다. 그는 거침없이 입을 벌렸다.

"선배!"

연두가 기겁을 하고 달려들어 사과를 빼앗았다. 그리곤 냅다 내던져 버리는 게 아닌가. 연두가 왜 그랬든, 영문도 모르고 손에서 먹을 걸 빼앗긴 준규로서는 그저 황당하기만 했다.

"왜 그래?"

"도, 독사과면 어쩌려고 그렇게 덥석 먹으려고 해요? 하여간 선배는 조심성이 없어!"

"무슨 소리야. 아무리 동화 구현에 중점을 뒀다 해도 여긴 본질적으로 놀이공원이야. 관람객이 들락거리는 공간에 독사과가 있는 게 말이 돼?"

"소품으로 진짜 음식을 둔 건 말이 되고요? 아무튼 백설공주잖아요. 기분 나빠서라도 안 돼요."

연두의 태도는 완강했다. 준규는 뺨을 통통하게 부풀리고 자못 삐친 척을 하는 연두의 머리를 쓱쓱 쓰다듬었다. 독사과라니, 그런 웃기는 말은 전혀 믿지 않지만 동동거리며 걱정하는 게 몹시 귀엽지 않은가.

"내가 져 준다. 너라서 져 주는 거니까 고맙게 여겨."

"……알아요. 선배가 나한테만 약한 거."

"그래? 알면 그 호칭 좀 어떻게 안 되겠어? 선배가 뭐야, 선배가."

부러 고개를 숙여 시선을 맞췄다. 단번에 알아듣지 못하고 멍한 표정을 짓던 연두의 얼굴에 순식간에 불이 붙었다. 준규는 킥킥 웃으며 가녀린 어깨를 끌어당겨 품에 안았다. 반쯤 풀린 머리칼에서 좋은 향기가 났다.

"쭉 내 옆에 있겠다며? 그런데 호칭은 어떻게 계속 선배일 수가 있어?"

"으음…… 하지만 어색한걸요. 다른 말로는 도저히 못 부르겠어요."

"노력해. 다른 녀석들도 죄다 선배잖아. 똑같이 불리는 건 싫다고."

연두가 준규의 등에 팔을 둘렀다. 그리곤 달래기라도 하는 것처럼 그의 등을 토닥거렸다. 이전과는 확연히 차이나는 친밀한 접촉이었다.

"여기서 나가면요. 그땐 선배 말고 다른 말로 불러드릴게요."

"뭐야. 꼭 여기서 나간 뒤여야 돼? 지금 당장이 안 될 이유는 또 뭔데?"

"기분의 문제예요, 기분의 문제. 아무래도 지금은 갇혀 있는 거나 다름없는 거잖아요."

준규는 소리 죽여 웃었다. 연두는 예전부터 뭐든 갇혀 있는 것, 구속당하는 것을 견디지 못했다. 도대체 수험생 생활은 어떻게 견뎠는지 모를 녀석이었다. 사회생활을 하며 좀 나아졌구나 싶었는데 그냥 껍데기뿐이었던 게다.

연두는 들썩거리는 어깨를 찰싹 때리며 그의 품을 빠져나왔다. 진지하게 말했는데 웃다니, 얄밉다. 하나 준규는 그것마저 귀엽다는 듯 웃으며 그녀를 끌어당겼다. 그리고 아직 부어 있는 입술에 쪽, 입맞춤을 했다. 화들짝 놀란 연두가 뒷걸음질을 쳤다.

"또 빨개졌네."

"아, 몰라요! 아까부터 선배 안 같애!"

"솔직한 본모습을 보여 달랄 땐 인제고 노망은."

말은 느긋하게 했지만 준규의 걸음은 단박에 빨라졌다. 도망칠 곳이라곤 없다는 걸 알면서도 시야에서 사라지니 마음이 급해진다. 풍성하게 펼쳐진 치마들과 고급스러운 가구들 사이를 조급하게 헤치고 나가자마자 바닥에 주저앉은 연두가 보였다. 준규는 연두의 등을 두드리며 그녀의 체온과 존재를 확인했다.

"괜찮아?"

"선배, 저거……."

"알아."

코를 찌르는 짙은 피 냄새를 확인하는 건 두 번째였다.

피구덩이에 누워 있는 건 니니스가 아니라 니니스인 척하는 이사벨라이지만, 준규가 그걸 알 리 없다. 그는 이사벨라의 목에 손가락을 가져다 대보고 쯧, 혀를 찼다. 살은 아직 말랑하고 체온도 따뜻했지만, 맥이 뛰지 않았다.

"이런."

카펫처럼 펼쳐진 피구덩이에 누워 눈을 감은 시체라니, 보기에 좋지 않다. 애초에 허벅지를 찌를 때부터 이 꼴이 될 걸 알고는 있었지만, 결말을 연두에게 보여줄 생각은 없었다. 죽이지 말라며 매달렸던 연두를 떠올리니 입맛이 썼다.

준규는 다리가 풀려 좀체 일어서지 못하는 연두를 일으켜 세워 부축했다. 많이 놀랐는지 얼굴에 혈색이 하나도 없다. 눈을 가려주는 손길이 사뭇 다정했다.

"뭘 저런 걸 보고 있어."

"……"

"어차피 저 마녀 주변엔 출구도 창문도 없어. 다른 데로 가자."

"네……"

준규는 좀체 발을 떼지 못하는 연두의 손을 잡아끌며 그 자리를 벗어났다. 연두가 자꾸만 뒤를 돌아보는 것도, 그녀의 눈에서 기묘한 광채가 흐르는 것도 모르는 채 말이다.

쿵! 휘청거리며 걷던 연두가 몇 걸음 가지도 못하고 소품에 발이 걸려 넘어졌다. 어찌나 요란하게 넘어졌는지, 기사의 발치에 놓여 있던 기름통이 온 사방에 기름을 흩뿌리며 데굴데굴 굴러갔다.

"괜찮아?"

"네…… 네, 괜찮아요. 소리만 요란한 거예요. 별거 아니에요."

준규가 내민 손도 마다하고 일어난 연두가 뒤를 돌아보았다. 굴러간 기름통에서 흘러나온 기름은 바닥을 흥건하게 적시는 걸로 모자라 바닥에 쓰러져 있는 이사벨라에게까지 닿았다. 연두는 이사벨라에게서 눈을 떼지 않으면서 준규에게 손을 내밀었다.

"선배, 라이터 있죠? 좀 줘봐요."

"금연 중이야. 없어."

"그놈의 금연은 일주일마다 반복해서 하는 거잖아요. 작심칠일인 거 다 알아요."

연두가 계속 재촉하자 준규의 표정이 몹시 나빠졌다. 그는 연두가 바라보는 광경을 확인하고 황당함에 미간을 좁혔다.

"주면 그걸로 뭐 하게. 저 기름에 불이라도 지르게? 너 제정신이야?"

"네. 충분히 제정신이죠. 에어컨이 있는데 스프링클러라고 없을까요? 크게 안 번져요."

"그거야 기름이 없을 때의 얘기지. 정신 차려, 너 지금 제정신 아니야."

준규는 매정하게 연두의 손을 쳐 냈다. 출구도 못 찾고 건물에 갇혀 있는 상황에서 기름에 불을 붙일 생각을 하다니, 아무리 생각해도 멀쩡한 정신이 아니다.

"오래 있다 보니 힘든 건 알겠는데 그래도 이건 아니지. 강연두, 저거 그만 쳐다보고 따라와."

준규가 손을 뻗었다. 연두는 거침없이 다가오는 손길에 잡혀주는 대신 그의 품으로 파고들어 안주머니에서 지포라이터를 빼냈다. 프로 소매치기 못지않은 솜씨다.

"강연두!"

준규는 아연실색했지만 그가 말리는 것보다 연두가 불붙인 라이터를 내던지는 게 더 빨랐다. 가연성 강한 기름은 순식간에 불을 나르는 수레가 되어 불타올랐다. 피구덩이는 순식간에 불구덩이가 되었다. 기름범벅인 연두를 뒤로 잡아챈 준규가 무섭게 으르렁댄다.

"너 죽고 싶어? 또 병 도졌어?"

"선배. 저것 좀 봐요."

"보긴 뭘 보라는⋯⋯!"

성질을 내며 고개를 돌렸던 준규는 그만 할 말을 잃었다. 분명 조금 전까지 시체였던 것이 불 속에서 몸부림을 치고 있었다. 이사벨라는 바닥을 기며 나오려고 애썼지만 다리에 입은 부상에 더해 몸에 붙은 불 때문에 탈출은 불가능해 보였다. 그녀가 지르는 비명은 불길 가운데에서 나가지 못했고 그와 함께 살이 타는 고약한 냄새가 사방에 진동했다.

거칠 것 없이 타오른 불은 이사벨라를 까맣게 그을리고서야 천
장에 가 닿았다. 쏴아아아— 스프링클러에서 뒤늦은 물이 쏟아졌
고, 불길은 기이하도록 빠르게 잡혔다. 덕택에 연두와 준규는 물
론이고 주변의 인형들 모두 물에 흠뻑 젖은 생쥐 꼴이 되었다. 그
을음이 묻고 여기저기 구멍이 난 생쥐들.

준규는 푹 젖은 머리카락을 쓸어 넘기며 혀를 찼다. 잠깐 물을
맞은 것만으로도 속옷까지 온통 젖어 축축한 느낌이 과히 좋지
않다. 흘끗 바라보니 연두도 마찬가지였다. 그녀는 긴 머리카락을
수건 쥐어짜듯 쥐어짜며 물기를 빼내느라 용을 쓰고 있었다.

"이것 참. 화낸 걸 사과해야겠는데. 정말 불이 금방 잡혔어."

"그럴 거라고 했잖아요."

"조금만 더 빨리 가동됐으면 더 좋았겠지만…… 쯧."

준규는 이번에야말로 신중하게 이사벨라의 맥을 짚었다. 찬물
을 실컷 뒤집어쓴 시체는 역시 맥이 뛰지 않았다. 조금 전에도 맥
이 뛰지 않았던 걸 생각하면 약간 찝찝하긴 하지만, 이번에는 불
에 타기까지 했다. 틀림없이 죽었으리라.

"살아 있는 거, 어떻게 알았어?"

"날 보고 갑자기 죽은 척했거든요. 왜요? 끔찍해요?"

연두가 말갛게 웃었다. 준규가 자신을 부정하리라곤 한 치도
믿지 않는 얼굴이다. 그리고 준규는 그녀의 기대에 충실히 부응
했다. 씩 웃으며 그녀의 머리를 쓰다듬은 것이다. 연두는 눈을 동
그랗게 휜 채 준규의 품을 파고들었다. 넓은 등에 팔을 둘러 힘주
어 끌어안은 채 속삭였다.

"이제 이걸로 나도 선배랑 같아진 거죠?"

"……."

"선배야말로 나 버릴 생각 말아요. 여기서 나갈 땐 꼭 같이 가는 거예요."

준규는 연두의 등을 마주 끌어안았다. 젖은 옷 너머로 느껴지는 따뜻한 체온이 이루 말할 수 없이 달콤하다. 저절로 웃음이 났다.

"킥…… 웬일로 그렇게 예쁜 소리를 다 해?"

"선배에게 본모습을 보여달라고 했으니까, 나도 그렇게 하는 거예요. 똑같아야죠."

"너에 대한 거라면 모르는 거 없이 다 안다고 생각했었는데…… 이런 면은 또 처음인데? 의외야, 강연두."

"여자는 비밀이 있어야 아름다운 거라는 말을 못 들어봤나 보네요. 겨우 한 꺼풀 벗은 거뿐이니까 나머진 앞으로 찾아봐요."

"기대되는데."

서로를 끌어안고 속삭이는 둘은 어느 모로 보나 다정한 연인이었다. 태연스레 웃음과 키스를 나누기에는 주변의 상황이 몹시 끔찍했으나 둘은 조금도 신경 쓰지 않았다. 오로지 상대만이 눈에 보이는 것처럼 달짝지근하고 부드러운 분위기가 둘을 감싸 안았다.

그러니 엉망으로 짓무르고 시커멓게 그을린 이사벨라가 슬그머니 눈을 떴다가 얼른 감아버리는 것 따위, 보지 못한 게 당연한 것이다.

✱

연두는 침대 밑에 숨은 채 자꾸 거칠어지는 숨을 진정시키려 노력하는 중이었다. 턱 밑에 손을 받치고 억지로 딴생각을 하려고 애썼지만 어째 그럴수록 숨소리는 자꾸 커지기만 하는 것 같다. 결국 연두는 무용한 노력을 포기하고 눈앞을 가린 이불자락을 슬쩍 들어올렸다.

달빛이 쏟아지는 방 가운데 수아나가 있었다. 그녀는 아랫배를 두 손으로 감싸 안고 초조하게 방 이곳저곳을 걸어 다니는 중이었다. 그놈의 요정은 부르기만 하면 언제든지 온다고 장담을 하더니 어째 생각대로 되지 않는 모양이다.

'오늘은 안 되려나……. 아, 답답해 죽겠다.'

혹시 몰라 이불자락을 도로 내렸더니 눈앞이 다시 컴컴해졌다. 연두는 팔에 고개를 처박고 숨을 골랐다. 약한 고소공포증은 있어도 폐소공포증은 없는데 왜 이렇게 가슴이 뛰고 숨이 가쁜지 알 수가 없다. 그녀는 슬쩍 돌아누우려 들썩이다가 곧 포기했다. 높이가 너무 낮았다.

'돌 수 있을 줄 알았는데…… 살쪘나? 으음. 오두막에 있는 동안 잘 먹긴 했지.'

연두는 말랑말랑한 팔뚝 살을 꼬집으며 입맛을 다셨다. 광대는 뛰어난 사냥꾼이었고, 벨이 해주는 음식은 정말 맛있었다. 움직임이 부족했다고는 생각하지 않지만, 식사량이 두 배는 되었으니 살이 쪘대도 이상하지 않다.

생각은 자연스레 벨에 대한 것으로 흘러갔다. 벨은 연두가 이곳이 동화 속 세상이라는 걸 알고도 정서적으로 깊은 교류를 한 유일한 사람이었다. 그녀의 몸에 배어 있는 고소한 빵 냄새가 코끝을 맴도는 것만 같다. 마디 굵은 거친 손과 좀체 보여주지 않던 미소가 벌써부터 그리웠다.

'다신 못 만나겠지. 걱정할 텐데……. 아니, 사랑의 도피 중이라고 생각했었으니 이해했을지도 모르고. 으음.'

황망한 이별이었다. 떠날 땐 떠나더라도 작별 인사쯤은 할 수 있을 거라고 여겼는데 말이다.

냐앙~

심란한 마음을 억지로 추스르는 연두에게 고양이 한 마리가 다가왔다. 고양이는 자그마한 머리를 연두의 팔에 문질러 댔다. 온통 깜깜해서 그 고양이가 블랙인지, 스노우인지 알 수 없었지만 따뜻하고 부드러운 체온이 위로가 된 것은 분명했다.

고양이는 연두의 팔에 몸을 붙이고 가르릉 목을 울렸다. 비단결 같은 털을 쓰다듬으며 연두는 잠깐의 행복감을 만끽했다. 따뜻한 동물을 쓰다듬는 건 생각보다 기분 좋은 일이었다.

'이래서 사람들이 동물을 키우나……. 나도 돌아가면 키워볼까? 아, 그래도 집에 혼자 두는 건 좀 불쌍한데.'

꾸르륵-

때마침 배에서 천둥소리가 났다. 저녁나절에 소렐 백작부인에게 다녀오라는 지시를 받자마자 쫓겨나듯 이리로 왔는데, 왔더니 저녁시간이 끝난 참이라 한 끼를 고스란히 굶었다. 갑자기 낯선 곳에서 하룻밤을 보내게 된 연두를 위해 먹을 걸 싸준 왕궁 시녀는 아무도 없었다.

'죄다 낯선 얼굴이었지, 아마.'

연두는 괜한 쓸쓸함에 입맛을 다셨다. 아셰라드가 마고를 정리하면서 어찌나 철저하게 물갈이를 했는지, 연두는 신입 때에도 안 겪었던 텃세를 지독하게 겪었다. 아셰라드의 새로운 시녀들은 낯선 이민족 시녀를 받아들이지 않았다.

'하여간 어딜 가나 텃세 없는 데가 없다니까. 동화 속 세상이라며 뭐 이렇게 현실적이야? 젠장, 왕자비 인맥이면 최상급 인맥인데 난 밥이나 굶고 다니고……'

배가 고프니 서러움이 몰려왔다. 어차피 보낼 심부름이면 밥 때를 피해서 보내주었으면 좋았을 것을. 하긴 괴롭힘 당하던 시절에도 마고의 헌신으로 끼니만은 굶지 않았던 아셰라드다. 그런 세심한 배려를 바라는 건 무리일지도 모른다.

그렇게 아셰라드를 향해 이를 갈고 있던 연두는 갑자기 등골을 엄습하는 한기를 느꼈다. 머리카락이 쭈뼛 서고 팔뚝엔 오소소 소름이 돋아났다. 그도 모자라 몸이 부들부들 떨리기 시작했다.

'뭐야, 이 기분 나쁜 느낌은……'

심장이 쿵쾅거리다 못해 입으로 튀어나올 것만 같다. 심장 뛰는 소리가 너무 커서 그 소리 말고는 들리는 게 없었다. 누군가 밧줄로 꽁꽁 묶어놓은 것처럼 몸이 굳었다.

니야옹.

연두의 곁에서 엎드리고 있던 고양이가 그녀의 손을 핥았다. 까끌까끌하고 촉촉한 혓바닥의 감촉이 느껴지자 겨우 긴장이 가셨다. 턱 막혀 있던 숨이 겨우 트이고 미친 듯이 뛰던 심장도 잦아들었다.

"장한 녀석."

니야-

연두가 고양이를 쓰다듬으려 했지만 고양이는 그녀의 손을 피해 버렸다. 그리곤 눈앞에 늘어진 이불자락 아래로 파고들어 고개를 쑥 내밀었다. 이불자락 사이로 작은 틈이 생기고 그 사이로 달빛이 비쳐 들었다. 고양이의 새카만 털에 비단결 같은 윤기가 자르르 흘렀다.

블랙은 이불자락 너머로 고개만 내민 채 움직이지 않았다. 연두는 블랙이 만들어낸 틈을 살짝 벌리고 조심스레 바깥을 내다보았다.

수아나의 치맛자락이 가장 먼저 눈에 띄었다. 금박으로 무늬를 넣은 호사스러운 비단 원피스가 그녀의 잠옷이었다. 창문에서 쏟아지는 달빛이 치맛자락에 우아한 광택을 더하고 있건만, 옷의 주인 되는 사람의 입버릇은 그다지 우아하지 못했다.

"왜 이렇게 늦은 거야? 안 오는 줄 알았잖아!"

「어쨌거나 왔잖아. 왜 불렀어? 또 뭐가 갖고 싶은데?」

땅요정은 귀찮아하며 머리를 긁적거렸다. 축 늘어진 귀가 보기 싫게 덜렁거렸다.

「아기 낳을 때까지는 안 부를 줄 알았는데 말이야.」

"그것 때문에 불렀어."

「뭐? 아기가 벌써 나왔어? 아닌데? 나오려면 몇 달 더 남았잖아?」

"아직 안 나왔으니까 그렇게 고개 내밀지 마. 안 그래도 못생긴 얼굴이 더 못생겨 보이잖아. 아무튼 내가 못 들은 게 있는 것 같아서 불렀어. 요정아, 내가 아기를 주지 않으려면 대신 뭘 줘야 해?"

「뭐야?」

수아나의 말을 듣자마자 땅요정은 몹시 화가 난 것 같은 표정을 짓고는 길쭉한 매부리코를 쭉쭉 잡아당겼다. 그도 모자라 귀가 펄럭거리도록 펄쩍펄쩍 뛰더니, 분에 못 이겨 바닥에 머리를 박아대기까지 했다. 주름진 이마에서 벌건 피가 주르륵 흘러내렸다.

「역시 인간들이란! 은혜도 약속도 모르는 저급한 것들이야! 이렇게 당당하게 약속을 어기겠다는 말을 하다니, 수아나 너도 별수 없는 인간이구나!」

"왜 그런 말을 해? 나쁜 건 너지. 나도 다 들었어! 아기처럼 큰 대가를 원할 땐, 반드시 다른 조건도 있어야 한다면서? 왜 말해 주지 않은 거야?"

「어차피 너한테 그 아기는 필요 없는 거 아니었어? 새삼 다른 조건을 운운하는 이유가 뭔데? 그때는 묻지도 않아놓고! 이제 와서 다른 소리 하면 곤란하지!」

땅요정은 수아나를 향해 삿대질을 하며 화를 냈다. 듬성듬성 난 누런 이빨 사이로 튀어나온 끈적한 침이 수아나의 치마를 더럽혔다. 수아나는 혐오스러워 하는 표정을 숨기지 않으며 뒤로 물러섰다.

"내가 이 아기의 엄마인걸. 다른 방법이 있다는 걸 몰랐던 때라면 모를까, 이젠 알고 있잖아. 너같이 더럽고 못생긴 요정에게 내 아기를 주기는 싫단 말이야! 자꾸 침 튀기면서 다가오지 말고 빨리 조건이나 말해."

「너한테 그런 지혜를 준 게 누구야?」

"그런 게 왜 궁금한 건데?"

「누구인지 아주 쓸데없는 짓을 했어. 꼭 찾아내서 말랑말랑한 살은 솥에 넣어 삶아 먹고, 단단한 뼈는 불에 구워 부숴 먹을 거야. 그래서 남의 일에 참견한 것을 후회하게 만들어줄 거야!」

"끔찍한 소리 말고 빨리 조건이나 말해."

땅요정은 제자리에서 바닥을 쾅쾅 두드리며 고민에 잠겼다. 땅요정이 바닥을 두드릴 때마다 발에서 떨어진 진물이 철퍽거리는 소리를 내며 고약한 냄새를 풍겼다. 수아나는 견디지 못하고 아예 코를 싸쥔 채 입으로만 숨을 쉬었다.

"으, 냄새……. 너 예전에도 그다지 좋은 꼴은 아니었는데, 지금은 전보다 더 끔찍해졌어. 대체 무슨 일이 있었던 거야?"

「무슨 일이 있었냐고? 그게 궁금해?」

땅요정이 눈을 희번덕거리자 수아나는 불안해하며 뒤로 물러섰다. 땅요정은 그런 그녀를 보며 히죽히죽 웃었다.

「그래, 마음을 정했어. 이렇게 하자. 수아나, 네가 내 이름을 알아온다면 그땐 아이를 데려가지 않겠어.」

"뭐? 이름? 요정아, 너한테 이름이 있었단 말이야?"

「그걸 알아내는 게 바로 네 일이지. 기한은 아이가 태어나고 열흘이 지날 때까지야. 그때까지 알아내지 못하면 아이를 데려갈 거야.」

"그런 조건은 불공평해! 네 이름이 뭔지 내가 어떻게 알아!"

수아나가 비명을 질렀지만 땅요정은 개의치 않았다. 바닥을 진물로 더럽히며 낄낄 웃는 꼴이 꿈에 나올까 무섭게 징그러웠다.

「불공평? 이 멍청하고 욕심 많은 계집애야, 이제껏 네가 얻어간 걸 생각해야지? 머리끈 하나에 향수 한 병, 손톱 하나에 비단 드레스, 신발 한 짝에 고급 화장품! 금실을 바꾸는 데 금화를 낸 게 그나마 가장 공평했어!」

"네가…… 네가 괜찮다고 했잖아. 그런 걸로도 충분하다며!"

「내가 언제? 난 언제나 부족하지만 양보하겠다고 했어, 멍청아. 그걸 괜찮다, 충분하다고 받아들인 건 네 머리통이지.」

땅요정은 길쭉하고 마디가 튀어나온 손가락으로 바구니 안에 들어 있던 자두 몇 알을 꺼내 입에 넣었다. 먹음직스럽게 익어 달큰한 향을 풍기던 자두는 땅요정의 입에 들어가자마자 질퍽하고 흐물흐물해진 것도 모자라 시큼한 냄새를 풍기며 썩어 들어갔다.

「뭬!」

자두를 뱉어버리고 남은 자두는 발로 밟아 으깼다. 단단한 자두 씨가 진흙덩이처럼 뭉개졌다. 발에서 진물이 흐르고 있음에도 대단한 힘이었다. 땅요정은 재미라도 붙인 것처럼 연달아 자두를 밟았다.

이 힘자랑은 수아나에게 꽤나 강력한 위협으로 다가왔다. 자칫 저 발에 밟히거나 차이기라도 했다간 무사하지 못할 게 뻔했다. 무심결에 뒷걸음질을 치는 그녀의 배에서 아기가 발길질을 했다.

"윽!"

눈앞이 하얗게 되도록 아팠다. 격렬한 감정과 지독한 스트레스는 단순한 태동을 몇 배나 되는 통증으로 증폭시켰다. 수아나는 배를 감싸 쥔 채 몸을 웅크렸다.

땅요정은 수아나가 엄살이라도 떤다고 생각하는 모양이었다. 쪼그려 앉은 수아나의 어깨를 쿡쿡 찔러대며 그녀의 신경을 건드렸다.

「아기 잘 간수하고 있어. 내가 데려갈 거니까.」

"……절대 안 줄 거야. 내 아기야, 아무한테도 안 뺏겨! 두고 봐, 네 녀석 이름자 같은 건 금방 알아낼 거야!"

「키킥, 할 수 있으면 해보든가! 해보든가! 키키킥!」

"너나 그때 가서 모른 척하지 마. 제대로 이름을 알아왔는데도 아니라고 우기면 그땐 발기발기 찢어서 돼지의 먹이로 줄 거니까!」

「닥쳐! 내가 인간들처럼 거짓말을 할 거란 말이야? 난 요정이야!」

땅요정이 으르렁대며 수아나를 향해 삿대질을 했다. 얼마나 화가 났는지 널찍한 이마에 굵직한 주름이 몇 개나 잡혔고 늘어진 귀 끝이 붉게 달아오르기까지 했다.

「이것도 충분히 양보한 결과물이라는 걸 명심해! 난 분명히 말했어! 정해진 기간까지 이름을 알아오지 못하면 그땐 무조건 아이를 데려갈 거야. 그때는 아무리 울고불고 매달려 봐야 소용없을걸! 히히, 히히히! 기대된다! 인간의 아이! 히히히!」

땅요정은 목구멍이 다 들여다보이도록 소리를 지르다가 킬킬 웃으며 모습을 감췄다. 요정이 있던 자리에는 썩은 내 나는 흙 한 덩이만이 덩그러니 남아 있었다.

"나쁜 자식! 이름이라니…… 말도 안 돼…… 뭐 그런 조건이 다 있어! 흐, 흐으…… 흐어어어엉!"

조금 전까지 지지 않고 대거리했던 게 무색하게도, 수아나는 땅요정이 사라지자마자 그 자리에 주저앉아 울기 시작했다. 연두는 침대 밑에서 기어 나와 서럽게 들썩이는 그녀의 어깨를 안아 주었다. 그런다고 수아나의 울음이 잦아들지는 않았지만 위로는 되었다.

"어, 어떡해…… 그린, 어떡해…… 내 아기…… 어흐흑……."

"잘했어, 수아나. 조건 알았잖아. 괜찮아, 그만 울어."

연두는 헐떡거리며 우는 수아나를 달래며 보이지 않게 입술을 깨물었다. 땅요정의 이름이라니, 말도 안 되는 조건이었다. 그 요정을 처음 만들었을 때, 광대는 요정에게 이름 따위를 지어주지 않았다.

야옹.

연두와 함께 침대 밑에 들어가 있던 블랙이 구성지게 울었다. 연두는 수아나의 등을 두드리며 블랙을 향해 시선을 주었다. 그리고 블랙의 눈으로 이 상황을 지켜보고 있을 광대를 향해 입모양으로 물었다.

'이제 어떡할래?'

야옹.

하나 암만 물어봐야 고양이 입이니, 돌아오는 건 야옹 소리뿐이렷다. 블랙은 연두는 무시한 채 슬그머니 수아나에게 다가가 그녀의 팔에 몸을 문질렀다. 연두의 팔을 끌어안고 엉엉 울고 있던 수아나의 관심은 순식간에 블랙에게로 옮겨갔다.

수아나는 연두의 팔을 놓아주고 대신 블랙을 끌어안았다. 그리고 부들부들한 털을 쓰다듬으며 빠르게 진정하기 시작했다. 반면 블랙의 표정은 점점 찌그러지기 시작했는데, 그래도 도망가지 않고 참는 것만으로도 몹시 용하다 하겠다.

'얌전하네. 뭐, 표정은 좀 웃기긴 하지만……. 그나저나 이제 어쩐대.'

나오느니 한숨이요 입 열자니 그저 탄식이다. 블랙을 안고 배시시 웃는 수아나에게 마주 웃어주는 연두의 속은 몹시 시끄러웠다.

chapter 8.

마녀

　오랫동안 인형 제작을 취미로 삼아온 니니스의 솜씨는 빠르고 정확했다. 엉망으로 망가졌던 땅요정 인형은 금세 제 모습을 찾았다. 니니스는 꼼꼼한 마무리를 확인하며 뿌듯한 미소를 지었다.

　"역시 내 바느질 솜씨는 끝내준다니까. 자, 이제 괜찮은 자리만 찾아주면 되는데…… 본래 어디에 있던 녀석인지를 모르겠네."

　니니스는 주저앉아 있던 바닥에서 끙차, 소리를 내며 일어나 요정을 놔둘 만한 곳을 찾기 시작했다. 나무둥치와 벤치 아래 같은 곳이 좋을 터다. 니니스가 한참 장소를 고르고 있을 때였다.

　아아아아악!

　끔찍한 비명이 울렸다. 그리고 살이 타는 역겨운 냄새가 밀려들었다. 니니스는 팔뚝에 오소소 돋은 소름을 문지르며 혀를 찼다. 진짜 마녀인 니니스는 까짓 불에 조금 탄다 해도 죽지는 않겠지만 싫은 건 싫은 거였다.

"칼로 찌른 걸로도 모자라 불에 태우기까지 하는 건가? 21세기에 화형이 따로 없네. 어우, 끔찍해. 얼굴은 멀끔하니 잘생겼드만 성질머리는 왜 그 모양이야?"

니니스에게는 화형에 대한 안 좋은 기억이 왕왕 있었다. 그녀와 친근하게 지냈던 사랑스러운 사람들 중 많은 수가 불길 속에서 죽었다. 광기와 광신으로 이루어진 불이었다. 쇼핑과 축제를 좋아하는 그녀가 산골짝에 처박혀 뜨개질과 인형 제작에 몰두하는 데에는 그만한 이유가 있었다. 시간이 약이라지만 때로는 시간도 치료할 수 없는 상처라는 것도 있는 법이다.

이사벨라의 비명은 그칠 줄 모르고 계속 울렸다. 혹시나 싶어 통각도 차단해 놨는데 대단한 연기력이다. 거리가 좀 있는데도 후끈한 열기가 니니스에게까지 전해졌다. 곧 스프링클러에서 물이 쏟아질 것이다. 니니스는 허둥지둥 물을 피할 곳을 찾기 시작했다.

"불에 타고 물에 젖고……. 내 인형들 죄다 망가지겠네. 이거 만드는 데 얼마나 공을 들였는데! 개자식 같으니라고!"

하지만 인형의 집은 본질적으로 놀이 시설이라, 비를 피할 만한 곳은 좀체 보이지 않았다. 구시렁거림에 초조함이 실렸다.

"아씨, 여기 인테리어는 누가 한 거야?"

본인이 해놓고 짜증이다. 다급해하던 니니스의 눈에 제법 크기가 있는 옷장이 눈에 들어왔다. 니니스는 두 번 생각지 않고 옷장으로 돌진했다. 다행히 옷장에는 옷이 한 벌도 걸려 있지 않았고, 대신 잡동사니가 쌓여 있었다. 그녀는 잡동사니를 밀쳐 내고 꾸역꾸역 몸을 집어넣었다.

쏴아아아아— 옷장 문을 채 닫기도 전에 물이 쏟아졌다. 문을 향해 내뻗은 손과, 마땅한 곳을 찾지 못해 그때까지 움켜쥐고 있던 땅요정 인형이 순식간에 젖어 들었다.

"아, 이게 뭐야……. 피한 보람이 없네. 좁긴 또 왜 이렇게 좁은 거야? 이건 또 뭔데 이렇게 따가워?"

인형을 쥐어짜며 투덜대던 니니스는 자꾸 제 엉덩이를 찔러대는 뭔가를 느끼고 미간을 찌푸렸다. 안 그래도 젖어서 짜증나는데 불쾌지수가 높아지고만 있었다. 좁은 옷장에서 낑낑대며 엉덩이에 깔린 것들을 끄집어내어 확인했더니, 산산이 부서진 나뭇조각이 아닌가.

"이런 게 왜 여기 있지?"

얼룩덜룩한 나뭇조각들은 두 손을 다 채우고도 남았다. 니니스는 옷장 밖으로 나뭇조각을 죄다 내버리려다 문득 손을 멈췄다. 왜인지 마음에 걸렸다. 오랜 세월을 살며 얻은 교훈 중 하나는, 이렇게 불현듯 찾아오는 예감을 무시해서는 안 된다는 것이다.

니니스는 나뭇조각들을 끌어안은 채 생각에 잠겼다. 스프링클러는 진즉에 멎었는데, 빠끔히 열린 옷장 문짝 사이로 삐죽 튀어나온 땅요정 인형의 머리에서는 채 마르지 못한 물방울이 똑똑 떨어졌다.

✱

달빛이 쏟아지는 정원의 한구석, 연두는 광대를 기다리며 꾸벅꾸벅 졸고 있었다. 어찌나 몸이 피곤한지 저절로 잠이 쏟아졌다. 남들의 눈을 피해 만나는 게 힘들어 겨우 잡은 약속이니 자면 안 되는데 그게 참 힘들다.

'자면 안 되는데…….'

세상에서 제일 무거운 건 눈꺼풀이고, 제일가는 장사는 잠이라고 하던가. 연두는 저도 의식하지 못한 사이 단잠에 빠져들었다. 잔뜩 웅크린 어깨를 흰 달빛이 살그머니 쓰다듬었다.

「음, 어떡하지?」

광대보다 한발 앞서 연두를 찾아왔던 나이팅게일은 퍽 곤란해졌다. 긴 속눈썹을 내리깔고 잠든 연두의 얼굴은 깨우기가 미안할 정도로 평온했다. 하지만 자게 두기에는 나눠야 할 이야기들이 너무 많지 않은가.

나이팅게일은 바닥을 콩콩 뛰며 고민하다가 제3의 방법을 택하기로 했다. 후루룩 날아 무성한 나뭇가지 사이로 모습을 감춰 버린 것이다. 때는 저물어가는 여름, 나무의 잎들은 아직 무성하여 작은 새 한 마리쯤은 쉬이 숨을 만했다.

광대는 조금 늦게 도착했다. 잔뜩 골이 나 있을 연두를 생각했던 그는 평화롭게 잠들어 있는 그녀를 발견하고 흠칫 놀라 발소리를 죽였다. 안 그래도 조용한 발소리는 달빛 속에 녹아들어 흔적도 없이 사라졌다.

색 고운 갈색 머리칼에 흰 달빛이 베일처럼 흘러내렸다. 당장 그 베일을 걷어내고 연두를 깨워야 하건만, 어째 손이 나가질 않는다. 광대는 잠시 머뭇대다 그냥 그녀의 앞에 주저앉았다.

'이것 참…….'

그는 턱까지 괸 채 연두의 얼굴을 구경했다. 눈썹 그늘 짙은 얼굴은 여전히 예쁘지만은, 그간 마음고생이 심했던지라 매끈하던 피부는 퍽 까칠해졌고, 온통 부르튼 입술은 잡아 뜯은 자국이 역력했다. 핏기 없이 창백한 뺨이 안쓰럽다.

달빛 깊은 밤, 풀벌레 우는 소리가 음악처럼 흐르는 밤에는 무슨 마력이 있는가. 어깨를 짓누르는 짙은 피로도, 바짝 곤두서서 신경을 긁던 긴장감도 강물에 떨어진 잉크 방울처럼 흐려져 자취를 감췄다. 대신 따뜻한 햇살처럼 편안한 온기가 몽글몽글 솟아오르니, 거 참 이상한 일이다.

"……잘 자네."

부러 소리 내어 말했건만 연두는 깰 기미가 보이지 않았다. 삐죽 삐져나온 머리카락 몇 가닥만 바람에 살랑거렸다. 광대는 그 머리카락을 집어 연두의 귀 뒤로 쓸어 넘겼다. 별것 아닌 동작인데 왜 그렇게 가슴이 뛰는지. 손가락 끝을 스친 온기가 사라져 가는 게 아쉬워 주먹을 쥐어보았지만 야속하리만치 후다닥 사라졌다.

"쯧……."

광대의 손님 노릇을 했던 무수한 사람들 중 누구도 이런 감상을 주지는 못했다. 인간에게 이런 온기를, 아쉬움을 느껴본 건 대체 얼마만의 일일까. 무심히 헤아린 세월은 길기도 했다.

물끄러미 연두를 바라보는 광대에게도 달빛은 공평하게 쏟아졌다. 빛을 촤르르 흘려보내는 검은 머리카락 아래로 노란 눈동자가 한밤의 등불처럼 깜빡였다. 광대 자신도 알 수 없는 충동이 그를 부추겼다. 그는 코라도 닿을 듯 연두에게 얼굴을 붙이고 사뭇 다정하게 속삭였다.

"강연두……. 자? 계속 잘 거야?"

잠든 사람이 무슨 대답이 있겠는가. 연두가 내쉬는 숨이 광대의 뺨을 간질였다. 들이마시는 숨이 달큰했다. 그는 기꺼이 충동에 굴복했다. 노란 눈동자가 눈꺼풀 아래로 숨어들었다.

쪽…….

마른 입술이 대리석 같은 이마에 닿았다가 떨어졌다. 그저 이마에 닿았을 뿐이건만, 그것만으로도 심장이 입 밖으로 튀어나올 것처럼 쿵쾅거렸다. 갈증이 일었다. 매양 강한 척하느라 바쁜 여린 어깨를 있는 힘껏 끌어안고 까칠한 입술에서 흘러나오는 숨을 죄다 삼켜 버리고 싶었다.

하지만 그렇게 제 욕심을 채우기에는 눈앞의 여자가 지나치게 가녀렸다. 연두가 그 두려움을 알았다간 파안대소를 했을 것이지만, 광대는 그랬다. 잘못 건드렸다간 그대로 망가질 것 같아 무서웠다. 그럼에도 자꾸만 닿고 싶고, 만지고 싶은 욕심이 뭉글뭉글 솟아나 감당이 안 됐다.

'이러면 안 되는데…….'

연두의 뺨을 감싸는 손길은 유리세공품을 만지듯 조심스러웠다. 까슬하게 일어난 뺨에 닿은 손가락 끝에서부터 따스한 온기가 번져 나갔다. 이번에는 입술을 훔쳤다. 조금 전보다는 오래, 하나 족하기에는 턱없이 모자란 입맞춤이었다.

연두 근처의 풀숲에서 버스럭 소리가 났다. 광대는 제풀에 놀라 그녀에게서 허겁지겁 물러섰다. 그리고 슬쩍 소리 난 곳을 살펴보았다가 그만 이맛살을 찌푸리고 말았다. 알록달록한 껍질을 뒤집어쓴 뱀이 연두의 바로 곁을 지나고 있었다.

'왕궁의 정원에서 웬 뱀이야? 여기 정원사들은 월급 받으면서 일도 안 하고 노나?'

뱀의 종류에 관심은 없어도 머리가 삼각형이면 독사일 확률이 높다는 것쯤은 안다. 광대는 섣불리 연두를 깨워 뱀을 자극하기보다 조용히 뱀을 걷어낼 만한 나뭇가지를 찾았다. 하나 풀숲을 어찌나 깨끗하게 치워두었는지, 땅에는 쓸 만한 돌멩이 하나 없지 뭔가. 이렇게 되면 좀 멀더라도 나뭇가지를 꺾으러 가야 했다.

조심스레 몸을 일으키던 광대의 목덜미에서 땀이 배어났다. 슬슬 움직이던 뱀이 갑자기 이동을 멈췄기 때문이었다. 정확히 광대가 있는 곳을 향해 머리를 돌린 뱀이 긴 혓바닥을 날름거렸다. 발로 걷어내기라도 해야 하나, 고민하는 순간 뱀이 연두의 발에 머리를 가져다 댔다.

"안 돼!"

광대가 다급하게 손을 뻗었다. 하나 뱀은 그를 놀리기라도 하는 것처럼 그 손을 피하곤 유유히 정원의 관목 너머로 모습을 감췄다. 광대의 걱정이 무색하게 그에게도 연두에게도 이빨도 드러내지도 않고 말이다. 광대로서는 그저 황당하기만 한 일이었다.

"대체 뭐야?"

"……왜 그래?"

목소리가 컸던 걸까. 세상모르고 잠들어 있던 연두가 부스스 눈을 떴다. 코앞에 놓여 있는 광대에게 바로 초점을 맞추지 못하고 멍하니 눈을 깜빡인다. 광대는 아무것도 아닌 척 내밀었던 손을 거뒀다.

"별거 아냐. 벌레가 붙어 있어서. 그나저나 넌 이런 으슥한 곳에서 잠이 오냐? 뭐가 나올지 무섭지도 않아?"

"네가 금방 올 건데 뭐. 그리고 본래 잠에는 장사 없어."

"말은 잘하지."

"그럼 말로 먹고사는 직업을 골랐는데 그거라도 잘해야지. 안 그래?"

연두는 광대더러 입버릇이 고약하다고 투덜대곤 했지만, 광대가 보기에는 연두도 만만치 않았다. 입술을 삐죽대며 하는 말이 어쩜 그리 얄미운지. 팔을 쭉 펴고 기지개를 켜느라 도드라지는 가슴 선에 일순 눈길을 빼앗긴 광대의 뺨에 열이 올랐다. 그는 괜히 손부채질을 시작했다.

"요정, 제대로 봤어?"

"봤지. 그거 네가 만든 그 땅요정 맞지? 좀…… 이상하게 변하긴 했지만."

광대는 땅요정의 끔찍한 꼴을 떠올리고 무심결에 미간을 일그러뜨렸다. 늘어진 귀와 코에서는 고약한 냄새가 나는 진물이 쉴 새 없이 흘러내리고, 이는 거의 다 빠져 몇 개만 남은 데다 팔다리는 기이한 방향으로 꺾여 있었다.

"맞아. 도대체 왜 그 꼴이 됐는지는 모르겠지만……. 아무튼 조건을 알아낸 이상 그 녀석 이름을 알아내면 일이 해결될 거야. 이름이라니, 값이 비싸기도 하지."

"뭔 수로 이름을 알아내? 애초에 붙이지도 않은 이름이야. 설사 우리 말고 다른 사람이 붙여주었다고 해도, 땅 속을 자유자재로 돌아다니는 녀석이잖아. 어디로 갔는지도 모르는 걸. 차라리 포획하는 게 어때? 수아나에게 다시 한 번 부르라고 하고 그땐 잡자."

"잡아서 계약 취소라도 시키게? 그것도 나쁘진 않은데, 문젠 따로 있어. 난 그 요정 못 잡아."

연두의 눈이 가늘어졌다. 광대는 태연히 어깨를 으쓱였다.

"생각해 봐, 그걸 만든 건 나지만 재료는 니니스가 준 구두였다고. 진짜 마법구두 말이야. 마법은 그냥 흉내만 낼 줄 아는 애송이가 진짜 마녀의 마법을 무슨 수로 잡아? 내가 그 요정을 잡겠다고 나서는 건 양동이에 바다를 담으려는 시도나 마찬가지야. 진짜야."

"……믿어지진 않지만 믿어줄게. 그럼 이제 어떡해?"

"대충 짐작 가는 곳이 있어. 예전에 그놈을 본 적이 있거든."

"그게 어딘데?"

"여기 오기 전에 살던 숲속, 네가 오밤중에 목욕하던 계곡 근처. 아마 거기가 서식지 맞을 거야. 거기서 잠복을 하면서 기회를 얻어내는 게 좋을 텐데……. 왕궁에서 나가려면 신데렐라에게 허가받아야 되지? 잘해봐."

연두는 혀라도 깨문 듯 낭패한 표정을 지었다. 아셰라드는 연두가 자신의 주변을 떠나는 걸 그다지 내켜 하지 않았다. 수아나의 저택에 머물게 해달라고 입에 단내가 나도록 설득했건만 심부름으로 끝난 것도 그래서였다. 그녀의 과거와 마법구두에 대한 것들을 알고 있는 몇 안 되는 사람이라 더 그럴 것이라 짐작하지만 번거로운 건 번거로운 것이다.

"있잖아……. 혹시 그 이름 얘기, 거짓말일 가능성은 없어? 그 괴상쩍은 게 아무렇게나 주절거린 걸 수도 있잖아. 응? 애초에 이름을 지어주질 않았는데!"

"꼴이 그렇게 엉망이 됐다고 해도 본질은 변하지 않아. 거짓말은 아니야. 누군가 이름을 지어줬을 거야. 그게 아니라면 본인이 스스로 짓기라도 했겠지. 그것도 아니면, 니니스에게 기대볼 수밖에. 밖에서 도와준다는 게 뭐겠어? 이런 거 도와주는 거겠지."

"으아아아아……."

연두가 세상 무너지듯 앓는 소리를 냈다. 광대는 벌써부터 예상되는 신경전에 머리를 싸쥔 연두를 향해 미끼를 흔들었다.

"가게 되면 벨 얼굴을 볼 수 있을지도 몰라. 암만 바빠도 그렇지 설마 잠깐 인사할 시간도 없겠어?"

"으……. 너 내가 너만 보낼까 봐 그러는 거지."

"쉬운 길을 택하지 말라는 거지."

연두가 입을 삐죽거렸다. 광대는 그 삐죽대는 입술을 확 잡아 꼬집어주고 싶은 충동을 못내 억누른 채로 일어섰다. 땅요정을 만난 이후 불안증이 생긴 수아나가 시도 때도 없이 블랙을 찾는 통에 얼른 가봐야 했다. 그는 방금 생각난 것처럼 손가락을 튕겼다.

"아, 참. 새 고양이 좀 찾아봐. 블랙과 똑같이 생긴 검은 고양이로."

"뭐?"

"아예 블랙으로 착각할 정도면 더 좋아. 블랙은 곧 수아나 곁을 탈출할 예정이거든."

"말 같지도 않은 소리 하고 있어. 자기가 애지중지 기르던 동물을 착각하는 사람이 어디 있어? 수아나가 어쩌다 한번 들여다보는 고양이라면 또 모를까, 블랙이라면 온종일 옆에 끼고 떼놓지도 않는다고 시녀들이 흉보느라 정신이 없는 고양인데 퍽도 착각하겠다."

연두의 비난은 사뭇 날카로웠다. 애완동물에서 반려동물로 용어가 변화하고 있는 세상에서 살다 온 그녀이기에 더욱 그랬다.

"게다가 블랙이 수아나 곁에서 왜 탈출하는데? 걔 네 명령 듣는 애 아냐? 최소한 아기 태어나고 수아나가 마음의 안정을 찾을 때까지만이라도 좋으니 옆에 있게 해줄 수 있잖아. 그리고 블랙도 그래. 그렇게 사람 손을 탔는데 갑자기 바깥에 풀어놓는다고 잘 살 수 있겠어?"

"거리가 멀어지면 내 명령이 잘 안 먹혀. 그리고 고양이라는 게, 본래 충성을 기대하면 안 되는 족속들이잖아. 탈출은 예정된 수순에 불과한 거니 나한테 따지지 마."

"염병할……."

더 있어봐야 애먼 벼락 맞을 일 말고는 남은 게 없다. 광대는 잔뜩 열이 오른 연두에게서 슬금슬금 뒷걸음질을 쳤다.

"남들이 이상하게 생각하기 전에 빨리 들어가. 안 그래도 측근 시녀도 아닌 게 독방 쓴다고 질투가 이만저만이 아니라며."

"괜찮아. 아무리 질투 나도 감히 내 침실을 들여다볼 용기는 없을 거니까."

"……뭐 했어?"

"듣고 싶어?"

"조금은?"

연두가 씩 미소를 지었다. 과학이 채 발달하지 못한 이 세계에서는 온갖 미신들이 판을 쳤다. 동물 털 몇 가닥과 짓이긴 붉은 과일즙 조금, 거기에 수다를 약간 곁들이면 한 도시 전체를 불안에 떨게 할 수도 있었다. 게다가 지금의 연두에게는 꽤 강력한 패가 있었다.

"나이팅게일 녀석이 제법 쓸 만하더라고. 그 계집애들은 살아도 사는 게 아닐걸. 밤마다 새가 찾아와 악담을 속삭인다고 누구한테 말할 수 있겠어."

사정을 짐작한 광대는 그만 웃고 말았다. 그 수다쟁이 새를 데려다 어디다 쓰나 했더니 그런 데다 쓰고 있었나. 가만히 앉아 당할 사람은 아닐 거라 생각했지만 생각 이상이었다.

"두 배로 당하고 있겠군."

"두 배면 아쉽지."

"알았어. 한 다섯 배는 당하고 있다고 생각할게. 그래도 이만 들어가. 궁지에 몰린 인간이 뭘 할지는 너도나도 모르잖아? 가는 길에 뱀 조심하고."

"뱀? 뱀이 있어?"

새가슴인 왕궁 시녀는 걱정하지 않는 연두도 뱀에는 기겁했다. 허둥지둥 일어나서 치마를 터는 등 부산을 떨었다. 광대의 입가에 저도 모르는 웃음이 걸렸다.

"뱀만 있겠어? 귀뚜라미도 있고 바구미도 있고 쥐도 있고 그걸 잡아먹는 온갖 동물들이 다 있지."

"그 얘기를 왜 이제 해? 여긴 숲도 아니고 도시인데도 그렇단 말이야?"

"아는 줄 알았지. 서울 한복판에도 멧돼지며 너구리가 출몰하는데 이런 곳이야 오죽하겠어? 그렇게 치마 털지 말고 빨리 가라니까. 데려다줘?"

광대가 당장 안아 들기라도 할 것처럼 팔을 뻗었다. 연두는 괜히 입을 삐죽대며 고개를 저었다. 며칠 만에 겨우 만났으니 조금만 더 같이 있고 싶지만 그 마음을 곧이곧대로 입 밖에 내는 건 어쩐지 지는 느낌이다.

"아니. 남자 달고 갔다가 구설수에 오르느니 밤나들이 했다고 구박받는 게 나아."

"그럼 그러든가. 나 먼저 간다."

광대는 산뜻하게 돌아서서 정원 속으로 사라졌다. 광대에 비하면 밤눈이 까막눈이나 다름없는 연두는 금방 그의 뒷모습을 잃어버렸다. 연두는 괜히 보이지도 않는 정원 너머를 기웃대다가 포기하고 주섬주섬 옷자락을 정리했다. 그러다 문득 입술에 손을 가져다 대곤 얼굴을 붉혔다.

"뭐 저렇게 산뜻해? ……사람이 자는지 안 자는지도 모르면서 사냥의 명수는 무슨……."

조심스럽게 닿아오던 따뜻한 입술이 다시 떠오르자 주책없는 심장이 또 쿵덕거렸다. 바스락거리는 소리에 옅은 잠을 깨고도 얼른 일어나지 않았던 건, 스스로도 이해할 수 없는 어떤 충동의 발로였다. 그 충동이 도둑 입맞춤을 당하는 결과물을 부를 줄은 몰랐지만 말이다.

당장 고개를 젖히고 싶은 마음과 그대로 시간이 멈춰 버렸으면 하는 마음이 제멋대로 뒤섞여 꼼짝도 하지 못하게 몸을 옭아맸다. 깨어 있다는 걸 들킬까 봐 필사적으로 숨을 가다듬은 것도 모자라 뛰는 심장 소리가 그의 귀에 들릴까 가슴 졸였다. 그래, 솔직한 마음으로 말하자면 그의 접촉은 싫지 않았다.

'이래서야 변명도 못 하겠네.'

의지할 만한 사람이 없는 상태에서 가까이 붙어 있다 보니 자연히 생긴 호감이라고, 돌아가서 익숙한 사람들 사이에 뒤섞이면 곧 잊어버릴 거라고, 그렇게 스스로를 타일러 왔지만 이번엔 어디 둘러댈 말도 없다.

연두는 좀체 손을 떼지 못하고 연신 입술을 만지작거렸다. 어딘지 달짝지근하고 정신을 빼앗는 향기가 코끝을 간질였다.

'한가하게 남자한테 정신 뺏길 때가 아닌데······.'

괴상한 땅요정의 이름을 알아내 수아나의 아기를 지키고 그럼으로써 그녀의 이야기를 제대로 완결시켜야 한다. 그 이후에도 나이팅게일의 이야기를 들어주어야 하고 또 다른 동화가 있나 찾아봐야 하고······. 할 일이 산적한데 사랑 놀음을 하고 있을 수는 없는 노릇이 아니냐.

'스토커 문제도 있고······.'

연두는 정말 오랜만에 스토커를 떠올렸다. 그녀 혼자 광대가 좋다고 파닥거려 봐야 아무 소용없었다. 그 지독한 스토커는 이제껏 그랬듯 광대 역시 괴롭힐 것이고, 결국 그 역시 연두를 버리고 떠나갈 것이다. 발그레 달아올라 있던 뺨이 창백하게 식었다.

그때까지도 나뭇가지에서 조용히 숨죽이고 있던 나이팅게일이 나선 건 바로 그 순간이었다. 푸드덕 날아 연두의 어깨에 내려앉고는 놀라 펄쩍 뛴 연두에게 이렇게 속삭인 것이다.

「난 찬성이야.」

"뭐, 뭐, 뭐, 뭐래! 밑도 끝도 없이!"

「본래 인생에서 의미 있는 건 사랑과 복수, 딱 두 가지거든.」

"닥쳐."

「복수는 할 일이 없을수록 좋은 거지만 사랑은 다르지. 그건 많을수록 좋거든!」

"혓바닥 뽑아버린다."

「어이구 무서라……. 동화를 이루는 건 사랑이야. 행복하게 오래오래 살았습니다, 같은 거 말이야. 이크, 진짜라니깐!」

정말 무섭다는 것처럼 고개를 젓지만, 진정성이라고는 눈곱만큼도 느껴지지 않는다. 울컥 화가 난 연두가 냅다 손을 뻗었지만 헛수고. 작은 새는 날랜 몸놀림으로 허공을 날아다니며 연두의 약을 올렸다.

"정보 모아오라니까 왕자 농담 시리즈만 수집해 오는 새대가리가 누굴 놀려?"

「에이, 그러지 말구. 내가 조만간 진짜 큰 거 물어온다. 진짜진짜. 히힛, 지금도 큰 거 하나 물었잖아.」

"허세는. 야, 너 이리 안 와?"

「오란다고 가면 날개는 왜 있게~?」

나이팅게일은 어디로 들어도 놀림으로 밖에 안 들리는 말을 남기고 잽싸게 날아오르더니 곧 무성한 나뭇잎 사이로 모습을 감춰 버렸다. 그러면 연두로서는 어떻게든 찾아낼 방도가 없다.

"이 멍청한 새대가리가······!"

연두는 차마 성질대로 소리는 지르지 못하고 쌕쌕 숨만 몰아쉬었다. 나이팅게일이 광대에게 가서 입을 나불댈 상상을 하니 눈앞이 아찔해졌다.

'쫓아가서 믿지 말라고 말하면······. 아니, 그러면 더 이상하잖아. 아으, 미치겠네. 어떡하지.'

초조해하며 광대가 사라진 곳을 향해 고개를 뺐다. 하나 밤의 정원은 밤눈 어두운 연두에게 그다지 호의적이지 않았다.

정원의 나무들은 길게 뻗은 가지를 무성의하게 흔들어댔고 그때마다 흰 달빛이 사방으로 부서졌다. 잠 없는 새들의 날갯짓 소리와 곤충들이 날개 비비는 소리들이 요란하게 울려댔다. 조금 전까지만 해도 아무렇지 않았던 정원은 순식간에 어두컴컴한 정글이 되어버렸다. 부엉— 부엉이 한 마리가 낮게 울었다.

연두는 갑자기 찾아온 오한에 몸을 부르르 떨고 서둘러 마음을 바꿨다.

'······설마 믿겠어. 믿으면 또 어때. 보아하니 나한테 아주 마음이 없는 것도 아닌데······.'

조심스레 닿아오던 체온과 숨결을 생각하니 체온이 조금은 오르는 느낌이다. 스토커야 걱정되지만 그거야 나중 일이었다. 혹시 아나? 광대도 스토킹을 당하면서도 스토커를 비웃던 준규 선배와 같은 종류의 인간일지.

연두는 찝찝함을 털어버리고 서둘러 걸음을 옮겼다. 광대에게는 아무렇지 않은 양 허세를 떨었지만 역시 밤나들이가 길어져서 좋을 건 없었다. 그런데 이런, 정원을 가로지르는 와중 갑자기 부슬비가 내리기 시작했지 뭔가. 얼른 올려다본 하늘에는 아직도 달이 환하고 구름이라곤 저 멀리 높은 구름 몇 조각이 보일 뿐인데 말이다.

'날씨가 아주 아셰라드 같네. 웃는 얼굴로 화내고, 칭찬도 배배 꼬아서 하고……. 딱이야, 딱.'

"뭐가 딱이라는 거니?"

비명을 지르지 않은 것만으로도 참 용하다 칭찬해 줘야 할 것이다. 종종걸음을 치던 연두는 하녀들이 들락거리는 문 앞에 서 있는 아셰라드를 보고 기절할 것처럼 놀라고 말았다. 아무래도 생각만 한다는 게 무심결에 입 밖으로 나온 모양인데, 하필 당사자가 들을 줄이야.

"묻고 있지 않니."

"비전하, 이런 시간에 왜 이런 곳에 나와 계세요?"

"내가 또 물어야 하니?"

"부슬비 맞고 돌아다니다간 감기 걸리기 딱이라고요."

아셰라드가 흐응, 콧소리를 냈다. 의심스러워하는 기색이 역력하지만 연두의 얼굴 가죽은 그 정도로 구멍이 날 정도로 연약하지 않다. 되레 순진하게 보이도록 큰 눈을 깜빡거리니, 아셰라드가 먼저 시선을 피하지 뭔가. 연두는 내심 쾌재를 부르며 처마 아래로 뛰어들어 잠깐 사이 축축하게 젖은 옷자락을 요란하게 털어냈다.

"일반 시녀복은 물에 너무 잘 젖어요. 그렇다고 잘 마르지도 않고."

"측근시녀로 돌아올 마음도 없으면서 투정이 많구나."

"어, 알고 계셨어요? 전 또 모르시는 줄 알았죠."

"능청스럽기는."

아셰라드는 혀를 차며 정원을 노려보았다. 달빛과 부슬비에 젖어 신비롭게 빛나는 정원이건만, 그녀의 눈에는 그저 검고 어두컴컴하기만 하다. 마음이 심란해서인지 좀체 잠이 오지 않아 밤 산책을 나섰건만 갑자기 내린 비 때문에 그마저도 허사가 되었다.

하지만 그 대신 이렇게 연두와 단둘이 만나 이야기를 할 수 있게 되었으니, 이것도 나쁜 결말은 아닐 것이다. 남들 있는 곳에서는 좀체 나누기 힘들었던 말들도 둘이 있을 때는 편하게 할 수 있으니 말이다. 아셰라드는 어깨에 걸친 얇은 가운 자락을 괜히 매만지며 물었다.

"피에로를 만나고 오는 길이니?"

"네에. 대책회의를 하고 왔죠. 그 땅요정을 잡는 건 불가능하대요. 정석대로 뒤를 쫓아다니면서 이름을 알아내는 방법밖에 없다는데요."

"땅요정이 어디서 사는 줄 알고."

"예전에 마주친 적이 있대요. 거기 다시 가보면 되겠죠."

"당분간 떨어져 있어야겠구나. 벌써부터 아쉽겠는걸."

연두는 쓴웃음을 지었다. 역시 아셰라드는 연두를 멀리 보낼 생각이 눈곱만큼도 없었다. 왕궁 내에서 전혀 환영받지 못하는 이민족 시녀를 계속 감싸고 돌아봐야 얻을 거라곤 눈총과 수군거림밖에 없는데 말이다.

"피해 다니는 동안 모아뒀던 돈도 다 썼지? 그러게 왜 날 떠나서는……. 아니, 됐다. 피에로가 일을 마치고 오면 그때 결혼식을 올리도록 하렴. 필요한 자금은 내가 대주마."

"약혼자 아니라니까 여전히 제 말은 귓등으로 들으시네요……."

"네 입이 네 마음과 다른 말을 하는 걸 탓하려무나."

"마음먹은 대로 다 할 수 있는 건 아니라는 것쯤은 아실 분이라고 생각하거든요."

아셰라드는 연두의 코웃음을 한 귀로 흘리며 부슬비 내리는 정원을 바라보았다. 이 시녀 같지 않은 시녀가 방자한 태도를 보이는 건 하도 익숙해진 일이라 이제 별 감흥이 들지도 않았다. 그저 좀체 멎을 기미가 보이지 않는 부슬비가 신경 쓰일 뿐이었다. 달 밝은 밤에 내리는 부슬비라니, 불길하지 않은가. 안 그래도 불안한 와중에 말 안 듣는 시녀는 계속 속 긁는 소리를 했다.

"피에로만 따로 보낼 생각은 없어요. 저도 같이 갈 거예요."

"안 돼."

"그 요정, 아무리 봐도 제정신은 아니었어요. 혼자 못 보내요."

"약혼자도 아니라며 왜 그렇게 신경을 쓰니?"

아셰라드의 목소리가 뾰족해졌다. 그녀는 불안하게 매만지고 있던 옷자락을 놓아버리고 대신 연두의 팔을 움켜쥐었다. 연두는 생각 이상의 악력에 미간을 찌푸렸다.

"약혼자는 아니지만, 그런 사이가 되려면 이럴 때 뒤에 물러나 있으면 안 되죠. 사랑에도 노력이 필요한 법이잖아요? 그나저나 꽤 아프네요. 언제까지 쥐고 계실 거예요?"

"가지 말렴. 내 옆에서 사라지지 마."

"왜요?"

차가운 반문이 아셰라드를 자극했다. 언제나 견고하게 그녀의 얼굴을 장식하고 있던 가면이 산산이 부서졌다. 연두에게는 지극히 놀라운 일이었다.

"내가 이렇게까지 부탁하는데, 이유가 필요하니? 가지 말라면 그냥 네, 하고 따라!"

"이런 식으로 강요하는 분은 아니셨으니까 이유가 궁금한 거죠."

불안해하는 아셰라드를 어르고 달래 이유를 물으면서, 연두는 저가 퍽 말랑말랑해져 있다는 사실을 실감했다. 신경이 올올이 곤두서서 만사 짜증이었던 게 바로 조금 전이었는데 이렇게 남을 달랠 여유가 생기다니, 우스웠다. 이게 다, 광대 때문이다.

광대를 떠올리자마자 다시 심장 부근이 따뜻해졌다. 푸슬푸슬 입가가 풀리고 귀가 발갛게 달아올랐다. 그녀를 비추고 있는 게 달빛이라 망정이지, 햇빛이었다면 대번에 들켰으리라.

'아, 정말이지. 이래서 모른 척하고 싶었는데.'

아무리 자신을 원망해 봐야 마음이란 게 어디 원하는 대로 움직이는 것이던가. 연두는 초조하게 귀를 만지작거렸다.

만약 아셰라드가 평소와 같았다면 연두의 이상함을 바로 알아차렸을 것이나, 지금 그녀는 불안과 공포에 눈이 멀어 있었다. 연두의 소맷자락을 움켜쥔 채 다시 한 번 강요했다.

"뭘 그렇게 이유를 따지니. 가지 말고 내 옆에 있어."

"제가 비전하 옆에 있어봐야 서로 좋을 게 없잖아요. 잘 아시는 분께서 왜 이러실까."

"정말이지, 너는 천한 신분이면서 입조심 할 줄을 모르는구나!"

연두는 파르르 화를 내는 아셰라드를 향해 피식 웃음을 지었다. 아셰라드가 아무리 어른스럽게 군다 한들, 연두와는 벌써 열 살 가까이 차이가 났다. 그녀가 이해할 수 없는 불안에 휩싸여 있다는 것쯤은 한눈에 보였다.

"이런 녀석인 거 알고도 곁에 두셨으면서 새삼. 비전하, 뭐가 그리 불안하세요?"

"……내가 불안해한다고?"

놀라 눈을 치켜뜬 아셰라드의 앞에서 연두는 하나씩 손을 꼽기 시작했다. 따돌림당하는 처지기는 해도 왕자비의 시녀. 움직일 수 있는 범위는 아주 넓었고 연두의 귀는 언제나 활짝 열려 있었다.

"네에. 백작님을 찾는 수색대가 아직도 성과가 없어서 그러세요? 아니면 그 백작부인께서 또 헛소리를 하며 마을을 헤매고 다녀서? 아니면 절름발이가 된 마르텔 아가씨께 혼담이 들어와서? 아, 혹시 수아나가 입을 가벼이 놀릴까 두려워 그러시나요?"

"그린! 그런 얘긴 또 어디서……!"

"아시잖아요, 저 뭐든 잘 듣고 다니는 거. 소문 수집을 어디 피에로 혼자 했던가요?"

아셰라드가 긴장 속에서 숨을 헐떡였다. 연두는 항복이라도 하는 것처럼 양손을 들어 올렸다.

"제 입은 비전하 앞에서만 열리죠. 걱정 않으셔도 돼요. 입 잘못 놀렸다간 줄줄이 사탕처럼 끌려 들어갈 텐데 설마하니 함부로 말하려고요. 수아나도 마찬가지예요. 비전하께서 생각하시는 것처럼 멍청한 아이는 아니거든요."

"……."

"솔직히 조금 놀랐어요. 수아나가 자신이 지푸라기로 금실을 자아낼 수 있다는 걸 국왕 전하께 말해서 정부가 됐을 거라고 생각했었거든요. 그런데 그런 믿기 힘든 말을 하는 대신 임신을 해서 정부가 되다니……. 아이를 이용하겠다는 발상은 잔인하지만,

충분히 이해가 가요. 자칫하면 마녀로 몰릴 수 있는 요정 따위보다 훨씬 안전해요."

"그래서 내가 걱정하는 거란다. 그 계집이 전하를 오죽 잘 구워삶았어야지. 전하께서는 그 빌어먹을 땅요정을 눈앞에서 보고도 못 보았다 하실 테니."

정말 오랜만에 아셰라드의 입에서 험한 말이 나왔다. 아셰라드는 수아나의 뱃속에 든 아기에게 모든 관심과 애정을 쏟고 있는 국왕이 두려웠다. 린든은 걱정 말라고 하지만, 국왕이 뒤늦게 본 친자식에 대한 애정에 눈이 멀면 그땐 어쩌란 말인가. 궁지에 몰려 수아나의 금실을 폭로한들, 본인이 아니라고 하면 그만이었다. 심지어 국왕이 수아나의 금실은 덮어두고 아셰라드의 구두만 문제 삼을 가능성도 충분히 있었다.

깊은 호수처럼 짙은 푸른 눈동자에 맑은 눈물이 찰랑찰랑 차올랐다. 언제 화를 냈냐는 듯 가냘프기만 한 자태다.

"너는 나더러 이상하다고 하겠지만…… 어쩌겠니. 네가 옆에 있어야 할 것만 같은걸. 부디 옆에 있어주렴."

"그렇게 예쁜 표정은 저 말고 왕자님 앞에서 지으세요. 안 속아요."

"그런……."

아셰라드가 연기를 그만두었다. 정말이지 쓸데없이 눈치가 좋은 아이다, 라고 생각하는 게 얼굴에 고스란히 드러났다. 고의로 감추지 않은 것이다. 연두는 그만 키득키득 웃고 말았다. 무례한 태도였지만 아셰라드는 그다지 신경 쓰지 않았다. 그녀는 좀 더 솔직해지기로 마음먹었다.

"내가 바닥에 떨어져 있던 때……. 마치 마법처럼 네가 있었지.

마고도, 수아나도 네가 있어서 날 도왔던 걸 알아. 그린, 내 요정 대모는 바로 너야. 내가 이렇게 부탁하마. 다시 한 번 내 곁에 있어주렴."

연두는 슬그머니 어깨를 움츠렸다. 진솔한 부탁에 가슴이 간질간질했다. 언제나 허리를 뻣뻣하게 세우고 있던 사람이 이런 말을 입에 담기까지 얼마나 힘들었을까. 하지만 그 부탁을 들어주는 건 무리였다.

"아뇨, 저는 요정대모 같은 게 아니에요. 제가 비전하 곁에서 할 수 있는 일은 다 끝났어요. 제가 없어도 비전하는 괜찮아요. 분명 행복해지실 거예요."

"……."

"그렇게 회의적인 표정 하지 마시구요. 너무 골머리 앓지 마세요. 분명 다 좋아질 거니까. '행복은 언제나 가까이에 있다' 제 고향에서는 유명한 말이죠."

너무 유명하고 흔한 나머지 빈말처럼 들리는 격언을 읊으며 연두는 희미한 미소를 지었다. 그건 절대 평탄한 인생이라 하기 힘든 삶을 사는 중에 연두를 지탱했던 말이었다.

스토커에 시달리는 와중에도 커피는 맛있었고, 달동네 옥탑방으로 밀려났어도 새벽 공기는 기분 좋았다. 점심식사 후에 먹는 초콜릿 한 조각이 달았고 가끔 마주치는 동네 고양이가 귀여웠다. 스스로를 지키려 그렇게 일상의 소소한 행복에 몰두하며 살았다. 삶은 불행으로 가득 차 있는 것 같다가도 때로는 반짝이는 모래알처럼 자잘한 행복 위에 서 있는 듯 눈부실 때가 있었다.

"그린……."

아셰라드는 연두의 미소를 보며 스스로의 눈을 의심했다. 분명 자신과 비슷한 나이대라고 생각했던 그녀가 갑자기 훨씬 연상으로 보였기 때문이었다. 맑은 갈색 눈은 깊고 깊었다.

"솔직히 말하는데, 제가 아니어도 비전하는 분명 이 자리에 올라오셨을 거예요. 겨우 다섯 살에 가문이 기울 걸 걱정해 금을 저장할 꼬맹이가 세상에 몇이나 있겠어요? 이런 말하긴 창피하지만, 전 그 나이에 불장난이나 치고 잠자리 뒤꽁무니나 쫓아다니던 철부지였다고요."

"창피하다며 말은 왜 꺼내니?"

연두에게는 별거 아닌 투덜거림이었는데 아셰라드가 피식 웃었다. 괴이쩍을 정도로 불안해하던 조금 전과는 달리 훨씬 상태가 안정되어 보였다. 연두는 함께 웃으며 부슬비 조각에 젖은 금발을 어깨 너머로 넘겨주었다. 얇은 옷자락 너머로 전해지는 피부가 몹시 차가웠다.

"이대로 계시면 감기 걸리겠어요. 무슨 볼일이 있으셨는지는 몰라도 급한 거 아니면 이만 들어가세요. 여름 감기에는 약도 없대요."

"나쁜 전망은 하지 말렴. 네가 하는 말은 전부 들어맞아서 불안하단다."

"뭐예요, 그게. 점쟁이는 피에로지 제가 아니란 말이에요."

연두는 저도 모르게 크게 불평했다. 예전에도 들어봤던 말이지만 들을 때마다 어이없는 말이었다. 하는 말마다 들어맞는다니, 정말로 그랬으면 예전에 돗자리를 깔았을 거다. 그리고 떼돈을 벌었겠지. 하지만 아셰라드는 했던 말을 취소하지 않았다.

"조심하란 얘기야. 제정신이 아닌 요정을 만나러 갈 건데 혀를 잘 놀려야지."

"오, 역시 보내주실 줄 알았어요. 그래도 생각보다 빨리 허락해 주셨네요? 전 못해도 사흘은 더 졸라야 할 줄 알았는데."

"미처 하지 못했던 손익계산을 다시 한 것뿐이란다. 그린, 넌 어째 글을 쓸 때와 입을 놀릴 때가 그렇게 다른 거니? 다음에 또 날 설득할 일이 생기거든 차라리 편지를 보내도록 하려무나. 그럼 사흘씩이나 기다릴 각오는 하지 않아도 될 거란다."

연두가 크게 상처받은 표정을 지었지만 아셰라드는 코웃음을 쳤을 뿐이었다. 필요할 땐 얼마든지 포커페이스를 유지할 수 있는 주제에 이럴 때만 꼭 약한 척, 상처받은 척을 하지. 적절한 영악함이지만 얄미운 건 어쩔 수 없는 일이었다.

"멍하니 서 있지 말고 어서 따라오렴. 오랜만에 네 빗질 솜씨 좀 보자."

"제가 빗질을 좀 잘 하긴 하죠."

"꿩 대신 닭이라는 걸 명심해 줬음 좋겠구나. 이 밤에 시녀 아이를 깨우기 미안해서 시키는 거란다."

"어, 그건 제 고향 속담 아니에요? 안 외우신다더니!"

"누가 외웠다니? 자주 듣다보니 귀에 박인 게지."

부슬비가 그쳤다. 연두와 아셰라드는 신분은 깡그리 잊은 것만 같은 대화를 나누며 밤의 정원을 가로질렀다.

수다스러운 나이팅게일은 지지배배 떠들고 싶은 부리를 꾹 다문 채로 그녀들의 뒷모습을 배웅했다. 밤이 충분히 무르익으면 새벽 여신의 푸른 옷자락이 하늘을 물들이고 마침내 아침 해가 떠오르겠지만, 아직은 아니다. 기다릴 시간은 충분히 있었다.

점점 상황이 좋아지는데 어째 마음은 더 심란해졌다. 그는 부슬비 내리는 정원을 파닥대며 날아다니다가 깃이 죄다 젖을 무렵이 되어서야 겨우 날개를 접었다. 나뭇잎 무성한 가지에 앉아 바지런히 깃을 손질했다. 푹 젖은 날개에서 물이 뚝뚝 떨어졌다.

'그건 그렇고 도대체 내 차례는 언제 오는 거람.'

연두는 나이팅게일이 예상한 것 이상으로 의리가 있는 사람이니 그의 부탁을 외면하지는 않겠지만, 불안한 건 어쩔 수 없었다.

「마리아는 잘 있으려나……. 무사해야 할 텐데.」

깊은 시름에 젖어 흘러나온 걱정이 날개깃 끄트머리에 주렁주렁 매달렸다.

있는 대로 솜씨를 부려 메인요리를 하고, 먹음직스러운 빵을 굽고, 야금야금 아껴 먹던 잼과 와인을 꺼냈다. 식탁에는 예쁜 천을 깔고 숲에서 따온 꽃으로 장식했다. 누군가를 맞이하기 위한 식탁이다.

오늘은 벨에게 몹시 특별한 날이었다. 그동안 성실하게 일해준 그레텔을 저녁식사에 초대한 날인 것이다. 이 멋진 식탁은 그녀와 그녀의 오라비를 위한 것이었다. 본래 초대하기로는 그레텔만 하려고 했지만, 그녀가 일하는 동안 오라비가 도와준 부분이 많다며 강조를 한 탓에 헨젤도 함께 초대했다.

벨은 활짝 열어둔 창문 너머로 보이는 하늘색으로 시간을 가늠했다. 살짝 어두워지려고 하는 걸 보니 올 때가 머지않았다.

"북적북적한 식탁은 오랜만이야……. 아, 나답지 않게 기대되네."

벨은 얼굴을 발갛게 물들인 채 중얼거렸다. 풍성하게 차려낸 식탁에 여럿이 둘러앉아 식사할 생각을 하니 벌써부터 가슴이 뛰었다. 혼자 앉은 저녁 식탁이 썰렁하게 느껴진 지가 이미 한참 전이었다.

"벨! 나 왔어요!"

기다리던 목소리가 들려왔다. 벨은 한달음에 달려나가 문을 열었다.

"어서 와요."

그레텔은 와인과 치즈가 든 바구니를 들고, 헨젤은 희고 노란 꽃으로 만든 꽃다발을 들고 문 앞에 서 있었다.

벨은 헨젤을 본 적은 없었지만, 한눈에 보기에도 두 사람은 몹시 닮아 있어 오누이라는 티가 났다. 어째 그레텔이 좀 더 씩씩하고 헨젤은 수줍어한다는 인상이 있긴 하지만 말이다. 과연 헨젤은 귀까지 붉게 물들인 채로 불쑥 꽃다발을 내밀었다.

"초, 초대해 주셔서 감사합니다."

"어머나……. 예쁘기도 하지. 고마워요. 직접 만든 건가요?"

벨이 꽃다발을 받아들며 물었지만 정작 질문을 받은 헨젤은 쑥스러워하느라 답을 못하고, 옆에서 괜히 가슴만 졸이고 있던 그레텔이 불쑥 끼어들었다.

"그럼요. 아침부터 일어나서 상태 좋은 꽃을 찾겠다고 한참을 돌아다녔어요. 예쁘죠? 오빠가 다른 건 몰라도 보는 눈은 있다니까요."

"야, 야아……."

헨젤이 그레텔의 옆구리를 찔렀다. 남자가 꽃을 보러 다닌 것도 모자라 직접 만들었다는 말을 하다니, 민망하지 않은가. 벨 앞에선 그런 말을 꺼내지 않았으면 하는 마음에 눈치를 줘보지만 그레텔은 헨젤의 그런 눈치를 깡그리 무시했다.

"뭘 그렇게 부끄러워해? 샀다고 하면 서운해할 거면서. 벨, 이거 받으세요. 치즈도 와인도 벨이 사는 게 더 고급품이겠지만, 그래도 와인은 우리 동네에서 제일 솜씨 좋은 아주머니에게서 사왔어요."

"고마워요. 맛있는 식사엔 역시 와인이 함께해야죠. 그런데……."

꽃다발과 바구니를 동시에 들기에는 손이 모자란다. 벨이 망설이는 사이 얼른 헨젤이 끼어들어 바구니를 들었다. 벌건 얼굴로 제대로 입도 떼지 못하지만 그 의도는 충분히 전달된다. 벨은 저도 모르게 웃음을 터뜨렸다.

"이렇게나 친절하신 신사분께서는 이름이 어떻게 되시나요? 꽃까지 선물 받았는데 아직 이름을 듣지 못했네요."

"아! 그, 그게…… 헤, 헨젤…… 헨젤이라고 합니다."

"헨젤. 좋은 이름이네요. 만나서 반가워요. 난 벨이에요."

이름을 불린 것만으로도 헨젤은 어쩔 줄을 몰라 했다. 그 순진하고 순박한 모습은 꽤— 그래, 벨 스스로도 놀랄 정도로 그녀의 마음에 들었다. 둘 사이에 오가는 분위기가 제법 괜찮아 그레텔은 부러 숨을 죽였다.

'오, 웬일이래. 기대도 않았는데. 벨, 저 여자는 눈이 바닥에 붙었나 뭐 저런 멍청이가 좋대. 나야 둘이 잘되면 좋지만…….'

만약 헨젤과 벨이 결혼한다면 그녀의 재산은 고스란히 헨젤 집안의 재산이 된다. 뭐, 두 사람 사이에 딸이 생기기라도 하면 따로 물려주어야 하는 부분이 있겠지만 그래도 지금보다는 훨씬 경제사정이 나아질 것이다. 적어도 내일의 끼니를 걱정하며 살진 않게 되겠지.

그레텔은 식탁에 앉아서도 주변을 두리번거리느라 정신없는 헨젤의 옆구리를 푹 찔렀다. 그리곤 작게 속삭였다.

"정말이지, 좀 단정하게 굴 순 없어? 얼굴은 시뻘게져서, 그게 뭐야."

"어, 그, 그래? 당장 나가서 세수라도 좀 하고 올까?"

"어휴, 됐어. 의외로 그런 모습이 마음에 든 건지 모르니까……. 잘해봐. 응원할게."

동생의 응원에 자신감을 얻었는지, 이후 헨젤은 식사 자리에서 대화거리가 떨어지지 않도록 최대한의 노력을 기울임으로써 벨의 호감을 샀다. 아직 많은 사람들에게 알려지지 않은 빅뉴스- 새 암염광맥의 발견을 얘기했을 땐 벨의 눈이 토끼처럼 동그래졌다.

"어머, 그래요? 새 광맥이 발견됐단 말이에요? 왜 난 몰랐지?"

"이제 아셨으니 됐지요. 눈치 빠른 사람들이 떠나려던 짐을 도로 풀고 있으니, 조만간 카멜르도 다, 다시 옛날처럼 북적북적…… 해질 겁니다."

"어머나……. 듣던 중 반가운 말이네요."

벨은 진심을 담아 활짝 미소 지었다. 도시에 돈이 돌지 않으면 사람들은 주머니를 졸라매기 마련이었고, 그러면 끼니와 관련 없는 제과점이 제일 먼저 타격을 입었다. 겨울철 눈덩이처럼 늘어가는 재고에 깔려 신음하던 게 바로 몇 달 전이었다.

"어쩐지, 갑작스레 과자 주문이 늘었다 했어요. 그레텔이 정말 애쓴다고만 생각했는데 그런 배경이 있었네요."

"아, 물론 그레텔도 고생했습니다. 잊으시면 안 돼…… 안 됩니다."

"그럼요. 당연하죠. 그레텔, 고마워요."

"아, 네……. 별말씀을요."

그레텔은 어색한 미소를 지으며 숟가락을 끼적였다. 제법 능숙하게 말을 잇는 헨젤이 너무 낯설었다. 매일 가게 일은 내팽개치고 술이나 마시러 다니던 오라비가 아닌 것 같았다. 그녀는 다정하게 대화를 나누는 헨젤과 벨을 흘끔흘끔 훔쳐보며 숟가락을 놀렸다.

벨은 당장 그 주 주일에 교회에 가서 헨젤의 말을 확인했다. 벨에게 유독 친절한 신부는 곤란해하면서도 소문의 사실 여부를 확인해 주었다. 놀랍게도 헨젤의 말은 사실이었고, 헨젤과 그레텔 남매에 대한 벨의 신뢰도는 꽤 높아졌다. 이후 그 둘은 종종 벨에게 초대되어 그녀와 함께 저녁을 들었다.

카멜르 주변에서 새로운 암염광맥이 발견됐다는 소문은 알음알음 퍼져 나갔다. 이제껏 발견되지 않았던 게 신기할 정도로 크고 질 좋은 광맥을 발견했는데, 거기서 일할 광부들이 부족하다는 내용이었다.

언젠가 연두가 말했듯이, 기술이 충분히 발달하지 않은 이 세계에서 소금은 곧 금과 같은 가치를 지녔다. 가난에 허덕이던 사람들은 그 짭짜름한 금이 샘솟는 땅을 향해 과감한 이동을 감행했다.

카멜르 부근에 자리한 흔하디흔한 작은 마을들 중 한 곳도 이런 추세에 휩쓸렸다. 하루가 다르게 늘어나는 이주민들 때문에 원주민들의 심경은 매우 복잡했다. 일단은 마을에 들어오지 못하도록 막고 외곽에 머무르도록 했지만, 언제까지고 그럴 수는 없는 노릇이었다.

해가 지고 하늘이 컴컴해지자 사람들은 마을에 하나뿐인 펍에 둘러앉아 쑥덕쑥덕 말을 나눴다. 맥주잔을 쥐고 있는 얼굴들에 어렴풋한 불안이 맴돌았다.

"이렇게 사람들이 몰리는 걸 보면 그 광맥이 대박은 대박인가 봐."

"반시의 소금그릇 바닥이 이렇게 깊은 줄은 몰랐다고들 하잖

아. 앞으로 더 몰려들걸."

"지금도 많아 뒈질 거 같은데 더 온다고? 미쳐 버리겠네. 지금 농사철 아니야? 기르던 것들은 어쩌고 자꾸 온대?"

"뻔하지. 밭뙈기 하나 없이 남의 땅 부쳐 먹던 놈들이 몰려드는 거 아니겠어? 몸뚱이 하나로 먹고 살 수 있는 데가 몇이나 되겠어."

"괭이질 몇 번 하다가 죽겠다고 드러누울 놈들이 임금을 하도 싸게 받아서 나 같은 숙련자는 괜히 손해라니까."

여기저기에서 불만 어린 목소리들이 튀어나왔다. 일자리는 한정되어 있는데 자꾸만 몰려드는 외지인이 반가울 리 없는 것이다.

"촌장님은 뭐래?"

"뭐라긴⋯⋯. 촌장님이라고 뭐 대책 있겠어? 조금만 더 기다리면 알아서 빠질 거니까 기다리라고만 하던데."

"염병할⋯⋯."

"이봐, 이봐."

마을 사람들에 묻혀 조용히 술을 마시고 있던 중년 사내가 테이블을 쿵쿵 두드렸다. 사람들의 시선이 한순간에 그에게로 쏠렸다. 사내는 묘하게 여유로운 미소를 짓고 있었다. 그의 이름은 로넬, 마을 안에서 촌장 다음으로 신뢰를 얻고 있는 남자였다.

"촌장님 말이 맞아. 곧 가을이야. 그리고 순식간에 겨울이 오겠지. 그때까지 버텨내면 받고, 아니면 그냥 쫓아버리면 돼."

"오호⋯⋯. 그도 그렇군. 곧 가을이야."

펍 안에 있던 사내들이 서로 묘한 눈빛을 주고받았다. 가을은 각 지역을 책임지는 영주들이 세금을 걷는 계절이었다. 지금 광부를 하겠다고 카멜르에 몰려드는 사람들 중 태반은 그 세금을 내지 않은 도망자들이고 말이다. 카멜르 성 안에 거처를 마련한다면 모를까, 그렇지 못한 이주민들 태반은 추적자들에게 끌려 돌아갈 수밖에 없는 운명이었다.

로넬이 일어서서 맥주잔을 높이 들었다. 펍을 채우고 있던 사람들이 그를 따라 잔을 들었다.

"곧 다가올 가을을 위해, 건배!"

"건배!"

"건배!"

몇 차례 건배가 돌고나자 어두침침하던 분위기가 밝아졌다. 사람들은 이제 삼삼오오 모여 쓸데없는 이야기를 주절대며 술을 들이켰다. 개중 불콰하게 술이 오른 남자가 로넬을 향해 히죽히죽 웃으며 말을 건넨다.

"어이. 자네도 이주민이면서 아주 냉정하군그래. 역시 겪어봐서 더 잘 아는 건가?"

괜한 시비다. 로넬의 조부가 이 마을에 정착한 게 벌써 오십 년도 더 된 옛날인데 아직도 이주민 타령이라니. 심지어 로넬의 아내 안나는 이 마을에서 대대로 살아온 토박이였다. 로넬은 상대하지 말아야지, 생각하면서도 시비에 응하고 말았다. 수염에 묻은 맥주를 닦아내며 코웃음을 쳤다.

"흥. 벡, 넌 대체 언제 적 얘길 하는 거야? 네놈과 내가 함께 아랫도리 까고 마을을 뒹굴며 자랐다는 건 아예 잊어버렸나 보지? 본인은 겪지도 않은 옛날 얘기는 그만하고 이제 현실을 살지 그래."

"그냥 해본 말인데 뭘 그렇게 무섭게 날을 세워? 난 말이야, 자네 딸 걱정을 해준 거야. 저 숲에 진을 치고 있는 놈들, 광부 일을 하겠다고 찾아올 만큼 힘도 좋고 정력도 좋은 젊은 사내놈들이잖아. 개중 하나가 자네 딸을 꼬드겨서 결혼하겠다고 어쩌나? 응? 자네 할아버지가 딱 그런 경우였으니, 조심하라는 거지."

"이 개자식이!"

로넬이 벡의 멱살을 움켜쥐었다. 얼굴이 시뻘겋다. 그러나 당장 주먹을 휘두르는 대신 으르렁대며 경고하는데, 그 기세가 아주 오싹했다.

"달리아는 이제 겨우 열네 살이야. 너처럼 어린애를 보고 침을 질질 흘리는 미친놈이 설마 또 있겠어? 안 그래? 또 달리아를 따라다니거나 만지거나 했다간 내 손에 죽을 줄 알아."

"컥, 컥…… 나 죽네에에!"

"어이, 로넬! 진정해!"

"그래, 벡 이 새끼도 사람인데 이제 정신 차렸겠지!"

벡의 엄살을 들은 주변인들이 달려들어 둘을 떼어놓았다. 그는 어린 달리아를 신부로 달라는 헛소리를 하는 것도 모자라 달리아의 엉덩이를 은근슬쩍 만지작대다 로넬에게 들켜 죽도록 얻어맞은 전적이 있었다. 그 뒤로는 로넬을 무서워하며 슬슬 피해 다녔는데, 어째 오늘은 술이 과했는지 없던 용기가 다 솟아난 모양이다.

벡은 사람들이 붙들고 있는데도 금방이라도 넘어질 듯 비틀거렸다. 술 냄새나는 침이 그의 턱을 타고 바닥으로 떨어졌다. 로넬은 그런 그를 경멸스럽게 바라보다가 침을 퉤, 뱉고 거칠게 펍을 나가 버렸다. 분을 못 이기고 또 주먹을 휘두를까 걱정했던 주민들이 너나 할 것 없이 안도의 한숨을 쉰다.

"하여간……. 이 새끼는 술이 문제야. 술만 처먹으면 이 꼴이니……."

"술이 문제야? 취향이 문제지. 대체 왜 어린애를 좋아하는 거야? 멀쩡한 사내새끼가 재수 없게."

"낸들 아냐. 아무튼 좆대가리를 분지를 수도 없고 혓바닥을 뽑아버릴 수도 없으니까 하는 말이지."

"됐어, 됐어. 더 말할 것도 없어. 대충 구석에 밀어놓자."

벡은 잠들어 있었다. 조금 전 멀쩡하게 소리를 질렀던 게 무색하도록 잘 잔다. 사내들은 그런 그를 펍 구석에 대충 구겨놓고 남은 술을 마저 마시러 갔다. 펍의 풍경은 다시 평범한 일상으로 돌아갔다.

펍을 박차고 나온 로넬은 멧돼지처럼 씩씩대며 마을을 가로질렀다. 벡의 망발이 자꾸만 머리를 맴돌았다. 결국 그는 안나의 만류에도 불구하고 곤히 잠든 딸을 흔들어 깨우고 말았다.

"달리아, 일어나 봐라. 달리아!"

"우으……. 왜요?"

억지로 눈을 뜬 달리아가 부스스 눈을 비볐다. 달빛에 비친 흰 피부, 금빛이 도는 붉은 머리카락, 오뚝한 코와 윤기 도는 뺨- 아직 어리지만 다 자라면 눈이 번쩍 뜨일 미녀가 될 터다. 세상 무서운 줄 모르는 명랑한 성격도 성격이지만, 바로 이 미모가 언제나 로넬을 걱정 속에 살게 하는 가장 큰 이유였다.

'시골 계집애가 쓸데없이 예뻐 가지고……'

하지만 아직 어린 달리아에게 아버지의 걱정은 그저 잔소리에 지나지 않았다. 예쁜 미간을 있는 대로 찌푸린 채 억지로 맞장구를 친다.

"아빠 내가 언제까지나 어린앤 줄 알아요? 걱정 마세요, 남자들 근처엔 얼씬도 하지 않을게요. 사탕이 아니라 보석을 준대도 안 가요."

"그래, 믿는다. 이주민 놈들이랑은 말도 섞지 말고 눈도 마주치지 마라. 알겠지?"

"믿는다면서요. 빨리 가요. 아, 늦게 자면 얼굴 붓는데."

한창 얼굴에 신경 쓸 나이의 달리아로서는 아침에 붓기 없이 일어나는 게 훨씬 중요한 일이었다. 그게 또 마음에 안 들어 얼굴을 구겼던 로넬이지만, 그것까지 뭐라 했다간 진짜 부녀간에 전쟁이 발발할지도 모를 일이다. 그는 결국 한 번 더 단단히 일러두는 걸로 만족할 수밖에 없었다.

"이 아비 말 꼭 새겨들어라. 마을 밖에 있는 놈들은 다들 막다른 곳에 몰린 놈들이라, 급해지면 뭔 짓을 할지 몰라."

"알겠다니까요."

딸의 짜증을 못 이기고 쫓겨나온 아버지는 귀하게 아껴두었던 담배에 불을 붙였다. 조금 전까지만 해도 손에 닿을 것처럼 성큼 다가와 있던 가을이 까마득하게 멀었다.

그리고 로넬과 달리아가 말다툼을 하던 그날 밤, 벨은 뜻밖의 손님을 맞아들였다. 제법 근사한 꽃다발을 든 헨젤이 그녀를 찾아온 것이다. 벨은 티 나지 않게 한숨을 삼켰다. 아무리 친분이 있다 해도 남자가 이런 야밤에 혼자 사는 여자를 찾아오다니, 비상식적이다. 알고 지내는 사이라 문을 열어주긴 했어도 꽃다발조차 반갑지 않은 게 솔직한 심정이었다.

"이런 시간에 무슨 일이죠?"

"꼬…… 꼭 보여주고 싶은 꽃이 이, 있어서요. 이거…… 밤에만 피, 피는 꽃입니다. 예쁘죠?"

등잔불에 비친 헨젤의 얼굴이 붉었다. 처음 인사할 때처럼 말을 더듬대는 게, 머리끝까지 긴장하고 있는 게 눈에 보였다. 어찌나 뻣뻣하게 굳어 있는지, 밭에 세워놓은 허수아비 부럽지 않다.

'겨우……'

겨우 이 꽃 한 다발을 전해주고 싶어 이 밤에 숲을 가로질렀나. 무척 위험했을 텐데. 어딘지 가슴 한쪽이 간질간질해졌다. 벨은 헛웃음을 짓고 꽃을 받아들었다.

"그래요. 예쁘네요."

"그, 그럼 전 이, 이만……"

"잠깐만요."

허둥지둥 돌아서던 헨젤은 기대하지도 않았던 부름에 우뚝 멈춰 섰다. 벨이 그에게 다가오라 손짓하고 있었다.

"이 시간에 숲을 지나는 건 위험해요. 자리 깔아줄 테니까 동이 트면 가요."

"예? 정말이요?"

"창고라도 괜찮다면요."

"당연히 괜찮지요!"

헨젤이 벙긋 웃음을 지었다. 어이없을 정도로 순박한 웃음이었다.

이 세계에서 가장 흔한 교통수단은 마차였다. 경제성을 따져 콩나물시루처럼 빽빽하게 머릿수를 채워 태우느냐, 아니면 좀 덜 태우더라도 쾌적함 확보가 우선이냐의 문제지. 아셰라드는 연두와 광대에게 꽤 넓고 쾌적한 고급 마차를 제공했다. 입이 태산보다 무거운 마부는 덤이었다.

하지만 연두는 넓고 쾌적한 마차가 불편해서 죽을 맛이었다.

손을 쭉 뻗으면 닿을 곳에 있는 광대 때문이었다. 광대는 팔짱을 끼고 고개를 젖힌 채로 잠들어 있었다. 길이 울퉁불퉁해서 불안정하게 흔들리는데도 개의치 않고 말이다.

'도둑 키스 할 땐 언제고 뭐가 저렇게 태연해……'

생각만 해도 가슴이 뛰는 그 밤 이후로 이렇게 단둘이 되는 건 마차에 올라타서가 처음이었다. 연두 본인은 그가 무심히 보내는 시선만으로도 괜히 가슴이 뛰고 안절부절못하게 되는데, 광대는 아무렇지도 않아 보였다.

게다가 전보다 더 무뚝뚝해졌다. 전에는 그래도 멀미나서 힘들다 하면 무릎베개를 해주는 다정함이라도 있었는데 이번엔 그런 것도 없다. 연두가 말이라도 붙일라치면 휙 고개를 돌려 버리니, 연두는 며칠째 속으로만 울분을 쌓고 있었다.

'나쁜 자식. 사람 마음 싱숭생숭하게 만들어놓고 이게 무슨 짓…… 아, 진짜 이게 뭔 꼴이야. 나도 모른 척하면 되잖아. 그냥 전부 없던 일로 하면 되는데……'

스스로가 한심스러워 마차 벽에 머리를 쿵쿵 찧어보았지만 이마만 아프다. 아픈 이마를 문지르면서도 슬금슬금 광대에게로 향하는 눈길을 멈출 수가 없으니, 이것 참 곤란하지 않은가.

'아예 못 만날 땐 차라리 괜찮았는데……. 아, 진짜 무슨 남자가 목선이 뭐 저리 예뻐……'

어지간한 연예인들 부럽지 않게 뽀얀 우윳빛으로 빛나는 목은 생각 이상으로 남자답고 거친 선을 그리고 있어 양면적인 매력이 있었다. 마치 뛰어난 예술가가 심혈을 기울여 조각한 것처럼 아름답다.

연두는 충동과 이성 사이에서 위태롭게 흔들렸다. 눈앞에 보이는 목에 손을 얹고 정말로 맥이 뛰는지 확인하고 싶은데, 그랬다가 그가 번쩍 눈이라도 뜨면 그 민망함을 어쩔 것이냐.

'딱 한 번만 만져 보면 안 될까? 딱 한 번만……. 그래, 숨이라도 쉬는지 확인만……. 설마 그걸로 깨진 않겠지? 조금만……. 그래, 나는 도둑 키스도 당했는데 조금 만지는 게 뭐 어때서!'

별 되도 않는 변명을 스스로에게 주워섬기면서 슬그머니 손을 뻗었다. 혹여 깨기라도 할까 봐 한껏 숨을 죽인 채였다. 쿵쿵대는 심장 소리는 시끄럽게 귓가를 울리고 등에서는 마구 식은땀이 났다.

마침 평탄한 길에 접어들기라도 했는지 마차의 진동도 많이 줄어 있었다. 소심하게 다가가던 손이 마침내 광대의 뺨에 닿았다. 유독 따뜻한 체온이 손끝을 타고 자르르 흘러들었다. 긴장으로 굳었던 얼굴에 자기도 모르는 미소가 벙싯 피어났다.

"……뭐 해?"

닿은 것으로 만족하고 얼른 떼면 좋았을 것을, 조금 미적거리는 사이 광대가 눈을 떠버렸다. 풍성한 속눈썹으로 덮인 길쭉한 눈이 나른하게 깜빡거렸다. 짙은 호박색 눈동자가 연두를 고스란히 비춰냈다. 황급히 손을 거두느라 대답도 없는 연두를 향해 광대가 재차 물었다.

"뭐 하냐니까?"

"어? 어어? 어, 너, 너무 잘 자길래! 그냥!"

"……그래?"

연두는 그만 쥐구멍에라도 숨고 싶어지고 말았다. 그냥, 이라니 이 무슨 멍청한 대답인지. 게다가 아까부터 뺨이 화끈한 게, 얼굴이 불타는 고구마처럼 새빨갛게 변해 있을 게 상상이 간다.

"깨워서 미안……. 더 자."

"됐어. 너야말로 자야 하는 거 아냐? 멀미 안 나?"

"괜찮아. 익숙해졌나 봐, 견딜 만해."

"그럼 다행이고. 난 잠깐……."

짧은 대화가 끝나자마자 광대는 마부석으로 나가 버렸다. 달리고 있는 마차의 문을 열고 홱 몸을 옮기는 동작이 어찌나 날렵한지, 고양이인지 사람인지 모를 균형 감각이었다.

연두에게는 몇 번을 보아도 도저히 적응이 안 되는 광경이기도 했다. 놀라 숨을 헐떡이는 연두의 코앞에서 덜커덕 문이 닫혔다. 그리고 얼마 안 가 마부석과 이어지는 작은 창문이 열렸다. 광대가 불쑥 얼굴을 들이밀고 연두를 불렀다.

"아직 한참 남았대."

"그, 그래?"

"뭘 그렇게 놀래? 나 이러는 거 한두 번 봐?"

샐쭉하니 웃는 얼굴이 어찌나 얄미운지, 연두는 창피해 죽을 뻔했던 것도 잊어버렸다.

"볼 때마다 놀라는 걸 어떡해! 난 처음에 네가 자살이라도 하려는 줄 알았어!"

"새가슴인 거 자랑해? 익숙해질 때도 됐잖아. 아무튼 아직 많이 남았다니까 눈 좀 붙이고 있어."

"안 졸려."

"눈에 핏발 섰어. 자리도 비켜줬잖아. 한숨 자."

뭐라 대답을 하기도 전에 창문이 닫혔다. 그러자 안 그래도 넓던 마차 안이 갑자기 휑뎅그렁해졌다. 연두는 입술을 삐죽거리며 투덜댔다.

"누가 자리 비켜달랬나……."

앞에 있는 게 불편해서 잠을 못 잔 게 아니다. 그 예쁜 얼굴 구경하느라 못 잔 거지. 별 감정 없던 예전에도 감상하는 보람이 있는 얼굴이라고 생각했는데, 요즘은 정말이지 눈을 떼기가 힘들었다. 무방비하게 잠든 얼굴이 어찌나 예쁜지, 보고 있으면 잠도 안 왔다.

'내가 변태가 됐나.'

도둑 키스를 해놓고 저렇게 아무 일도 없었던 것처럼 구는 광대가 신경 쓰여 죽을 지경이었다. 마치 보이지 않는 더듬이라도 생긴 것 같다. 광대의 표정, 몸짓, 말투 하나하나에 신경이 예민하게 곤두섰고 별거 아닌 눈짓에도 심장이 뛰었다.

그런 그녀에 비하면 광대는 너무나 태연하게 굴었다. 그게 어느 정도냐면, 연두가 혹시 그때 당한 도둑 키스가 꿈이었던 걸까, 하고 의심하게 될 정도다. 연두는 자신의 눈썰미에 제법 자신이 있었지만, 일단 마음이 흘러가 버리니 그 좋은 눈썰미는 하등 쓸모없는 것이 되어 전혀 그의 심중을 파악할 수가 없게 되어버렸다.

'갑갑해 죽겠네.'

악다구니를 쓰며 쫓아오는 현실에 치여 숨 돌릴 틈도 없이 살았던 연두였다. 나이만 먹었지 사랑은 해본 적 없던 그녀는, 이렇게 마음이 부풀어 어쩔 줄을 모르게 되는 일은 처음 겪어보았다. 그녀는 아픈 사람처럼 끙끙댔다.

'좋으면 좋다, 아니면 아니다, 확실히 좀 하지……. 이러다간 내가 먼저 말라 죽겠네.'

잘 보일 사람도 없겠다, 좌석 바닥에 머리를 대고 길게 드러누웠다. 전혀 졸리지 않다고 생각했었는데, 머리를 대자마자 졸음이 몰려왔다. 그녀는 몇 번 눈을 깜빡이다가, 자신도 모르는 사이에 그대로 잠들어 버렸다.

마부는 꽤 평탄한 길을 골라 천천히 말을 몰았다. 끝나가는 여름이 마차에게 달려들었다가 곧 멀어져 갔다. 광대가 느긋하게 오후의 햇살을 즐기고 있는데, 늘 말없이 마차만 몰던 마부가 갑자기 말을 걸었다.

"애인 아닙니까?"

"예?"

"분명 애인 사이라고 들었는데, 이상해서 말입니다. 왜 자꾸 밀어내시는 건지……."

"뭐어……. 사람이 백 명이면 백 가지 사연이 있기 마련이죠."

마부는 애매하기 그지없는 광대의 대답이 영 마음에 안 드는 모양이었다. 쯧, 하고 혀를 찬다.

"그렇게 애매하게 굴다간 놓치고 후회합니다~ 이민족이라도 미인이지 않습니까? 이 사람이다, 싶으면 놓치지 말고 꽉 잡아채야지. 빨리 이름도 주고받고 그러십시오."

"하하하……."

이 세계에서 약혼 등을 통해 미래를 약속한 연인들은 서로의 다른 이름을 나눠 갖곤 했다. 가끔 광대가 연두를 그린이 아니라 연두라고 불러도 다들 납득하는 이유는 둘이 약혼한 사이라고 생각하기 때문이었다. 어쩌면 그런 오해가 좋아 부러 해명하고 다니지 않은 것일 수도 있다. 비록 그게 꿈에라도 바라서는 안 될 일이라는 걸 알면서도 말이다.

생각 외로 날카로운 마부 덕에 제 속마음을 강제로 들여다보게 된 광대는 쓸쓸하게 입맛을 다시곤 화제를 돌렸다.

"오늘 내로 도착하긴 하는 거지요?"

"저녁 먹기 전에 딱 내려드릴 겁니다."

"그거 좋네요. 전 여기서 한숨 잘 테니, 근처까지 오면 깨워주세요."

"내가 일곱 살에 고삐를 쥐고 이 나이까지 마차를 몰며 살았는데, 마부석에서 낮잠 자는 사람은 손님이 처음입니다. 거 참, 떨어지지도 않고 잘 자는 거 보면 신기하다니까……."

광대는 마부의 중얼거림을 귓등으로 흘리며 잠속으로 빠져들었다. 마차 안에서 연두의 시선을 받으며 자는 건 무척 기분 좋은 일이었지만, 어딘지 낯이 간지러워 깊게 잠들 수가 없었다.

그는 흔들거리는 마부석에서 꿈을 꾸었다. 보랏빛 드레스를 입고 커다란 뾰족 모자를 쓴 니니스가 나오는 꿈이었다. 그녀는 자기 몸뚱이만큼 커다란 짐을 내밀며 웃고 있었다. 꿈 밖의 광대는 그 미소와 짐이 몹시 낯익다고 생각했다.

'자! 주문하신 물건 배달 왔습니다, 고객님~'

'오호? 니니스, 당신치고는 제법 빨리 완성해 왔네요. 못해도 내년까진 기다려야 할 줄 알았는데.'

꿈속의 광대는 꽤 시니컬한 녀석이었다. 세상만사 모든 게 다 비웃음거리라 견딜 수 없다는 얼굴을 하고 있었다. 광대는 자신이 저 때 저랬던가, 하고 되돌아보았지만, 기억은 이상하리만치 흐릿했다.

'어머, 얘. 그렇게 말하면 내가 만날 기한을 어긴 것 같잖니. 난 계약을 아주 잘 지키는 마녀야. 신용은 아주 중요한 장사 밑천이라구.'

'계약은 잘 지키지만 시간 개념은 워낙 흐릿한 마녀라 이번에도 늦을 줄 알았죠.'

'너어…….'

니니스는 몹시 상처받은 표정을 지었다. 뭐라 표현하기 힘든 우울감이 그녀의 얼굴을 스쳐 지나갔다. 그녀는 잠시간 어물대더니, 곧 표정을 바꾸고 자랑스럽게 가슴을 내밀었다.

'이번엔 안 늦었잖아. 그게 중요한 거지. 아무튼 기대해. 네가 주문했던 것보다 훨씬 멋질 거거든! 자, 따라와.'

'아니, 지금 당장 보여줄 필요는 없…… 니니스!'

광대는 속절없이 니니스에게 잡혀 짐 속으로 끌려들어 갔다. 시야가 마구 일그러지며 아찔한 어지럼증과 울렁임이 광대를 덮쳤다. 꿈인데도 이렇게나 선명한 감각이라니…… 악몽이 아니라는 걸 감사해야 할 판이다.

새카맣게 물들었던 시야에 빛이 번졌다. 광대가 사랑하는 드림랜드, 그곳의 수없이 많은 전구들이 내뿜는 빛이다. 멍하니 드림랜드를 바라보는 광대의 뒤에서 귀에 익은 목소리가 말을 걸었다.

'멋진 곳이네요.'

광대는 놀라 돌아보았다. 니니스가 있어야 할 자리에 그녀가 아닌 연두가 웃고 있었다. 흰 셔츠에 청바지, 낡은 크로스백- 처음 만났던 밤, 그 차림 그대로다. 광대는 그만 황당해지고 말았다. 니니스가 있어야 할 자리에 왜 이 사람이 있는가.

'네가 여기 왜 있어?'

사나운 물음에 연두가 어리둥절한 표정을 지었다. 그녀는 광대를 손가락으로 가리키며 대답했다.

'네? 광대 씨, 당신이 들어와도 된다고 했잖아요. 그래서 들어온 건데.'

'그게 무슨……. 니니스! 어디 있어!'

이 망할 마녀가 대체 뭔 짓을 한 거야, 하고 따지려 입을 떼는 순간 갑자기 세상이 흔들렸다. 빛이 와르르 떨어지며 형태와 색이 마구 뒤섞였다. 진흙처럼 뭉개져 가는 시야에서 고개를 갸웃대는 연두의 모습만이 기이할 정도로 선명했다. 선뜩한 공포가 등줄기를 내달렸다. 눈앞이 새카매졌다.

"헉!"

광대는 갑작스럽게 잠에서 깨어났다. 마차는 이미 멈춘 상태였다. 막 광대를 깨우려던 마부가 누런 이를 드러내며 웃었다.

"이야, 깨우려고 하자마자 딱 눈을 뜨다니, 내 손이 다 민망합니다."

"……그러게요. 일부러 그런 건 아닌데, 딱 눈이 떠졌습니다."

"꿈 요정이 다녀가셨나? 좋은 일이 있으려고 그러나 봅니다. 행운이 함께하시길!"

연두와 광대는 카멜르 부근, 벨이 살고 있는 숲 입구에서 마차를 돌려보냈다. 낯선 사람 마주치기를 그다지 좋아하지 않는 벨을 위한 배려였다.

분명 왕궁을 떠날 때는 아직 여름의 끝자락이었는데, 낯익은 숲에는 벌써 가을이 성큼 다가와 있었다. 마치 계절을 앞당기기라도 한 듯 제법 묵직하게 영글어가는 열매들이 여기저기에 존재감을 뽐냈다. 조금만 더 지나면 열매의 단내와 알록달록한 단풍이 숲을 채울 것이다.

광대는 길게 늘어진 풀을 걷어내며 신중하게 걸었고, 연두는 묵묵히 그의 뒤를 따랐다. 이루 말할 수 없이 어색한 침묵이 둘 사이를 메웠다. 그렇게 절반쯤 갔을 즈음, 결국 침묵을 견디다 못한 연두가 광대의 옷자락을 잡아챘다.

"야."

"왜?"

태연히 돌아보는 얼굴이 연두의 입을 턱, 틀어막았다. 사실 그녀는 제 안에서 들끓는 게 화인지, 서운함인지, 기대인지 좀처럼 갈피를 잡지 못했다. 그저 풍선처럼 부풀어 올라 가슴을 꽉 메운 무언가를 견디기가 힘들 뿐이었다.

"왜 잡았냐니까? 빨리 말해."

"그러니까…… 그래! 이름, 이름 가르쳐 줘. 백날 야, 너, 이렇게 부르기도 좀 그렇잖아."

차마 왜 도둑 키스를 했냐고 묻지는 못하고 대신 끄집어낸 변명이지만, 말을 꺼내고 나니 정말로 궁금해졌다. 광대, 피에로, 클라운─ 그 어느 것도 이름은 아니었으니, 여태 이름을 알아볼 생각도 안 했다는 게 몹시 놀라울 따름이었다.

하나 눈을 반짝거리며 기대하는 연두를 보는 광대의 얼굴은 그저 매끄럽기만 했다. 그림으로 그린 것처럼 늘 짓고 있던 미소마저 사라진 얼굴은 그저 아름답기만 할 뿐, 무엇도 읽어낼 수 없었다.

"없어, 그런 거."

"뭐?"

"그러니까 마음대로 불러. 난 뭐라고 부르든지 아무 상관없으니까."

"너……."

연두는 그가 도둑 키스를 모른 체하는 것처럼 이름도 가르쳐 주지 않으려 든다고 생각했다. 그 끔찍한 땅요정도 이름이 있는데, 저렇게 멀쩡한 광대에게 이름이 없을 리가 있겠느냐고. 좀 가까워졌다고 생각했는데 또 금세 훅 멀어진 느낌이었다.

광대는 당장 울기라도 할 것처럼 얼굴을 일그러뜨린 채 좀체 말을 뱉지 못하는 연두를 가만히 바라보다가 그만 옷자락을 잡아 뺐다. 미련 없이 돌아서는 뒷모습에서 찬바람이 불었다.

"할 말 없으면 귀찮게 굴지 말고 따라오기나 해."

연두는 비어버린 손을 괜히 옷자락에 문질러 닦았다. 겨우 말 몇 마디 묻는 걸로 어찌나 긴장을 했는지, 손이 다 축축했다.

'처음부터 이름 안 가르쳐 주려는 기색이 있기는 했지만……. 같이 지낸 시간이 얼만데 아직도 이러는 건 너무하지. 그깟 이름 좀 알려주면 닳나? 어차피 부르라고 지은 이름일 건데. 하여간 이럴 거면 도둑 키스는 왜 해? ……괜히 말 꺼냈어.'

연두는 제 속에서 퐁퐁 솟아나는 원망과 후회를 곱씹으며 걸었다. 했던 말을 또 하고 또 하는 술주정처럼, 비슷한 생각과 후회가 파도처럼 연달아 몰려들었다. 생각이 많아지면서 그녀의 발이 점점 느려졌다. 자연히 앞서 길을 걷는 광대와의 거리도 슬금슬금 벌어졌다.

그런 연두의 어깨로 나이팅게일이 날아들었다. 자그마한 새는 그녀의 귀에만 들릴 법한 목소리로 속닥속닥 종알거렸다.

「아가씨, 그렇게 돌려 말하면 저 녀석은 몰라.」

"시끄러워."

「그냥 바로 좋아한다고 하는 게 어때? 응?」

나이팅게일은 속닥거리는 내내 그녀의 부아를 돋우다가, 결국 그녀의 손에 잡혀 숲속으로 내던져졌다. 연두가 어찌나 제대로 던 졌는지 삑 소리도 못 냈다.

그렇게 나이팅게일을 내던지고 나서도 연두의 기분은 그다지 나아지지 않았다. 순간의 짜증이 가신 뒤에 남은 건 자신이 광대

의 장난에 낚여 혼자 헛발질을 하는 건 아닐까 하는 우울한 생각
들이었다.

광대는 뒤늦게 연두와의 거리가 벌어진 걸 알아채고 뒤를 돌아
보았다가 헛웃음을 짓고 말았다. 연두가 어깨를 축 늘어뜨린 채
땅바닥만 바라보며 터벅터벅 걷고 있어서였다. 저렇게 풀이 죽은
모습은 처음이었다.

"어이, 강연두, 귀찮게 군다고 뭐라고 했다고 지금 시위해? 빨
리 안 와?"

그제야 고개를 든 연두가 광대와의 거리를 확인하고 당황한 표
정을 지었다. 묵직하게 어깨를 누르는 짐을 고쳐 메고 종종걸음으
로 발을 놀린다. 언제 당황했냐는 듯 쏘아붙이는 입은 여전했다.

"누가 시위한대? 금방 따라갈 거야."

"그래, 그러니까 빨리 오라고."

"금방 가, 금방."

연두는 등에 묵직한 짐을 지고서도 제법 재빠르게 숲길을 걸었
다. 예전에 비하면 정말 장족의 발전이건만, 광대의 눈에는 영 미
덥지 않게 보이는 것도 사실이었다. 연두가 코앞까지 다가오는 내
내 미간을 좁히고 있던 그가 불쑥 손을 내밀었다.

"손 잡아줄까?"

"……뭐래. 나 혼자서도 잘 갈 수 있거든?"

"싫음 말고."

거절한 건 자신이지만 한번 거절했다고 바로 휭하니 돌아서는
광대가 괜히 얄밉다. 연두는 입을 삐죽대며 그의 뒤를 따랐다. 광
대는 연두보다 더 묵직한 짐을 지고서도 훨씬 가뿐하게 숲길을
걸었다.

조금 전보다 훨씬 가벼워진 침묵을 이고 걷던 광대가 갑자기 걸음을 멈췄다. 이렇게 신선한 숲에서 날 리 없는 냄새가 그의 코에 잡혔다. 새카맣게 타들어간 나무와 타르, 그리고 고깃덩이의 냄새가 났다. 이루 말할 수 없이 불쾌한 냄새였다.

　"잠깐 여기서 기다려."

　"왜 그래?"

　심상찮은 기색을 느낀 연두가 긴장한 낯빛을 했다. 광대는 그런 그녀를 뒤로 하고 서둘러 숲을 가로질렀다. 코앞이라고 생각했던 거리가 천 리 길처럼 멀다. 불길한 예감에 자꾸만 침이 말랐다. 그는 날듯이 달려 벨의 가게 앞에 도착했다. 그러나 벨의 가게는 가게라고 불러줄 수 있는 상태가 아니었다. 그의 입에서 깊은 신음이 흘러나왔다.

　"……맙소사……."

　아담하고 예쁘던 2층 목조주택은 완전히 불타 무너져 뼈대만 남았고, 제빵재료들이 쌓여 있던 창고는 약탈당한 흔적이 뚜렷했다. 더불어 고약한 탄내가 사방에 진동했다. 그는 지고 있던 짐을 내던지고 집터 주변을 살폈다. 사람의 발자국 몇 개가 찍혀 있었지만 시간이 좀 지났는지 꽤 흐리다. 대신 여우 발자국 몇 개가 뚜렷하게 남아 있었다.

　광대보다 조금 늦게 도착한 연두는 너무 충격적인 광경에 신음조차 흘리지 못했다. 무거워 헐떡이면서도 놓지 않고 있던 짐이 미끄러져 바닥에 떨어졌다. 벨을 위한 선물로 준비한 고급 식재료들이 든 짐이었다.

　"잠깐 여기서 짐 좀 지키고 있어."

　"어, 어어……."

"여우가 돌아다니는 모양인데 정신 좀 차리고."

넋을 놓고 있던 연두가 여우 소리가 나오자 그제야 정신을 차리고 먹을 것들이 든 짐을 와락 끌어안는다. 광대는 그 미덥지 않은 모습에 눈을 흘기면서도 서둘러 오두막을 향해 달려갔다.

오두막은 언뜻 보아서는 멀쩡해 보였다. 하지만 잠금장치가 심하게 훼손된 상태였다. 굳게 닫힌 문을 억지로 비집고 열고 들어간 자국이다. 예상했듯 내부는 난장판이었다. 쓸 만한 가재도구는 남아 있는 게 없고 여기저기 뒤진 흔적이 역력했다.

"뭐 좋은 거라도 숨겨놓은 줄 알았나……."

보면 볼수록 벨에게 뭔가 좋지 않은 일이 생긴 것만 같다는 생각에 확신이 든다. 광대에게 오두막의 풍경을 전해 들은 연두 역시 불안한 기색을 내비쳤다.

"강도라도 든 거 아냐? 벨이라면 그렇게 자물쇠를 뜯어낼 리가 없잖아."

"그럴 수도 있지만 아직은 모르지. 그건 내일 도시에 진입해서 확인해 보면 알게 되겠지. 일어나, 오늘은 오두막에 가서 자자."

다 탄 집터에서 노숙하는 것보다는 좀 찜찜하더라도 지붕 있는 곳이 좋다. 안 그래도 이르게 찾아오는 숲의 밤이 벌써부터 사방을 어둑하게 만들고 있었다. 그를 뻔히 알기에, 연두는 싫은 티를 내면서도 착실하게 오두막으로 짐을 옮겼다.

그날 밤, 잠자리를 펴던 연두가 갑자기 생각났다는 것처럼 손뼉을 쳤다.

"진짜 여우가 있긴 있더라. 털이 빨갛고 포실한 게 아주 예쁘던데. 왜 돈 많은 사모들이 여우 목도리 타령하는지 알겠어."

"웬 여우?"

주의를 환기시키려는 의도라기엔 좀 많이 태평한 소리다. 광대
의 의아해하는 기색을 눈치 챈 연두가 말을 덧붙였다.

"벨이 종종 먹이 주는 여우가 있다고 그랬거든. 난 한 번도 본
적 없었지만……. 왠지 그 녀석일 거 같았어. 덩그러니 앉아서 집
터만 보고 있는데 안쓰럽더라고. 여우가 개과 맞지?"

"알 게 뭐야. 난 개 비린내 나는 것들은 딱 질색인데."

광대가 개를 싫어한다는 건 처음 안 사실이었다. 연두는 눈을
반짝반짝 빛내며 왜 개를 싫어하는지 등을 물었지만 아무런 대답
도 들을 수 없었다. 괜한 호기심 불태우지 말고 잠이나 자라, 타
박을 들었을 뿐.

다음 날 들어간 카멜르는 사람으로 온통 북적북적했다. 수도
의 거리만큼이나 많은 사람 숫자보다 인상적인 건 냄새였다. 소금
에 찌든 몸에서 풍기는 땀내, 더러운 옷가지들에서 나는 악취, 이
제 막 수확하기 시작한 과일들의 향취, 배수로가 감당하지 못한
오물들의 냄새들. 엉망으로 뒤섞인 냄새들은 마치 욕심 많은 괴
물처럼 사람들을 집어삼켰다.

연두는 얇은 천을 뒤집어쓰고 버렸지만 곧 항복하고 말았다.
후각이 빨리 마비되는 감각이란 게 참 고마울 지경이었다. 행여
나 놓칠세라 광대의 손을 꽉 움켜쥔 채로 헐떡거린다. 광대도 사
정은 비슷해서, 매끈한 콧잔등에 온통 주름이 잡혀 있었다.

"예전에도 이, 이 꼴이었어? 나 지금 오물통에 들어온 거 같아
서 미쳐 버릴 것 같아."

"이 정돈 아니었어. 사람이 못해도 세 배는 더 늘은 것 같은데."

"그놈의 소금그릇 다 깨진 줄 알았더니 아닌가 보네."

"역사와 전통이 있는 소금그릇이잖아. 곁다리에 붙어 있는 게 꽤 있었겠지. 아, 찾았다. 이쪽 길이야."

시장통을 지나자 사정이 조금 나아졌다. 좌판을 편 사람들과 바닥에 걸레처럼 널려 있던 사람들이 점차 줄어들고 제법 깔끔한 가게들이 나타나기 시작했다. 오가는 사람도 적어져 두 사람의 어깨에서 긴장도 조금 줄어들었다

말없이 타박타박 걷던 연두가 갑자기 코를 킁킁거렸다. 맛있는 냄새가 난다나. 악취 때문에 코가 삐뚤어질 것 같다더니, 음식 냄새는 또 다른 모양이다.

"그게 맡아져? 대체 어떻게 되어먹은 코야?"

"본능에 충실한 코지. 저 가게 무슨 가게지? 냄새 되게 괜찮다. 아, 배고파……."

"뱃속에 거지가 들어앉았나. 좀 참아."

"누가 들어간댔나? 그냥 좋다는 거지. 이 도시, 사람이 이렇게 많으면 예산도 분명 풍족할 텐데 인심도 좀 좋았으면 좋겠다."

연두의 소박한 소원은 이뤄지지 않았다. 관청이 들어서 있는 성은 오랜 역사를 증명이라도 하듯 낡고 어두웠다. 오래전 영토 분쟁이 심한 시기에 세워졌다더니 오로지 전쟁을 위해 만들어진 요새의 모습 그대로였다. 드레스 입은 귀부인보다 철컥대는 갑옷을 입은 기사가 어울릴 곳이었다.

심지어 관리는 두 사람을 마치 도둑질 준비 중인 무뢰배처럼 취급했다. 왕실 심부름꾼의 목걸이를 확인하고도 쉴 새 없이 눈을 굴리며 뭘 가져가지는 않을까, 감시하는 게다. 주민의 신상이 적힌 서류를 뒤적이면서도 그럴 수 있다니 나름 대단한 재주였다.

"오, 찾았습니다. 마녀 이사벨라, 보름 전 사망. 사후 신고되어

처리 완료."

"네?"

"뭐라고요?"

뜻밖의 사망 소식이다. 게다가 마녀라니, 그게 무슨 소리일까. 연두도 광대도 깜짝 놀라 서로의 얼굴을 마주 보았다. 관리는 그런 두 사람을 향해 몹시 귀찮아하는 표정을 지었다. 광대가 자리를 뜨려는 관리를 잡아채고 다급히 물었다.

"강도를 당하거나 다친 게 아니라 죽었다는 겁니까?"

"마녀가 죽은 걸 죽었다고 하지 그럼 뭐라고 합니까?"

입을 꾹 다물고 광대의 뒤에 숨어 얌전한 숙녀 행세를 하던 연두의 얼굴에 금세 피가 몰렸다. 연두는 광대의 옆구리를 쿡 찌르곤 소곤소곤 말을 건넸고, 광대는 바로 그녀의 말을 전했다. 조선 시대 내외하는 남녀도 아니고 이게 뭔 짓인가 싶지만, 이 세계의 관리들은 여자들이 나선 일은 일단 무시부터 하고 보는 경향이 있었다.

"웬 마녀 판정입니까? 맛있는 과자를 굽기로 유명한 장인이 아니었습니까?"

"교회에서 마녀라고 하는데 그걸로 충분하지 뭔 이유를 따집니까?"

"그래도 나름…… 납득이 갈 만한 이유가 있었을 거 아닙니까. 갑자기 죽었다고 하니까 믿어지지가 않아서 그럽니다. 마녀라는 것도 그렇고."

"죽은 걸 죽었다고 하지 그럼 살았다고 합니까? 그리고 마녀 판정은 우리가 내리는 게 아니라 교회에서 하는 겁니다. 거기 가서 따지세요."

관리는 뻔히 눈에 보이는 말 전하기에 짜증스럽게 미간을 찌푸렸다. 그럼에도 꼬박꼬박 대답을 해주는 건 오로지 심부름꾼의 목걸이 때문이었다. 카멜르는 귀족 영주가 아니라 왕실에 속한 직할도시였고, 그만큼 왕실의 입김이 강한 곳이었다.

"사후 신고라고 하셨는데, 사인이 뭡니까? 신고자는 알 수 있습니까? 그것도 교회에 가야 합니까?"

"신고자는…… 헨젤 남매. 화재로 죽은 걸 발견해서 신고했다고 되어 있습니다."

"현장 확인은 하셨습니까? 사체 부검은?"

안 그래도 꺼림칙해하던 관리의 얼굴이 시뻘게졌다.

"현장 확인은 뭐고, 사체 부검은 또 뭡니까? 마녀가 만든 과자를 먹어왔다는 것도 끔찍한데, 사체에 손이라도 댔어야 한다는 겁니까? 이봐요, 마녀입니다, 마녀! 젊은 남자를 꼬드겨 정기를 빨아먹으려다가 천벌을 받은 겁니다! 에이, 아침부터 짜증나게!"

언제는 이유 따윈 모른다더니, 이번엔 남자를 홀리려다 천벌을 받았단다. 관리는 일부러 말을 흘리기라도 하는 것처럼 과장된 태도로 화를 내며 들어가 버렸고, 두 사람은 그대로 쫓겨났다. 하인들은 연두가 바라던 따뜻한 식사 대신 먼지 묻은 빗자루와 걸레 빤 물이 든 양동이로 둘을 대접했다.

연두는 손가락에 엉킨 머리카락을 떼어내며 혀를 찼다. 받은 대접에 걸맞은 보답을 해줘야 했는데, 걸레 빤 물에 맞을 뻔한 것에 비하면 머리카락 한 움큼은 너무 약소한 것 같았다. 그런 그녀의 곁에 선 광대 역시 물 한 방울 묻은 자국 없이 멀끔했다. 그를 대접했던 하인은 옷을 빨든 목욕을 하든 해야 할 것이다.

"이래서 종교가 너무 힘이 강하면 문제야. 알아도 뭘 일을 할

수가 없으니……. 게다가 봉건제가 겹쳐지니 더 하네. 저 개자식
도 가문은 쓸 만하겠지?"

"말해 뭐 해. 어쩔래? 이대로 교회에 갈래?"

"이 차림으론 못 가니까 갈아입고 가자. 옷 챙겨오길 잘 했지."

"옷?"

광대는 새삼 연두와 자신의 옷차림을 확인했다. 먼 길을 다니
는데 적합한 두꺼운 바지와 튼튼한 셔츠, 조끼, 굽이 두꺼운 장
화……. 심부름꾼의 차림, 그 자체다. 더러운 물이 묻은 것도 아
닌데 왜? 의문을 표하는 광대를 향해 연두가 끌끌 혀를 찼다.

"사후 신고만으로 마녀 판정을 내려주는 교회면 뻔하지. 그런
곳에 갈 땐 제대로 된 정장 차림을 해야 하는 거야. 사람의 인상
에 옷이 얼마나 큰 영향을 미치는지 몰라? 하긴 모르니까 그런
옷을 입고 영업을 했겠지."

"야, 그거만 한 영업 의상이 또 있는 줄 알아? 왕궁에서 일할
때도 엄청 인기 좋았어!"

광대의 항변에 연두는 그를 처음 보았을 때를 떠올렸다. 노란
바탕에 빨간 땡땡이 무늬가 그려진 펑퍼짐한 옷, 목덜미를 장식한
희고 풍성한 주름장식, 이목구비를 무시하고 기괴하게 발라놓은
분장, 풍성하게 부풀어 오른 빨간 곱슬머리 가발. 지금 생각해도
꿈에 나올까 무서운 꼴이었다.

"몰라. 난 그 옷 입은 널 처음 봤을 때 괴담에 나오는 광대 코
스프레라도 하고 있는 줄 알았어. 이야, 밤에만 여는 놀이공원이
라 그런지 직원 복장도 참 스페셜하네, 하고 생각했는데 그게 좋
아서 입은 거였다니 기가 막히지."

"으……."

"거 봐. 너도 부정 못 하네. 여관으로 바로…… 아니다, 밥부터 먹고 가자."

연두가 태평하게 밥 타령을 했다. 광대는 저도 모르게 미간을 찌푸렸다. 벨이 죽었단 말을 못 들은 것도 아닐 텐데, 울며불며 통곡하는 것보다야 낫다지만 밥 타령이라니. 너무 태연한 것 아닌가.

"벨이 죽었다는데 지금 밥 생각이 나? 충격 같은 건 하나도 안 받……."

배고픔을 호소하던 연두가 어찌나 매섭게 눈을 흡뜨는지, 광대는 그만 시선을 돌리고 말았다. 연두는 그런 밉살맞은 광대의 등짝을 손바닥이 얼얼하도록 후려쳤다.

"그럼, 여기 드러누워 울까? 지금 당장 할 일은 우는 게 아니라 벨한테 대체 어떤 일이 일어났던 건지를 확인하는 일이야. 그리고 자초지종을 제대로 알려면 배부터 채워야 돼."

"으……. 어련하시겠어. 하여간 손 하나는 엄청나게 맵다니까."

둘은 성으로 오던 길에 연두가 냄새 좋다 킁킁대던 가게를 찾아갔다. 그 가게는 꽤 큼직한 제과점으로, 달콤하고 고소한 냄새를 사방으로 퍼뜨리고 있었다. 점심때가 되려면 아직 시간이 남았는데 사람들이 벌써부터 줄을 서고 있다.

가게는 굉장히 장사가 잘됐다. 먹음직스럽게 잘 구워진 빵과 과자들이 가득한 바구니들이 순식간에 비어갔다. 연두는 사람들 틈바구니에 끼어 번개 같은 손놀림으로 빵과 과자를 한 아름이나 골라냈다. 계산대에 선 젊은 여자가 깜짝 놀랄 만큼의 양이었다.

"어…… 굉장히 많이 고르셨네요. 동전 마흔두 닢이에요."

"자. 거스름돈 줄 수 있죠? 장사가 이렇게 잘 되는데."

연두가 내민 건 은화 한 장이었다. 갑자기 등장한 고액권에 점원이 허둥지둥 동전을 세기 시작했다. 연두는 제법 다정한 어조로 그녀에게 말을 걸었다.

"굉장히 예쁜 아가씨네. 이름이 뭐예요?"

"그레텔이에요."

"이름도 예뻐요. 여기 점원이에요?"

"아뇨, 주인이죠. 자, 여기 거스름돈이에요. 바쁜데 말 붙이지 말고 빨리 가세요. 다음 분!"

그레텔은 자꾸 말을 거는 이민족 여자를 밀쳐 내고 다음 손님을 받았다. 돈 많은 손님이라 무시할 수도 없는데 빙긋 웃는 얼굴이 어딘지 꺼림칙했다.

하나 그 꺼림칙한 느낌을 받은 건 연두 역시 마찬가지라, 그녀는 여관에 돌아오자마자 방에 있는 테이블에 빵과 과자를 넓게 펼쳐 놓은 채 매섭게 노려보았다. 처음 봤을 때부터 이상하다 싶었는데, 이렇게 꼼꼼하게 살펴보니 더욱 이상했다. 빵은 그렇다 치고, 과자들 생긴 모양새가 벨의 과자와 지나치게 닮아 있었다. 프렌차이즈 빵집도 아닌데.

한편 안주인에게서 다림질에 필요한 물건 일체를 빌려온 광대는 나갈 때와 하등 다름없는 연두의 모습에 황당해지고 말았다.

"배고프다더니 뭐 하는 거야? 눈으로 먹는 중?"

"이리 와서 하나만 먹어봐. 빨리, 빨리. ……어때?"

연두의 재촉에 아무거나 과자를 하나 입에 넣은 광대가 고개를 갸웃거렸다. 모양만큼이나 맛있는 과자인데 왜 그러는지 알 수가 없어서다.

"맛있는데? 잘 팔릴 만한데 왜."

"그래? 맛있기만 해? 뭔가…… 뭔가 낯익은 맛이라든가, 식감이 비슷하다든가…… 그런 건 없고?"

"강연두. 난 그렇게 혓바닥이 예민하지가 않거든? 날 기미상궁으로 쓰는 게 아니면 그런 건 네 입으로 알아내."

"그러지, 뭐."

냉큼 입에 넣고 천천히 굴려가며 침으로 녹여먹던 연두의 표정이 시간이 갈수록 점점 나빠졌다. 생긴 것만 비슷한 게 아니라, 맛까지도 매우 비슷했다. 벨의 과자에 비하면 조금 떨어지는 감이 없잖아 있지만 거의 같은 과자라고 해도 틀리지 않다.

"야. 넌 혓바닥이 없냐?"

"웬 시비야, 시비는? 시비 걸 시간 있으면 와서 다림질이나 해. 난 드레스는 다림질 못 해."

"이거 벨이 만들던 과자랑 맛도 형태도 거의 똑같아. 벨의 레시피 거의 그대로라고 해도 좋을 정도라고."

"아, 그래서 맛있었나."

"그 점원 이름이 그레텔이었어. 가게 주인이라던데, 혹시……."

연두의 얼굴이 창백해졌다.

숲속에서 과자집을 지어놓고 지나가는 아이들을 꾀어 살찌워 잡아먹는 마녀를, 용감한 남매가 멋지게 해치우고 마녀의 재산으로 행복하게 사는 동화– 헨젤과 그레텔.

숲속에서 혼자 제과점을 운영하던 벨의 석연치 않은 죽음, 그녀를 마녀로 신고한 헨젤 남매, 커다란 제과점에서 벨과 같은 맛을 내는 과자를 파는 그레텔.

"이사벨라의 과자집……. 그 간판 내가 써줬어. 간판에 과자로 된 집도 그려줬고."

"정말로 헨젤과 그레텔 동화였다면 제대로 한 역할을 한 셈이네. 축하해, 모르는 사이에 동화를 하나 끝마쳤군."

짝짝짝. 광대가 무표정한 얼굴로 박수를 쳤다. 그 박수가 칭찬으로 들리지 않는 건 비단 연두의 심사가 참담해서만은 아닐 터다.

준비되지 않은 이별은 그저 갑작스러웠다. 언젠가 자신은 떠날 것이고 다시는 만나지 못할 사람이니, 너무 정을 주면 안 된다고 그렇게 생각했었지만… 서서히 몸을 적시는 가랑비처럼 스며든 정이 이렇게나 깊었단 말인가. 그녀가 살해당했을지도 모른다는 가능성을 떠올린 것만으로도 토기가 올라오고 숨이 턱 막혔다.

연두의 식욕은 싹 사라져 버렸다. 그녀는 빵과 과자는 내버려 둔 채 다림질을 시작했다. 숯이 들어 무거운 다리미를 능란하게 다루며 구겨진 드레스를 금세 멀쩡하게 되돌려 놓는 솜씨가 놀라울 정도로 매끄러웠다.

"내가 혹시나 해서 묻는 건데 말이야……. 혹시 여기 잔혹동화의 세상이야?"

"잔혹동화? 그건 또 뭔데?"

"그…… 뭐라고 표현해야 하나. 어린아이용으로 순화된 동화가 아니라, 시대적인 배경을 그대로 살려 원전에 가까운 동화를 말하는 게 잔혹동화인데……. 쉽게 말하면, 어른용 동화."

아셰라드의 언니들이 뒤꿈치와 발가락을 잘렸을 때, 그때는 정말 백작부인이 정신이 나갔나 보다고만 생각했다. 아셰라드가 잔인한 보복을 할 때는 조금 의심했다. 수아나가 아이를 도구 삼아 정부가 됐을 땐 어쩌면 정말로 잔혹동화의 세상일 수도 있겠다고 생각했다.

그리고 벨이 살해당했다는 의심이 드는 지금은…….

광대는 점치는 데에는 재주가 있었지만 사람의 속내를 읽어내는 재주는 없었다. 선선히 답한다.

"드림랜드가 어린이용은 아니긴 했지."

"그렇구나. 그거 참 잘됐네."

연두가 해사하게 웃었다. 그녀는 몇 번이고 잘됐다는 말을 반복했다. 광대는 어쩐지 등줄기에 소름이 돋아 주춤 뒤로 물러섰다.

"뭘 하려고?"

"일단 자초지종을 제대로 알아볼 거야. 난 교회에 갈 테니까, 넌 코쉬를 만나고 와."

"그 마부는 왜? 말이 빌린 거지, 돈은 제대로 치르고 왔어."

"마차 대금 얘길 하는 게 아니야. 코쉬가 손버릇 나쁜 개새끼이긴 했어도 벨을 많이 좋아하긴 했어. 표면적인 것 말고도 아는 게 많을 거야. 여자를 무시하는 경향이 있으니 네가 가야 제대로 얘길 하겠지."

속 모를 말을 하던 연두가 갑자기 조끼 끈을 풀어헤치기 시작했다. 화들짝 놀란 광대는 얼른 구석에 놓여 있던 파티션을 가져다 그녀의 앞에 둘러쳤다.

"넌 내가 앞에 있는데 무슨 생각으로 조끼를 벗어? 미쳤어?"

"어차피 여기 속옷은 위아래 다 가려놓고 속살 하나 안 비치는데 뭘 그래. 나 드레스 입을 건데 좀 도와줘."

"미친……."

광대는 저도 모르게 욕설을 중얼거리며 이마를 짚었다. 벨의 죽음에 충격을 받은 건 알겠는데, 그래도 이건 아니지 않나. 그는 욕설과 함께 드레스와 드레스 밑에 받쳐 입을 속옷 일체를 파티션 안으로 밀어 넣었다.

"알아서 입어. 설마 이 정도는 입을 줄 알겠지."

"야아, 다는 못 입어! 이거 제대로 된 정장 드레스란 말이야! 당장 허리끈만 해도 나 혼자 어떡하라고!"

"여관 종업원을 불러줄 테니 기다리고 있어. 난 바로 코쉬한테 갈 테니까 그런 줄 알고."

"하! 방까지 같이 잡는 사이인 약혼자를 문밖으로 쫓아내고 혼자 옷 갈아입는 여자가 어디 있다고 그래? 그리고, 약혼녀가 옷 갈아입는데 자기 볼일 생겼다고 훌쩍 가버리는 약혼자는 어디 있고? 종업원이 아주 이상하게 생각할 텐데."

광대의 얼굴이 확 붉어졌다. 젊은 남녀가 함께 여행을 다닌다면 그건 당연히 약혼자이거나 부부이거나 혹은 남매인 것이 당연한 세상이었다. 남매라기엔 지나치게 얼굴이 달라 약혼자라고 뻥을 쳐 둔 것을, 이런 식으로 되돌려 받을 줄이야.

"애초에 약혼자한테 허리끈 조이게 하는 여자는 또 어디 있고?"

"그래, 약혼자가 아니니까 네가 끈 조여줘도 상관없지. 이 드레스, 간소하긴 해도 형식은 제대로 갖춘 옷이라고. 이런 평범한 여관의 종업원이 제대로 다룰 수 있을 리 없다는 거 알잖아. 빼지 말고 좀 도와줘."

"그 형식 제대로 갖춘 드레스를 내가 다룰 수 있을 거라는 확신은 또 어디 있어서 그래?"

"인형의 집 인형들 관리 네가 했다며. 거기 드레스는 이거보다 훨씬 본격적이던데 왜. 그거 관리했으면 이쯤이야 식은 죽 먹기겠지."

광대는 말문이 막히고 말았다. 이럴 바엔 그냥 안 닮은 남매라고 할 것을, 잠깐 편하자고 약혼자라고 했다가 된통 뒤집어쓴 기분이다.

"두 손 두 발 다 들었다. 알았어, 기다릴 테니까 천천히 갈아입어."

"진작 그럴 것이지 왜……."

연두는 조그맣게 투덜거리고는 서둘러 옷을 갈아입기 시작했다. 이놈의 드레스는 아래에 갖춰 입을 게 어찌나 많고 복잡한지, 제대로 입으려니 손 가는 곳이 한두 군데가 아니었다.

사각사각, 바스락— 옷 스치는 소리가 파티션 너머로 살금살금 퍼져 나갔다. 광대는 벽에 기대어 선 채 그 소리에 귀를 기울였다. 다른 곳으로 신경을 돌려보려 했지만 실패. 왠지 모르게 목구멍이 간질간질하고 입이 바짝바짝 말랐다. 그는 괜히 마른세수를 했다.

"다 입었는데 허리끈 좀 매줘."

"……벌써? 손 빠르네."

정말 잠깐 기다렸던 것 같은데, 옷을 거의 다 챙겨 입은 연두가 파티션 안에서 광대를 불렀다. 혼자 입을 수 있는 데까지는 다 입었지만 등과 허리를 조이는 끈만은 어쩔 수가 없어 도움이 필요했다.

다 입은 것도, 벗은 것도 아닌 미묘한 차림새다. 광대는 연두의 얼굴을 차마 볼 수가 없어 그녀를 얼른 뒤돌아서게 했다. 그런 그의 속내를 모르는 연두는 지칠 줄 모르고 계속 종알거렸다.

"빠르긴 뭐가 빨라. 한참 걸렸는데. 꽉 당기진 말고 살살……헉!"

"제대로 당겨야 맵시가 살지."

"그놈의 맵시…… 찾다 숨 막혀 죽겠네. 예나 지금이나…… 헉, 여자들 옷은 왜 다 이 모양이야?"

"나한테 물어봤자 대답 안 나와. 그런데 너, 살쪘다? 왕궁에서 의외로 잘 먹고 다닌…… 악!"

광대는 딱딱한 뒷굽에 정강이를 걷어차이고 비명을 질렀다. 어찌나 야무지게 찼는지 눈물이 찔끔 나오도록 아팠다. 하지만 한마디만 더 꺼냈다간 그땐 멱살이라도 잡힐 것만 같아, 그는 조용히 나머지 끈들을 죄였다.

"흐……허억……. 너, 일부러 이렇게 세게…… 묶는 거지……!"

"에이, 그럴 리가 있나. 딱 예쁘게 묶었는데 뭘."

"믿을 수가 없어, 믿을 수가. 후으, 하아, 하아, 그래서, 어때? 괜찮아 보여? 귀부인 같아?"

연두가 밭은 숨을 내쉬며 돌아섰다. 가지고 온 거울이라 봐야 손바닥만 한 손거울이고, 따로 거울이랄 게 없는 방이니 꼭 다른 사람에게 맵시를 확인받아야 했다.

광대는 저도 모르게 눈을 데굴데굴 굴리다가 그만 입가를 가렸다. 자신이 짓고 있을 표정이 어떤지 짐작도 가지 않았다. 연두가 워낙에 훤칠하게 키가 크고 늘씬하다보니 간소한 드레스라도 아주 잘 어울렸다. 그는 꽤 많이 깎아먹은 평을 입에 올렸다.

"제법 그럴듯하네. 어디 가서 무시당하지는 않겠어. 근데 머리가 그게 뭐야? 앉아봐."

"머리도 만질 줄 알아?"

"당연하지. 넌 화장이나 해. 드레스 차림에 맨얼굴이라니, 그게 가당키나 해?"

"그렇게 타박하지 않아도 화장할 거야. 그렇게 자신만만하게 나서놓고 망치기만 해봐."

정교하게 화관을 만들던 솜씨는 머리를 만질 때에도 유감없이 발휘되었다. 결 좋은 갈색 머리칼을 양쪽으로 나눠 일부는 땋고 일부는 복잡한 형태로 말아 올렸다. 헤어스프레이도, 왁스도 없는데 모든 작업이 끝났을 땐 만지기도 아까운 작품이 연두의 머리 위에 만들어져 있었다.

조심조심 손을 대보았던 연두가 놀라 감탄사를 터뜨렸다. 만지는 것만으로도 복잡한 형태가 눈에 보일 듯 그려져서다.

"오오, 좀 큰 거울이 있었으면 좋았을 텐데."

"길 가다가 물웅덩이 있으면 거기에라도 비춰보든지. 근데……다 해놓고 보니까 혼자 내보낼 수 있는 차림이 아닌데?"

"그래? 그 정도인가?"

"충분히 그 정도야. 안 되겠다, 교회는 같이 가고 코쉬는 따로 사람을 시켜 부르는 걸로 하자. 여자를 무시하는 놈이라도 귀부인 앞에선 다르겠지. 자 아름다우신 레이디, 가실까요?"

광대가 짐짓 예의를 갖춰 손을 내밀었다. 정장을 잘 갖춰 입고 우아한 인사를 건네는 입가에 장난스러운 미소가 걸려 있었다.

연두는 그런 그를 보며 괜히 입을 삐죽였다. 당장 내일부터 안 보고 살 사람처럼 데면데면하게 굴 때는 언제고 지금은 또 이렇게나 친밀하게 손을 내뻗다니.

'정말이지…… 헷갈리게 군다니까.'

광대의 손에 자신의 손을 올렸다. 언제나 그녀보다 뜨거웠던 체온이지만 어째 오늘은 평소보다 더 뜨겁게 느껴졌다. 그녀는 그 체온에 기대어 선 채로 심호흡했다.

'여기가 정말로 잔혹동화의 세상이라면, 그 끝이 항상 해피엔딩일 필요는 없는 거겠지.'

마법 같은 손놀림으로 과자와 빵을 구워내던 벨, 호화로운 저녁 식탁을 차려놓고 의기양양하게 자랑하던 벨, 멋진 화관을 만들어 자신의 머리에 올려주던 벨. 서운한 때도 있었고 좋았던 때도 있었는데 어째 기억나는 건 온통 좋았던 순간들뿐이다.

광대는 점점 안색이 나빠져 가는 연두를 살피다 그만 고개를 저었다. 허리를 너무 졸라댄 탓인지, 아니면 새삼 벨의 죽음에 충격을 받기라도 하는 건지 알 수 없었지만 아무튼 좋은 상태로 보이진 않았다. 차라리 눈에 보이는 외상이라면 어떻게든 해줄 수 있을 텐데. 그는 아쉬움을 삼키고 연두의 손을 놓았다.

"아무래도 이 차림으로 거리를 걷는 건 무리일 것 같아. 마차를 불러올 테니까 잠깐만 기다리고 있어."

"너와 함께 가도 안 돼?"

"내가 널 안고 카멜르를 가로지르게 만들 셈이야? 바닥까지 끌리는 드레스를 입고 어딜 걸어 다니겠다고 그래. 금방 다녀올게."

광대는 말이 끝나자마자 방을 나갔다. 연두는 작고 초라한 방에 홀로 서서 방과 어울리지 않는 드레스를 정돈했다. 이런 때조차 그를 도발하고 반응을 살피는 자신이 황당하지만, 도저히 멈출 수가 없었다. 토할 수도 삼킬 수도 없는 어떤 응어리가 자꾸만 그녀의 가슴에 쌓였다.

'지금은 아니야. 이 일만 끝나면……. 그래, 벨의 복수만 끝내고 나면, 그때 생각하자.'

두 번째로 삼키는 마음이었다. 첫 번째는 그리 쉽더니, 이번에는 마치 불타는 공을 삼키는 것처럼 고통스러웠다.

✻

해냈다. 해내고야 말았다! 니니스는 환성을 지르고 싶은 기분을 꾹 누르며 마지막 조각을 끼워 맞췄다.

불쏘시개로도 못 쓸 나뭇조각들을 하나하나 골라내 원형 그대로 복구하는 작업은 대단한 마녀인 그녀에게도 상당한 인내력을 요하는 일이었다. 두 번은 못 할 짓이지만 어쩌겠는가. 해야만 한다고 직감이 말하고 있는데.

"어디 보자……."

너덜너덜한 꼴로 복원된 나무 팻말에는 대충 휘갈긴 알파벳이 적혀 있었다. 니니스는 팻말에 얼굴을 바짝 가져다대고 몇 번이나 읽으려 시도했지만 좀처럼 읽히지가 않았다. 첫 번째 철자가 R이라는 것만 간신히 알아볼 정도로 글자가 흐릿했다.

"이거 안 떨어지지? 고정 잘 됐지? 흐음, 좋아. 나가자. 아 이것 참, 나이 먹었다고 자꾸 혼잣말이 늘어서 큰일이라니까. 아, 아이고, 아이고 허리야…… 다리야……. 이 일 다 끝나면 침이라도 맞으러 가야겠다."

니니스는 한 손에는 아직도 물이 떨어지는 땅요정 인형을, 다른 손에는 금방 복구한 나무 팻말을 들고 옷장을 나섰다. 사방을 살펴보니 그녀가 열과 성을 다해 만들었던 인형들이 온통 물에 젖어 엉망이었다. 저절로 혀를 차게 만드는 광경이었다.

"더미 주제에 일을 키워요, 키우길. 일 다 끝나면 팔다리를 똑 분질러서 어디 매달아놓기라도 해야지 정말."

밝은 조명이 나무 팻말에 잘 닿도록 들어 올린 채 눈을 가늘게 뜨자 흐릿한 글씨가 모습을 드러냈다.

"R……um……pel……s…… 이 뒤는 도저히 모르겠네. 뭐가 이렇게 엉망이야?"

이대로 둘 수는 없으니, 뒤를 마저 써야겠다. 니니스는 뭔가 적을 만한 게 있나 주머니를 뒤적거렸지만, 마녀 인형의 옷에 펜 따위 있을 리가 있겠나. 용도를 짐작할 수 없는 약병 몇 개와 손바닥만 한 거울이 들어 있을 뿐이었다.

"내가 그림 그리는 애를 만들었던가……? 기억이 가물가물하네. 뭐, 찾아보면 뭐든 있겠지."

니니스는 씩씩하게 걷기 시작했다.

한편, 연두와 준규는 인형들 사이를 헤집으며 건물 내부를 빙글빙글 도는 중이었다. 워낙 인형도 소품도 많은 곳이라 잠깐만 정신을 팔아도 금세 길을 잃었다.

"여기 어디에 있었는데……."

"진짜 그 정도로 망가져 있었다고요? 잘못 본 거 아니에요?"

"아니라니까. 난 네가 망치라도 휘두른 줄 알았어."

"아이 참……."

두 사람은 니니스가 떨어지면서 망가뜨린 인형을 찾고 있었다. 양갈래로 머리를 묶고 빨간 망토를 두른, 그리고 빈 바구니를 든 인형. 준규는 그 인형을 찾아야겠다고 강력하게 주장했다. 출입문도 창문도 없는 곳에서 나타난 사람이 있고, 그 부근에 심하게 훼손된 인형이 있다면 천장에서 떨어진 게 틀림없다면서. 그러나 인형은 물론이고 천장 어디에서도 손상된 곳을 찾을 수가 없었다.

"암만 봐도 멀쩡해 보이는데 말이에요……. 예쁘기만 하구만."

연두는 목이 부러져라 천장을 살피며 입을 삐죽 내밀었다. 그녀의 말 그대로였다. 인형의 집은 천장까지도 아름답게 장식되어 있었다. 금박과 은박을 입힌 덩굴과 꽃, 새, 구름들로 가득 찬 공간이었다. 어디든 사람이 통과할 정도로 구멍이 뚫렸다면 모를 수가 없었다.

"그럼 내가 거짓말을 한다는 거야?"

"에에이, 그런 건 아니고요. 내가 선배 말을 어떻게 의심해요? 당연히 다 믿죠. 선배, 선배는 그쪽으로 가세요. 전 이쪽 길 뒤져 볼게요."

"아니, 넌 날 따라와야지."

슬쩍 빠져 다른 곳으로 가려던 연두는 준규에게 그대로 손목을 잡혔다. 아프다, 엄살을 피우며 빼려들었지만 그의 손아귀에서는 힘이 빠질 기미가 보이지 않았다. 연두를 끌어당기는 준규의 얼굴은 표정이라곤 없이 싸늘했다.

"이렇게 복잡한데 길이라도 잃어버리면 어쩌려고."

"아…… 하하……. 문도 없고 창문도 없는데 헤매봤자 그게 그거죠."

"정말 그렇게 생각해?"

불쾌감이 깔린 낮은 목소리가 어딘지 오싹한 기분이 들게 했다. 연두는 차마 바로 대답하지 못하고 벙긋거렸다. 어떻게든 변명거리를 만들려 애쓰던 그녀는 마침 주변의 인형이 뜨고 있던 스웨터를 낚아채 그에게 들이밀었다. 채 엮이지 못한 실이 길게 늘어졌다.

"이거! 이거 풀어서 우리 서로 손에 묶어요. 그럼 멀리 떨어졌다가도 금방 돌아갈 수 있잖아요."

"끈이라……. 마음 같아서는 이렇게…… 네 손을 꽁꽁 묶어서 내가 데리고 다니고 싶은데."

준규가 끈 묶는 시늉을 했다. 손을 꽁꽁 묶고 목을 꽁꽁 묶고 그 둘을 이어 꼼짝도 하지 못하도록. 연두는 기겁을 하고 그의 손을 뿌리쳤다.

"그게 뭐예요. 내가 개도 아니고."

"차라리 개면 낫게. 손발 멀쩡하고 운전도 할 줄 아는 사람이라 여기저기 사고를 치고 다니니 따라가기가 아주 힘들어."

"흠흠, 흠. 그래서 어쩔 거예요? 싫어요?"

"아니. 괜찮은 생각이야."

준규는 그 자리에서 스웨터를 풀어버렸다. 도톰하고 까슬까슬한 실이 한 덩어리나 생겨났다. 그는 실을 연두의 손목에 아주 단단히 묶고 나서야 조금 안심을 한 듯했다. 서늘하기만 하던 얼굴에 희미한 미소가 어렸다.

"끊기거나 엉키지 않게 조심해."

"선배야말로 조심해요. 나는 걱정 말고."

"퍽이나 걱정을 안 하겠다."

연두와 준규는 서로의 손목에 실을 묶고 갈림길에서 서로 다른 방향으로 발을 디뎠다. 준규는 눈을 가늘게 뜬 채 금세 드레스 자락 너머로 사라지는 연두의 뒷모습을 지켜보았다. 그러다 그녀의 모습이 완전히 사라지고 나자 자신의 손목에 감긴 실을 슬그머니 풀어내어 손에 쥐었다.

그가 제 자리에 못 박힌 듯 서 있는 동안에도 연두 쪽의 실은 계속 살랑살랑 흔들리며 풀려 나갔다. 가끔은 방향을 바꾸고 멈추었다가 다시 풀리기도 했다.

'제대로 매고 있네. 귀찮다고 어디 대충 매놓고 돌아다닐 줄 알았더니……'

연두 혼자서는 도저히 풀지 못할 정도로 단단히 묶어놓은 사람이 누구인데 참 쓸데없는 걱정이다. 준규는 간신히 실에서 눈을 떼고 걸음을 옮겼다. 이 기분 나쁜 공간에서 한시라도 빨리 나가고 싶었다.

연두는 손목에 끈을 매단 채 휘적휘적 걸었다. 그녀에게선 인형을 찾는다거나 천장을 살핀다거나 하는 기색은 전혀 없었다. 그녀는 불에 탄 이사벨라가 쓰러져 있는 곳에 와서야 걸음을 멈췄다.

쓰러진 이사벨라 옆에 다가가 그녀의 얼굴을 요모조모 살펴보는 연두의 얼굴엔 표정이랄 게 없었다. 연두는 이사벨라의 뺨을 꼬집고 옆구리를 쿡쿡 찔러보는 등, 기묘한 행동을 하기 시작했다.

"겨우 이런 걸로 죽었을 리가 없는데……."

그랬다. 연두는 니니스가 칼에 찔리고 불에 탄 것만으로 죽었다는 걸 믿을 수가 없었다. 까마득한 세월을 살아온 마녀가 이렇게 허망하게 숨을 거둘 리가 있겠나. 하지만 아무리 찔러보아도 이사벨라가 꿈쩍도 하질 않으니, 처음에는 조심스럽던 손길이 점차 대담해졌다.

'그래, 죽진 않아도 타격은 입었겠지. 이 정도로 다쳤는데 설마 금방 일어날 수 있겠어? 제발 조금만 더 엎어져 있어라, 제발…….'

엎드려 있는 이사벨라를 뒤집고 구부러진 팔다리를 억지로 폈다. 죄다 녹아내려 몸에 들러붙은 옷자락을 잡아 뜯고 몸 곳곳을 샅샅이 살폈다. 불에 타 끓어오른 살갗에 묻어 있던 검댕이 그녀의 손을 더럽혔다.

그렇게 뒤진 보람이 있어, 연두는 불에 타지도 않고 검댕에 더럽혀지지도 않은 살점을 발견했다. 겨우 엄지손가락만 한 부분이었으나 그 정도로도 충분했다. 그녀는 흥분해 발갛게 열 오른 뺨을 하고 사방을 살폈다.

'근처에 없지?'

준규는 그녀가 자신의 시야에서 벗어나는 걸 이상할 정도로 못 견뎌 했다. 처음에는 그럭저럭 잘 감추고 있었지만 친밀한 신체적 접촉을 하고 난 뒤로는 그런 태도가 굉장히 노골적이었다. 연두는 손목에 감긴 실을 살그머니 잡아당겼다. 마치 아직도 이곳저곳 돌아다니고 있는 것처럼.

실을 충분히 감고 나자 연두의 관심은 다시 이사벨라에게로 돌아갔다. 깨끗한 살점이 어찌나 먹음직스러운지. 긴장인지 기대인지 모를 것이 만든 침을 꿀꺽 삼키고 입을 크게 벌렸다. 그리고 앙, 하고 깨물려는 순간, 숨죽이고 있던 이사벨라가 더는 견디지 못하고 연두의 머리를 후려쳤다.

"악!"

어찌나 세게 쳤는지, 연두는 그 자리에서 바로 엉덩방아를 찧은 채 신음했다. 이사벨라는 삐걱대는 몸을 억지로 일으켰다. 불에 탄 것도 끔찍한데 자신을 먹으려 드는 여자가 있다는 건 더 끔찍했다. 지금 그녀는 눈이라도 보여서 다행이라는 생각 따위는 조금도 들지 않았다.

'도망…… 도망가야 돼.'

연두의 정체 같은 건 궁금하지도 않았다. 이사벨라는 비척대며 일어나 걷기 시작했다. 그러나 시커멓게 탄 몸은 마음대로 움직여 주질 않았다. 몇 걸음 가지도 못하고 발목이 부러졌고, 그녀는 요란한 소리를 내며 넘어졌다. 질척하게 물 고인 바닥에 검댕이 녹아들었다.

"어딜 가시려고."

기어서라도 도망가려던 이사벨라는 연두에게 등을 밟힌 채 비명을 질렀다. 하지만 그건 오로지 이사벨라의 생각일 뿐. 망가져 버린 목에선 아무 소리도 나지 않았다. 연두는 필사적으로 몸부림치면서도 소리를 내지 못하는 이사벨라를 보며 흡족한 미소를 지었다.

"대단하신 마녀 니니스도 별거 아니네?"

"아니, 충분히 별거지."

"뭐……!"

뒤를 돌아볼 틈도 없이 연두의 몸이 무너져 내렸다. 그녀의 목을 쳐서 기절시킨 사람은 바로 니니스. 도저히 물감도 펜도 찾을 수 없어 검댕으로라도 써봐야지, 하고 왔다가 황당한 광경을 만났다. 니니스는 축 늘어진 연두를 한쪽으로 밀어치우며 이사벨라에게 물었다. 겨우 공포에서 해방된 이사벨라는 까맣게 탄 몸을 부들부들 떨고 있었다.

"이사벨라, 얘 왜 이런다니?"

"……."

"아, 말이 안 나오니? 어쩜담. 수리 도구도 없는데."

난처해하는 니니스를 노려보던 이사벨라가 그녀의 옷자락을 잡아당겼다. 그리곤 그녀의 옷자락 안에 들어 있는 약병 중 하나를 골라냈다. 하지만 손에 힘이 없어 좀처럼 뚜껑을 열지 못한다. 하긴 아까 연두를 후려칠 때 손목이 나가고 팔뼈가 부러졌으니 잘 연다면 그게 더 이상한 일일 게다.

"흐흠……. 이거야? 이거면 다 나을 수 있어?"

끄덕끄덕. 목이 부러질까 걱정될 정도의 끄덕거림이었다. 니니스는 약병을 빼앗아 천장 조명에 비춰보며 양을 가늠했다.

"어느 정도면 돼? 이 정도? ……아니, 다 회복하려면 모자란 거야 나도 알지. 일단 너 말할 수 있을 정도로 회복하려면 어느 정도면 되냐고. 그게 제일 급하잖아."

이사벨라가 양을 지정했다. 니니스는 아주 신중하고도 조심스럽게 약을 이사벨라의 목에 부었다. 약간의 양을 입에 머금게 해 숯덩이가 된 혓바닥도 재생시켰다. 시커멓게 탄 마네킹 같은 꼴을 하고 있던 이사벨라는 입과 목만 멀쩡한 마네킹이 되었다.

"아…… 아아."

"그래, 목소리 잘 나오네. 어째 너 약 만드는 실력이 나보다도 낫다? 나중에 이 약 레시피 좀 가르쳐 줘."

"남의 장사 밑천을 그렇게 쉽게 털어가려고 하면 벌 받아요."

"장사 밑천은 무슨……. 아무튼 이제 설명 좀 해줄래? 쟨 뭔데 널 찾아와서 이 난리래?"

"내가 그걸 어떻게 알아요? 당신이야말로 저 계집애에게 뭔 짓을 한 거예요? 날 불태우는 걸로 모자라 잡아먹으려고 들었다고요. 분명 당신이라고 생각해서 저지른 짓이잖아요!"

약병을 흔들던 니니스의 손이 우뚝 멈춰 섰다. 그녀는 조금 전의 장난기 어린 얼굴과는 전혀 다른 표정으로 이사벨라에게 시선을 주었다.

"먹으려 들었다고?"

"그래요. 침까지 삼키면서 덤볐단 말이에요."

"그랬단 말이지……."

니니스는 새삼 장딴지의 상처를 생각했다. 연두가 물어뜯었던 장딴지는 여전히 회복이 안 돼 피가 줄줄 흐르고 있었다. 한 걸음 내디딜 때마다 통증이 밀려드는 통에 여기까지 걸어오는 데도 한참의 시간이 걸렸다. 거기에 더해 자신으로 위장하고 있는 이사벨라의 살점을 씹어 먹으려 했다는 말을 들으니, 어찌된 일인지 대강 짐작이 간다.

'어설프게 인형들을 휘둘러보고 재미라도 붙은 모양이지. 그 인간은 대체 뭘 만들어낸 거야? 이름을 주고 깨어나게 해준 건 다른 사람이어도 그 형태를 만든 건 엄연히 나인데……. 이거 방심하고 있다가 홀랑 잡아먹히는 거 아냐? 아이참, 광대 녀석이 돌아와야 뭘 해도 해볼 텐데.'

노려보는 걸로 모자라 발로 툭툭 건드려 보기까지 했음에도, 연두는 고장 난 자동인형처럼 늘어져 꼼짝도 하지 않았다. 니니스는 뒤늦게 연두의 손목에 실이 묶여 있다는 걸 알아차렸다. 그 실의 끝이 어디일지는 뻔했다. 그녀에게 준규는 별로 마주치고 싶지 않은 상대였다.

니니스는 옆구리에 끼고 있던 팻말을 불쑥 내밀었다. 난데없이 등장한 물건에 놀란 이사벨라가 미간을 찌푸렸다. 엉망으로 일그러진 얼굴에서 표정은 잘 보이지 않았지만 황당해하는 기색만은 역력했다.

"다 부서진 걸 잘도 조립해 왔네요. 꼼짝없이 버려질 줄 알았는데."

"음? 이게 뭔지 알아?"

"지금 당신이 들고 있는 인형의 이름이 적혀 있던 팻말이잖아요. 이름만 지어놓고 정작 한 번도 불러주진 않았지만. 저 침입자들이 팻말을 부숴 버릴 땐 대체 어떻게 되려나 걱정했었어요."

니니스의 안색이 환해졌다. 그녀는 주섬주섬 주변의 검댕을 긁어모아 이사벨라에게 내밀었다. 잉크 대신이었다.

"그래? 그럼…… 그 이름이 뭐였는지도 기억해? 기억나는 대로 좀 써봐."

"……내가 왜요?"

이사벨라는 자꾸 흐려지는 눈을 억지로 비비며 반문했다. 조금 전까지만 해도 그럭저럭 보이던 시야가 이제는 점점 어두워지고 있었다. 지금 당장에라도 약을 넣어야 하는데 니니스는 약병을 손에 쥐고만 있을 뿐, 약을 주려고 들지는 않았다. 그녀는 이제 니니스를 믿을 수 없었다.

"그거 쓰면 나한테 뭔가 좋은 일이라도 생겨요?"

"어머나……. 눈뜬 지 얼마나 되었다고 벌써부터 반항이지?"

"눈떴으니 반항이죠. 당연하잖아요. 어차피 곧 다시 잠들어 버릴 것 같지만요."

"귀엽게 굴기는. 얘, 이사벨라. 이 하나만 알고 둘은 모르는 어린 것아. 어서 동화를 완성해야 광대가 돌아올 거라는 생각은 안 드니? 그 녀석이 돌아와야 너도 제대로 고쳐 주고 다른 아이들도 고쳐 주지. 난 지금 이 건물에서 나가지도 못하고 있단 말이야."

"난 지금 당장 당신이 들고 있는 약만 있어도 나을 수 있는데요. 그 팻말에 이름 쓰는 것과 광대가 돌아오는 것에 무슨 상관 관계가 있는지도 모르겠고요."

이젠 앞이 거의 보이지 않는다. 몸 상태가 급격히 안 좋아지고 있었다. 이사벨라는 어렴풋한 형체로만 보이는 니니스를 향해 짙은 비웃음을 지었다.

"어차피 동화의 완성과 광대의 복귀에는 아무런 관련도 없잖아요."

니니스는 그만 미간을 찌푸렸다. 동화의 완성이라는 조건은 광대를 인형들의 세계로 보내기 위한 그녀의 거짓말. 연두와 광대가 돌아오려면 다른 조건이 필요했다. 필요해서 한 거짓말이었는데 다른 이의 입으로 들으니 어쩜 그리 쓰레기 같은지. 불쾌해하는 니니스의 기색을 알면서도 이사벨라는 계속해서 이죽거렸다.

"그 침입자나 어떻게 해봐요. 당신이 이 드림랜드를 싫어하는 건 진즉 알고 있었지만 그래도 당신 작품이잖아요. 계속 이렇게 망가뜨리게 둘 거예요?"

"뻗대기는. 너 자꾸 그래봐야 좋을 거 하나도 없다는 건 알고 하는 말이지?"

기분이 상한 니니스가 제법 사납게 을러댔지만 이사벨라는 꿈쩍도 하지 않았다. 두 여자가 그렇게 기 싸움을 하는 와중, 죽은 듯 쓰러져 있던 연두가 꿈틀거리기 시작했다.

결국 니니스가 한발 물러섰다. 골치 아픈 침입자, 준규가 찾아오기 전에 일단 자리를 벗어나기로 마음먹은 것이다. 그녀는 연두를 둘러업은 채 이사벨라에게 사나운 눈빛을 쏘아 보냈다.

"너 조금 이따 다시 보자."

"흥, 그렇게 말하는 사람치고 무서운 사람 없다는 말이 왜 있을까요?"

끝끝내 빳빳하게 구는 이사벨라다. 니니스는 짜증스레 혀를 차며 그 자리를 떴다. 이사벨라는 긴장이 풀리자마자 그대로 고꾸라지고 말았다. 통증은 없었지만 몸이 점점 제 맘대로 움직여 주지 않는 감각만은 너무나 선명했다.

"기껏 이름도 얻었는데…… 이게 뭐야……."

섧게 중얼거리던 그녀는 새카맣게 어둡기만 하던 시야에 갑작스레 비쳐 드는 빛에 놀라 고개를 들었다. 이상한 일이었다. 조금 전까지만 해도 분명 아무것도 보이지 않았는데, 갑자기 눈앞이 밝아지며 사방이 환하게 보이다니.

이사벨라는 니니스가 있던 자리를 살피며 혹시 그녀가 약병을 두고 가진 않았을까, 기대했지만 그런 행운은 없었다. 연두를 업느라 내려놓은 땅요정 인형과 팻말만이 검댕 위에 나뒹굴고 있었을 뿐이었다.

그녀는 저도 모르게 땅요정 인형에게 시선을 주었다. 물에 쫄딱 젖은 것도 모자라 땅바닥에 끌려다니며 더럽혀진 땅요정 인형은 언뜻 보기에도 꽤 불쌍한 꼴을 하고 있었다. 망가진 것을 억지로 이어 붙여놓은 티가 나서 더 그랬다.

"네 신세도 나랑 다를 바가 없네……."

팻말을 끌어당겨 조명에 비춰보았다. R……umpels…… 뒷부분의 철자는 역시 알아볼 수 없을 정도로 흐리다. 하지만 이사벨라는 그 땅요정 인형의 이름을 정확히 기억하고 있었다. 그녀는 삐걱대는 손가락에 검댕을 묻혀 나머지 철자를 썼다.

〈Rumpelstilzchen〉

"자, 룸펠슈틸츠헨. 네 이름이야."

이사벨라에게 이름을 불린 땅요정 인형, 룸펠슈틸츠헨이 주름진 눈을 껌뻑거렸다. 젖은 걸레처럼 늘어져 있던 커다란 귀가 조금 움찔거리기도 했다.

이사벨라는 그 모습을 흐릿한 미소를 짓고 바라보았다.

"이젠 이름 잃어버리지 마."

눈앞이 다시 흐려지기 시작했다. 어쩐지 숨도 찼다. 그녀는 답답한 가슴을 두드리고 숨을 헐떡이다 그대로 바닥에 머리를 찧었다. 이름을 얻고 눈을 떠 새로이 맛보았던 모든 감각들이 아스라이 멀어져 갔다.

이사벨라는 완전히 잠들었다. 파들파들 떨리던 몸은 움직임을 멈췄고, 가쁘게 내쉬던 숨도 멎었다. 그 자리에 남은 건 그저 숯덩이처럼 타버린 인형과 인형인 체하고 있는 땅요정, 그리고 땅요정의 이름을 적은 팻말뿐이었다.

연두를 먼 곳으로 옮겨다 놓으러 갔던 니니스는, 이사벨라가 완전히 잠들고 얼마 지나지 않은 때에 돌아왔다. 그녀는 눈앞의 광경을 보고도 놀라지 않았다. 앞이 보이지 않아 허공에 헛손질을 하는 이사벨라를 보았을 때 이미 짐작했던 결과였다.

니니스는 몹시 느긋한 태도로 이름이 적힌 팻말을 주워들었다. 그녀가 연두를 자리에서 치우면서 땅요정 인형과 팻말을 두고 간 건 나름의 계산이 있어서였다. 그 계산속이 정확하게 맞아 들어갔으니 어찌 흐뭇하지 않을까.

"다른 쪽도 잘됐으면 좋겠는데 말이야……. 뭐, 잘되겠지."

니니스가 손가락을 딱, 튕기자 엉망으로 누더기였던 팻말이 금방 만든 새것처럼 깨끗해졌다. 검댕으로 어설프게 써뒀던 이름자도 아름다운 필기체로 바뀌었다. 그러나 정작 그 이름의 주인인 땅요정만은 더러운 꼴 그대로니, 니니스는 인형인 척하는 요정을 향해 짙은 비웃음을 지었다.

"앙큼하기도 하지."

니니스에게 붙들린 땅요정이 몸부림을 쳤지만 힘의 차이는 현격했다. 니니스는 적당한 곳을 골라 땅요정을 내려놓은 뒤 낡은 옷자락에 팻말을 꽂아 고정했다. 팻말을 바닥 깊이 꽂은 것도 아닌데 땅요정은 마치 우리에라도 갇힌 것처럼 도망치질 못했다.

"룸펠슈틸츠헨."

연신 매부리코를 잡아당기던 땅요정이 데구루루 눈을 굴려 니니스를 바라보았다. 그녀는 몹시 상냥하면서도 무서운 미소를 짓고 있었다.

"어때? 진짜 마녀가 불러주는 이름은 좀 다르지?"

"……."

"네 자리는 여기야. 벗어날 생각은 꿈에도 말렴."

커다란 귀가 축 늘어졌다. 온통 주름투성이인 얼굴도, 말라깽이 어깨도 함께 늘어졌다. 니니스는 머리카락 몇 가닥만 남아 있는 머리통을 툭툭 두드리고 돌아섰다.

땅요정, 룸펠슈틸츠헨의 턱에서 투명한 물방울 몇 개가 투득 떨어졌다.

✳

카멜르의 교회는 딱딱하고 재미없던 성과는 전혀 딴판인 건물이었다. 빛을 끌어들이는 창문이 수십 개나 달린 데다 창문마다 화려한 스테인드글라스가 장식되어 있었다. 고개를 높이 쳐들어야 보이는 지붕 끄트머리까지도 아름다운 조각품과 부조가 빼곡했다.

연두는 눈 닿는 곳마다 아름다운 건물에 솔직하게 감탄했다. 발에 밟히는 계단마저 호화로우니, 건물에 들어간 공과 돈이 대체 얼마나 되는지 가늠하기가 무서웠다. 기계래 봐야 실 잣는 물레와 천 짜는 베틀 정도를 떠올리는 세상이다. 피와 땀으로 지었대도 틀리지 않을 건물인 것이다.

"과연 소금광산이 있는 도시다워. 돈 냄새가 나."

"감상이 겨우 그거뿐이야? 메말랐네. 펜으로 먹고 사는 사람 아니었어?"

"분명 시작은 저 성과 같이했을 텐데 교회만 이런 꼴이라니……. 왠지 불길한걸."

"저기요, 아가씨? 제 말 듣고 계세요?"

"클라운 씨는 쓸데없는 소리는 말고 에스코트나 잘 하시죠. 난 지금 까딱하면 내 치맛자락을 밟고 넘어질 것 같거든요."

연두는 최대한 아셰라드의 몸가짐을 흉내 내며 걷고 있었다. 제법 그럴듯한 걸음걸이가 나왔지만, 익숙하지 않은 차림으로 계단을 오르는 건 너무 고역이었다. 높지도 않은 계단인데 벌써부터 숨이 차고 넘어질 것만 같았다. 그런 면에서 광대는 꽤 훌륭한 서포터였다. 그는 몹시 구시렁대면서도 능숙한 솜씨로 연두를 에스코트했다.

"귀부인들 사이에서 점쟁이 노릇만 하고 다니는 줄 알았더니, 그런 것도 아니었나 봐."

"내가 못 하는 것도 있었나? 기억이 잘 안 나는데?"

"또, 또 얄미운 소리 한다. 넌 언젠가 혓바닥으로 천 냥 빚을 질 거야. 장담해."

"벌써 진 게 틀림없어. 그것도 천 냥이 아니라 만 냥쯤 될걸? 그렇지 않고서야 이 사달이 났을 리가 없지."

"이 모든 사태의 원인이 너에게 있음을 인정하는 발언이라고 봐도 되나? 그래?"

"그건 아니고."

입으로야 열심히 투닥거리는 두 사람이지만, 멀리서 보았을 땐 그만큼 다정해 뵈는 사이도 없었다. 코쉬는 말고삐를 꽉 그러쥔 채 불안감에 다리를 덜덜 떨었다. 영영 안 올 줄 알았던 노란 눈의 남자가 그를 다시 찾아왔을 때, 그는 놀라 뒤로 자빠지는 줄 알았다. 노란 눈의 안광에 짓눌려 뭐라 하는지도 모르고 예예, 고개를 끄덕이고 난 뒤에야 그를 손님으로 받은 걸 알고 얼마나 후회했는지. 그래봤자 거절할 용기도 없었던 주제에 말이다.

그 무서운 손님은 그에게 굉장히 아름다운 귀부인을 태우게 했다. 짠내 나는 소금광부, 쨍쨍대는 마을 처녀, 목소리 큰 노인네들이나 타던 마차에 태우기가 황송한 손님이었다. 정교하게 땋아 올린 갈색 머리칼에 시선을 빼앗겼던 그를, 귀부인은 한마디 말로 현실로 끌어냈다.

"오랜만이야."

잊으려고 애썼던 그 사람의 얼굴이 단박에 떠올라 겹쳐지는 바람에, 코쉬는 공손하게 손에 쥐고 있던 모자를 떨어뜨릴 뻔했다. 술이 웬수다. 늙은 어머니가 술 좀 끊으라고 빗자루를 휘두를 때 그 말을 들었어야 했다. 하나 반성보다 핑계가 빠른 것이 인간의 속성이었다.

"그러게 왜 옷을 허름하게 입고 다닌 거야…… 저렇게 제대로 차려입고 다녔으면 내가 그런 실수할 일도 없었잖아. 하여간 높으신 분들의 변덕이란 따라갈 수가 없어."

연두의 예상대로, 신분제 사회에서 옷차림은 때때로 어떤 신분 증명보다도 더한 증명으로 작용했다. 교회에서 허드렛일을 하던 일꾼은 귀한 손님이 찾아왔다며 호들갑스럽게 신부님을 불러냈고, 연두와 광대는 대접받은 차가 채 식기도 전에 신부를 만나볼 수 있었다.

호화로운 교회의 신부, 페트로스는 의외일 정도로 금욕적인 인상을 가진 사람이었다. 마른 몸은 청빈의 상징처럼 보였고 깊게 패인 주름에서는 세월이 묻어났다. 그는 벨에 대한 이야기를 꺼내는 걸 몹시 꺼림칙해하면서도 요구받은 대로 착실히 대답했다.

마녀에게 정기를 빨아 먹힐 뻔했던 젊은 남자가 있었는데, 용감한 여동생이 지혜를 발휘해 구해냈다고.

헨젤과 그레텔의 이야기였다. 연두의 가슴에서 쿵 소리가 났다. 그녀는 저도 모르게 광대의 옷자락을 쥐고 매달렸다. 그 모습이 마치 흉한 이야기를 듣고 놀란 연약한 귀부인 같았는지, 페트로스는 안쓰러워하는 어조로 그녀를 위로했다.

"괜찮습니다. 이제 마녀는 없으니 그렇게 두려워하지 않으셔도 됩니다."

"……네. 저어, 신부님……. 그 남매의 이름이 무언지 여쭤봐도 될까요? 그렇게 무서운 일을 겪었는데 위로가 필요할 것 같아요."

"이런, 상냥하시군요. 그 남매는 지금 몹시 잘 지내고 있으니 위로는 필요 없을 것 같습니다만……. 그래도 이름은 알려드리지요. 헨젤과 그레텔 남매입니다. 성 근처 도로에서 큰 제과점을 하고 있습니다."

연두는 자신이 어떻게 교회를 빠져나왔는지 기억도 나지 않았다. 정신을 차리고 나니 마차 안이었고, 쏟아지려는 눈물을 참으며 실컷 가슴을 두드리고 나니 여관 앞이었다. 어쩔 줄 모르고 밭은 숨을 내쉬는 그녀를 가만히 보고 있던 광대가 손을 내밀었다.

"실컷 울었어? 이제 내려야지."

"안…… 안 울었어."

광대는 고집스레 말하는 연두의 눈가가 벌겋게 달아오른 것을 지적할까, 하다 그만두었다. 여기서 입을 잘못 놀렸다간 정말로 천 냥 빚을 지게 생겼다. 그는 더 재촉하는 대신 괜히 구겨진 옷자락을 정리해야겠다며 시간을 끌었다.

덕분에 긴장에 떨며 불안해하던 코쉬가 두 사람의 앞에 제대로 섰을 때는 여관에 도착하고도 한참의 시간이 지난 뒤였다. 영업 방해가 심했을 텐데도 그는 감히 불만을 말하지 못하고 눈만 굴려댔다. 낡은 모자는 땀에 젖은 손으로 하도 주물럭대서 갈색 걸레쪼가리처럼 보였다.

그는 광대의 앞에 두 손을 모으고 선 채로 연신 연두를 흘끔거렸다. 덕분에 광대는 연두의 앞에 파티션을 세우고 싶은 충동을 간신히 억눌러야만 했다. 자연히 나오는 말이 죄다 뾰족했다.

"무슨 일이 있었는지 자세히 말해."

"무, 무슨 일이라니요……. 벼, 별일 없었습니다. 아, 그래, 갑자기 엄청 커다란 소금광맥이 터져 가지고, 거기 눈이 벌겋게 된 사람들이 마구 몰려오고 있긴 합니다. 어중이떠중이들이 어찌나 많이 왔는지, 인근 영주님들께서……."

"그런 거 말고. 벨에 대한 얘기 있잖아."

벨, 이라는 말이 나오자 코쉬는 마치 조개라도 된 것처럼 입을 다물었다. 왕실 심부름꾼의 목걸이도 소용없었다. 교회가 더 무서운 것이다. 한참 그를 어르고 달래던 광대의 화가 폭발하기 직전, 연두가 끼어들었다.

"벨이 정말 마녀라고 생각해?"

"아니, 그건 아니…… 예?"

"난 벨이 남자의 정기를 빨아먹었느니 어쩌니 하는 말 안 믿어. 뭐, 자기한테 목맨 남자 몇은 이용해 먹었을지도 모르지만."

그 목맸다가 이용당한 남자, 코쉬의 표정이 이상야릇하게 일그러졌다. 연두는 그의 표정을 못 본 척하고 말을 이었다.

"벨에게 당할 뻔하고 마녀로 신고했다는 남매가 지금 벨과 같은 과자를 팔고 있어. 알고 있지?"

"……."

"난 대체 어떻게 된 일인지 좀 더 자세히 알고 싶은 거야."

"그걸 왜 하필 저한테 와서……."

"벨한테는 가족도 친구도 없었어. 내가 당신 말고 또 누구에게 가서 물어보겠어? 내가 알고 있기로 벨과 가까이 지낸 사람은 코쉬, 당신이 유일한데. 걱정 마, 교회에 고발할 일은 없어."

코쉬 자신도 모르게 목구멍까지 차 있던 억울함이 울컥 올라왔다. 이건 말이 안 된다고, 그럴 리 없다고 생각하면서도 감히 꺼내지 못했던 말들이 서로 먼저 나가겠다 난장을 피웠다. 안 그래도 걸레짝처럼 구겨졌던 모자가 점점 더 시커메졌다.

"미…… 믿어도 됩니까요?"

"안 믿으면 어쩔 건데."

"클라운, 그렇게 퉁명스럽게 굴 거면 그냥 가만히 있어."

괜히 끼어들었다가 한소리 들은 광대가 입을 삐죽거렸다. 한편 연두는 코쉬의 마음이 상당히 기울었다는 걸 알았다. 모르긴 몰라도 물이 넘치기 직전의 컵처럼 아슬아슬했던 게 틀림없었다. 그녀는 그의 마음에 돌멩이를 던져 넣었다.

"코쉬, 당연히 믿어도 돼. 물론 내가 방금 했던 말을 당신이 교회에 가서 떠들어댔다간 험한 꼴을 겪을 거라는 것도 믿어도 돼."

별거 아닌 협박이 코쉬의 등을 떠밀었다. 그는 기꺼이 제 안의 컵을 엎질렀다.

☾

풀벌레 소리와 새소리로 고요하던 늦은 밤, 벨은 갑자기 귓가를 두드리는 요란한 소리에 퍼뜩 잠을 깼다. 어찌나 놀랐는지, 하마터면 의자에서 굴러떨어질 뻔했다. 가게에 놓은 테이블에서 잠깐 존다는 게 어느새 잠이 들었다.

벨은 졸린 눈을 비비며 문가를 확인했다. 누구인지 모를 사람이 자꾸만 문을 두드려 대고 있었다. 그녀의 얼굴에 본능에 가까운 경계가 떠올랐다.

"……누구세요?"

"베, 벨! 저예요! 헨젤이요!"

헨젤. 벨은 낯익은 이름을 읊조렸다. 요즘 들어 퍽 가까워진 남자의 이름이었다. 눈만 마주쳐도 벌겋게 얼굴을 붉히는 순진함이 마음에 들었었다. 여동생인 그레텔의 박한 평가와는 달리 의외로 괜찮은 대화 상대여서 저녁 식탁에도 자주 불러들였었고.

'그레텔 얼굴을 봐서라도 그냥 보내면 안 되겠지?'

억지로 몸을 일으켰다. 불편한 자세로 자다가 깨어난 직후라 그런지, 다리가 평소보다도 더 무거웠다. 제대로 움직이지 않는, 짐 같은 다리를 질질 끌고 문을 열자 제법 풍성하고 근사한 꽃다발을 든 헨젤이 문 앞에 서 있었다.

밝다고 하기 힘든 램프의 불빛만으로도 그의 얼굴이 잘 익은 사과처럼 벌겋다는 걸 알겠다. 어찌나 긴장했는지, 밭에 세워놓은 허수아비 부럽지 않게 빳빳했다.

벨은 그런 그를 보며 티나지 않게 한숨을 삼켰다. 아무리 친분이 있다 해도 이런 야밤에 남자가 혼자 사는 여자를 찾아오다니, 비상식적이다. 알고 지내는 사이라 문을 열어주긴 했어도 꽃다발조차 반갑지 않은 게 솔직한 심정이었다.

"이런 시간에 무슨 일이죠?"

"꼬…… 꼭 보여주고 싶은 꽃이 이, 있어서요. 이거…… 밤에만 피, 피는 꽃입니다. 예쁘죠?"

겨우 이 꽃 한 다발을 건네주고 싶어 이 밤에 숲을 가로질렀나. 무척 위험했을 텐데. 어딘지 가슴 한쪽이 간질간질해졌다. 다디단 설탕물이라도 삼킨 듯 혀뿌리가 달다. 벨은 헛웃음을 짓고 꽃을 받아들었다.

"그래요. 예쁘네요."

"그, 그럼 전 이, 이만……."

"헨젤 씨, 잠깐만요!"

허둥지둥 돌아서던 헨젤은 기대하지도 않았던 부름에 우뚝 멈춰 섰다. 뒤돌아보니 꽃을 안은 벨이 그에게 다가오라 손짓하고 있었다.

"이 시간에 숲을 지나는 건 위험해요. 자리 깔아줄 테니까 동이 트면 가요."

"예? 정말이요?"

헨젤은 자신의 귀를 믿을 수가 없었다. 그레텔을 통해 겨우 조금 가까워진 뒤에도 고슴도치처럼 삐죽삐죽하게 가시를 세우고 자신을 경계하던 여자가, 이런 야밤에 자고 가라는 말을 꺼내다니. 손바닥에 땀이 차고 아랫도리에 피가 몰렸다.

"창고라도 괜찮다면요."

"당연히 괜찮습니다!"

창고는 가게와 매우 가까운 곳에 있었다. 헨젤은 벨이 열어준 창고 안을 확인했다. 각종 제과제빵 재료들이 좁지 않은 창고를 절반이 약간 안 되게 채우고 있었다. 요즘 빵이 굉장히 잘 팔린다더니, 재고 쌓일 시간도 없는 듯했다.

헨젤이 창고 이곳저곳을 둘러보며 누울 자리를 확인하는 사이, 벨은 자신이 열쇠만 챙겼지 담요 한 장도 꺼내오지 않았다는 걸 뒤늦게 깨달았다. 어차피 갑자기 찾아온 불청객이니 밤이슬 피하는 것만으로 만족하라고 할 수도 있겠지만……. 꽃다발까지 잘 받아놓고 그렇게 말하기엔 조금 양심이 찔리지 않는가 말이다.

"헨젤 씨, 여기서 잠깐만 기다리고 계세요. 담요라도 한 장 챙겨올 테니까요."

"예? 아니, 전 그런 거 없어도 괘, 괜찮은데……. 그, 그럼 제가 같이 가드릴까요? 문 앞에서 다, 담요만 받으면 되는데."

"아니에요. 그래도 제가 주인인데, 그럴 수는 없죠."

벨은 돌아서서 걷기 시작했다. 그녀에게 창고와 집 사이의 길은 이미 익숙해질 대로 익숙해져 눈을 감고도 쉬 나다닐 수 있는 길이었다. 분명 그랬는데, 게다가 지금은 램프까지 들고 있는데도 자꾸 돌부리에 발이 채었다. 오늘따라 다리가 말을 듣질 않는다.

'이런…….'

빨리 다녀오겠다고 했는데, 이래서야 새벽이 되어서야 돌아오게 생겼다. 뒤통수에 닿아오는 시선이 민망해 차마 고개를 돌리지도 못해, 본의 아니게 꿋꿋하게 앞만 보고 걷는 꼴이 되고 말았다. 등줄기가 땀으로 흥건하게 젖어 들었다. 그런데 갑자기 손이 가벼워졌다.

헨젤은 놀란 벨이 뭐라 입을 떼기도 전에 빼앗은 램프를 흔들며 변명했다.

"제가 어두운 걸 좀…… 무서워하, 합니다. 가, 같이 가게 해주세요. 램프라도 자, 잘 들고 있겠습니다."

벨은 흘끗 뒤를 돌아보았다. 헨젤이 벨을 찾아올 때 들고 왔던 램프가 창고 안에서 혼자 불을 밝히고 있는 중이었다. 이거야 원, 어설프게 하는 변명이 참 귀엽지 않은가. 그녀의 입꼬리가 슬금슬금 위로 올라갔다.

"그래요, 같이 가요. 램프를 들어주니 나도 걷기가 좋네요."

벨만큼은 아니어도 헨젤도 다리를 절었다. 그는 천천히 걸으며 벨의 보폭에 속도를 맞춰주었다.

"제 속도에 맞춰주니 참 좋네요."

"뭐, 뭘요……. 저도 다리가 이래서 그런 건데. 신경 쓰지 마세요."

"내 다리가 왜 이런지는 헨젤 씨도 들어봤을 정도로 유명할 거고……. 헨젤 씨 다리는 왜 그래요? 어릴 때 사고라도 났어요?"

"어릴 때……. 집에 먹을 게 없어서 어, 어머니가 그레텔을 내버린 적이 있습니다. 숲에서 엉엉 우는 걸 제가 몰래 찾아왔지요. 덕분에 엄청나게 맞았는데, 뭘 잘못 맞았는지…… 하하."

"세상에……. 괜한 걸 물었네요. 미안해요. 그래도 동생을 구한 영광의 상처로군요."

헨젤의 웃음엔 구김살이 없었다. 다리를 망가뜨린 부모님에 대한 원망 같은 건 보이지 않았다. 벨에겐 굉장히 인상적인 얼굴이었다. 그녀는 자신을 고발했던 사람들에 대한 원망과 증오를 아직도 품고 있었기 때문이었다. 마음대로 움직이지 않는 다리가 짐처럼 느껴질 때면 이미 죽은 사람들을 도로 살려내 다시 죽이고 싶은 분노에 사로잡히곤 했다.

집은 가까웠다. 벨은 헨젤을 문밖에 세워놓은 채 2층을 오르기 시작했다. 이제야 피가 좀 도는지 다리에 힘이 들어가니, 2층

계단도 나름 오를 만했다. 그녀는 두꺼운 담요 몇 장, 여유분으로 남겨뒀던 베개, 간식으로 먹으려고 뒀던 쿠키까지 챙겼다. 앞이 잘 안 보일 정도로 짐이 많다.

"뭘 이렇게 많이 챙겼어요? 무겁게."

어느새 집 안에 들어와 있던 헨젤이 뒤뚱대며 걷는 그녀에게서 짐을 빼앗아 들었다. 램프에 비친 그의 그림자가 악몽 속의 악마처럼 커다랬다. 벨의 얼굴에서 핏기가 가셨다. 떠올리기 싫은 어느 날의 기억이 단박에 되살아나 그녀를 덮쳤다. 왼쪽 다리가 죽도록 아파오기 시작했다.

"왜…… 왜 올라오고 그래요? 당장 내려가요!"

"갑자기 왜 그래요? 내가 뭘 한 것도 아닌데……."

"문밖에 있겠다면서요? 당장 가라구요!"

램프의 빛이 위태롭게 흔들거렸다. 헨젤은 제 바로 앞에 선 벨을 정신없이 내려다보았다. 신경질적으로 소리 지르는 벨의 가슴이 쉴 새 없이 오르락내리락하며 풍만한 곡선이 자꾸만 눈을 어지럽혔다.

"그, 그걸 그렇게 소리를 질러대면서 말할 것까진 없잖아요."

"빨리 가요!"

견디다 못한 벨이 그를 밀어냈다. 벨이야 있는 힘을 다해 미는 것이지만, 그건 헨젤이 상상하던 것보다 훨씬 미약하고 연약한 힘이었다. 그는 그녀에게 배어 있는 달콤하고 좋은 향기를 실컷 들이마셨다. 아랫도리에 피가 몰리면서 눈앞이 아찔해졌다.

담요와 베개가 바닥에 떨어졌다. 두툼하고 거친 손이 벨의 손목을 낚아채 쥐었다. 벨은 순식간에 균형을 잃고 뒤로 넘어졌다. 마침 떨어진 담요 위였던지라 다치진 않았지만 그녀를 덮친 그림자는 사라지지 않았다.

"놔!"

치마가 말려 올라갔다. 다급한 숨이 목덜미 위로 쏟아졌다. 뜨거운 손이 말랑말랑한 허벅지를 움켜쥐고 욕심껏 주물럭댔다.

"다, 당신이…… 당신이 자초한 거야. 이런 밤에 남자를 집에 들인 건 이러자고 그런 거 아니야? 응?"

"놓으라고, 개자식아!"

"우리 분위기 좋았잖아? 내가 천국을 보여줄 테니까. 응."

제멋대로 지껄이던 머리통이 다리 사이로 기어들어갔다. 사내의 손에 잡힌 다리는 옴짝달싹도 하지 않는데 감각만은 더럽게 선명해서- 눈앞에 하얀 불꽃이 튀었다. 바닥을 더듬거리던 손에 딱딱한 것이 잡혔다. 있는 힘껏 휘둘렀다.

"악! 이 미친년이!"

깨진 램프에서 흘러나온 기름이 헨젤의 얼굴을 타고 흘러내렸다. 헨젤이 눈에 들어간 기름 때문에 어쩔 줄 모르는 사이, 벨은 그의 아래에서 간신히 빠져나왔다. 하지만 그게 전부였다. 뒤는 벽으로 막혀 있고 계단과 통하는 앞은 헨젤이 막고 있다. 설령 헨젤을 무사히 지나친다 하여도 계단을 내려가다가 잡힐 게 분명했다.

그녀가 발을 구르는 사이 헨젤이 몸을 일으켰다. 기름과 피로 얼룩진 얼굴이 험악했다. 두툼한 손이 벨의 목을 움켜쥐고 조르기 시작했다.

"컥……."

"남편도 없는 병신년이 불쌍해서 곱게 다뤄줬더니……."

헨젤의 팔뚝에 새빨간 손톱자국이 났지만, 손아귀 힘은 줄어들지 않았다. 벨의 반항이 정점에 이른 순간, 누군가 문을 두드렸다. 쾅쾅쾅. 쾅쾅.

헨젤이 그때까지도 손에 쥐고 있던 벨을 바닥에 내팽개쳤다. 벨은 바닥에 머리를 찧고 엎어진 채 일어나지 못하고 겨우 숨을 몰아쉬었다. 목구멍이 따갑고 팔다리가 덜덜 떨렸다. 그 와중에도 쉴 새 없이 문 두들기는 소리가 들려왔다.

"오빠! 헨젤 오빠! 벨! 헨젤 오빠 여기 안 왔어요? 벨!"

그레텔이었다. 늦은 밤에 집을 나간 그를 걱정해 여기까지 온 것이다. 잔뜩 긴장한 채 귀를 기울이고 있던 헨젤의 어깨에서 힘이 빠졌다. 그는 설렁설렁 계단으로 걸어가며 큰소리로 동생을 불렀다.

"아, 저 귀찮은 계집애가 또 방해를 하고 지랄이야. 야! 그레텔! 나 여기 있……! 으아아아악!"

처참한 비명이 울렸다. 그리고 이어진 정적. 문밖에 서 있던 그레텔은 온몸의 피가 다 빠져나가는 듯한 기분을 맛보았다.

"오빠! 오빠! 무슨 일이야! 야! 헨젤 새끼야! 대답해! 벨! 집에 있어요? 벨! 문 좀 열어봐요! 오빠 새끼야! 야!"

그레텔은 온 힘을 다해 문을 두드렸다. 어깨를 부딪치는 것도 마다하지 않았다. 결국 견디다 못한 경첩이 와작 소리를 내며 문틀에서 떨어져 나갔다. 그녀는 램프까지 살뜰하게 챙겨 안으로 들어갔다.

가게 안은 온통 어둠과 침묵에 잠겨 있었다. 그래도 익숙할 대로 익숙한 공간이라, 그레텔은 서슴없이 걸음을 내디뎠다. 벨과 함께 자주 저녁을 먹었던 테이블, 새 과자들이 가득 담긴 바구니, 말린꽃이 든 액자 등이 무의미하게 그녀를 스쳐 지나갔다.

"벨! 거기서 뭐 해요? ……오빠? 오빠!"

그레텔은 긴 철제 부지깽이를 들고 유령처럼 선 벨을 발견했다. 그리고 그녀의 발치에서 피를 흘리며 쓰러진 헨젤도.

예쁜 구석보다는 미운 구석이 더 많았고 차라리 없었으면 싶었던 때도 있는 형제이지만, 그래도 핏줄이다. 헨젤의 머리에서 흘러나와 바닥에 고인 피를 본 순간, 그레텔은 생각할 것도 없이 벨에게 달려들어 부지깽이를 빼앗았다.

"내 오빠한테 뭐 하는 짓이야! 놔!"

"악!"

버티는 힘이 부족한 벨은 실랑이 끝에 부지깽이를 빼앗긴 것도 모자라 그대로 뒤로 넘어졌다. 쿵, 뾰족한 가구 모서리에 제대로 찍힌 벨의 뒤통수에서 피가 줄줄 흐르기 시작했다. 그녀는 몇 번 뒤척이며 신음을 흘리다가 끝내 조용해졌다.

그레텔은 그런 벨을 확인할 정신이 없었다. 엎어진 채 신음만 흘리는 헨젤을 흔들어 깨우느라 바빴으니까.

"일어나, 일어나! 왜 이래! 새끼야 일어나라고!"

"……나 아직 안 죽었어, 망할 년아……. 시끄러워 죽겠네……."

"으, 으이씨……. 깨어 있었으면 진즉 일어났어야지! 왜 처누워 있어!"

"그럼 계단에서 굴렀는데 바로 일어날 정신이 있었겠냐? 네가 하도 다급하게 불러서 급하게 나가다가 그런 거라고. 아, 딱 좋은 순간이었는데."

헨젤은 태연히 일어나 앉아 입안에 고여 있던 피를 뱉어냈다. 그는 크게 다친 것 같지도 않았고, 폭행당한 것 같지도 않았으며, 그레텔이 걱정했던 것보다 훨씬 멀쩡했다.

"베, 벨한테 맞은 거 아니었어……?"

"내가 그 병신년한테 왜 맞아? 어, 그리고 보니 저년은 왜 저러고 있어? 꼭 죽은 거 같네. 네가 때렸냐?"

그레텔은 조심스레 벨의 코 아래에 손가락을 가져다 댔다. 아주 미약하고 가느다란 숨이 손가락을 간질였다. 아직 살아 있었다. 잔뜩 흐트러진 옷자락을 벌려보자 목에 그려진 험악한 멍이 보였다. 어떻게 된 일인지 알 만했다. 쯧, 그녀는 저도 모르게 혀를 찼다. 이래서야 헨젤과 벨의 결혼 같은 건 물 건너간 거나 다름없었다.

'이왕 덤빌 거면 확실하게 하든가……. 하다 말아서 일을 만들었어.'

그때, 그제야 겨우 이성이라 할 만한 게 돌아온 헨젤이 그레텔의 옷자락을 잡아당겼다. 벨의 목을 우악스럽게 조를 때는 언제고, 표정에 걱정이 가득했다.

"야, 그레텔. 벨…… 살아 있지? 죽은 거 아니지?"

"……응. 잠깐만 비켜봐."

"야, 그건 뭐하려고?"

그레텔은 옷자락에 손을 문질러 닦고 부지깽이를 단단히 쥐었다. 그리고 온 힘을 다해 벨의 머리를 내려쳤다. 둔탁하고 끔찍한 소리가 나고, 벨이 줄 끊어진 꼭두각시 인형처럼 쓰러졌다.

"너, 너…… 미쳤어?"

"아니. 난 지금 아주 멀쩡해. 생각해 봐, 벨이 멀쩡히 일어나서 너랑 내가 한밤중에 쳐들어와 때렸다고 신고라도 하면 어떤 일이 벌어질지. 벨의 손님 중에는 너나 나는 근처에도 못 갈 사람이 많단 말이야."

그래도 그렇지, 이렇게나 쉽게. 헨젤은 질린 눈으로 그레텔을 바라보았다. 그녀는 오싹할 정도로 침착하고 이성적이었다. 창고의 음식을 훔쳐 먹던 쥐새끼를 죽였대도 이보다는 더 동요할 것이다.

"시체 처리할 방법 좀 궁리하고 있어. 난 잠깐 2층에 다녀올 테니까."

"2층은 왜?"

"대리 주문 일도 끝장났는데 먹고 살 길을 생각해야 할 거 아냐, 이 멍청아. 설마 그 많은 레시피를 몽땅 외우고 있었겠어? 벨이나 나나 글은 모르니까 어디 그림으로라도 그려놨겠지."

그레텔은 금세 2층으로 사라졌다. 잠시 숨을 헐떡거리던 헨젤은 부서진 인형처럼 미동 없는 벨을 끙끙대며 들어 올렸다가 금방 내려놓았다. 축 늘어진 몸이 끔찍하리만치 무거웠다. 주변을 둘러보던 그의 눈에 검은 입을 벌린 오븐이 들어왔다. 언젠가 벨이 그 오븐을 쓰는 걸 본 적이 있었다. 굉장히 깊고 큰 오븐이었다.

'태우면 그만이지, 뭐.'

벨을 꾸역꾸역 오븐 안으로 밀어 넣었다. 그녀의 손가락이 조금 움직인 것도 같았지만, 어쩌면 신음소리를 낸 것도 같았지만, 헨젤은 자신이 잘못 본 거라고 생각했다. 장작을 가지러 멀리 갈 필요는 없었다. 다리가 불편한 벨이 오븐 주변에 잔뜩 쌓아두었으니까. 오븐은 금세 장작으로 가득 찼다. 아궁이에 묻혀 있던 불씨도 금방 살려냈다.

그가 오븐 안의 장작에 불을 붙이고 뚜껑을 닫을 걸 고민할 때쯤, 기어이 레시피를 찾아낸 그레텔이 가게로 내려왔다. 무척 만족스러운 결과물을 얻었는지 두 뺨이 붉었다.

"태우게?"

"응. 그냥 묻어버리면 맞은 티가 나잖아. 그레텔 네가 좀 세게 때렸어야지."

"맞은 티만 나나? 목 졸린 티도 나지. 아무튼 이왕 태울 거, 이 가게 통째로 태워 버리자. 오븐이 이상해서 벨이 확인하러 들어 갔다가 갇혔다고 하면 돼. 그리고 남아 있던 불씨에 불이 붙어서 타죽었다고 하면 되지."

"그걸 누가 믿냐? 혼자 사는 집에서 누가 오븐 뚜껑을 닫는다 고? 차라리 벨이 마녀라서 날 잡아먹으려다가 되레 당한 거라고 하지, 왜."

헨젤의 빈정거림이 그레텔에게 영감을 주었다. 가게 안의 금붙 이와 값나가는 물건들을 챙기고 있던 그레텔이 손가락을 튕기며 크게 고개를 끄덕였다.

"그거 좋다. 어차피 마을 안에 들어와 살지도 않으면서 돈만 쓸어가서 눈꼴셔 하는 사람 많았어. 마녀라서 그랬다고 하면 다 들 믿어줄 거야. 사건 조사도 안 할걸. 옛날에 마녀재판도 한 번 받았었다며."

"야, 그때 무죄판결 받은 거 모르는 사람이 어딨다고 그래."

"그때는 입을 열 수 있었지만 지금은 아니지. 죽은 사람은 말 이 없다, 몰라?"

"내 동생이지만 너 진짜 지독하다……."

"닥쳐. 그 지독한 년 덕분에 지금까지 입에 풀칠하고 살았던 거 니까."

"신부님이 믿어주실까? 벨, 주일마다 교회에 나와서 기도도 하 고 신부님이 하시는 자선활동에도 꼬박꼬박 참여했잖아. 벨 되게 좋아하고 아끼시는데……."

헨젤은 걱정이 많았지만 그레텔은 눈을 둥그렇게 휘며 웃었다.

그녀는 신부 페트로스가 자신들의 말을 잘 믿어줄 거라고 확신했다. 본래 잘 익은 과일에는 벌레가 꼬이는 법이었고 벨은 아주 탐스럽게 농익어 단내를 풀풀 풍기는 과일 같은 여자였다. 그레텔은 벨이 교회에 오는 주일이면 그녀에게서 시선을 떼지 못하던 신부의 모습을 기억하고 있었다.

"믿어주고 말고. 틀림없이 믿어줄 거야. ……어쩌면, 조금 안심할지도 몰라."

"응? 뭐라고? 잘 안 들렸는데."

"아니, 됐어. 별거 아냐. 아무튼 불도 잘 붙었는데 이만 나가자."

헨젤과 그레텔은 밖으로 나가 집이 전소되기를 기다렸다. 그리고 날이 밝자마자 교회를 찾아가 신부 페트로스를 붙들고 눈물로 호소했다. 마녀의 속임수에 넘어가 죽을 뻔했다가 간신히 빠져나왔는데, 해친 것을 원한으로 삼아 유령으로라도 찾아올까 너무나 두렵다고.

페르테스는 그레텔이 기대했던 딱 그대로 행동했다. 그는 성의 관리가 자세한 조사를 해보려고 하는 것을 교회의 권위를 내세워 막아버렸고, 동시에 남매를 교회의 그림자 아래에서 안락하게 보호했다. 그렇게 벨은 마녀가 되었다.

☾

코쉬는 덜컥 이야기를 꺼내놓고 뒤늦은 후회라도 들었는지 오줌 마려운 개처럼 끙끙대며 두 사람의 눈치를 살폈다. 광대는 팔짱을 낀 채 말이 없었고, 연두는 쉴 새 없이 부채를 두드렸다. 그러다 코쉬를 바라보며 빙긋 미소를 지으니, 벌겋게 볕에 탄 코쉬의 이마에서 땀이 배어나왔다.

"저, 저어……. 제가 아는 얘기는 이게 다입니다, 진짜입니다!"

"굉장히 자세히 알고 있네. 어떻게 알았지? 그 남매가 그런 짓을 저지르는 동안 몰래 숨어서 보고 있기라도 했나?"

코쉬는 다급하게 손사래를 쳤다. 그 망할 남매와 한 묶음으로 엮이는 건 질색이었다.

"에이, 설마요! 저는 그 헨젤놈처럼 찌질하게 여자 몰래 쫓아다니고 그런 거 안 합니다요. 그런 짓을 하는 건 사내새끼도 아니죠. 이 얘기는 헨젤놈이 말해준 겁니다. 신고하고 포상금 받은 걸로 가게를 새로 낸 것까지는 이해가 가는데, 맛이 달라져도 너무 달라져서……. 그게 하도 이상해서 술독에 한 번 빠뜨려 봤습니다. 그랬더니 술술 불지 뭡니까."

"자기 입으로 말했다고? 강간미수, 살인, 방화, 사체훼손……. 이 모든 걸?"

"예에. 실은 신부님께도 얘길 했습니다만, 이웃이 죽을 고비를 넘기고 이제 잘살게 되었는데 그런 모함을 하고 싶냐고…… 쫓겨났습니다……."

"억울했겠어."

코쉬의 얼굴이 화끈 달아올랐다. 그는 고개를 푹 수그린 채 괜히 멀쩡한 여관 바닥을 발로 툭툭 두드리고 이미 꾸깃꾸깃해진 모자를 더 구겨댔다. 헨젤이 실언을 한 건 그때가 처음이자 마지막이었다. 분명히 들었는데, 거짓말이 아닌데 요즘 헨젤 남매는 코쉬를 마녀에게 홀린 미친놈 취급을 하며 멸시하고 있었다.

"저어……. 조사관님들께서 들으셨으니까, 이제 벨 누명은 벗겨지는 겁니까?"

"이야기 다 했으면 이만 돌아가. 필요한 일이 생기면 또 부르지."

"아니, 얘기 다 들어놓고 그냥 가라고 하시면 어떡합니까? 앞으로 어쩌실 건지 얘기를…… 해주셔야……."

기운차게 따지던 목소리가 점점 기어들어 갔다. 코쉬는 연두의 기세에 눌려 몇 마디 불만을 웅얼대다 도망치듯 여관을 빠져나갔다. 엉덩이에 불이라도 붙은 것처럼 허둥대는 꼴을 창문 너머로 바라보던 광대가 짓궂은 미소를 지었다.

"이야. 말도 없이 기세로 눌러 버리는 게, 진짜 귀부인 같았어. 그런 재주는 또 어디서 배웠어?"

"그럼 내가 아셰라드 옆에 있던 게 몇 년인데 그런 거 하나 못 배웠을까. 서당 개 삼 년이면 풍월을 읊는다는데 난 사람이거든?"

"계단 오르는 것도 절절매던 사람이 말하니까 되게 설득력 없다. 아무튼 이제…… 어이, 강연두. 너 내가 남자로 보이지도 않지?"

광대가 황당해하며 물었지만 연두는 그 말을 들을 정신이 없었다. 허리와 배를 꽉 조이는 드레스를 풀기에 바빴기 때문이었다. 망할 놈의 끈을 어찌나 복잡하게 묶어놓았는지, 매듭이 풀리지가 않았다. 혼자 허덕이는 연두를 보다 못한 광대가 직접 끈을 풀기 시작했다.

"내가 이걸 얼마나 성의 있게 묶었는데 그걸 손으로만 풀려고 했어? 뒤통수에 눈이 달린 것도 아닌데 당연히 무리지."

"빠, 빨리 좀 풀어봐. 죽을 거 같아."

연두는 끈에서 해방된 뒤에야 겨우 염치를 차릴 수 있었다. 광대는 파티션 뒤에서 남은 옷을 갈아입는 그녀를 향해 입을 삐죽댔다.

"아깐 나가라고 난리더니."

"결자해지란 말도 있잖아. 네가 묶은 매듭 네가 풀어야지."

"이런 경우에 쓰는 말이 아닐 텐데 잘도 갖다 붙이기는. 그나저나 정말 헨젤과 그레텔 이야기가 맞았네. 확실해졌으니까 됐지?"

성의 관리, 교회의 신부, 그리고 코쉬. 조각난 채 흐릿한 상을 비추던 이야기들이 맞춰지며 끔찍한 그림을 그려냈다. 연두는 이루 말할 수 없이 씁쓸한 기분에 괜히 입술을 잡아 뜯었다. 누군가 가슴에 돌을 얹어놓은 것처럼 갑갑했다.

"퍼즐이 이따위로 맞춰지다니……. 누가 잔혹동화의 세상 아니랄까 봐 끝이 더럽네."

"너무 신경 쓰지 마. 어쨌거나 하나 해냈으니 그걸로 된 거라고 생각해."

"글쎄……. 난 잘 모르겠어. 정말로 이 결말이 최선인 거라고 받아들여야 하는 걸까? 헨젤과 그레텔은 나쁜 마녀를 물리치고 행복하게 잘 살았습니다, 이렇게?"

난데없는 말에 광대는 그만 어리둥절해지고 말았다. 그러거나 말거나, 연두는 마저 옷을 갈아입고 능숙한 솜씨로 짐을 도로 싸기 시작했다. 역시 시녀로 살았던 기간이 길어서 그랬나, 입는 것보다 배는 빠른 속도였다.

잠깐 넋을 놓고 있던 광대가 정신을 차리고 연두의 손목을 움켜쥐었을 땐 이미 절반 이상의 짐이 도로 상자 속으로 들어간 뒤였다.

"뭘 어쩌려는 건데? 동화는 거기서 끝이야."

"일반적인 동화라면 그렇겠지. 하지만 여긴 잔혹동화의 세상이잖아."

"그놈의 잔혹동화가 대체 뭔데 이래? 뭘 하려고?"

연두가 광대의 손을 홱 뿌리쳤다. 그녀의 뺨이 잘 익은 사과보다도 더 붉었다.

"얘기했잖아, 어른용 동화라고. 시대상과 문화상을 반영해 원전에 가까운 동화! 근데 어쩌지? 난 잔혹동화는 별로 안 좋아해. 모름지기 동화라면 권선징악으로 끝나야 아름다운 거 아냐? 강간미수, 폭행, 레시피를 훔친 게 맞다면 강도살인, 거기에 더해 사체훼손과 범죄 은닉을 목적으로 한 방화! 이런 범죄를 저지르고도 잘 먹고 잘살았습니다, 로 끝난다는 게, 말이 돼? 절대 가만 안 둬."

"동화 속 악역의 말로는 다 비참하다고 하던 사람이 누군데 새삼 이래?"

"맞아, 내가 그랬지. 헨젤과 그레텔에서 악역은 마녀고. 하지만 동화는 이미 끝났잖아. 그러니 그다음 얘기는 내 마음대로 쓸 거야. 도와달라고 안 해. 내가 알아서 할 거니까 싫으면 마."

연두가 다시 짐을 싸기 시작했다. 광대는 터질 것처럼 욱신대기 시작한 머리를 움켜쥐고 꾹꾹 눌렀다. 다 나은 줄로만 알았던 편두통이 재발할 것 같다.

심부름꾼의 목걸이를 갖고 있어도, 값비싼 옷을 입고 높은 신분을 가장해도, 두 사람은 결국 이방인이었다. 지역사회의 핵이나 다름없는 교회가 그 남매의 편을 든 이상, 힘을 미칠 수 있는 영역은 지극히 한정될 수밖에 없었다.

그걸 모르지 않을 사람이 뭘 믿고 저러는지, 그는 좀체 알 수가 없었다. 그럼에도 외면하고 내버려 둘 수가 없으니 그거야말로 미칠 노릇이지 않겠나.

"아, 진짜…… 내가 너 때문에 늙는다……. 그래, 네 마음대로 해라. 마음대로 해. 근데 대체 뭘 어쩌려고. 그 관리한테 가서 재조사라도 요구하게?"

"그 관리는 정말로 개자식이기만 할까?"

"뭔 소리야?"

연두는 과장된 태도로 정보를 흘리던 관리를 떠올렸다. 알면서 아무것도 하지 않은 개자식이지만, 그런 개자식은 개자식 나름의 논리가 있다. 어느 세계든 사람은 다 비슷했다. 그녀는 차게 식은 손가락으로 입술을 툭툭 두드렸다.

"사건 조사를 하려던 관리를 교회가 막았다잖아. 불만이 있었겠지. 조금이라도 끼어들 여지가 생기기를 바랐을지도 몰라."

"그건 너무 후한 평가 같은데."

"글쎄? 그건 해봐야 아는 거지. 영리한 놈이면 알아서 끼어들 테고, 멍청한 놈이면 판 깔아놓고 엉덩이를 걷어차면 되는 거지."

열린 창문을 통해 들어온 오후의 햇살이 연두의 옷자락에 대롱대롱 매달렸다.

"있잖아, 피는 물보다 진하다는 말 알지? 근데 그건 다른 말로는 물보다 순수하지 못하다는 뜻도 되거든."

"남매간에 이간질이라도 하게?"

"정답. 두고 봐, 막장 드라마를 현실에 구현해 주지."

순식간에 나머지 짐을 다 싼 연두가 광대를 향해 웃었다. 섬뜩하리만치 해맑은 미소였다.

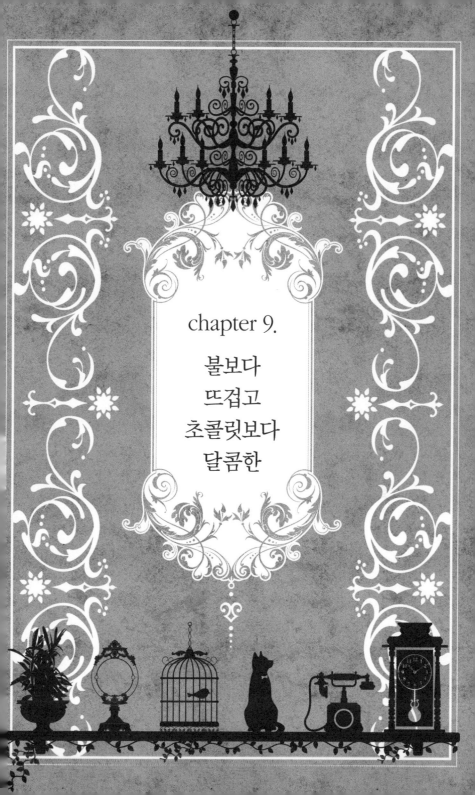

chapter 9.

불보다
뜨겁고
초콜릿보다
달콤한

늦여름의 해가 미적대며 서편 너머로 넘어가길 망설이는 시간, 그레텔은 가게를 정리하는 중이었다. 죄다 팔리고 텅 빈 매대는 보는 것만으로도 기분이 좋아지는 마력이 있었다. 동전을 셀 때는 저도 모르게 콧노래까지 나왔다.

"흠흠~ 흠흠흠~"

그레텔이 오늘의 매상을 정리하고 내일의 장사 준비까지 마치고 나왔을 땐 이미 해가 질 시간이 다 되어 하늘이 노을로 물든 뒤였다. 가게 앞 나무에 앉아 있던 나이팅게일 한 마리가 그녀의 앞을 스쳐 날아갔다. 그레텔은 몇 걸음이나 뒤로 물러나 가슴을 쓸어내렸다.

"아, 깜짝이야. 웬 새가 겁도 없이 도시 한복판을 날아다녀? 확 잡아서 꼬치구이 해먹을라."

그녀는 혹 못된 놈들을 만나거든 후려쳐 줄 생각으로 장만한 지팡이까지 옆에 낀 채 씩씩하게 걸었다. 하지만 모퉁이 하나도 돌기 전에 낯익은 목소리가 그녀를 불렀다.

"그레텔!"

뒤를 돌아본 그레텔의 얼굴에 환한 미소가 걸렸다. 검은 고수머리를 깔끔하게 빗어 넘긴 젊은 청년, 진이 그녀를 향해 손을 흔들고 있었다. 훤칠한 키에 단정한 이목구비가 인상적인, 잘생긴 청년이다. 그레텔은 위협적으로 쥐고 있던 지팡이를 치마 뒤로 감췄다. 평소 지나칠 만큼 씩씩하던 그녀는 어디로 갔는지, 지금은 그저 수줍음 많은 아가씨였다.

"진, 나오지 말라니까."

"그러는 너는? 해가 지기 전에 집에 들어가기로 나랑 약속해 놓고 해가 질 때 나오면 어떡해? 정말이지, 내가 마음을 놓을 수가 없다니까."

다정한 손이 그레텔의 어깨를 감싸 안았다. 내도록 공방에서 일을 하다 왔는지 마른 나무와 희미한 기름 냄새가 함께 풍겼다.

진은 이번에 새 광맥이 터지면서 카멜르에 몰려든 이주자 중 한 명으로, 보통의 이주자들과는 달리 광부가 아닌 목수였다. 몸도 좋고 얼굴도 잘생긴 데다 앞날까지 창창하니, 처음 교회에 나타난 그를 두고 결혼적령기를 맞은 처녀들 사이의 신경전이 얼마나 대단했었는지.

"저 큰 가게를 혼자 유지하려면 힘들지 않아? 사람을 좀 써."

"에이, 혼자는 무슨. 집안 식구들이랑 같이 하는 건데."

"그래? 그런데 왜 난 만날 혼자 출근하고 퇴근하는 널 보는 건지 모르겠다. 덕분에 이렇게 단둘이 있을 수 있다는 건 좋지만, 걱정된단 말이지."

진의 하소연에서 달콤한 꿀이 뚝뚝 떨어졌다. 그레텔은 그가 건네는 걱정과 위로의 말을 들을 때마다 따뜻한 담요에 감싸인 치즈처럼 노글노글하게 녹아내리는 기분이었다. 주변에 억센 계집애로 소문난 자신에게 그가 먼저 교제를 신청했다는 게 새삼 믿어지지가 않았다.

그녀는 고개를 푹 숙인 채 웅얼거리듯 말을 뱉었다.

"……걱정되면 지금처럼 매일 와주면 되잖아."

"오, 드디어 허락해 주는 거야? 나 이제 매일 도둑고양이처럼 숨어서 기다리지 않아도 돼?"

"어차피 오지 말래도 올 거면서, 말은…… 꺅! 뭐 하는 거야!"

"야호! 허락받았다!"

진은 그레텔을 번쩍 들어 올리곤 빙글빙글 돌렸다. 긴 치맛자락이 요란하게 펄럭거렸다. 오가는 사람 많은 대로인데 정말 부끄러움을 모르는 남자다. 사방에서 시선이 쏟아졌다. 그레텔은 얼굴을 새빨갛게 물들인 채 진의 어깨를 한참이나 때린 끝에야 겨우 내려올 수 있었다.

"어휴, 내가, 내가 부끄러워서 진짜……."

"뭐 어때. 이 정도는 해줘야 다들 네가 내 건 줄 알지. 난 아직 네 부모님도 못 뵀었잖아."

달아오른 뺨에 연신 부채질을 하던 그레텔의 손이 흠칫 굳었다. 그녀는 자연스레 손을 머리카락으로 옮겨 손가락으로 빗질하는 시늉을 했다.

"그건…… 시간이 조금 더 지나면. 그때 소개시켜 줄게."

"잊으면 안 돼."

"알았다니까."

두 사람은 손을 잡고 천천히 걸었다. 도시 광장의 상점가에서 그레텔의 집까지, 거리야 멀다지만 서로의 체온을 느끼며 걷는 거리는 지독히도 짧기만 했다. 둘은 금세 그레텔의 집이 있는 골목 입구에 다다랐다. 헤어짐이 아쉬워 머뭇대던 진이 그레텔의 손을 끌어당겼다.

"있잖아, 그레텔. 네 가게에 내가 가구 하나 만들어서 선물해도 될까? 그, 큰 건 아니고, 다리가 긴 의자 같은 거 말이야. 너 만날 카운터에 서 있는 게 좀 마음에 걸리기도 하고 그래서…… 아, 일 달라는 소리 아니야! 나 일 많아! 그냥 내가 해주고 싶어서 그래!"

진은 말을 하다말고 황급히 변명을 시작했다. 손재주야 좋다지만 아직 카멜르에 완전히 정착하지 못한 그가 카멜르의 토박이인데다 돈 잘 버는 제과점의 주인인 그레텔에게 교제를 신청한 걸 두고 수군대는 사람은 얼마든지 있었다. 외지인이 처녀를 꼬드겨 정착하려 한다고 떠들어대는 사람들 말이다.

그레텔도 그런 시선이 있다는 건 알고 있었다. 하지만 직접 겪은 진은 그렇게 요령 있는 사람이 못되었다. 지나치게 순진하고 단순해서 문제지. 그녀는 부러 진의 목덜미를 끌어안고 그의 뺨에 입을 맞췄다. 쪽.

"어……."

생전 안 하던 애교에 진의 목덜미가 순식간에 붉게 물들어갔다. 시간이 늦었는데도 집에 들어갈 생각을 않는 꼬맹이들을 낚아채던 아주머니들의 시선이 화살처럼 날아와 둘에게 꽂혔다. 아마 당장 내일이면 그레텔에게 남자가 있다더라, 라는 소문이 이 주변을 휩쓸게 될 것이다.

"뭐 어때, 내 가게인데. 까짓 의자, 열 개쯤 만들어와도 괜찮아."

"하하, 난 내 여자를 위한 의자 딱 하나만 만들 거야."

"이왕이면 두 개 만들어. 네 의자 놓을 자리 정도는 만들어줄게."

그레텔이 진과 헤어지고 돌아서자 그녀에게 향해 있던 시선들이 개미떼처럼 흩어졌다. 그래봤자 호기심은 어쩔 수 없는지 다시 몰려들긴 했지만 말이다. 그녀는 그 모든 시선들을 무시하며 걸었다.

백 년 만년 처녀로 살 것도 아닌데 연애 좀 하면 어떻다고 저러는지 모를 일이었다. 그렇게 쳐다보느니 차라리 쫓아와 묻기라도 하면 서로 편할 것을, 새로 이사한 거리의 사람들은 그레텔 가족에게 좀처럼 친근하게 다가오려 하질 않았다.

"다녀왔습니다―"

"왜 이제 들어와? 저녁은 식구끼리 다 같이 먹자고 얘기했잖아."

"엄만 내가 바쁜 거 알면서 그래. 오빠는? 들어왔어?"

"헨젤은 좀 바쁜 일이 있는지 요즘 좀 늦게 들어오더라. 하여간 자식새끼들이 제때 오는 법이 없어. 결국 오늘도 느이 아빠랑 나랑 둘이서 먹었잖니!"

그 입에 넣을 한 끼가 없어 제때 집에 오지 말라 야단하던 게 바로 몇 달 전의 일이거늘, 그레텔의 어머니는 그런 건 죄다 까먹은 것처럼 굴었다. 생활이 윤택해지자 없던 모성애가 샘솟기라도 하는 모양이었다.

그레텔은 잔소리를 퍼붓는 어머니를 피해 방으로 도망쳤다. 돈이 생기자마자 방이 여러 개인 큰 집을 산 건 정말 최고의 선택이었다. 자그마한 방에는 그녀가 평생 꿈만 꾸었던 1인용 침대와 옷장 등 혼자만을 위한 가구들로 가득했다.

그중 몇 개는 진이 선물한 것이었다. 이중서랍이 달린 탁자와 멋진 등받이가 달린 의자 같은 것들 말이다. 그의 나이를 생각하면 놀라울 정도로 훌륭한 솜씨였다. 큰물에서 놀겠다며 시골의 집을 뛰쳐나왔다더니 과연 그런 자신감을 가질 만했다.

'진은 금방 유명한 목수가 될 거야. 프러포즈를 하면 바로 받아들여야지. 돈은 충분하니까, 아이는 많이 낳아도 돼. 그리고……'

달콤한 상상이 꼬리에 꼬리를 물고 이어졌다. 주변인들의 축하를 받으며 결혼하고, 도시 중심가에 있는 멋진 집을 사고, 아이는 셋쯤 낳고, 이왕이면 아들 둘에 딸은 하나였음 좋겠고……. 지금 운영하는 제과점을 확장해서 가게 바로 옆에 진의 작품을 파는 가게를 내도 좋을 것 같았다. 분명 아주 멋진 공간이 될 테지.

'아, 그러려면 역시 사람을 써야 하나. 집안 식구들은 영 도움이 안 돼. 흠. 아무나 쓸 순 없고, 좀 신용이 있는 사람이면 좋겠는데……. 어라, 언제 시간이 이렇게 됐지?'

이런저런 상상을 하는 사이 벌써 해가 홀딱 지고 달이 떠 있었다. 그러나 그레텔은 바로 잠들지 않았다. 벨의 가게에서 가져 온 레시피를 봐야 했으니까. 그건 그녀에게 있어 하루를 마감하는 일종의 의식 같은 절차였다.

벨에게 장담했던 그대로, 그레텔은 나름 재주가 있었다. 엉성한 그림으로 가득 찬 레시피를 해석하고 추측하고 빈 곳을 메워 훌륭한 빵을 만들어낸 건 순전히 그레텔의 솜씨였다. 비록 솜씨에 깊이가 없어 벨의 맛을 비슷하게 재현하는 데 그치고 말았지만 그래도 퍽 대단하다 할 만했다.

'신제품을 내야 돼. 이제 추워지니까 따뜻하고 말랑말랑한……
그런 게 있었으면 좋겠는데.'

잠깐만 보고 자야지, 했던 게 금방 빠져들었다. 그레텔은 레시
피에 완전히 집중한 채 신제품 개발에 대한 궁리를 했다. 계절이
바뀌면 재료도 바뀌어야 하는 데다 곧 추수감사절이니 뭔가 특별
한 걸 만들어 팔고 싶었다. 천천히 녹아내리던 가느다란 초의 키
가 절반쯤으로 줄어들었을 때쯤, 문밖에서 큰 소리가 났다.

"……와서 왜……, 애 자!"

"놔! 그년 아직 안 잔다니까!"

"내일 해 뜨면 얘기해!"

집중이 다 깨져 버렸다. 결국 그레텔은 들여다보던 레시피를
도로 서랍 안에 넣어두고 방문을 열었다. 그녀의 방문 앞에선 온
몸에서 술 냄새를 풍기는 헨젤이 벌겋게 상기된 얼굴로 어머니와
옥신각신하던 중이었다. 위에서 아래로 훑어보는 시선에 모멸감
이라도 느낀 듯 안 그래도 붉은 얼굴이 더 붉어졌다.

"술 처먹고 들어왔으면 자빠져 잠이나 자, 가게에는 코빼기도
안 보이는 오빠 새끼야."

"내가 언제 가게에 안 갔다고 그래! 어? 얼마 전에도 말이야!
내가 가게 앞에 빗자루질도 하고! 그리고!"

"그리고 뭐. 어쩌다 빗자루질 한 번 한 거 가지고 되게 생색내
네. 이 밤에 왜 불렀어?"

남매간에 불꽃이 튄다. 둘을 말려보려 몇 번 부질없는 시도를
하던 어머니는 결국 포기해 버렸고, 헨젤은 오롯이 그레텔의 몫
이 되었다. 어머니가 멀어진 걸 확인한 헨젤이 갑자기 목소리를
낮췄다. 온몸에서 술 냄새를 풍기는 주제에 그다지 취한 건 아닌

모양인지, 의외로 눈이 흐리지 않았다.

"야…… 너, 남자 생겼다며?"

"생겼지. 근데 그게 뭐. 나는 평생 처녀로 늙어 죽으라는 법 있나? 보아하니…… 오빠 너는 여기저기서 잘 즐기고 다니는 모양인데."

그레텔이 목덜미에 찍힌 입술 자국을 손가락으로 문질러 보여주자 헨젤이 허둥지둥 목덜미를 닦아냈다. 새빨간 연지가 사방으로 번졌다.

"하여간 기집애가 눈도 좋아. 그나저나, 너 그 남자한테 가게 주겠다고 그랬다며?"

"무슨 개소리야, 그게. 내 가게를 왜 남한테 넘겨?"

"다들 수군대던데 뭘. 네가 남자한테 준다고 그랬다는 걸 똑똑히 들었다고 나한테 와서 나불댄 놈들이 한둘이 아니야. 야, 너 사내새끼한테 홀려서 가게 넘기기만 해봐. 내가 그 새끼 대갈통을 확!"

"아, 진짜 짜증나게……. 확 뭐. 뭐 할 건데. 어?"

헨젤이 그레텔에게 정강이를 걷어차이고 펄쩍 뒤로 물러났다. 그레텔은 한 번으로 그치지 않고 몇 번이나 발길질하며 그를 구석으로 몰아넣었다.

멀리서 그 꼴을 보고 있던 어머니는 그냥 고개를 돌렸다. 어릴 적에는 너무 친하게 지내서 속을 썩이던 오누이였는데, 다 자라고 나더니 저렇게 매일 싸움질이었다. 이젠 너무 익숙해서 말릴 마음도 안 나는 광경이었다.

"하여간 허세……. 어휴. 내가 말을 말지. 나 들어간다. 가서 자."

"그레텔!"

헨젤이 있는 힘을 다해 닫히는 문을 붙들자 그레텔이 들어가려다 말고 삐죽 고개를 내밀었다. 뭐라고 짖는지 들어나 보자, 뭐 그런 얼굴이었다.

"너 그 가게…… 네 마음대로 하면 진짜 가만 안 둔다. 나한테도 지분 있는 거 알지? 어? 그날 내가 아니었으면 넌 그 레시피 절대 손에 못 넣었어!"

"뭐라고 지껄이나 했더니…… 오빠 새끼야, 그렇게 갖고 싶으면 그 가게 그냥 너 줄까? 너 할래? 난 손수레에서 빵 팔아도 금방 새 가게 열 수 있을 거 같은데, 너는 지금 가게 유지나 할 수 있겠어?"

"야!"

"문에서 손 떼. 다친다. 그리고 너 자꾸 이따위로 굴면 내가 확 집 나가서 나 혼자 가게 여는 수가 있어. 알아서 잘 처신해."

쾅, 소리와 함께 문이 닫혔다. 헨젤은 욱신대는 정강이를 부여잡은 채 이를 갈아댔지만 차마 더 화를 내지는 못했다. 성질머리가 못돼먹은 동생이지만 그래도 동생이었다.

연두와 광대는 뼈대만 남은 집터에서 벨의 시신을 찾아냈다. 오븐이 있던 자리였다. 새카맣게 탄 상태라 목과 팔에 들었다던 멍을 확인할 수는 없었지만, 웅크린 채 입을 막은 시신은 머리 한쪽이 움푹 꺼져 있었다.

연두는 뻑뻑하게 마른 눈을 비비며 마른세수를 했다. 정말이지, 예상에서 한 치도 벗어나지 않는 전개다. 광대 역시 씁쓸한 표정을 감추지 못한 채 연두의 어깨를 두드렸다.

"괜찮아?"

"……안 괜찮으면 뭐 어쩌겠어……. 괜찮아야지."

"힘들면 잠깐 쉬고 있어도 돼. 간판은 나 혼자서도 찾을 수 있어."

"아냐, 나도 할래. 그 간판이 온전히 남았을 리도 없는데 혼자선 힘들잖아."

둘은 간판을 찾아 다시금 집터를 뒤지기 시작했다. 하나 간판은 물론이고 유품으로 삼을 만한 것도 나오질 않았다. 약방이 있었을 법한 위치에서 약병들이 잔뜩 쏟아졌지만 그게 전부였다. 어찌나 알뜰하게도 탔는지, 형체라도 남아 있으면 그나마 다행인 수준이다.

광대는 팔다리를 온통 검댕으로 더럽힌 것도 모자라 얼굴 여기저기에 거뭇한 자국까지 남긴 채로 결국 손을 털었다.

"그만하자. 타버렸나 보지. 곧 해도 지는데 램프 불빛으론 못 찾아."

"으음……. 난 조금만 더 찾아볼게. 벨이 그 간판 받고 진짜 좋아했단 말이야."

"그러든지."

묏자리를 파겠다며 삽질을 시작한 광대를 뒤에 둔 채 연두는 다시 바닥에 코를 박았다. 하지만 광대의 말이 다 맞아서, 그녀는 땅거미가 내리기 시작할 무렵까지도 간판을 찾지 못했다. 그럴듯한 비석은 세워줄 수 없는 처지여도 그토록 기뻐하던 간판은 함께 묻어주고 싶었는데 이래서야 다 틀린 일이었다.

그런데 이게 무슨 일일까. 엉덩이가 더러워지는 것도 상관 않고 주저앉은 채 땅이 꺼져라 한숨을 내쉬고 있던 연두의 앞에 웬 하얀 발이 나타났다. 발등은 통통하고, 발목은 가느다랗고, 흰 털이 보송보송한 귀여운 발.

"……여우?"

온몸의 털이 빨간데 발은 눈이 묻은 것처럼 흰 여우. 벨이라면 모를까 연두의 근처에는 다가오지도 않던 여우는 손만 뻗으면 닿을 거리에 앉아 그녀를 빤히 바라보았다. 짙은 검은색 눈동자가 촉촉하니 괜히 사람의 마음을 홀린다.

연두는 저도 모르게 감탄사를 터뜨리곤 살며시 손을 뻗었다. 여우는 그녀의 손을 피하지 않고 가만히 받아들였다. 여우의 털은 그녀가 상상했던 것보다 훨씬 거칠고 빳빳했지만, 따뜻한 온기가 있었다.

"세상에……. 이게 웬일이래. 너 나랑 안 친하잖아? 어머, 얘?"

여우가 연두의 소맷자락을 살짝 물고 끌어당겼다. 그리곤 획 돌아서서 꼬리를 살랑대며 연두를 흘끗 돌아본다. 몇 발자국 가다가 다시 돌아와 연두를 바라보는 게, 마치 따라오라고 하는 것처럼 보였다.

연두는 슬쩍 광대의 눈치를 보았다. 광대는 이쪽은 돌아볼 생각도 않고 묫자리를 파느라 열심이었다. 분명 나중에 불벼락을 맞겠지만, 연두는 그걸 뻔히 알면서도 슬그머니 몸을 일으켰다. 그녀는 의기양양하게 꼬리를 흔드는 여우를 따라 숲으로 들어갔다.

가을에 물든 숲이라 어딘지 바삭바삭하고 따뜻하게 빛나던 숲은, 여우를 따라 들어가면 들어갈수록 점점 어두워지고 습해졌다. 연두는 곳곳에 고인 물웅덩이와 젖은 나뭇잎 등을 보며 이 숲이 자신이 알고 있던 그 숲이 맞긴 한 건지를 의심했다. 그런 와중에도 그녀의 걸음이 느려질라 치면 여우가 꼬리를 흔들며 불러더니, 정신없이 따라가게 되고야 만다.

'이런 걸 두고 여우한테 홀린다고 하는 건가……'

홀리는 게 무서우면 아예 따라오지 말았어야 할 것을, 새삼스레 걱정을 하고 있다. 어쨌거나 불안해진 연두가 그만 돌아갈 것을 진지하게 고민하기 시작할 무렵, 드디어 여우가 멈춰 섰다. 여우는 연두를 휙 돌아보며 잘 따라오고 있는지 확인하더니, 무성하게 우거진 수풀 속으로 쏙 사라졌다.

여우를 따라 조심스레 수풀을 젖히고 그 안쪽으로 발을 디뎠다. 수풀 너머의 광경은 이제까지의 풍경과 크게 다르지 않았다. 그저 목을 한참이나 꺾어야 할 정도로 크고 두꺼운 나무가 활짝 팔을 펼치고 주변에 짙은 그늘을 드리우고 있을 뿐이었다. 여우는 그 나무 아래에 앉아 있었다.

"일부러 날 여기로 데려왔어?"

여우는 대답이 없었다. 하긴, 동물은 본래 말을 하지 못한다. 나이팅게일이 신기한 거지.

갑자기 여우가 땅을 파기 시작했다. 땅굴파기의 명수답게 솜씨가 대단해서, 금세 몸의 절반이 들어갈 정도로 깊은 구덩이를 팠다. 그리곤 캥, 하고 연두를 불렀다. 연두가 망설이자 몇 번이고 다시 부른다. 캥, 캥, 캥.

"알았어, 알았다니까."

날이 어두워졌지만 구덩이 안을 들여다볼 정도는 되었다. 그 안에는 뭔가 단단하고 커다란 것이 있었는데, 살짝 보이는 것만으로도 사람의 손을 탄 물건이라는 걸 알 수 있었다. 뭔지는 몰라도 이걸 꺼내달라고 데려온 모양이다.

연두는 주변의 흙을 좀 더 파내고 그걸 단단히 움켜쥐었다. 그리고 있는 힘껏 잡아당겼다. 하나 마음처럼 쉬운 일이 아니었다. 손이 미끄러져 엉덩방아를 몇 번 찧고 나자 오기가 났다.

"어휴, 왜 이렇게 안 빠져. 야, 너 그렇게 보지 마라. 이 언니 힘 세. 진짜야. 근데 너 암컷이니, 수컷이니?"

끙끙대는 사이 어느새 이마에서 땀이 흐르기 시작했다. 연두는 이대로는 안 되겠다 싶어 주변의 흙을 좀 더 퍼낸 뒤 다시 도전했다. 눈앞이 노래지도록 힘을 쓰자 정체 모를 물건이 조금 들썩거렸다. 무라도 뽑는 것처럼 온 힘을 다해 잡아당겼다.

"꺅!"

또 엉덩방아를 찧긴 했지만, 그래도 이번엔 수확이 있었다. 연두는 엉덩이에 묻은 흙을 털 새도 없이 손에 쥔 것부터 확인했다.

잘 재단된 나무였다. 연두의 집게손가락 길이만큼이나 두껍고, 광대의 등만큼이나 넓고, 나이팅게일의 부리만큼이나 표면이 매끈한. 박혀 있을 땐 몰랐는데 이렇게 뽑아서 들고 보니 그 생김새가 몹시 낯익다. 연두는 떨리는 손으로 나무에 묻은 흙을 털어냈다.

『이사벨라의 과자집』

낯익은 글씨가 드러났다. 그녀가 손수 그린 과자집 그림도 있었다. 벨의 가게에 걸려 있었던, 그리고 지금은 다 타버린 집터에 파묻혀 있어야 할 그 간판이었다. 흙은 묻었을지언정 그을음 자국 하나 없이 깨끗했다.

"이, 이게 왜 여기 있어?"

캥. 저도 모르게 물은 말인데 여우가 경쾌하게 짖었다. 웃기라도 하는 것처럼 입꼬리가 올라가 있었다.

연두는 여우의 뒤편에 있는 나무를 다시 한 번 바라보았다. 때마침 바람이 불었고, 장구한 세월을 살아온 거대한 나무가 가을이 물든 낙엽을 와르르 떨어뜨렸다. 떨어지는 낙엽들이 마치 시골 서당나무에 매달린 형형색색 헝겊조각들처럼 그녀의 눈을 어지럽혔다.

"······평범한 나무라고 했던 거 취소."

낙엽이 흩날릴 때마다 등골이 오싹해지는 게, 지금 당장 도망쳐야 할 것만 같은 기분이 든다. 한데 어쩐지 다리에 힘이 들어가지 않아서, 연두는 한참이나 끙끙대고서야 겨우 두 발로 일어설 수 있었다.

들어왔던 수풀을 젖히고 나가려다 말고 흘끗 뒤를 돌아보았다. 그녀를 그곳까지 안내한 여우가 나무 아래에 오도카니 앉아 있었다. 여우는 개과라더니, 정말 주인 잃은 강아지처럼 애처로운 모습이다.

"나 너 못 데려가. 책임 못 져. 이젠 벨도 없으니 너 알아서 잘 살아야 해. 그리고······ 이거 어디에 있었는지 알려줘서 고맙다."

캥. 인사를 받은 여우가 캥캥 짖었다. 그러더니 자기만 따라오라는 듯 또 앞장을 서는 게 아닌가. 고맙다고 인사 안 했다간 안내도 못 받을 뻔했다. 연두는 조금 전에 봤는데도 헷갈리는 길을 여우 꼬리를 표지 삼아 열심히 걸었다. 그러다 갑자기 눈앞이 확 밝아졌다.

"어디 갔다 와? 볼일이라도 보고 왔······. 아니, 꼴은 왜 그래?"

묏자리를 다 파고 허리를 두들기고 있던 광대가 어이없어 하며 물었다. 그 정도로 연두는 아주 볼만한 꼴을 하고 있었다.

소맷자락과 바지 무릎이 시커먼 건 그럴 수 있다 치자. 조금 전까지 불탄 집터를 뒤지고 있었으니까. 한데 왜 머리카락에 진흙과 낙엽이 엉겨 붙어 있으며, 신발은 물론이요 얼굴까지도 온통 흙투성이란 말인가. 뒤늦게 제 꼴을 확인한 연두도 황당하긴 마찬가지였다. 아무리 더러워졌대도 이렇게까지 더러워질 이유는 없는데 이게 무슨 일인지.

"잘…… 은 모르겠는데……. 나 여우한테 홀렸나 봐."

"지랄한다."

"야, 너까지 내 입버릇 닮아가면 어떡해."

"너무 적절해서 좀 썼다. 싫으면 네가 입버릇을 고쳐. 웬 여우 타령이야?"

연두는 그때까지도 소중하게 안고 있던 간판을 내밀었다. 사람 꼴은 엉망이어도 간판은 멀쩡하니, 광대도 몹시 놀란 기색을 숨기지 못했다. 연두는 자신이 겪은 경험을 침을 튀기며 설명했지만, 광대는 좀처럼 믿을 수가 없었다.

그가 연두를 쫓아 떠났던 그날 아침까지도 이 간판은 멀쩡히 제자리에 걸려 있었는데 왜 숲속 나무 아래 묻혀 있었다는 건지.

"진짜 땅속에서 찾아냈다니까."

"귀신이 곡할 노릇이네……. 벨이 여우한테 꼬박꼬박 밥 줬다더니 이렇게 보답받나 보다."

"그런 거면 좋고……. 아, 잠깐만 가만 있어봐."

제 머리에 달라붙은 진흙을 떼어내던 연두가 불쑥 손을 내밀어 광대의 머리에 붙어 있던 나뭇잎을 떼어냈다. 광대는 얼어붙은 것처럼 굳어 얌전히 그녀의 손길을 받아들였다. 축축하게 젖은 흙 사이로 달짝지근한 살 냄새가 가까이 다가왔다 멀어졌다.

"니니스라고 그랬나? 그 마녀가 도와준 걸지도 몰라. 진짜 이상한 기분이었어."

"그럴 수도 있고. 망할, 도와줄 거면 요정 이름자나 써줄 것이지……. 아무튼 묏자리는 다 파놨고 입관도 해놨으니 묻기만 하면 되는데, 같이 넣을 거 맞지?"

"그러자고 찾은 거잖아. 당연하지. 근데 너 진짜 잘 팠다. 그렇게 어두워지지도 않은 거 보면 시간도 얼마 안 걸렸네. 이걸 어떻게 그렇게 뚝딱 파냈어?"

연두는 광대가 파놓은 묏자리를 보고 감탄을 금치 못했다. 중장비도 없이 묏자리를 판다는 게 결코 만만한 작업이 아닌데 짧은 시간 내에 아주 제대로 파놓았다. 삽질 솜씨만 대단한 게 아니었다. 관에 못을 박는 것도, 묏자리 안에 정확하게 넣는 것도 전문가 저리 가라 할 수준이다.

"드림랜드 망해도 먹고 살 길은 있겠어. 대단한데?"

"재수 없으니까 그런 가정은 하지 말지? 망하긴 누가 망한다고 그래? 말이 씨가 된다는 거 몰라? 그리고 요즘 세상에 누가 손으로 이런 일을 해? 기계는 뒀다 국 끓여먹는대?"

드림랜드를 제 몸처럼 아끼는 광대가 울컥 성질을 부렸다. 연두는 짐짓 못 알아들은 척 딴청을 피우며 관 위에 흙 몇 줌을 뿌렸다.

광대는 꼼꼼하게 흙을 메웠지만 봉분을 만들지는 않았다. 공들여 만든 것도 아니고 대충 만든 것도 아닌, 그런 느낌을 내도록 세심하게 신경 썼다. 나무 십자가라도 만들어 꽂는 대신 그럭저럭 적당한 크기의 평평한 돌을 바닥에 박아 넣듯 하여 무덤자리를 표시한 것도 그 노력의 일환이었다.

"이쯤이면 괜찮겠지?"

"어, 딱 좋아. 무덤이란 건 확실히 알겠는데 그렇게 공들인 느낌은 없고, 금방 파낼 수 있을 것 같은데 사실은 그게 아니고. 밸런스 절묘하네. 진짜 드림랜드 망하면,"

"거기까지. 더 말하면 묏자리 하나 더 생길 줄 알아."

그렇게 벨은 그녀가 평생 떠나기 싫어하던 집터에 묻혔다. 연두가 골라 사 온 새 드레스를 수의 삼아, 광대가 파낸 묏자리에, 여우가 찾아준 가게 간판과 함께.

연두와 광대는 서로 아무런 말도 나누지 않은 채 그 무덤 앞에 오래도록 서 있었다. 가까운 것도 아니고 먼 것도 아닌 애매한 거리를 유지하고 선 채, 바람 소리 새소리 벌레 소리를 들으면서. 깊은 침묵이 애가가 되어 울려 퍼졌다. 해가 지자 총총히 떠오른 별들이 초라한 무덤 위로 모래알 같은 별빛을 흩뿌렸다.

노래도 눈물도 없는 장례식에서 연두가 먼저 침묵을 깼다.

"갈까?"

"그럴까."

둘은 천천히 오솔길을 가로질렀다. 무성하게 풀이 자랐던 오솔길은 겨우 며칠 밟았다고 벌써 나름대로 길 태가 났다. 며칠 밟지 않으면 곧 언제 길이 있었냐는 듯 사라지겠지만 말이다.

이 길의 끝에 있는 작은 오두막은 도저히 자가 수리가 불가능해 목수를 불러 고쳤다. 젊은 목수는 크게 손상된 건 아니라 정말 다행이라 했고, 그건 연두도 동의하는 바였다. 하마터면 요정의 이름을 찾으러 다니기 전에 숲에 머물 거처부터 새로 지어야할 뻔했다. 아니면 노숙을 하든가. 떨어지는 낙엽을 잡고 놀던 연두가 딱, 손가락을 튕겼다.

"그 빌어먹을 이름, 빨리 좀 알아냈으면 좋겠다."

"왜, 빨리 알아내고 그 남매 엿 먹이는 거에 집중하게?"

"잘 아네. 사실, 나만 그러고 싶은 것도 아니잖아?"

연두가 눈을 반으로 접은 채 광대의 옆구리를 쿡 찔렀고, 광대
는 그녀의 말을 부정하지 않았다. 본디 복수와 사랑만큼 삶에서
의미 있는 것도 찾기 힘든데, 공교롭게도 두 가지 모두 되돌려 줌
에 있어 인색하지 말아야 할 것들이었다.

반시의 소금그릇, 흰 황금이 나는 도시 카멜르에도 어두운 부
분은 있었다. 붉은 등이 줄줄이 내걸린 어두컴컴한 골목길, 때탄
드레스를 입은 여자들이 두꺼운 화장을 하고 서서 지나는 남자
들을 부르는 거리, 사창가.

그 사창가에 붉게 내걸린 등을 따라 거미줄처럼 이어진 가느다
란 골목길을 가로질러 들어가면, 눈이 튀어나올 정도로 화려한
건물이 있었다. 길거리에서 손님을 끄는 일반 창녀들과는 급이 다
른, 우유로 목욕하고 꿀로 입술을 바르는 여자들이 있는 곳, 〈푸
른 수염〉.

헨젤은 〈푸른 수염〉에서도 가장 비싼 안쪽 방에 있었다. 그는
널따랗고 안락한 침대에 벌거벗은 여자를 둘이나 눕혀놓은 채 값
비싼 음식을 즐기는 중이었다. 그레텔이 제과점으로 큰돈을 벌기
전엔 꿈도 꿀 수 없었던 호사다.

"아이, 같이 먹어야지 혼자만 먹으면 어떡해요."

"얘는 신경 쓰지 마시고, 제가 드리는 것 좀 드셔보세요. 아~"

여자들은 차라리 벗느니만 못한 옷을 걸치고 헨젤의 시중을
들었다. 가난한 다리병신이라 비웃던 예전과는 완전히 다른 얼굴
이다. 지금 그는 몹시 돈을 잘 쓰는 손님이었다.

헨젤이 여자들의 목덜미와 허리를 주물럭거리며 음식을 받아

먹는 그때, 갑자기 방문이 열리고 웬 여자가 들이닥쳤다. 구불거리며 허리까지 흘러내린 검은 머리칼과 우유처럼 흰 피부, 붉은 입술 아래 찍힌 작은 점이 인상적인 미인이었다. 그녀는 헨젤의 곁에 달라붙어 있는 여자들을 향해 짙은 비웃음을 지었다.

"어머, 웬 도둑고양이들이 이렇게 많담? 눈치가 없는 건지, 멍청한 건지, 도망도 안 가고 엉덩이 비비고 앉아 있는 꼴이란……. 빗자루라도 가져다 휘둘러야 하나?"

헨젤 옆에 붙어 있던 여자들이 서둘러 일어나 방을 빠져나갔다. 새로 방에 들어온 여자, 샤트린은 그녀들의 뒷모습을 향해 가운뎃손가락을 치켜세웠다. 그런 그녀의 뒷모습을 보며 헨젤이 킥킥 웃었다.

"샤트린, 그러지 말고 여기 와서 앉아."

"안 그래도 그럴 셈이었어. 어휴, 자기, 저런 것들이 오면 얼른 쫓아 보내야지 계속 데리고 있음 어떡해? 착각하잖아."

"당신이 너무 바빠서 나 같은 건 까맣게 잊은 줄 알았지. 푸른 수염에서 제일 비싼 몸값을 자랑하는 몸이시잖아?"

말은 그렇게 하면서도 헨젤은 여유롭게 제 허벅지를 두드렸다. 샤트린이 거절하지 않을 걸 안다는 눈치였다. 과연 샤트린은 흥, 하고 콧방귀를 뀌면서도 기꺼이 그의 허벅지에 올라앉아 헨젤의 목을 끌어안았다.

"알면서 그렇게 굴지 말라구. 나 진짜 속상하단 말이야."

"그럼 내가 올 때 자리를 비우지 말았어야지."

"아유……. 내가 얼마나 비싼 몸인데, 정말이지. 날 이렇게 대하는 사람은 당신밖에 없을걸? 지금도 내 노래를 듣던 손님을 내팽개쳐 놓고 달려온 거란 말이야. 당신이라서 내가 이렇게 져 주는 거야. 알아?”

샤트린이 우는 소리를 하면 할수록 헨젤의 콧대는 점점 하늘 높은 줄 모르고 치솟았다. 남들은 말 한 번 붙이는 것도 어렵다는 도도한 여자가 제 앞에서는 잘 길들인 강아지처럼 순하게 아양을 떤다는 게 어쩌나 기분 좋은지.

헨젤은 날씬한 등을 끌어안고 부드러운 가슴에 제 얼굴을 파묻었다. 그녀에게서는 언제나 달콤하고 아찔한 향기가 풍겼다. 샤트린은 한술 더 떠 그의 허리를 허벅지로 휘어감은 채 술잔에 와인을 따라 내밀었다. 놀랍도록 유연한 몸이었다.

“자, 좋은 밤에는 술을 마셔야지.”

“술보다 당신에게 취하고 싶은데.”

“어머, 이런 술에 질 정도로 내가 매력이 없어? 난 이 술보다 더한 술이니, 그전에 몸부터 데워.”

“그거 겁나는 이야기네…….”

샤트린의 손길이 닿을 때마다 헨젤은 흐물흐물하게 녹아내렸다. 보드랍게 감기는 피부와 따스한 체온, 황홀한 향기……. 그녀가 선사하는 열락을 맛보노라면 지상의 천국이 바로 이곳이구나 싶었다. 젖은 입술이 귓가를 지분댔다. 기분 좋게 몸을 타고 오르는 열기에 머릿속이 몽롱하게 변해갔다.

“있잖아, 자기…… 그 얘기 들었어?”

“무, 무슨…… 얘기?”

“자기네 제과점, 사고 싶어 하는 사람이 나타났다는데.”

“무슨 말을 하나 했더니…….”

헨젤은 와락 몸을 뒤집어 샤트린 위로 올라갔다. 볼 때마다 저절로 입이 벌어지는 아름다운 가슴이 램프의 불빛 아래에서 뽀얗게 반짝거렸다. 그의 손이 닿을 때마다 샤트린이 달콤하게 신음했다.

"그 사람이 누군지는 몰라도 나한테는 오지도 않았어. 주인도 모르는데 무슨 그런 말이 돌아? 다 헛소문이야."

"으응…… 자기가 아니라 그레텔이 만났다는데? 조금 걱정돼서 그러지. 그렇잖아, 그 가게에서 빵이랑 과자 만드는 것도 그레텔이고, 파는 것도 그레텔이고…… 모르는 사람은 그 계집애가 주인인 줄 알걸? 아얏! 아프잖아."

"하, 그래봤자 계집아이지. 길 잃어먹고 숲 한가운데서 개구리처럼 빽빽 우는 걸 내가 주워왔어. 내가 아니었으면 그 계집애는 벌써 어릴 적에 죽었을걸."

짐짓 어깨를 펴고 으스대는 헨젤을 바라보던 샤트린이 속을 알 수 없는 미소를 지었다. 그녀는 침대 시트를 쥐고 있던 손을 놓고 헨젤의 목을 끌어안았다.

"자기, 토라 부인 알지. 그 왜, 땅이랑 집이랑 대신 팔아주고 사주고 하는 여자 있잖아. 그 여자 심부름꾼을 내가 아는데, 오늘 그레텔이 웬 남자와 함께 와서 가게 값을 확인하고 갔대."

헨젤의 숨결이 거칠어졌다. 샤트린은 그게 자신 때문이 아니라는 걸 알았다. 그녀는 다리로 헨젤의 허리를 꽉 끌어안고 헨젤의 귓가에 입술을 가져다 댔다. 그리고 〈푸른 수염〉을 들락거리는 사내들에게서 마치 인어의 노랫소리 같다고 평가받는 달콤한 목소리로 속삭였다.

"그레텔에게 애인이 생겼다는데……. 혹시 알아? 같이 왔다던 남자가 바로 그 애인인지. 가게 같은 거, 몰래 팔아버리고 그 남자랑 도망가서 살려고 그러는 걸지도 모르잖아."

"아니, 그럴 리 없어. 어디 그 가게를 겨우 돈만 있어서 산 건 줄 알아? 교회 허락 없이는 마음대로 못 팔아. 그리고 말이야……. 그 계집애가 은근히 마음이 약하거든. 가족을 버리고 도망가서 편하게 살 거였으면 벌써 예전에 도망갔어."

"어머나……. 자기, 그렇게 쉽게 생각하면 안 돼. 나도 자기를 만나기 전엔 내가 돈만 사랑하는 여자인 줄 알았다구? 그런데 지금 봐. 돈 많이 준다는 손님들 다 거절하고 자기 옆에 이렇게 꼭 붙어 있잖아. 사랑하는 것엔 모든 걸 쏟아붓는 게 바로 여자랍니다~ 그러니 방심하지 마~ 으응?"

샤트린이 헨젤의 머리를 가슴에 파묻고 몸을 흔들었다. 헨젤은 그녀의 도발에 순식간에 넘어갔다. 조금 전까지 나눴던 대화 같은 건 새카맣게 잊고 그녀가 선사하는 쾌락에 빠져들었다.

지칠 대로 지친 헨젤이 곯아떨어지고 난 뒤, 샤트린은 슬그머니 일어나 그가 정말로 깊게 잠들었는지 조심스레 확인했다. 그녀는 자신이 헨젤의 코를 잡아당겨도 깨지 않는 걸 확인하고서야 침대에서 내려와 떨어진 옷을 주워 입으며 투덜거렸다.

"빌어먹을 자식……. 귀찮게 자꾸 들러붙어."

조심성도 요령도 없는 헨젤은 몸이 재산인 샤트린의 피부 이곳저곳에 자국을 남겨놓았다. 힘 조절을 못 해 남겨놓은 손자국과 입술 자국으로 흰 피부가 얼룩덜룩했다. 제 몸에 남겨진 자국들을 확인하는 샤트린의 표정은 무서울 정도로 서늘했다.

그녀는 방 밖에서 대기하던 심부름꾼 아이를 흔들어 깨웠다. 쪼그려 앉은 채 꾸벅꾸벅 졸던 아이는 입가에 흘린 침을 닦을 새도 없이 벌떡 일어났다.

"아, 안 잤어요!"

"괜찮아. 시간이 시간인데 졸릴 만도 하지. 말론 거리의 가구 공방 아직 기억하지? 거기 가서 이 쪽지를 전해주렴."

"전에 드렸던 그분께 드리면 돼요?"

"그래. 알지? 쉿⋯⋯. 비밀이야."

아이는 쪽지를 받아들고 비장한 얼굴로 고개를 끄덕였다. 샤트린이 주기로 약속한 보수에 비하면 이렇게 밤을 꼴딱 새우고 소식을 전하는 것쯤은 별것도 아니었다.

"당연하죠. 심부름꾼에게 신용 빼고 나면 남는 게 뭐가 있다고."

아이는 자기만 믿으라는 듯 가슴을 탕탕 치고는 곧바로 건물 밖으로 달려나갔다. 이제 막 떠오른 아침 햇살을 등에 업은 나이팅게일이 소년의 뒤를 따라 파닥파닥 날갯짓했다.

물고기의 배만큼이나 흰 달이 하늘을 가로지르는 시간, 연두와 광대는 숲을 헤매고 있었다. 요정의 흔적을 찾기 위해서였다. 낮에는 보이지 않았던 것들이 달빛에는 모습을 드러냈다. 낙엽 사이에서 희미한 초록빛으로 빛나는 발자국과 나무둥치에 남은 손자국 같은 것들 말이다.

"생각보다 흔적이 적어⋯⋯. 여기서 본 거 맞아?"

"있는 게 어디야. 보니까 길 부근까지 나왔던 게 특이한 상황이고, 평소엔 좀 더 안쪽에 있었던 모양인데⋯⋯. 쯧."

광대는 달빛이 스며든 숲 안쪽을 바라보며 괜히 혀를 찼다. 낮에는 아무런 흔적을 발견할 수 없어 밤에 나온 것이지만, 밤의 숲은 역시 위험했다. 길과 멀리 떨어진 깊은 곳일수록 더욱더. 이럴 때야말로 나이팅게일이 아쉬울 때이지만, 그 녀석은 그 녀석

나름대로 몹시 바빴다. 결국 광대는 깔끔하게 오늘의 수색을 포기했다.

"오늘은 여기까지 하자."

"좀 더 들어가 보면 안 돼?"

"안 돼. 무슨 짐승을 만날 줄 알고? 가을이야. 짐승들이 겨울을 대비해 한껏 배를 불리려고 눈에 불을 켜고 있을 때라고."

광대의 경고에도 연두는 그저 머리만 긁적거릴 뿐이었다. 위험한 짐승을 만난 적이 없는 그녀로서는 광대가 경고하는 것만큼이 숲이 위험하게 느껴지질 않았다. 하지만 그런 얘길 꺼냈다간 엄청난 잔소리 폭탄을 맞을 것이다.

"알겠어. 그럼 이대로 돌아가나?"

"미쳤어? 씻고 가야지. 너나 나나 꼬락서니가 장난이 아니라고. 그 꼴로 어떻게 잠을 자?"

"으아……. 나 허리 아픈데……. 계속 기어 다녔는데……."

"당장 내일 오두막 대청소하기 싫으면 얌전히 따라와."

연두가 최근에 새로 알게 된 사실이 있다면, 숲에서의 수색은 상당한 더러움을 수반하는 일이고, 더불어 광대가 퍽 깔끔한 사람이라는 것이다. 연두는 피곤함이 극에 달하면 먼지 구덩이에도 태연히 머리를 대고 잘 수 있었지만 광대는 아니었다. 그는 흙과 먼지로 더럽혀진 연두를 끌고 냇가로 데려갔다.

지난여름, 초록빛 반딧불이가 느긋하게 춤추던 냇가는 이제 창백한 달빛으로 물들어 있었다. 연두와 광대는 수량이 줄어 졸졸 소리를 내는 냇물에 발을 담그고 손과 얼굴을 씻어냈다. 스멀스멀 등을 타고 오르던 졸음마저 죄 내쫓을 만큼 물이 찼다.

다 씻었으면 그대로 돌아가야 하련만, 둘은 누가 먼저랄 것도 없이 냇가의 바위에 주저앉아 달빛을 쬐었다. 선선한 바람이 나뭇잎을 흔드는 소리, 풀벌레 울음소리, 나무 사이를 누비는 새의 날갯짓 소리⋯⋯. 느긋하고 낭만적인 소리들이 가을을 연주했다.

그 연주에 파묻힌 채, 연두는 하늘을 보며 넋을 놓았다. 여름 내 하늘을 가로질러 흐르던 은하수는 간 곳 없이 자취를 감췄어도 그 자리에는 새로운 별들이 떠올라 자리를 채웠으니, 동화 속 풍경이라는 것이 새삼 사무치도록 아름답다.

분명 한때는 너무나 익숙해져 감흥이고 뭐고 없다고 생각했었는데, 이렇게 광대와 함께 바라보는 밤하늘은 또 특별한 맛이 있었다. 현실로 돌아가고 나면 이곳에서의 생활은 분명히 악몽으로 기억되겠지만, 그럼에도 그리움으로 남을 게 있다면 바로 이 밤하늘일 거였다.

연두가 그렇게 하늘을 보고 있는 동안, 광대는 세운 무릎에 턱을 괸 채 그녀를 보고 있었다. 바람에 사르락 소리를 내는 머리카락과, 살짝 벌린 입술과, 달빛에 하얗게 물든 속눈썹과⋯⋯. 문득 목이 탔다.

그는 괜히 머리를 긁적이며 애써 시선을 뗐다. 그럼에도 달빛에 반짝이는 냇물이 누군가의 눈빛만 같아 한숨이 절로 난다. 억지로 화제를 꺼냈다.

"⋯⋯그 관리 말이야. 네가 예상했던 그대로 움직이던데."

"카멜르는 왕실에 속한 도시잖아. 둘째 왕자가 직접 편지씩이나 보내줬는데 그럼 알아서 기어야지. 게다가 해먹은 게 좀 많아?"

"난 그가 교회에 좀 더 억눌려 있을 거라고 생각했는데⋯⋯. 쯧."

연두와 광대는 벨의 유산 처리가 어떻게 되었는가를 조사했다. 심부름꾼의 목걸이로도 모자라 왕자와 왕자비의 이름까지 죄다 팔아가며 진행한 조사의 끝에 드러난 유산의 종착지는 교회와 그레텔이었다. 관리의 이름은 없었다.

관리는 연두와 광대가 린든의 편지를 내밀며 그가 이제껏 착복한 재산에 대해 언급하는 순간 완전히 자세를 바꾸었다. 거칠 것 없이 드러내던 불쾌함을 싹 감추고 어찌나 사근사근하게 구는지, 적응이 안 될 정도였다. 일이 무사히 끝나면 그레텔의 재산에 대한 처리 전반을 맡기겠다고 했을 땐 구두라도 핥을 기세로 꼬리를 흔들었다.

"핑계가 필요했던 거겠지. 여태껏 같이 해먹었는데 이번에만 쏙 따돌림을 당했으니 얼마나 짜증이 났겠어. 게다가 돈도 못 먹었는데 뒷수습은 자기가 다 했잖아. 누군가 툭, 쳐 주기만을 기다렸는데 마침 우리가 딱 나타난 거고."

"울고 싶은데 뺨 때린 격이다?"

"뭐 그렇지. 뒷배경도 빵빵하잖아. 일개 마부 따위와는 비교할 수가 없지. 사후 신고라는 약점도 있겠다, 덤벼볼 만하다 싶었던 거야. 역시 봉건제 사회는 인맥이 짱이라니까."

인맥 최고, 권력 최고, 뭐 이런 말을 중얼거리는 연두의 표정은 사뭇 우울했다. 그런 연두를 바라보던 광대는 그녀를 슬쩍 끌어당겨 제 무릎을 베고 눕게 했다. 난데없이 광대의 무릎베개 서비스를 받은 연두는 놀라기는 했으되 벌떡 일어나기엔 조금 아쉬운, 뭐 그런 기분에 눈만 데굴데굴 굴렸다.

"잠깐 자."

"자라고? 여기서? 이러고?"

"싫어?"

연두는 그만 입을 다물었다. 그렇게 사르르 눈웃음을 지으며 말하면 싫다고 말할 수가 없잖은가. 어제 처음 만난 사람처럼 대화도 접촉도 피할 땐 언제고, 이렇게 나서서 무릎베개를 해주다니. 하여간 종잡을 수 없는 남자다. 지금은 때가 아니라고, 잠깐 접어두자고 생각했던 마음이 제멋대로 술렁거렸다.

광대의 손이 연두의 눈 위를 살짝 덮었다. 괜한 짓을 한다, 싶었던 것도 잠깐. 그녀는 금세 잠이 들었다.

진은 장담대로 멋진 의자를 만들어왔다. 다리가 길고 엉덩이가 푹신한 의자는 최근 부쩍 눈이 높아진 그레텔의 마음에도 꼭 들 만큼 만듦새가 괜찮았다. 그녀는 사랑스러운 연인의 뺨에 감사의 키스를 퍼부었다.

"아주 좋아. 잘 쓸게, 진. 이왕이면 당신 것도 하나 더 만들지 그랬어?"

"안 돼, 그랬다간 난 내 일도 팽개치고 종일 여기 앉아 있고 싶어질 거라고."

진이 너스레를 떨었다. 그는 제과점 내부를 살펴보며 연신 감탄사를 터뜨렸다. 사람이 많을 때는 몰랐는데, 이렇게 비어 있는 시간에 보니 그가 생각했던 것 이상으로 멋진 가게라는 것이다. 끊이지 않고 이어지는 칭찬에 그레텔의 어깨가 으쓱 올라갔다.

"자, 이거 먹어. 당신 주려고 챙겨놓은 거야."

"이야……. 그 유명한 과자를 공짜로 얻어먹고, 좋은데?"

"지금 이제까지 내가 따로 안 챙겨줬다고 서운한 티 내는 거지?"

"에이, 설마 그럴 리가. 오, 이거 맛있다. 내가 상상했던 것보다 훨씬 맛있는데? ……그런데 왜 그런 소문이 도는지 모르겠네. 이런 맛을 내는 사람이 또 있다니……. 말도 안 돼."

한숨처럼 중얼거린 말이지만 그레텔의 귀에는 천둥소리보다 더 크게 들렸다. 그녀는 의자를 쓰다듬던 손을 멈추고 진을 추궁했다. 대체 어디서 무슨 말을 들었느냐고, 빨리 말해보라고. 말하지 않으려고 용을 쓰던 진은 결국 사실을 털어놓았다.

"그, 그게……. 사람들이 그러더라고. 그레텔의 과자는 벨과 똑같은…… 아니, 조금 못한 맛이 난다고. 대체 그 벨이란 사람은 누구야?"

매번 새 과자를 구울 때마다 고민하던 문제를 정면으로 지적당한 그레텔의 가슴이 철렁 내려앉았다. 뒤에서 수군거릴지도 모른다고는 생각했지만, 새로 카멜르에 정착한 이주민인 진의 귀에 들어갈 정도로 말이 많을 거라곤 생각하지 못했다. 벨이 마녀의 낙인이 찍혀 죽었는데도 그따위로 입을 놀릴 줄이야. 그레텔의 표정이 어찌나 나빴는지, 진이 얼른 말을 보탰다.

"음……. 역시 말하지 말 걸 그랬어. 좀 기분 나쁜 소문이지? 당신 가게가 너무 잘되니까, 사람들이 질투 나서 괜한 말을 하는 거야. 신경 쓰지 마."

"됐어, 신경 안 써."

"에이, 신경 안 쓰기는. 엄청 쓰는 거 같은데. 그레텔, 나 좀 봐. 응?"

그레텔의 눈치를 보던 진이 슬쩍 스킨십을 시도했지만 단박에 거절당했다. 그는 굴하지 않고 몇 번 더 시도했지만 그럴수록 그레텔의 짜증 지수는 점점 더 높아졌다. 결국 짜증이 치솟은 그레텔이 사납게 그의 손을 쳐냈다.

"건드리지 마!"

"……어……."

"……미안. 내가 좀 예민해져 있었나 봐."

헨젤과의 마찰은 지금도 계속되고 있었다. 그날의 다툼처럼 크지는 않았지만 소소하게 부딪치는 일상은 그녀를 지치게 만들기에 충분했다. 가게 일을 하는 것과 진을 만나는 것, 겨우 이 두 가지가 지금의 그레텔을 지탱하는 버팀목이었다.

진은 기가 죽어 축 늘어진 그레텔을 위로하려 애썼다. 네 솜씨는 최고다, 내가 먹어본 것 중에 네 솜씨만 한 건 없었다, 그렇게 우울해하면 내가 더 속상하다, 등 온갖 사탕발림을 줄줄이 늘어놓고 나서야 그레텔의 얼굴에 조금 웃음이 돌아왔다.

그렇게 아까보단 훨씬 나아진 분위기가 되어 진이 겨우 안심했을 때, 가게 문이 열렸다. 딸랑대는 방울소리와 함께 들어온 사람은 단추 달린 고급 옷을 잘 차려입고 머리까지 깔끔하게 빗어 넘긴 신사였다. 언뜻 보아도 신분도 지위도 있는 사람이다.

그레텔은 낯은 익어도 뜻밖인 사람의 등장에 놀라 눈을 동그랗게 떴고, 진은 반사적으로 허리를 굽히고 고개도 푹 수그렸다.

"어머, 비들님. 가게 끝났는데요."

"설마 내가 그것도 모르고 왔을까. 오늘은 다른 일로 온 거다, 그레텔."

비들은 카멜르의 관리였다. 연두는 욕심쟁이라고 평가했고, 광대는 울고 싶은데 뺨 맞은 사람으로 표현했던 그 관리. 비들에게 무슨 일이 있었는지 알 리 없는 그레텔은 갑자기 엄습하는 불안감 속에서 억지로 등을 빳빳하게 폈다.

'평소엔 하인만 보내더니…… 오늘은 무슨 일로 직접 온 거야?'

높은 사람과 얽혀서 좋은 결말을 맞은 사람을 본 적이 없다. 번들번들 빛나는 푸른 눈이 마치 파충류의 눈동자 같아 저절로 침이 넘어갔다. 빳빳하게 긴장한 그레텔을 즐거운 듯 바라보던 비들이 씩 미소를 지었다.

"마녀 벨에 대한 재조사가 있을 거다."

"예?"

그레텔은 저도 모르게 되물었다. 한번 마녀의 낙인이 찍히면 그걸로 끝인데, 웬 재조사란 말인가. 비들의 입가에 걸린 미소가 진해졌다. 저 멍한 얼굴을 이렇게 생생히 볼 수 있다니, 심부름꾼을 쓰지 않고 직접 온 보람이 있었다.

"상당히 신빙성 있는 제보가 들어왔거든. 그레텔, 제보에 따르면 너는 살인용의자가 되니 도시를 떠나지 마라. 이전처럼 교회의 뒤에 숨어 내 눈을 가릴 생각은 꿈에도 말란 소리다. 그리고…… 거기 뒤에 있는 자네, 자네가 바로 요즘 그렇게 유명한 그레텔의 애인이로군?"

"아……. 예에."

"빨리 도망가게나. 그레텔 저 계집애는 사납기로는 겨울 눈바람보다 사납고 악랄하기로는 고리대금업자보다 더한 녀석이거든. 하하하."

비들은 제 할 말만 하고 나가 버렸다. 딸랑, 방울 소리가 옅어지고 나자 긴장이 풀린 그레텔이 그대로 무너지듯 주저앉았다. 당황한 진이 달려들어 그녀를 안아 올렸다.

"괜찮아? 응? 물 떠다 줄까?"

"……진……."

마녀, 살인용의자, 겨울 눈바람처럼 사납고 고리대금업자보다 악랄한 계집……. 험한 말을 들었으나 진은 변하지 않았다. 등을 토닥이는 손길은 여전히 따뜻했고 물이 필요하냐 묻는 목소리는 여전히 다정했다. 그레텔은 진의 가슴에 얼굴을 묻고 기댄 채 눈을 감았다. 걱정으로 빠르게 뛰는 심장소리가 듣기 좋았다.

"당신……. 나 떠날 거 아니지?"

"내가 널 왜 떠나. 누가 뭐라 하든지 난 네 편이야. 알잖아."

"그럼 나랑 결혼해."

난데없는 청혼에 놀란 진이 눈을 동그랗게 떴다. 이 세계에서 여자는 청혼을 받는 쪽이지, 하는 쪽이 아니었다. 그걸 모를 그레텔이 아니었지만 조급한 마음이 그녀를 떠밀었다. 그녀는 진의 옷자락을 쥐고 어린아이처럼 칭얼거렸다.

"응? 나 떠날 거 아니라며. 그럼 나랑 결혼해."

"이것 참……."

난처한 미소를 짓던 진이 그레텔의 이마에 입을 맞췄다. 이어 감은 눈꺼풀에, 강퍅한 뺨에, 까칠하게 일어난 입술에도 키스했다.

"너무하잖아. 내가 할 말을 예고도 없이 그렇게 가로채 버리면 어떡해? 난 반지도 꽃도 와인도 준비 못 했단 말이야."

"그런 거 없어도 괜찮아. 이름, 이름 교환하자. 응?"

"이렇게 대충 넘기는 건 내 마음이 안 괜찮아. 조만간 내가 제대로 청혼할 테니까, 이름 교환은 그때 하자."

"그 조만간이 대체 언제인데……."

그레텔은 뺨을 통통하게 부풀렸지만 진은 끄떡도 하지 않았다.

도리어 시간이 늦었으니 얼른 집에 데려다주겠다며 재촉을 하는 게 아닌가. 결국 그레텔은 청혼에 대한 확답을 받지도, 특별한 이름을 주고받지도 못한 채 집으로 돌아왔다.

"다녀왔습니다……."

현관문을 열자마자 뾰족하게 솟은 공기가 피부를 찔러왔다. 요 근래 큰 소리 안 나는 날이 더 드물었던 집이지만, 어째 오늘은 평소보다 훨씬 사나운 느낌이다. 그레텔은 의아한 마음에 조심스레 집 안 복도를 걸었다.

"꺅!"

몇 걸음 가지도 못하고 팔을 잡혔다. 눈이 시뻘게진 헨젤이 그레텔의 옷자락을 쥐어 잡고 그녀를 질질 끌고 가기 시작했다. 놀란 그레텔이 발버둥을 쳤지만, 헨젤의 힘에는 비할 바가 아니었다. 그는 그레텔의 방까지 와서야 그녀를 놓아주었다. 그레텔은 소매를 걷어 올렸다가 그만 혀를 차고 말았다. 헨젤에게 잡혔던 부분이 벌써부터 벌겋게 부어오르고 있었다.

"이게 뭐 하는 짓이야? 팔에 멍들게 생겼잖아."

"그게 중요한 게 아냐. 그레텔 너, 밖에서 뭔 짓을 하고 다니는 거야? 낮에 비들님이 다녀갔어. 아는 거 있으면 빨리 불으라면서……. 가족이라고 감쌌다간 같이 죽을 테니까 적당히 하라 그랬다고!"

헨젤의 얼굴엔 짙은 공포가 배어 있었다. 살인자는 목매달려 죽고 그 가족은 돌에 맞으며 마을에서 내쫓기는 게 당연한 세상. 이제야 좀 사람 사는 것처럼 사는데, 자칫하면 예전보다 더한 나락으로 떨어질지도 모른다는 생각을 하는 것만으로 등줄기에 식은땀이 흘렀다.

그레텔 역시 등골이 오싹해지긴 마찬가지였으나 헨젤과는 이유가 달랐다. 은근히 겁이 많은 그가 미주알고주알 입을 놀렸다간 그녀 혼자 죄를 뒤집어쓰는 수가 있었다. 그녀는 아픈 팔을 주무르며 애써 목소리를 죽였다.

"입 함부로 놀릴 생각은 꿈에도 하지 마. 어차피 벨은 죽었고 교회는 우리 편이야. 증거 같은 건 있지도 않아. 그런데 겨우 협박한 번 들었다고 이렇게 빌빌대면 세상 무서워서 어떻게 살아? 마차에 치일까 무서워서 길은 어떻게 걷고, 우박 맞아 죽을까 봐 지붕 없는 곳은 어떻게 나다녀? 응? 뭐가 그렇게 겁나서 애새끼처럼 찡찡거려?"

"네가 뒤집어씌울까 봐 그런다, 왜! 사실은 부지깽이 휘두른 게 나라고 할까 봐!"

"뭐……?"

그레텔은 상상도 해보지 않았던 말에 놀라 눈을 크게 떴다. 헨젤은 놀라 딱딱하게 굳은 그녀를 두고 자신이 정곡을 찔렀다고 생각했다. 실체 없는 추측에 남매 모두가 상처받았다. 어둡고 무거운 침묵이 그들을 휘감았다.

"……됐어. 내가 한 일은 내가 책임져. 오빠한테 안 떠넘길 테니 쓸데없는 걱정 하지 마. 오빠야말로 그 일이 사람들에게 알려지면 멀쩡한 처녀를 욕보이려 했다는 것부터 변명해야 할걸."

강간은 대죄였으나, 헨젤은 조금의 타격도 입지 않은 것처럼 코웃음을 쳤다.

"쓸데없는 걱정이라니 그건 다행이긴 한데, 어차피 벨이나 나나 둘 다 처녀, 총각인데 변명은 무슨 변명? 책임지겠다고 하고 결혼하면 그만인걸. 너야말로 애인 숨겨두고 뭐 하는 거야? 매일 가게에서 만난다면서 왜 집에는 소개 안 시켜? 그러니까 네가 가게 팔아서 그 애인이라는 새끼랑 도망갈 거라는 말이 주변에 짜하게 퍼지는 거잖아."

"그놈의 헛소문에 뭘 그렇게 신경을 써? 어차피 소개는 때 되면 할 거야."

"하! 그때가 언젠데? 이름 교환 다 한 다음에?"

사실은 그럴 요량이었다. 그레텔은 슬쩍 고개를 돌려 헨젤을 외면했다. 헨젤의 속에서 뭔가가 부글부글 끓어올랐다.

"너 토라 부인한테는 왜 갔냐? 가게 팔면 얼마나 나오는지 확인했다면서? 어? 야, 나 진짜 진지하게 말하는 거야. 그 가게……. 당연히 네 지분이 제일 크겠지만 내 몫도 있고, 교회 몫도 있어. 그거 몰래 팔고 혼자 꿀꺽할 생각은 꿈에도 마."

"그건……. 그냥 확인만 해본 거야. 안 팔 거라니까 진짜 내 말은 귓등으로도 안 듣지……! 그리고 그놈의 지분 타령 좀 그만해. 가게에서 돈 나올 때마다 꼬박꼬박 오빠 몫 챙겨주는데 뭐가 그렇게 불안해? 아하, 그 돈 모아서 샤트린인지 샤토린지 그 여자 만나러 가야 하는데 모자랄까 봐 그래? 그러게 왜 그렇게 비싼 년을 만나? 좀 싼 년으로 골라 만나지."

헨젤의 얼굴에 시뻘겋게 열이 올랐다. 속에서 펄펄 끓던 물이 용암이 되어 밖으로 흘러넘쳤다. 소심하게 기어들어 가던 목소리가 우렁우렁하게 커지다 못해 작은 방을 가득 채웠다.

"샤트린은 나한테 푹 빠져서, 만나는 데 돈 같은 거 안 드니까 신경 끄시지! 너야말로 그 사내새끼 만나는 데 돈을 얼마나 썼기에 가게 값 확인씩이나 해? 혹시 그 새끼가 돈 필요하대? 빚이라도 갚아달래? 그래서 토라 부인한테 갔어?"

"아, 정말! 그놈의 돈 얘기! 지긋지긋해!"

"뭐가 지긋지긋해? 빨리 말하라고! 너 벌써 그 새끼한테 돈 준 거 아니지? 어?"

비가 새지 않는 지붕이 있는 집, 구멍 없는 옷, 따뜻하고 맛있는 음식. 적당한 돈만 있으면 다 해결될 수 있었던 소소한 소원들. 이제 그 이상도 이룰 수 있을 법한 돈이 생겼는데, 그레텔의 하루하루는 얇은 얼음판 위를 걷는 것처럼 아슬아슬하기만 했다.

'미쳐 버릴 것 같아.'

대체 어디서부터 잘못된 건지, 그레텔은 도저히 짐작할 수가 없었다. 그저 열심히 살았고 최선을 다해 노력했을 뿐인데 삶은 왜 이렇게 시련으로 가득 차 있는 건지.

이른 아침, 스테인드글라스에 맺힌 햇살이 흰 바닥에 아롱져 화려한 그림을 그렸다. 카멜르 성의 신부, 페트로스는 새벽 기도와 아침 성무를 마치고 겨우 한숨을 돌릴 시간에 비들을 맞았다. 겉모습이야 언제든 나무랄 데 없는 사람이지만 반가운 손님은 아니었다.

"무슨 일로 오셨습니까?"

"고백하고 싶은 게 있어서 왔습니다."

신자가 고백하고 싶은 게 있어 왔다 하면 고해성사로 받아들이는 게 보통이련만, 페트로스는 비들을 고해소가 아닌 자신의 방으로 데려갔다. 그의 방은 빈말로도 소박하다고 말하기 힘든 곳이었다. 몇 개 되지 않는 가구들 모두가 상당한 고급품이다.

"듣는 사람은 아무도 없습니다. 얘기하시지요."

비들은 페트로스의 방을 천천히 둘러보았다. 이 방에 온 것은 벌써 여러 번 있었던 일이지마는, 최근에는 좀 뜸했었다. 그 사이 책상이 새것으로 바뀌었고, 펜을 비롯한 문방구 종류들은 수준이 한층 더 높아진 것 같았다.

"비들 씨? 말씀하셔도 됩니다."

"아아…… 네. 다른 게 아니라, 마녀 벨에 대한 재조사가 시작될 예정입니다. 역시 사후 신고만으로 조사도 없이 마녀로 단정 짓는 건 아닌 것 같아서 말입니다."

"고백하고 싶은 게 있다더니……. 마녀에 대한 일은 교회의 관할입니다. 비들 씨가 관여할 일이 아니,"

"그러게 적당히 해드셨어야죠, 신부님."

단숨에 말이 잘린 페트로스의 얼굴이 붉어졌다. 비들은 그에 상관하지 않고 유들유들한 태도를 고수했다.

"얼마나 해드셨기에 교회도 아니고 왕실 쪽에서 사람이 나옵니까? 솔직히, 사후 신고로 마녀판결이라니 그게 말이나 됩니까? 저니까 크게 반발하지 않았던 건데 저도 모르게 그렇게 많이 드시면 체하십니다. 단단히 체하면 죽을 수도 있다는 거 아십니까?"

"무슨 말씀을 하시는 건지 모르겠습니다. 마녀 벨은 진정 마녀입니다. 난 그 사실에 한 점 부끄럼도 없이 떳떳합니다."

"신부님……. 증인이 나왔습니다. 예전에 교회에 신고했다가 무시당한 전적도 있던데, 그가 누구인지 당연히 알고 계실 테죠."

"예, 누군지 압니다. 거짓말이 몸에 밴 불쌍한 사람이지요. 마녀에게 홀려 돌보아야 할 이웃에게 악심을 품었습니다."

페트로스는 진정 안타까워하는 것처럼 보였다. 그가 벨의 재산 대부분을 꿀꺽했다는 걸 알고 있는 비들조차 순간 혹했을 정도로 태도가 진지했다. 비들은 햇살 아래에서 우아하게 빛나는 황금빛 펜촉을 보고 퍼뜩 정신을 차렸다.

"······증인이 그 한 명만 있는 게 아닙니다, 신부님. 그레텔이 벨의 레시피를 탐내 그녀를 살해한 게 맞다고 증언한 사람이 나타났단 말입니다. 감싸주기도 적당히 하셔야죠. 죽은 벨에게 일가친척이 있는 것도 아니고 유언장이 남은 것도 아닌데 이제와 재산을 도로 내놓으라고 할 일은 없을 테니, 그녀에게 명예만은 돌려주시기를 바랍니다."

"마녀가 가질 명예는 없습니다. 비들 씨, 당신이야말로 당신이 앉은 자리만큼 명예로운 사람입니까? 저 고해소가 필요하지는 않습니까? 어깨에 진 죄가 무거워 견딜 수 없는 때가 오기 전에 참회하세요."

"예에, 신부님. 죽은 뒤에 지옥에서 뵙겠습니다. 그때라고 제가 고해를 할지는 모르겠지만 말입니다."

결국 비들은 페트로스의 협조를 얻지 못한 채로 일어설 수밖에 없었다. 사후 신고로 마녀 판결을 내리는 것에 대한 위험을 모르는 바도 아니면서 왜 저렇게 고집스럽게 우기는지 모를 일이었다. 벨의 재산이 제법 되긴 해도 페트로스의 부정 규모에 비하면 그렇게까지 큰 것도 아닌데.

비들은 느긋한 걸음으로 텅 빈 예배당을 가로질렀다. 교회에서 일하는 종복조차 꿀맛 같은 휴식을 맛보느라 자리를 비운 탓에 예배당은 잔잔한 연못 같은 침묵으로 찰랑거렸다.

끼익······.

커다란 나무문이 조심스레 열렸다. 낯익은 얼굴이 쑥 고개를 들이밀고 예배당 내부를 살피다가 비들을 발견하고 놀란 표정을 지었다. 비들은 한달음에 달려가 도로 닫히려는 문을 잡아 열고 돌아가려던 그레텔의 팔을 움켜쥐어 끌어당겼다. 예배당에 문 닫히는 소리가 웅웅 울렸다.

"뭐예요! 놔주세요!"

"앙칼지기는. 내 얼굴을 보고 도망가려던 이유가 뭐지?"

"무슨 말씀이세요? 신부님을 뵈러 왔는데 자리에 안 계신 거 같아서 돌아가려던 것뿐이에요. 이익, 놓으라니까요!"

"흐음. 가게 열 준비를 할 시간에 신부님을 뵈러 왔다……. 고해성사라도 할 셈인가? 이왕 죄를 고백할 거라면 고해소 따위가 아니라 성에 있는 내 집무실에서 해줬으면 좋겠는데 말이야."

"놓으…… 세요!"

그레텔은 용을 쓴 끝에 기어이 비들의 손에서 팔을 빼냈다. 어찌나 세게 잡혔는지 뼈 안쪽이 다 아리는 느낌이었다. 그녀는 미간을 찌푸린 채 팔을 주물렀지만, 비들은 그녀의 팔 힘이 만만치 않다는 걸 깨닫고 제법 흥미로워하는 눈치였다.

"과연, 팔 힘이 아주 좋군. 그 힘으로 부지깽이 같은 걸 휘두르면 사람 머리통쯤은 아주 쉽게 깨겠어."

"왜 그런 무서운 말씀을 하세요?"

"네가 그렇게 했다면서 뭘 그렇게 질색해? 마녀 벨의 머리를 때리고 죽을 뻔했던 오빠를 구해냈잖나. 아, 그땐 아직 마녀가 아니었지."

비들이 다가서는 만큼 그레텔은 뒷걸음질 쳤다. 그러나 멀리 도망가지는 못했다. 이내 예배당의 벽이 그녀의 등에 닿아왔기 때문이다. 비들은 창백해진 그레텔을 팔 안에 가두고 악마처럼 속삭였다.

"방금 내가 신부님을 만나고 왔는데 말이야……. 이제 신부님께서 이전처럼 널 편들어줄 거라는 기대는 버리는 게 좋을 거야. 네가 아는 사실을 고래고래 떠들고 다니겠다고 협박한대도 소용없어. 어차피 사람들은 한낱 계집아이의 말보다 성의를 입은 성직자의 말을 더 믿기 마련이거든. 설령 성의 안에 금으로 짠 옷을 입고 있다고 해도, 윽!"

그레텔은 더 견디지 못하고 있는 힘껏 비들을 밀쳐 냈다. 그리고 그가 휘청거린 틈을 타 예배당의 문을 열고 바깥으로 뛰쳐나갔다.

심장이 미친 듯이 뛰고 머리가 어지러웠다. 이제 막 깨어나기 시작한 카멜르의 거리를 지나는 사람들 모두가 자신을 쳐다보는 것만 같아 얼굴이 화끈거렸다. 그녀는 얼굴을 감싸 쥔 채 발길 닿는 대로 거리를 내달렸다.

"이 미친년이! 야! 죽고 싶어? 염병, 아침부터 재수 없게!"

하마터면 그녀를 들이받을 뻔한 마부가 한바탕 욕설을 퍼붓고 멀어졌다. 그레텔은 그제야 얼굴을 가렸던 손을 치우고 사방을 살폈다. 장인들의 공방이 모인 말론 거리였다. 시간이 일러 그런지 공방들 태반이 굳게 문을 닫고 있어 썰렁하기만 한 분위기다.

눈물로 흐린 시야에 낯익은 인영이 들어왔다. 멀리서 뒷모습만 보아도 알아볼 수 있는 그녀의 연인, 진이었다. 그레텔은 정신없이 달려가 그의 허리를 끌어안았다.

"진!"

"그레텔? 이 시간에 여긴 웬일이야? 아니, 왜 울어? 무슨 일 있었어?"

이제 막 공방 문을 열고 비질을 하려던 진은 그저 황당하기만 했다. 본래대로라면 제과점에 출근해 바삐 하루 장사 준비를 하고 있어야 할 여자가 왜 갑자기 말론 거리에 나타나 저를 끌어안고 질질 짜느냔 말이다.

진은 슬금슬금 주변의 눈치를 보다 인적이 드문 거리 뒤편으로 그레텔을 데리고 갔다. 그녀는 좀처럼 눈물을 그치지 못했고, 진은 절절매며 그녀를 달랬다. 그럼에도 그가 자세한 자초지종을 듣기까지는 한참의 시간이 걸렸다.

"무서워……. 사람들이 다 알면 어떡하지? 신부님이 날 편들어 주지 않으면? 코쉬 아저씨 말고도 또 증인이 나타났대. 미칠 것 같아."

요즘 헨젤은 미친 것처럼 불안에 떨며 그레텔을 붙들고 매달렸다. 그가 샤트린을 만나러 드나드는 〈푸른 수염〉은 온갖 소문이 모여드는 곳이었고, 코쉬뿐 아니라 새로운 증인이 나타났다는 얘기도 그곳에서부터 그레텔에게 전해졌다.

그레텔은 어쩔 줄을 모르고 발을 굴렀다. 증인이 한 명일 때와 두 명일 때는 얘기가 달랐다. 게다가 왕실이 나섰느니 어쩌느니 하는 확인되지 않은 소문까지 함께 돌면서 그녀의 공포는 자꾸만 덩치를 불렸다.

"사실, 난 지금도 그때 벨을 죽인 걸 후회하진 않아. 내버려 뒀다간 오빠가 벨에게 죽을 것 같았단 말이야. 멍청하고 짜증나도 오빠는 오빠잖아. 하지만…… 사람들은 그렇게 생각 안 할 거잖아. 보나마나 내가 벨이 레시피를 훔치려고 오빠랑 짜고 벨을 죽였다고 생각할 거야."

"그러게 왜 마녀 누명을 뒤집어씌웠어……."

"그래야 돈을 받지! 어차피 벨은 가족도 없고 친척도 없었어.

허공으로 날아갈 재산 조금 나눠 갖는 게 뭐가 나빠! 진, 당신은 언제나 내 편이라며!"

"그래, 그래, 알았어. 아무튼 그 재조사가 문제네. 이제 어떡하지……."

그레텔을 안은 채 곰곰이 생각에 잠겨 있던 진이 갑자기 손가락을 튕겼다. 뭔가 좋은 생각이 떠오른 모양이다.

"문제는 시체네. 시체가 없으면 재조사 같은 거 못 해."

"어……."

"그 시체, 우리가 치워 버리자. 어차피 숲 가운데 있는 집이었다며? 적당히 찾기 힘든 곳에 묻어버리고 마녀가 되살아나서 도망갔다고 하는 거야. 어때, 괜찮지?"

그레텔은 멍청하지 않았다. 그녀는 영악했고, 잔머리가 비상했고, 제 몫의 이익을 찾는 데 재빨랐다. 만약 그녀의 상태가 평소와 같았다면 진에게 이런 민감한 이야기를 털어놓지도 않았을 것이며, 그의 빈틈투성이 제안에 혹하지도 않았으리라.

하지만 지금의 그레텔에게 진의 말은 굉장히 그럴듯하게 들렸다. 시체만 치워 버리면 재조사고 뭐고 아무것도 할 수 없고 자신은 지금처럼 평온하게 살 수 있을 것 같았다. 그녀는 홀린 것처럼 고개를 끄덕였다. 진은 그레텔이 동의하자 신이라도 난 것처럼 계속 말을 이었다.

"뭐든 마음먹었을 때 해야 확실해. 당장 오늘 저녁에 만나자. 땅 팔 삽이랑, 혹시 모르니까 곡괭이랑…… 아, 자루도 하나 있으면 좋겠네."

"노끈도 있어야 할지 몰라."

"아, 그렇지. 노끈도. ……이런, 하나같이 내 집 창고엔 없는 것들이네."

"우리 집에는 있어."

그레텔은 그날 제과점의 문을 닫았다. 마음이 산란해 일이 도저히 손에 잡히지 않았다. 쉬는 날 없던 가게가 갑자기 문을 닫으니 단골손님들이 의아해했지만, 그레텔의 정신은 온통 벨의 집터에 가 있었다. 새카맣게 탄 채 오븐 안에 구겨져 있을 벨의 시신에 대한 생각만이 그녀의 머릿속을 가득 채웠다.

그날 저녁, 그레텔은 사람들의 눈을 피해 약속 장소로 향했다. 묵직한 장비들이 가득 든 자루를 등에 멘 그녀의 이마에서 땀이 뚝뚝 떨어졌다.

"후우, 후, 후⋯⋯. 내가 먼저 왔네."

벨이 종종 꽃을 따던 숲의 공터엔 아무도 없었다. 그레텔은 자루를 아무렇게나 내려놓고 근처 나무기둥에 기대 주저앉은 채 어깨를 주물렀다. 여기까지 오는 동안 어찌나 긴장했던지 오만 군데가 다 아팠다.

'금방 오겠지⋯⋯.'

그러나 어깨를 다 주무르고 다리를 주무르고 팔을 주물러도 진은 오지 않았다. 그레텔은 그에게 무슨 일이 생긴 건 아닐까 걱정하기 시작했다.

대체 무슨 일이 있어서 이렇게 늦는 걸까? 갑자기 공방에 주문이 몰렸나? 손님에게 붙잡혀 말상대를 해주고 있나? 숲에서 길을 잃었나? 설마 약속을 잊은 건 아니겠지? 혹시 마차에 치이는 사고라도 난 걸까?

생각은 점점 부정적인 쪽으로 흘러갔다. 초조하게 공터를 맴돌던 그레텔은 내려놓았던 자루를 도로 짊어지고 벨의 집터를 향해 걷기 시작했다. 가만히 기다리고만 있는 것보단 뭐라도 하고 있는 게 나을 것 같았다.

숲의 밤은 생각했던 것보다 일찍 찾아왔다. 순식간에 사방이 어두워졌다. 미리 준비한 램프가 아니었다면 틀림없이 길을 잃었을 것이다. 저 먼 곳에서부터 늑대 울음소리가 들렸다. 그녀는 부러 소리 내어 중얼거리기 시작했다.

"이놈의 자루, 은근히 무겁네. 시체는 더 무거울 텐데 걱정이야. 그래도 겨울이 아니라서 땅은 금방 잘 팔 수 있겠지? 하여간…… 오빠, 아니 그 놈팡이가 벨을 건드리지만 않았어도 이런 일은 없었을 텐데……. 응? 진?"

뒤에서 부스럭 소리가 났다. 홱 뒤를 돌아보았지만 아무도 없었다. 조각난 달빛이 시들어가는 풀잎 위에 이리저리 널려 있을 뿐이었다.

"내가 너무 긴장했나……."

노랗게 빛나는 등불은 바로 코앞만 비추는데 길게 늘어난 나무 그림자는 이리저리 몸을 흔들어대며 눈을 흘렸다. 그레텔은 무거운 짐을 지고서도 거의 뛰다시피 걸음을 재촉했다. 잘 익은 풀씨가 그녀의 치맛자락에 다닥다닥 매달렸다.

달빛이 쏟아지는 집터는 여전히 흉물스러웠다. 시커멓게 드러누운 골조 사이로 성질 급한 풀 몇 포기가 자라나 더더욱 그랬다. 어둔 숲길이 기분 나빠 발을 재촉했으면서도 어쩐지 가까이 가기 싫은 마음이 드는 건 어쩔 수 없었다.

그냥 집으로 돌아갈 걸 그랬나. 뒤늦은 후회를 하던 중, 집터 주변의 땅 한 곳이 유난스레 눈에 거슬렸다. 누군가 손을 댄 흔적이 역력한 흙 위에 놓인 돌이 마치 무덤을 표시하는 비석 같지 않은가.

"……에이, 설마."

벨은 아주 오래전에 지역을 휩쓸고 간 돌림병으로 일가친척을 모두 잃었다. 사람들과 두루 친하게 지냈어도 아주 가까이 지내는 사람은 없었다. 그녀를 좋아하는 남자들은 많았지만 특별한 사람은 없었다. 그러니 마녀 판결을 받은 그녀의 시신을 위험부담을 안은 채 수습해 줄 사람은 아무도 없었다. 분명 그랬을진대.

부드러운 땅은 발로 대충 헤집는 것만으로 쉬이 속살을 드러냈다. 돌을 밀쳐 보려고 했지만 생각 이상으로 단단히 박혀 있었다. 누군가 일부러 박아놓은 게 틀림없었다. 불안이 엄습했다.

그때까지도 메고 있던 자루를 내팽개치고 허겁지겁 집터 안쪽으로 뛰어들었다. 오븐이 있던 자리에 램프를 들이밀었지만, 이곳도 저곳도 죄다 검어서 제대로 보이는 게 없다. 결국 램프를 내려놓고 손으로 더듬어가며 시신을 찾았다.

'없어.'

있어야 할 시신이 없다. 그레텔의 얼굴에서 핏기가 사라졌다. 그녀는 좀처럼 떨어지지 않는 발을 떼어 돌 앞으로 돌아왔다. 이건 무덤이었다. 이 묵직한 돌 아래, 새카맣게 탄 벨이 보드라운 흙을 덮고 누워 있을 것이다.

「무덤을 파.」

낯선 목소리가 속삭였다. 흠칫 놀라 사방을 살폈지만 사람의 그림자는 어디에도 없었다. 뒷목이 뻣뻣해졌다. 그레텔은 저도 모르게 제 팔을 감싸 안았다.

「시체만 없어지면 돼. 무덤에서 걸어 나간 시체라면 더 잘 먹힐 거야.」

작은 나이팅게일 한 마리가 돌 위에 내려앉았다. 까만 눈동자가 달빛에 비쳐 번들거렸다. 그레텔은 제 눈을 의심했다. 말하는 새라니, 말도 안 돼.

「과자를 파는 마녀도 있는데 말하는 새가 있는 것쯤이야 그럴 수도 있지.」

"……마, 마녀라니……."

「마녀 이사벨라. 과자에 마법을 걸어서 사람들을 홀렸지.」

"과자에…… 마법을 걸어서……."

그랬구나. 그래서 그렇게 과자가 맛있었구나. 내가 아무리 노력해도 그 맛을 넘어서지 못했던 건 그런 이유가 있어서였구나. ……역시 그런 거였구나.

하지만 무덤을 파는 건 두렵다. 하물며 마녀의 무덤이 아닌가. 주춤거리며 뒷걸음질을 치는 그녀를 향해 나이팅게일이 재잘재잘 혀를 놀렸다.

「얼른 시체를 치우지 않으면 네가 살인범이 될 거야. 교수대에 매달려 볼썽사납게 혓바닥을 내밀고 죽을 거야. 다리 사이로 더러운 오물을 줄줄 흘리며 죽을 거야. 모두들 널 살인자라고 욕하고 네 시체에 돌을 던질 거야.」

저도 모르게 목을 쓰다듬었다. 아무것도 두르지 않은 깨끗한 목이건만, 목이라도 졸리는 것처럼 숨이 막혔다. 더듬더듬 자루를 찾아 거꾸로 뒤집고 온갖 종류의 도구 중에서 튼튼하고 무거운 삽을 찾아 손에 쥐었다.

흙은 부드러웠다. 영 서툰 삽질에도 순식간에 구덩이가 생겼다. 구덩이는 자꾸자꾸 깊어졌다. 이마와 목에서 땀이 줄줄 흘렀다. 아까부터 가물거리던 램프의 불빛이 기어이 꺼져 버렸다. 하지만 괜찮다. 달빛이 밝으니까.

텅…….

한참을 파 내려가고서야 삽 끝에 무언가가 닿았다. 속이 빈 나무 상자를 두드리는 느낌이 삽자루를 타고 전해졌다. 삽을 내던지고 달려들어 맨손으로 흙을 긁어내자 매끈한 표면이 드러났다. 관이었다.

바로 열어보려고 했지만 관 뚜껑에는 세심하게 못질이 되어 있었다. 아무리 해도 맨손으로는 열리지 않는다. 삽으로 내려쳐 보았지만, 어찌나 두꺼운 관인지 금도 안 갔다. 결국 그녀는 어느새 키만큼이나 깊어진 구덩이에서 꾸역꾸역 기어 나와 망치를 찾았다. 하나 바리바리 싸 들고 온 물품 중에 망치는 없었다. 그레텔은 망치 대신 곡괭이를 꽉 움켜쥔 채 다시 구덩이 안으로 뛰어들었다.

쾅, 구덩이 바닥에 놓아두었던 램프가 펄쩍 뛰어올랐다.

쾅, 단단한 관 뚜껑에 큰 구멍이 났다.

쾅, 구멍 여러 개가 뚫린 뚜껑은 오래 버티지 못했다. 커다랗게 벌어진 틈에 곡괭이를 끼워 넣고 억지로 잡아 뜯었다. 검게 탄 시신이 모습을 드러냈다.

그렇게 정신없이 작업을 이어가던 그레텔의 머리 꼭대기에서 불빛이 비쳐들었다. 홱 고개를 치켜들었다가 램프의 불빛을 정면으로 마주치고 얼굴을 찡그렸다. 빛나는 램프 너머에 선 사람은 그저 커다란 검은 그림자처럼 보였다.

"진?"

"……그레텔……."

탄식하듯 이름을 부르는 목소리는 귀에 익었다. 온몸의 털이 죄다 곤두서고 팔다리가 달달 떨렸다. 눈앞이 아찔해지면서 머리가 하얗게 변해 버렸다. 들켜도 하필.

"시, 신부님……."

"그레텔…… 정말 그레텔이로구나."

페트로스가 든 램프가 크게 흔들렸다. 덕분에 그레텔은 그 빛에 비친 페트로스의 얼굴을 볼 수 있었다. 그의 주름진 얼굴은 경악에 일그러져 있었다. 그는 자신이 본 걸 믿을 수가 없는지 자꾸만 얼굴을 쓸어내렸다.

그레텔은 서둘러 구덩이 밖으로 나가려 했지만 그게 마음대로 되지가 않았다. 손발에 좀처럼 힘이 들어가지 않아 몇 번이고 미끄러졌다. 축축한 흙이 머리와 어깨 위에 자꾸 쌓여갔다.

이러다 구덩이 밖으로 나가지 못하는 건 아닐까 하는 불안이 눈 앞을 가릴 무렵, 흰 손이 그녀의 뒷덜미를 움켜쥐고 번쩍 끌어올렸다. 그레텔은 땅 위에 올라왔다는 걸 깨닫자마자 눈앞에 보이는 다리를 끌어안고 매달렸다.

"마녀 시체가 없어졌다고 해서 확인하러 왔어요. 네, 정말 확인하러 온 거예요. 일부러 무덤을 파헤치거나 하려고 온 건 아니에요. 제가 왔을 때는 벌써 이 꼴이었는걸요!"

"내가 도시를 떠나지 말라고 했을 텐데."

"……신부님?"

"이런, 그레텔. 그렇게 쳐다보면 내가 굉장히 고약한 악당이 된 것 같잖나."

그레텔은 끌어안고 있던 다리를 놓고 허겁지겁 뒤로 물러났다. 사람이 둘인 줄은 몰랐다. 그녀가 찾던 페트로스는 다른 쪽에 서서 구덩이 안을 램프로 비추고 있었다.

비들은 느긋하게 지팡이를 두드렸다. 신부를 데리고 시간에 맞춰 벨의 집터로 가라기에 그렇게 했을 뿐인데 대어를 건졌다. 신부를 꼬드기느라 들인 공이 아쉽지 않은 결과물이었다. 담배라도 한 대 피우고 싶은 기분이라 주머니를 뒤져 봤지만 아쉽게도 비어 있었다.

"네가 여기서 무덤을 파기 시작하는 것부터 다 봤으니, 굳이 거짓말을 할 필요는 없다, 그레텔. 솔직히 얘기해."

"무덤이라뇨! 어차피 마녀잖아요! 마녀 같은 건 땅에 묻힐 자격도 없어요! 이건 그냥…… 그냥 구덩이라구요!"

"벨의 무덤에 대한 신고는 이미 며칠 전에 접수됐어. 내가 허가했으니 이건 무덤이다."

"말도…… 말도 안 되는……!"

그레텔은 허겁지겁 기어가 페트로스의 옷자락을 붙들고 매달렸다. 아니라고 해주세요, 절 지켜주세요. 하나 그레텔을 굽어보는 페트로스는 이제껏 보아왔던 어떤 얼굴과도 다른 표정을 하고 있었다. 텅 빈 눈, 슬픔에 젖은 입가, 고통스럽게 떨리는 손…….

그녀는 부지불식간에 걷어차여 나뒹굴었다. 바닥의 돌에 뒷머리를 부딪쳐 피가 나기 시작했지만 아픔보다 정신적인 충격이 더 컸다.

"신부님……."

"무지가 죄를 불러왔구나. 죄를 죄라고 말해주지 않은 내 잘못이다. 그레텔, 벨은 마녀가 아니라 그저 너에게 살해당한 불쌍한 사람이다. 이제 그만 정신 차려야지!"

구덩이 속에 누운 벨을 향해 성호를 긋는 페트로스는 신실하고 정직하며 청빈한 성직자의 모습 그대로였다. 희끗해지기 시작한 머리칼이 램프의 불빛에 비쳐 마치 은발처럼 반짝거렸다.

비들은 그레텔이 엉망으로 더럽혀진 치맛자락을 움켜쥐고 일어서는 걸 보았다. 잔뜩 독이 오른 시선이 그를 향해 똑바로 부딪쳐 왔다. 뭐라도 저지를 것만 같은 기세였다. 그는 흥미로움을 감추지 못하고 턱을 쓸며 입술을 핥았다.

"비들님……. 이제 절 교수대에 매다실 건가요?"

"조사를 좀 더 해봐야겠지만, 아무래도 그렇게 되겠지. 왜? 도망이라도 칠 건가?"

"아뇨, 도망가 봤자 금방 잡힐 텐데요. 하지만…… 매달리기 전에 마지막 말 정도는 남길 수 있겠죠?"

"당연하지. 유언으로 기록되고 어지간한 건 다 들어줄 수 있을 거다. 무슨 말을 남기려고?"

"카멜르의 신부 페트로스는 숲에 살았던 여자 벨을 사랑한다고요. 손만 대지 못했을 뿐, 주님보다 더 사랑, 읍!"

페트로스가 다급하게 달려들어 그레텔의 입을 막았다. 그녀의 입을 막고 변명을 하려 입을 떼려는 순간, 페트로스는 비들이 한 번도 본 적 없는 얼굴로 웃고 있는 걸 보았다. 그래봐야 살인범 계집이다. 떠들게 내버려 두고 나중에 부정하면 될 것을, 당황한 마음이 의혹을 사실로 만들었다. 뒤늦은 깨달음에 페트로스의 얼굴에 당혹감이 번져 갔다.

"흐음……. 이것 참, 놀라운 발언인데. 난 우리 신부님께서 벨의 재산을 욕심내셨던 거라고만 생각했거든."

"비들!"

"그렇게 배신감을 느끼실 것까지야 없는 것 같습니다, 신부님. 벨의 재산 중 팔 할을 신부님이, 나머지 이 할을 그레텔이 가졌다는 걸 제가 몰랐겠습니까? 그래놓고 그레텔에게 다시 돈을 빌려주고 이자를 받으셨죠. 아, 죄송합니다. 명목상으로는 이자가 아니죠. 감사헌금이죠. 제가 이렇게 깜빡깜빡합니다. 하하."

페트로스의 손에서 힘이 빠졌다. 그레텔은 그의 손아귀에서 벗어나 바닥에 침을 뱉었다.

"신부님, 이래도 제가 교수대에 끌려가게 내버려 두실 건가요?"

"……악마 같은 계집……."

"보호해 주겠다고 약속만 해주시면 저처럼 순한 양도 드물 거예요."

빳빳한 태도가 페트로스의 분노에 기름을 부었다. 검게 탄 시신을 본 순간부터 들끓던 마음이 순식간에 용솟음쳤다.

"비들! 내 재산의 절반을 떼어주지! 이 계집이 본인의 죗값을 치르게 하세."

"아아……. 역시 신부님. 평소 같으면 냉큼 받았겠지만, 지금은 안 됩니다. 왕실에서 사람이 나왔다고 했잖습니까. 저도 제 목은 아깝거든요."

위치가 뒤바뀌었다. 이제 페트로스가 그레텔에게 매달려야 하는 상황이 되었다. 비들은 거기서 한 발짝 비껴나간 채 서 있었다. 그레텔을 잡아넣든, 중앙교회에 페트로스를 신고하든, 둘 중 하나의 증언이 필요했다. 하나 그 사람들은 두 가지 모두 원하지 않았다.

"그레텔."

"네에, 비들님. 왜 부르시죠?"

"넌 정말 악마처럼 머리가 좋구나. 그런데 말이다……. 이상할 정도로 멍청하기도 해."

그레텔이 미간을 찌푸렸다. 그가 무슨 말을 하는지 못 알아들었다는 얼굴이었다. 비들은 정말 담배가 아쉬워졌다.

"나와 신부님이 이 시간 이 자리에 나타난 게 우연이라고 생각하나?"

"……."

"하늘을 봐. 진작 왔어야 할 사람이 몹시 늦는 것 같은데, 거기에 대해선 어떻게 생각하지?"

그레텔은 비들의 손가락을 따라 고개를 들었다. 휘영청 밝은 달이 검은 밤 한가운데를 가로지르고 있었다. 한밤중이다. 약속했던 시간은 이미 오래전에 지났다.

'진. ……아냐, 그럴 리 없어. 길을 몰라서 헤매고 있는 거야. 분명…….'

비들은 휘청, 쓰러지려는 그녀를 가뿐하게 받아냈다. 미약한 반항 따위 힘으로 눌러 버린 채 그녀의 귓가에 다정하게 속삭였다.

"그러게 남자를 잘 골라 사귀었어야지."

그레텔의 눈앞이 까맣게 물들었다. 그녀는 그대로 혼절하고 말았다.

창문이 없는 방은 어두웠다. 빛이 없으니 낮과 밤을 가늠할 수가 없다. 그저 식사가 들어오니 굶겨 죽이진 않으려나 보다, 할 뿐이었다. 아무도 그녀에게 말을 걸지 않았다. 상황을 알려달라 애원하는 목소리는 날이 갈수록 작아졌다.

자꾸만 진의 얼굴이 떠올랐다. 그의 웃음과 위로가 필요했다. 따뜻하고 다정한 그가 배신이라니, 다 거짓말이다. 비들, 그 부패

한 관리가 그에게서 억지로 정보를 짜낸 것이다. 봐라, 날 이렇게 가둬두지 않았나. 부정은 쉬웠고 확신은 점차 굳어져 갔다. 페트로스에 대한 원망과 비들에 대한 저주를 읊조리는 게 하루의 전부가 되었다.

"어……?"

그레텔은 제 눈을 비비며 자신이 깨어 있다는 걸 확인했다. 진흙에 잠긴 듯 조용한 방, 눈을 감으나 뜨나 똑같던 방에 비쳐든 빛줄기가 믿어지지 않았다. 가느다란 선을 이루며 방에 스며든 빛은 너무나 희미해서, 자칫 큰소리라도 내면 그대로 사라질 것처럼 불안했다.

하지만 빛은 분명히 거기에 있었고, 그레텔이 우당탕 넘어지는 소리에도 없어지지 않았다. 손에 잡히지 않는 빛을 움켜쥐려 헛손질을 하던 그녀는 그 빛이 열린 문틈 사이로 새어 들어오고 있다는 걸 알았다.

슬쩍 손을 대는 것만으로도 문은 힘없이 열렸다. 드문드문 램프가 걸려 있는 어두운 복도가 눈에 들어왔다. 사람은 아무도 없었다. 이게 대체 무슨 일일까, 생각할 여유도 없었다. 그레텔은 단박에 방을 뛰쳐나와 복도를 내달렸다. 어디로 가야 하는지도 모르면서 무작정.

행운의 여신은 그녀의 편이었다. 숨이 턱까지 차도록 뛰어 복도의 끄트머리에 있던 문을 열자, 상쾌한 공기가 그녀를 반겼다. 기억하던 것보다 조금 몸이 줄은 달이 밤하늘을 가로질러 뛰어가고 약간 싸늘한 가을바람이 얇은 옷자락을 파고들었다.

뒤를 돌아보자 그녀가 나온 집이 보였다. 낙엽이 두껍게 앉은 지붕이 을씨년스럽고 벽을 이룬 나무들이 낡아 삐걱대는 집. 벌컥 열린 문이 검은 입을 빼끔 벌리고 있었다.

그 주변으로 오래된 나무들이 몸을 굽히고 있는 걸 보니 여기가 어딘지 알 것도 같았다. 오래전, 카멜르 성이 어느 귀족나리의 영지였을 적에 조성됐다던 숲이었다. 자꾸 시가지가 넓어지며 이젠 손바닥만 한 작은 숲이 되었지만, 거기에 얽힌 흉흉한 소문은 열 손가락이 넘어갔다. 오래된 나무뿌리마다 시체가 엉켜 있다던가.

그레텔은 허둥지둥 숲에서 도망쳤다. 과연 낯익은 거리가 나오는 건 금방이었다. 그녀의 가슴이 희망으로 부풀었다.

진. 그에게 가자.

하나 몇 걸음 가지 못해 멈춰서고 말았다. 그가 일하는 공방은 알았지만 그의 집은 몰랐으니까. 아무리 기억을 뒤져 봐도 그가 자신이 사는 곳을 말한 적은 한 번도 없었다. 둘의 만남은 언제나 진이 그녀를 만나러 오는 것으로 시작되곤 했었다.

결국 그녀는 어깨를 축 늘어뜨린 채 집으로 돌아갈 수밖에 없었다. 하지만 그녀의 집은 텅 비어 있었다. 매일 병상에서 골골대던 아버지도, 나날이 잔소리가 늘어가던 어머니도, 매일 돈 타령을 하던 오빠도……. 집을 지키고 있는 사람은 아무도 없었다. 세간은 엉망으로 어지럽혀진 채고 값나가는 건 아무것도 남지 않았다. 빈집에 쌓인 먼지가 제법 두꺼웠다.

"이게 무슨……. 설마 어디론가 끌려간 건 아니겠지? 아, 아냐. 가게에 있을 거야. 가게로 가면…… 분명……."

심장이 불안하게 두방망이질을 쳤다. 신발이 벗겨지는 것도 모르고 허겁지겁 제과점으로 달려갔다. 텅 빈 거리에 달음박질 소리가 요란하게 울렸다. 그렇게 도착한 제과점 문에는 두꺼운 판자가 가로질러 못 박혀 있었다.

"아아……. 아아아……."

갇혀 있는 동안 짐작은 했다. 살인범으로 끌려가 돌을 맞으며 교수대에 매달리려면 진작 그리됐을 테니, 적어도 목숨 정도는 건지리라고. 비록 가게도 집도 재산도 모두 **빼앗기고** 거리에 나앉게 될 수도 있지만 죽진 않을 거라고.

그러나 생각만 했던 것과 눈으로 보는 건 달랐다. 이제껏 살아왔던 인생 전부가 못 박혀 진창에 처박힌 느낌이었다. 가슴을 두드리며 꺽꺽대다가, 꺾일 것처럼 후들거리는 다리를 끌고 판자를 움켜쥐었다. 있는 힘껏 잡아당겼지만, 어디 그게 여자 힘으로 당긴다고 꿈쩍이나 할 물건인가.

매달려 울고 싶었지만 울어서 세상일이 해결된다면 그레텔의 눈은 이미 예전에 눈물에 불어터졌으리라. 그녀는 눈물 대신 분노를 담아 문을 두드리고 걷어찼다. 하나 문은 꿈쩍도 하지 않았다. 그저 손발만 아플 뿐.

결국 그녀는 그대로 돌아섰다. 가족들이 가게에 없다는 걸 확실히 알았으니, 행방을 알 법한 사람을 찾아가야 했다.

"샤트린은 나한테 푹 빠져서, 만나는데 돈 같은 거 안 드니까 신경 끄시지!"

먹기도 아까운 우유로 목욕을 한다는 여자가 헨젤 같은 절름발이를 좋아한다는 게 아직도 믿어지지 않지만, 그 유명한 〈푸른 수염〉을 헨젤이 밥 먹듯 들락거렸던 걸 보면 어쩌면 가능성이 있을지도 모른다.

쥐 죽은 듯 조용한 다른 거리와 다르게, 밤에 장사하는 사창가는 휘황찬란한 등불이 거리 전체에 걸려 있었다. 흙투성이 옷에 진흙이 엉겨 붙은 머리칼, 거기에 맨발까지 겹쳐지니 지나는 사람들의 시선이 죄다 그레텔에게로 쏠렸다.

"신입인가? 어느 집 애야?"

"아가씨, 우리 엄마 소개시켜 줄까? 혼자 장사하면 안 돼."

"이리 와, 아가씨. 내 말 좀 듣고 가."

먼저 자리 잡고 장사를 하고 있던 여자들이 그레텔을 잡아당겼다. 그러나 나름 호의를 가지고 접근했던 그녀들은 곧 그레텔의 사나운 눈빛을 받고 손을 거뒀다. 뭔가 하고 싶은 말이 있어 입술을 달싹거리던 몇몇 여자들이 있었으나, 그들도 끝내 입을 다물어 버렸다.

꾸역꾸역 찾아간 〈푸른 수염〉의 문지기는 그레텔을 앞에 세워둔 채 좀체 들여보내려고 하질 않았다. 그러나 그레텔이 헨젤과 샤트린의 이름을 언급하자 안에 사람을 보냈고, 그녀는 곧바로 안으로 들어갈 수 있었다.

고급스러운 가구에 장식품처럼 앉은 여자들로 가득 찬 〈푸른 수염〉은 드문드문 걸린 램프 덕분인지, 아니면 여기저기에 피워둔 향초 덕분인지 아주 야릇한 분위기를 냈다. 여자들이 입은 드레스도, 가게 안의 가구들도 모두 눈이 튀어나오게 비싼 것들이었다.

조금 전까지만 해도 당당하게 턱을 치켜들고 거리를 걸었던 그레텔의 어깨가 자꾸만 쪼그라들었다. 머리를 매만지며 진흙덩이를 떼어내는 손이 몹시 바빴다.

"다 왔소."

안내인은 그레텔을 웬 훌륭한 문 앞에 세워두고 돌아가 버렸다. 나무덩굴과 꽃이 아로새겨진 문은 감히 건드리기도 겁날 정도로 고급이었다. 안에서 명랑한 웃음소리가 흘러나왔다.

'설마 가게도 집도 그 꼴인데 속 편하게 여기서 놀고 있는 건가?'

문은 무거웠다. 잔뜩 화가 난 그녀가 있는 힘껏 밀고서야 겨우 틈이 생겼다. 달콤한 꽃향기와 과일 향기, 우아한 분 냄새 등이 와락 쏟아져 그레텔의 발목을 적셨다.

방 안은 바깥과는 분위기가 전혀 달랐다. 드높은 천장에 매달린 샹들리에서 쏟아진 빛이 방을 장식한 장식품들에 부딪쳐 아름답게 반짝거렸다. 바깥의 가구들도 고급이었지만 방 안의 가구들에 비할 바는 아니었다. 벽지에도 금을 발랐고 천장엔 화려한 그림이 그려져 있었다.

하나 이 모든 것들은 그레텔의 눈에 전혀 들어오지 않았다. 그녀의 눈에는 오로지 진만 들어왔다. 그는 둥근 테이블을 둘러싼 의자에 앉아 있었고, 거기에 앉은 사람은 그를 포함해서 네 명이었다.

진은 마지막에 보았을 때보다 훨씬 좋아 보였다. 약간 마른 듯하던 뺨에는 살이 붙었고 혈색도 매우 좋았다. 그 어떤 근심도 걱정도 없는 웃음은 호쾌하기까지 했다.

만나면 하고 싶은 말이 많았다. 그날 왜 오지 않았는지, 비들님의 말이 사실인지, 자신이 무슨 일을 겪었는지, 정말 자신을 사랑하긴 한 건지……. 하지만 그중 어떤 말도 입 밖으로 나오지 못했다. 가슴 속의 공기를 죄다 쥐어짜 겨우 한마디 말을 뱉었다.

"……진……."

테이블을 둘러싸고 있던 네 명의 시선이 한꺼번에 그레텔을 향해 꽂혔다. 화살촉보다 더 아픈 시선이었다. 샤트린이 입을 삐죽 내밀고 진의 어깨에 제 머리를 기댔다. 길고 윤기 나는 검은 머리카락이 그의 가슴팍으로 쏟아졌다.

"진? 그게 누구?"

"아아, 그거 나야. 샤리, 내 장미. 너무 화내진 말아줘."

"화낼지 안 낼지는 당신 대답을 듣고 나서 결정할래. 저 아가씨는 누구야?"

진이 샤트린의 어깨를 감싸 안고 그녀의 이마에 입을 맞췄다. 미소 짓는 얼굴은 꿀이라도 떨어지는 양 달기만 했다.

"그레텔."

"아하, 그 그레텔? 그 멍청이의 동생? 흐응…….. 꼴이 좀 더럽긴 한데 나름 닮긴 했다. 응. 거기 뭘 그렇게 서 있어요, 그레텔? 와서 앉아요."

그레텔은 비척비척 걸어 샤트린이 권해준 자리에 앉았다. 멍하니 풀린 눈에는 평소의 빛이 보이지 않았다.

"그레텔, 반가워요. 나는 샤트린이에요. 당신 오빠에게서 얘기 많이 들었죠."

"당신이…… 샤트린……."

"네에. 그리고 여기 있는 말론의 연인이랍니다. 아, 당신은 말론이라고 부르지 말아요. 내가 화낼 거니까. 마레이라고 부르세요."

"……."

"우후후, 정신이 하나도 없는 모양이네요. 귀엽기도 해라. 하긴, 이렇게 순진하니 잘 알지도 못하는 남자를 덥석 믿었겠죠? 이걸 어쩌나, 이 사람은 내 남자예요. 예전에도 그랬고, 지금도 그렇고, 앞으로도 그럴 건데."

진, 아니 마레이의 목덜미를 흰 팔이 감싸 안았다. 샤트린은 보라는 듯 그의 목과 귓불에 입술을 지분댔다. 마레이는 그런 샤트린의 허리를 휘감아 제 무릎에 앉히곤 그녀의 뺨에 입을 맞췄다. 어디로 보나 다정한 연인의 모습이었다.

"……예전부터?"

숨이 턱 막혔다. 샤트린을 만나면 가족의 행방을 물어야겠다고 생각했었는데, 지금 그레텔의 머리는 그저 하얀 백지 상태였다. 그 백지에 마레이가 얼룩을 쏟아냈다.

"아주 오래전부터, 계속. 그래도 조금은 의심할 줄 알았는데…… 너무 쉬워서 조금 김이 빠지긴 했지. 세상에, 시체를 몰래 묻으러 가자는데도 냉큼 고개를 끄덕일 줄은 몰랐어. 그땐 정말 깜짝 놀랐지 뭐야. 역시 살인을 저지를 정도로 맛이 간 여자라 그런 거겠지만!"

마레이의 어조는 퍽 유쾌했다. 방만하게 어깨를 늘어뜨리고 샤트린의 허리에 손을 감은 그는 그레텔이 알던 그 남자가 아니었다. 언제나 그녀의 편에 서서 용기를 북돋아 주던 그 사람은 어디로 사라졌는가.

"……그럼 그날 비들님과 신부님을 부른 것도……."

"그래, 내가 말씀드렸지. 비들님께서 이미 말해줬다고 하셨는데……. 설마 아직도 날 믿고 있었어? 하하, 이런 세상에! 순진하기도 하지!"

"대체 왜……? 뭣 때문에……?"

그레텔의 눈에 눈물이 고였다. 무덤을 파다 들키고, 어둠 속에 갇히고, 가족이 사라지고, 제과점이 폐쇄됐다는 걸 알았을 때도 흘리지 않던 눈물이 창백한 뺨을 타고 떨어졌다.

이루 말할 수 없이 처량하고 안쓰러운 모습이었으나, 연두가 보기엔 그만큼 웃긴 광경도 드물었다. 그녀는 어깨를 들썩이며 웃었다.

"자신이 불쌍해?"

내내 마레이에게만 꽂혀 있던 시선이 처음으로 연두에게 가 닿았다. 고급스러운 정장 드레스를 입은 귀부인이었는데 마레이와 샤트린에게 정신이 팔려 미처 알아채지 못했다. 무의식적으로 허리를 굽힌 그레텔의 머리 위로 뾰족한 말이 와르르 쏟아졌다.

"억울해? 배신당한 것 같아 슬퍼? 웃기지 마, 네가 죗값도 치르지 않고 뻔뻔하게 잘 살게 됐다간 벨이 지하에서 통곡해."

"……설마 무덤을 만든 사람이……."

"그래, 나야. 난 그녀의 친구거든."

그레텔은 벌떡 일어나려 했으나 광대의 제지로 그러지 못했다. 어깨를 쥐고 누르는 손길이 어찌나 억센지 의자에서 엉덩이가 떨어지질 않는다. 연두는 의자에 못 박힌 채 발버둥 치는 그녀를 바라보며 씩 입꼬리를 올렸다.

"뭘 그렇게 화를 내? 고문을 한 것도 아니요, 명예를 더럽힌 것도 아니요, 교수대에 매단 것도 아닌데? 단지 재산을 빼앗았을 뿐이야. 벨에게서 강탈한 재산을 돌려받은 것뿐이라고. 아, 사랑을 잃어버렸다고? 어쩌니? 저 남자는 처음부터 네 것이 아니었는데. 이용하려는 건지 정말 좋아하는 건지 구분도 못 하고 너 혼자 좋아서 어쩔 줄 몰랐던 걸 두고 나더러 책임지라고 하면 안 되지."

"날 속였어! 날, 날……!"

"그러게 누가 속으랬어?"

속을 수밖에 없도록, 가족과 멀어져 그에게 점점 더 의지하도록 상황을 몰아갔던 주제에 하는 말은 미치도록 얄밉다. 견디다 못한 그레텔이 비명을 지르며 제 머리칼을 잡아 뜯었다.

연두는 당장 숨이 넘어가기라도 할 것처럼 꾹꾹대는 비명을 음악처럼 들으며 부채를 살랑거렸다. 밀레스의 자살 소식을 듣고 황홀하게 미소 짓던 아셰라드의 심정이 바로 이런 것이었구나. 복수는 허무하다고? 다 개소리. 이렇게나 기분이 좋은데 말도 안 되지.

애초에 그레텔이 돈에 대한 집착이 심하다는 걸 알고 꾸민 계획이었다. 어릴 적 가난 때문에 두 번이나 버려진 경험은 그녀에게 깊은 상처로 남아 있었기에, 그 어떤 것보다 돈을 빼앗기는 게 가장 큰 보복이 될 것이라 여겼다.

먼저 코쉬를 통해 샤트린과 마레이를 소개받았다. 좀 더 나은 삶을 찾아 카멜르로 왔지만 도시에 정착하지 못하고 밑바닥을 굴러다니던 그들은 연두가 약속하는 보수에 눈이 멀었다.

"뭐든 시키시는 대로 하겠습니다. 개처럼 짖으라면 짖고, 똥구덩이에 구르라면 그렇게 하지요."
"뭐든? 그 말 지킬 거라고 내가 믿어도 되나?"
"네! 뭐든지 할 수 있습니다!"

샤트린은 헨젤이 하루가 멀다 하고 들락거리는 〈푸른 수염〉에 들어갔다. 그녀는 자존감이 부족한 헨젤을 치켜세워 주면서 그의 마음을 얻어냈고, 동시에 그레텔에 대한 나쁜 소문들을 거르지 않고 전달했다. 바늘만 한 흠을 몽둥이만큼 부풀리는 것도, 거짓 정보를 흘리는 것도 서슴지 않았다.

"자기, 들었어? 그레텔이 토라 부인네에 가서 가게 값을 알아봤대."
"그레텔이 가게를 팔고 도망가면 어떡해? 그럼 큰일 나는 거 아니야?"

마레이는 가구공방의 주인을 가장하여 그레텔에게 접근했다. 점점 의심이 심해지는 헨젤 때문에 지쳐 가던 그레텔은 다정하게 다가온 그에게 금세 마음을 열었다.

"걱정하지 마, 난 언제나 당신 편이니까."
"힘들 땐 언제든 나한테 얘기해. 당신을 위해서라면 뭔들 못 해 주겠어?"

코쉬는 이 두 사람에 대한 진짜 이야기가 헨젤 남매의 귀에 들어가지 않도록 하는데 기꺼이 참여했다. 마침 이사까지 한 터라 오래되고 가까운 이웃들과도 멀리 떨어졌으니, 헨젤과 그레텔은 아무것도 모른 채 그들의 그물망에 속절없이 걸려들었다.

"아주 그냥 귀를 꼭꼭 막고 사는 사람들이야. 뭔 말을 해도 소용이 없다니까? 참견을 마, 참견을."

광대에게 협조를 약속한 비들은 페트로스를 꼬드겨 그레텔이 무덤을 파는 현장을 직접 보게 만들었다. 너무나 완고한 나머지 벨에게 마음을 빼앗긴 것을 인정하지 못하고 벨을 마녀로 몰았던 페트로스는, 벨의 무덤을 파는 그레텔을 보는 순간 그녀를 버렸다.

"그레텔, 벨은 마녀가 아니라 그저 너에게 살해당한 불쌍한 사람이다. 이제 그만 정신 차려야지!"

그레텔이 페트로스의 마음의 향방을 알고 있었다는 걸 알게 된 다음은 쉬웠다. 그레텔을 숲지기의 낡은 오두막에 가둬둔 채 사건 범위를 축소하기 위한 협상만 하면 됐으니까. 페트로스는 사실을 덮고 모른 척하는 걸 대가로 그녀에게 빌려주었던 모든 자금을 회수하고 가게를 빼앗는 데 동의했다.

"신부님께서 빌려주셨던 자금만 회수해 주시면 됩니다. 벨의 명예를 되찾아주고 싶지만 그랬다간 워낙에 큰일이 벌어질 테니까요……."
"그거면…… 그거면 되겠습니까?"
"무지한 양떼에게서 목자를 빼앗을 수는 없지요. 그레텔이 저런 식으로까지 나오는데 마냥 내버려 둘 수도 없는 노릇이고요. 어디 가서 입이라도 놀리면 큰일이지 않습니까."

완벽한 계획은 아니었다. 구멍도 많았고, 변수도 많았다. 그레텔이 무덤 파기를 망설였던 것처럼 아슬아슬한 고비가 계속 이어졌다. 그럼에도 연두의 계획은 끝내 성공했다.

다만 그 과정에서 그레텔의 가족들이 야반도주를 선택한 건 연두로서도 예상치 못한 일이었다. 그녀가 뼈 빠지게 노동해서 번 돈으로 먹고살았던 자들은 그레텔이 실종된 채 재산이 넘어가기 시작하자 그나마 남은 세간을 챙겨 서둘러 도시를 빠져나갔다.

그레텔은 세 번째로 버려진 것이다.

하나 그녀의 사정이 얼마나 딱하든, 연두가 신경 쓸 바는 아니었다. 세상에는 그녀보다 더한 환경에서 자라고도 올바르게 살아가는 사람이 얼마든지 있었다. 연두는 손바닥에 얼굴을 파묻고 어깨를 들썩이는 그녀에게서 그만 시선을 뗐다.

"자, 고생하신 두 사람에게는 약속한 보수를 드려야겠지?"

묵직한 돈주머니가 테이블 위에 떨어졌다. 연두의 턱짓에 반응한 마레이가 서둘러 돈주머니를 챙겼다. 슬쩍 열어보니 금화가 무려 열 장, 은화는 열두 장이나 들어 있었다. 대단한 거금이었다.

"보수 감사히 잘 챙겼습니다. 하지만 이게 전부는 아닐 텐데요?"

"아아……. 당연하지. 자, 여기 소개장. 이걸 가지고 가르피나의 목수 길드에 가면 도제 자리를 줄 거야. 당신의 솜씨가 좋다면 그 이상도 올라갈 수 있겠지만, 아니라면 곧 나가떨어지겠지. 거기까지는 나도 간섭 못 해."

"이것만으로도 충분합니다. 감사합니다!"

"감사합니다!"

마레이와 샤트린의 얼굴에서 빛이 났다. 두 사람은 주머니와 소개장을 소중하게 챙겼다. 그건 단순한 보수가 아니라 그들의 인생이었다.

마레이는 몇 번이고 인사를 한 끝에 방을 나갔지만, 그의 뒤를 따르던 샤트린은 나가다 말고 돌아와 그레텔을 향해 몸을 굽혔다.

"있잖아……. 아가씨, 나도 당신 오빠한테 그날의 일을 들었거든."

"……"

"오븐에 집어넣기 전에 그 여자가 손가락을 움직인 것 같았대."

계속 오르락내리락 바쁘던 그레텔의 어깨가 우뚝 멎었다. 샤트린은 듣는 것만으로도 끔찍한 이야기를 주절주절 늘어놓던 그날의 헨젤을 떠올렸다. 그는 몹시 어둡고 음침한 표정을 짓고 있었다. 장난으로라도 농담이냐고 묻기 어려운 분위기였다.

"확실한 건 아냐. 아무래도 밤이라 어두웠고 하니까 잘못 본 걸 수도 있고, 무서워서 착각한 걸 수도 있고 그렇지. 하지만…… 그 말이 사실이라면 살인범은 아가씨가 아니야. 당신 오빠지."

"오빠……. 어디 있는데? 집은 비어 있었어."

"나도 몰라. 말도 없이 떠나 버렸어. 세간까지 아주 알뜰하게 챙겨서 갔지. 나한테 푹 빠져 있다고 생각했었는데……. 덕분에 자존심이 조금 상했지 뭐야."

"떠났…… 다고? 어딘가에 갇힌 게 아니라?"

"갇히긴 뭘 갇혀? 아가씨 실종되고 가게 뺏기자마자 바로 떠나 버렸는데. 한밤중에 일가족이 전부 사라졌다구. ……정 궁금하면 저기 계신 아가씨께 여쭤보든가. 이건 내 생각인데, 분명 알고 계실걸."

샤트린은 더 말하지 않고 떠났다. 그러나 그레텔의 분위기는 조금 전과 완전히 달라졌다. 자신의 처지를 비관하며 슬픔에 잠겨 있던 처녀는 어디론가 사라져 버렸다. 표정 없는 얼굴은 인형처럼 섬뜩하고 공허했다.

그때까지 그레텔의 어깨를 누르고 있던 광대가 몸을 굽히고 속삭였다.

"헨젤은 코쉬의 마차를 탔어."

"……아무리 오빠가 바보라도 코쉬 아저씨 마차를 탔을 리……."

"아, 물론 다른 마부의 마차를 불렀지. 그런데 그 마부가 그날 저녁에 뭘 잘못 먹었는지 배탈이 심하게 났거든. 너도 알다시피 코쉬는 발이 넓잖아? 그는 기꺼이 동료의 대리를 해주기로 마음먹었지."

연두가 종종 말하듯, 광대의 얼굴은 몹시 아름다웠다. 잘생겼다기보다는 아름답다, 잘 빚어낸 조각 같다는 말이 먼저 나올 그 얼굴이 황홀한 미소를 지었다. 아무것도 칠하지 않았는데도 새빨갛게 탐스러운 입술이 우아한 곡선을 그렸다.

그레텔은 제 앞에 있는 사람이 저를 벌하러 온 천사인지, 아니면 죄를 지어라 꼬드기는 악마인지 구분할 수가 없었다. 그러나 그의 정체가 무엇이든, 세 번째로 버려진 소녀는 이번에야말로 복수를 결심했다.

"……어디로 가면 되죠?"

"뒷문으로 나가. 검은 칠을 한 마차가 기다리고 있어."

그녀는 홀린 듯 일어서서 문고리를 쥐었다. 차가운 감촉이 손을 타고 흘러들어와 뒷목을 서늘하게 식혔다. 흘끗 뒤를 돌아보았다. 고급 드레스를 걸친 귀부인과 정장을 입은 우아한 신사는 소곤소곤 말을 나누며 웃고 있었다. 둘 모두 생김새가 아름다워 마치 장인이 만들어낸 한 쌍의 도자기 인형 같았다.

"……당신들은 악마야."

대답을 듣고 싶진 않았다. 그레텔은 그대로 어둑한 복도로 뛰쳐나갔다. 쿵, 문이 닫히는 소리가 자신의 인생이 끝장나는 소리 같아 그저 즐거웠다.

「제대로 미움받았는걸.」

장식품처럼 빳빳하게 몸을 굳힌 채 방 구석에 앉아 있던 나이팅게일이 푸드득 날갯짓해 연두의 어깨 위로 내려앉았다.

연두는 큰 공을 세운 나이팅게일을 위해 비스킷을 부숴주었다. 이 작달막한 새의 충동질이 없었다면 그레텔은 끝내 무덤을 파지 않았을지도 몰랐다. 나이팅게일은 그녀의 호의를 거절하지 않았다. 작은 부리로 열심히 비스킷을 쪼아 먹었다.

"뭐 어때? 동화는 끝났는데. 이건 처음부터 개인적인 분풀이에 불과한 짓이었어. 솔직히 양심도 없다고 비난받아도 할 말 없는 짓이기도 하고. 염병, 사법기관만 제대로 돌아가는 세상이었어도 이렇게까지는 안 했을 거야."

연두는 괜한 변명을 늘어놓았다.

「아니…… 뭐라고 하려던 건 아니고. 그냥, 조금 안심했어.」

"뭔 귀신 씻나락 까먹는 소리를 하고 있어. 뭔데? 빨리 말해봐. 뭔데? 너 전부터 수상했다고!"

「삑, 나 죽네! 어지러워!」

연두가 나이팅게일을 쥐고 짤짤이를 하는 동안 광대는 편안한 의자에 몸을 묻고 다리를 꼰 채 홀짝홀짝 물을 마셨다. 달콤한 비스킷도, 뜨거운 차도 그의 취향은 아니었다.

그레텔은 〈푸른 수염〉의 뒷문으로 나갔다. 휘황찬란하게 번쩍이는 정문과는 달리 으스스할 정도로 초라한 뒷문 쪽 거리에는 사람의 통행이 전혀 없었다. 스산한 바람만 스치는 거리에 정말로 검게 칠한 마차가 서 있었다. 바퀴도 몸체도 온통 시커메 마치 악몽을 여행하는 악마가 타고 다닐 것처럼 섬뜩한 마차였다. 마부조차 온몸을 시커먼 천으로 둘러싸고 얼굴을 가리고 있었다. 말이 검은색이 아니라는 게 이상할 정도였다.

"이봐요."

그레텔의 부름에도 마부는 대답이 없었다. 그저 마차를 툭툭, 두드리며 타라는 손짓을 해보였을 뿐이었다. 그레텔은 치마를 움켜쥐고 마부를 노려보았다.

"어디로 가는 건지는 알아야 타죠."

마부가 그레텔을 향해 고개를 돌렸다. 마부는 한참이나 말이 없다가, 그레텔이 도무지 움직일 생각을 하지 않자 바닥까지 닿을 듯한 한숨을 내쉬었다.

"……여기 계속 있다간 살인자로 매달릴걸."

"이 마차가 아니어도 도망칠 수는 있죠. 날 어디로 데려갈 건가요?"

"네 가족이 있는 곳으로."

가족. 그레텔의 속에서 무언가가 울컥 올라왔다. 먹은 것도 없는데 구역질이 났다. 우웨엑! 그녀는 길바닥에 시원하게 신물을 쏟아내고 입을 닦았다. 시큼하고 더러운 냄새가 코를 찔렀다.

"안 탈 건가?"

"탈 거예요."

그레텔은 치마를 움켜쥐고 마차에 올라탔다. 그녀가 타자마자 마차가 출발했다. 마차 안에는 커다란 자루가 실려 있었다. 그녀는 마차가 정신없이 흔들리는 것도 개의치 않고 냅다 자루를 뒤집었다.

둘둘 말아 싸놓은 옷가지 몇 벌, 쩔그렁 소리가 제법 묵직한 돈주머니, 여분의 신발, 오랫동안 먹을 수 있는 말린 음식들…….멀리 떠날 사람을 위한 준비물 사이에서 웬 몽둥이가 굴러 나왔다. 반죽밀대 같았다.

"웬 밀대가 여기……."

무심결에 몽둥이를 쥔 그레텔의 표정이 이상해졌다. 아무리 두꺼운 헝겊으로 둘둘 감아놓았다지만 늘 쥐던 반죽밀대와는 손에 잡히는 느낌이 달랐다. 모양도, 무게도 낯설다. 서둘러 헝겊을 풀어냈다.

"이, 이게 뭐야?"

그건 몽둥이도, 반죽밀대도 아니었다. 평범한 마을 처녀였던 그레텔은 생전 처음 보는 모양과 크기의 단검이었다. 도시를 지키는 경비대원들의 칼은 그것보다 더 길고 컸고, 집에서 자잘한 일에 쓰는 단검은 그보다 한참 작고 날이 넓었다.

거대하고 정교한 송곳처럼 생긴 단검은 날의 길이만으로도 그레텔의 손으로 두 뼘은 되었다. 어느 모로 보나 오로지 사람을 찌르기 위해 만들어졌다는 걸 알 수 있는 형태였다. 마차의 작은 창문을 타고 들어온 달빛에 단검을 비춰 보자 뾰족한 끄트머리가 섬뜩하게 번쩍거렸다.

홀린 것처럼 손잡이를 쥐었다. 두 손에 힘을 주어 꽉 움켜쥐자 충실한 무게감이 전해졌다. 뭐라 표현하기 힘든 흥분이 발끝에서부터 차근차근 치밀어 올라 뒷목을 적셨다.

'할 수 있어.'

목을 조르는 것 따위보다 확실히 할 수 있다. 짙은 흥분이 그녀를 집어삼켰다.

그레텔의 흥분이 채 가시기 전에 마차가 멈췄다. 헝겊으로 눈 바로 아래까지 얼굴을 가리고 모자를 깊게 눌러쓴 마부가 마차의 문을 열어주었다. 그레텔은 단검만 손에 쥔 채 마차에서 내렸다. 마부가 두고 내린 자루를 향해 손가락질을 했지만, 그녀는 고개 를 저어 거절했다.

"아저씨나 가져요."

"……."

"하, 뭘 그렇게 놀래요? 얼굴 가리면 모를 줄 알았어요? 아저씨 가 그 사람들 끌어들인 거 맞죠? ……됐어요, 이제 와서 이런 얘 기 하는 것도 우스우니까. 헨젤 그 새끼, 어디 있어요?"

"……저 안쪽 마을에 있지."

코쉬는 이제는 버려진 옛 광산 부근, 폐허가 된 일꾼들의 마을 을 가리켰다. 희미하게 빛나던 달마저 구름 속에 숨어, 길게 자란 풀에 덮인 길은 그저 어둡기만 했다.

그레텔은 망설이지 않고 걸음을 내디뎠다. 돌아올 생각은 없었 다.

chapter 10.

너의
이름은

수색을 며칠 쉬었더니 요정의 흔적은 많이 희미해졌다. 이전까진 그래도 여기저기 돌아다닌 흔적이 꽤 되었는데, 행동반경이 좁아지기라도 한 모양이었다. 하긴 수아나 앞에 모습을 드러냈을 때의 꼴을 생각하면 은신처에 숨어 꼼짝하지 않는대도 이상할 게 없었다.

연두는 두껍게 쌓인 낙엽을 들추고 나무줄기에 뚫린 구멍에 머리를 넣으며 돌아다니다 지쳐 그만 바닥에 아무렇게나 주저앉았다. 별이 쏟아지는 하늘이 보고 싶어 고개를 들어보았지만 무성하게 우거진 나뭇잎 때문에 하늘은 거의 보이지 않았다.

'아주 시커먼 게 꼭 내 속 같네.'

광대는 어서 돌아가자고, 땅요정 같은 건 금방 찾아낼 수 있을 거라고 꾸준히 연두를 격려했지만, 요즘 연두는 그 말이 제대로 들리지 않았다. 나이팅게일이 전해온 소식 때문이었다.

「그레텔이 가족을 전부 죽이고 자살했어.」

처음 그 말을 들었을 땐 정말로 기분이 좋았다. 모든 일을 촉발한 장본인인 헨젤이 그에 어울리는 최후를 맞았구나 싶어 온종일 들떠 있었다. 마침내 모든 일을 제대로 끝냈다고 뿌듯하기까지 했다. 연민도, 죄책감도 없었다. 이러면 안 되는데, 하는 생각을 한 건 그 뒤로 며칠이나 지나서였다. 기자 생활을 하며 그렇게 욕하던 사람들과 다를 바 없는 짓을 했다는 걸 깨닫기까지 그만한 시간이 걸렸다.

'내 도덕관념은 어디로 갔는지 모르겠다…….'

연두는 손바닥에 얼굴을 파묻고 마른세수를 했다. 정신이 들고 나니 존속살인을 부추겨 놓고 즐거워한 자신이 너무 무섭고 끔찍했다. 일이 잘되어 무사히 돌아간대도 현대사회에 잘 적응할 수 있을지 걱정이 됐다.

「아가씨! 거기 어때? 뭐 좀 찾았어? 난 좀체 보이지가 않……아가씨? 왜 그래?」

나이팅게일은 영 흔적을 찾지 못하고 연두를 찾아왔다가 깜짝 놀라 날개를 퍼덕거렸다. 주변을 종종거리고 뛰어다니며 걱정을 한다. 그 부산스러움이 연두를 웃겼다.

"별거 아냐. 그냥, 날은 어둡고 흔적은 안 보이고 하니까 조금 지쳤었던 거야."

「흐~음. 아닌 거 같은데에…….」

"시끄러워. 그나저나 너, 날개도 달렸고 숲 안쪽까지 들어갈 수도 있으면서 왜 흔적을 못 찾아? 언젠 너만 믿으라며? 광대가 너한테 기대가 큰데, 어쩌려고 그래?"

「금방 찾을 거야, 찾을 수 있어. 아, 웃지 마, 찾을 수 있대도? 두고 봐!」

발끈한 나이팅게일은 금세 높이 날아올라 연두의 시야에서 사라졌다. 저렇게 귀가 얇고 말하기를 좋아하면서 그동안 어떻게 참았는지 모를 노릇이었다.

연두는 키득키득 웃다가 결국 엉덩이를 털고 일어섰다. 나중 일에 대한 걱정이 아무리 크더라도, 당장 눈앞에 닥친 일부터 해결해야 하지 않겠나. 그녀는 숲 안쪽으로 들어가 보기로 했다. 백지장도 맞들면 낫다는데, 광대 혼자서만 안쪽을 뒤지게 둘 수는 없는 노릇이었다.

"아, 진짜 환장하겠네."

광대는 잘 정리해 놓았던 머리카락을 와르르 흐트리며 성질을 냈다. 그레텔의 일이 마무리되고 나이팅게일이 수색에 합류하면서 좀체 진입할 수 없었던 숲 안쪽의 정찰이 이루어질 것을 몹시 기대했건만, 나이팅게일은 놀라울 정도로 눈이 어두웠다.

"어떻게 이걸 못 봐?"

광대는 달빛 아래에서 환하게 빛나는 손자국을 향해 삿대질했다. 조금 아래쪽에 있긴 하지만 아주 대놓고 찍혀 있는데 아무것도 없다고 하니 미치고 팔딱 뛸 노릇이었다. 나이팅게일 말만 믿고 그냥 지나갔다간 분명 놓쳤을 흔적이었다.

"아니, 넌 장님이냐? 장님? 저게 안 보여?"

「날다 보면…… 안 보일 수도 있지이…….」

"변명도 들어줄 만한 걸 해야지. 네가 경주마냐? 앞만 보고 살게? 아래도 보고 옆도 보고 그래라 좀!"

잔소리는 한도 끝도 없이 길어졌다. 결국 견디지 못한 나이팅게일이 가슴 털을 부풀리며 날개를 파닥거렸다.

「됐어! 내가 진짜 괜찮은 거 찾기 전에는 안 들어온다!」

"제발 좀 그래라."

「으이씨! 너 너무한 거 아니야? 내가 말이야, 네가 부탁한 소식도 막 따로 알아봐 주고 그랬는데!」

"간다며 뭘 그렇게 주절거리고 있어? 가, 가라고! 빨리 가!"

광대는 영 도움 안 되는 나이팅게일을 쫓아버리고 낙엽 위에 털썩 주저앉았다. 밤이슬에 젖은 낙엽은 축축하고 기분 나빴지만, 마른자리를 찾아다니기엔 몸이 너무 피곤했다. 계속 몸이 떨리고 한기가 드는 게, 감기에 걸린 걸지도 모른다.

'잠깐만 쉬자.'

정말 잠깐만 쉬려고 했는데, 일단 앉아버리니 몸이 천근만근이 되어 자꾸 아래로 빨려 들어갔다. 무거운 눈꺼풀이 자꾸만 내려앉으려고 기를 썼다. 머리를 흔들고 눈을 비비며 견디다가 도저히 안 되겠다 싶어 일어서는데, 코에서 미지근한 게 주룩 흘러내렸다.

처음엔 콧물인 줄 알았지만 아니었다. 대충 문지른 손가락이 핏물로 벌겋게 물들었다. 코피라니, 이게 대체 얼마 만에 겪어보는 일인지. 그는 코를 틀어막고 피가 멎길 기다렸지만, 어째 코피는 멎을 생각을 하지 않았다.

"대체 왜……."

"저쪽엔 영 흔적이 없…… 너 왜 그래? 괜찮아?"

연두는 광대를 찾아왔다가 기겁을 했다. 나무기둥에 기대어 앉은 채 흰 얼굴이 창백하도록 코피를 쏟고 있으니, 어떻게 놀라지 않을 수 있을까. 무슨 코피를 그리 흘렸는지, 웃옷 앞섶이 온통 피로 흥건했다.

"언제부터 이랬어? 아, 고개 젖히지 마. 큰일 나. 손수건, 손수건이……."

치마 주머니 안에 넣고 다니던 손수건을 찾아 광대의 코를 막고 등을 두드렸다. 코피쯤이야 연두 본인도 숱하게 흘려보았던 것이지만, 이렇게 많이 흘리는 걸 보니 눈앞이 새하얘졌다.

"무슨 피가 이렇게 많이 나? 뭔 일 있었어? 어디 아파?"

"별거 아냐, 그냥 코피 좀 나는 건데."

"이게 별거 아니면 대체 뭐가 별건데! 안 되겠다. 오늘은 그냥 들어가자."

"뭔 소리야? 여길 봐, 흔적이 이렇게나 뚜렷한데 어딜 들어간다고 그래? 코피 좀 난 거 가지고 난리부리지…… 악! 무슨 손이 이렇게 매워?"

호되게 등을 얻어맞은 광대가 아픔을 호소하며 몸을 비틀었다. 연두로서는 기가 막힐 일이었다. 어느 모로 보나 코피 쪽이 더 심각한데 겨우 등짝 좀 맞은 거 가지고 엄살이라니.

"흔적? 어디에 흔적이 있는데? 어떡하지? 내 눈엔 아무것도 안 보여. 아마 지금 같은 기분으론 눈앞에 땅요정이 나타나서 디스코를 춰도 모를 거 같아."

"뭔 소리야, 그건. 이 빌어먹을 세상에서 하루빨리 탈출해야 하는 거 잊었어? 목숨이 걸린 건 내가 아니라 연두 너거든?"

"확 명치라도 갈겨 버리고 싶은 걸 참고 있으니까 좀 닥쳐 줄래?"

"어허, 기자가 사람 치겠다고 협박해도 되는 거야?"

"자꾸 종알대면 진짜 때리는 수가 있어."

결국 광대는 연두의 손에 끌려 오두막으로 돌아갔다. 가는 동안 코피는 간신히 멎었지만 연두의 걱정은 여전했다. 침대에 눕힌 채 물을 떠다준다, 수건을 적셔온다 부산을 떤다.

광대는 이마에 얹어진 차가운 수건을 만지작대며 쓴웃음을 지었다.

"이렇게까지 안 해도 되는데."

"모르는 소리 하지 마. 몸이라는 게 어디 갑자기 훅 가는 건 줄 알아? 분명 본인은 몰랐어도 징조는 꾸준히 있었을 거란 말이야. 코피를 그렇게 쏟았으면 하루가 아니라 사흘은 족히 쉬어야 돼."

"아니, 하루면 돼. 빨리 해결해야지. 넌 여기 오래 있으면 안 되는 거 잊었어?"

니니스의 경고가 아직도 생생했다. 너무 오래 잡혀 있다간 아가씨의 생명이 위태로워질 테니, 최대한 빨리 데리고 나오라던 그 말. 다행히 연두는 종종 어지럼증을 호소하는 것 외에는 딱히 이상 징후를 보이지 않았지만, 광대는 그때마다 낭떠러지로 떨어지는 것처럼 아찔한 기분을 맛보곤 했다.

"갑자기 쓰러질 걸 걱정할 건 내가 아니라 너야."

광대의 어조는 엄중했지만 연두는 그다지 실감할 수가 없었다. 그녀는 어디 하나 아픈 곳이 없었고, 컨디션도 아주 좋았다. 손가락의 상처조차 생각보다 빨리 아물어 이젠 겨우 흔적만 남아 있을 뿐이었다.

그녀는 광대의 이마에 올려두었던 수건을 걷어냈다. 분명 차가운 물에 적셔서 올렸는데 짧은 새에 미지근해져 있었다. 코피를 한 동이나 흘린 것도 모자라 열이 이렇게나 나는데 누가 누굴 걱정하는지.

"이보세요, 광대 씨. 걱정하는 마음은 알겠는데요, 갑자기 코피를 쏟은 건 내가 아니라 너님이세요. 내 몸은 내가 잘 챙길 테니 걱정 마시고 쉬기나 잘 쉬시죠."

연두는 침대 옆으로 의자를 끌어와서는 본격적으로 간호할 준비를 했다. 광대가 나는 괜찮다 아무리 항의를 해도 전혀 개의치 않았다.

"그냥 조금 피곤해서 코피 흘린 거야. 한숨 자면 괜찮아져."

"그래, 한숨 자야 괜찮아지니까 빨리 자."

결국 광대는 연두의 성화에 못 이겨 얌전히 침대에 붙어 있어야만 했다. 그는 괜찮다고 우기던 조금 전이 우스울 정도로 금방 잠에 빠져들었다. 진득하게 달라붙어 있던 피로가 그만큼 짙었던 것이리라.

연두는 밤새 그의 곁에 붙어 앉아 땀을 닦아주고 수건을 갈아주었다. 코피는 멎어서 다행이지만, 피 흘리는 모습을 보고 받은 충격은 좀체 가시지 않았다. 지금도 굳게 닫힌 눈꺼풀이 설마 열리지 않을까 봐 가슴이 두근거렸다.

"······아, 정말, 빨리 일어나······."

나는 널 좋아해.

혼자는 무섭고 싫어.

이 세계에 날 혼자 두지 마.

절대 뱉지 못할 진심이 연두의 안에 조용히 고여 호수가 되었다.

광대는 이튿날 오후가 되어서야 잠에서 깨어났다. 어찌나 길고 깊은 단잠을 잤는지, 내내 어깨를 짓누르던 피로도 감기 기운도

싹 사라지고 없었다. 벌떡 몸을 일으키자 이마에서 젖은 수건이 툭 떨어졌다.

"뭐야, 이거……. 아직도 젖어 있네."

옆을 보니 연두가 의자에 잔뜩 웅크리고 앉아 무릎에 얼굴을 파묻은 채로 자고 있었다. 적당히 하다가 그만뒀어도 뭐라 하진 않았을 것을, 괜히 가슴 한구석이 간질간질했다.

슬쩍 그녀를 들어 올렸다. 어찌나 깊이 잠들었는지, 침대에 눕히고 이불을 덮어주는 것도 모르고 잔다. 요새 밤낮이 바뀐 탓에 까칠하게 일어난 피부가 안쓰러웠다. 무심결에 뺨을 쓰다듬었다가 화들짝 놀라 떼었다.

"……그러게, 그냥 기다리고 있으라니까."

혼자 고생시키지 않겠다는 마음은 고맙지만, 여기저기에 풀잎과 나뭇가지에 스친 상처를 달고 나타날 때마다 속이 쓰렸다. 무서운 줄도 모르고 자꾸 숲 안쪽으로 들어오려 하는 걸 말릴 때면 등에 땀이 다 났다.

"얼굴은 이렇게 허옇게 질리고 눈 밑엔 다크서클이나 달고 있으면서 꾸역꾸역……. 하여간 내 말이라곤 귓등으로도 안 듣는다니까."

말을 꺼내고 나니 연두의 낯빛이 몹시 좋지 않은 걸 알겠다. 피부 때문만은 아니었다. 광대는 가을 햇살이 아롱거리는 얼굴을 꼼꼼히 살펴보다 그만 혀를 차고 말았다. 조막만 한 얼굴에 무슨 걱정이 그리 많이 매달렸는지. 대충 뭣 때문인지 짐작이 갔다.

"그러게 성미에도 안 맞는 복수는 왜 하겠다고 설쳐선……. 그냥 내가 몰래 가서 죽여 버린다고 할 때 그러라고 하지."

연두는 광대의 방식을 질색하며 싫어했다. 그저 죽여 버리는 것만으로는 벨의 명예가 회복되지 않을뿐더러, 헨젤과 그레텔이 그저 불쌍한 피해자가 되는 꼴은 못 보겠다는 거였다.

광대는 턱을 괴고 앉은 채 본격적으로 연두의 자는 얼굴을 구경했다. 문득문득 손을 대고 싶다는 충동이 올라왔지만, 연두의 얼굴에 낀 피로를 보고 있노라면 그마저도 곧 잠잠하게 가라앉았다.

"으응……."

연두가 몸을 뒤척거렸다. 일어나려는지 눈꺼풀을 움찔거린다. 겨울 커튼처럼 굳게 닫혀 있던 속눈썹이 살그머니 열리고, 잘 익은 개암처럼 따스한 갈색 눈동자가 모습을 드러냈다. 얼굴을 비추는 햇살이 싫은지 미간을 잔뜩 찌푸리곤 끄응, 소리를 냈다.

광대는 그 광경을 숨을 죽이고 바라보았다. 그저 평범하게 잠에서 깨어나는 모습일 뿐인데, 그게 왜 이렇게나 신기한지 알 도리가 없었다. 마치 끝나지 않을 것처럼 길었던 밤의 끄트머리에 찾아온 새벽처럼 경이로웠다. 혼란스러운 마음을 웃음으로 감추고 연두의 뺨을 쿡 찔렀다.

"어이, 잠꾸러기. 간호해 준다고 자세를 그렇게 잡더니 침대까지 차지하고 자고 있네?"

"어? 어어? 내가 왜 여기 있지?"

"왜 거기 있긴. 의자에 웅크리고 자고 있는 걸 내가 옮겨놓은 거지."

태연한 대답에 연두의 얼굴이 황당함으로 물들었다. 아니, 그럼 본인이 옮겨놓고 침대 차지하고 있다며 놀린 건가. 그녀가 울컥 화를 내기 전, 광대가 선수를 쳤다.

"덕분에 다 나았어. 감기기운 조금 있던 것도 싹 사라지고, 아주 개운해."

"어어…… 그래, 다행이다."

연두는 서둘러 침대에서 내려왔다. 흐트러진 머리칼을 정리하고 혹시 침이라도 흘린 거 아닐까 눈치를 보며 입을 닦았다. 자는 걸 옆에서 빤히 보고 있었다고 생각하니 얼굴이 화끈거렸다. 그녀는 괜히 입을 삐죽거리며 핀잔을 주었다.

"뭘 그렇게 쳐다보고 있어?"

"그냥……. 아, 전할 소식이 있어."

"무슨 소식인데 그렇게 기분이 좋아? 혹시 나이팅게일이 땅요정 은신처 찾았대?"

"아니, 그건 아니고. 신부 페트로스가 징계를 받았대. 더는 교구 신부 노릇을 못 하고 수도원으로 쫓겨 갈 거라는데. 어느 수도원인지는 몰라도 평생 나오기는 힘들겠지. 왕실에 꼬투리를 잡힐 여지를 줬으니까."

기대 이상의 소식이었다. 연두의 뺨이 발그레하게 물들었다. 둘째 왕자인 린든에게 보고를 했으니 그가 압력을 넣으면 어느 정도의 문책은 있을 거라고 생각했지만, 이 정도까지 기대하지는 않았다.

"그거 진짜 좋은 소식이네. 잘 해봐야 다른 곳으로 이동하는 정도로 끝날 줄 알았는데."

"단순히 그레텔을 감싸기만 했던 거라면 유야무야 넘어갔을 텐데, 진실을 알고도 별일 없었던 것처럼 덮으려고 시도했던 게 치명타가 된 것 같아."

"그래도 이 정도까지 해줄 줄은 몰랐는데…… 그 왕자님 다시 봐야겠어. 자기 이익 챙길 때 쓸 줄 알았더니 꽤 정석대로 행동해

줬네. 이걸로 벨의 명예도 다시 회복되겠지?"

"그렇겠지. 나이팅게일 녀석이 알아보느라 애썼으니까, 돌아오면 맛있는 거 챙겨줘."

목이 부러져라 고개를 끄덕이는 연두는 기분이 매우 좋아 보였다. 요즘 내내 풀이 죽어 우울하게 있던 것보다는 훨씬 보기가 좋다.

"그러니까 너도 이제 고민 그만하고."

"고민? 뭔 고민?"

"그레텔에게 너무 심하게 군 건 아닐까 하는 고민, 계속하고 있었잖아. 멋지게 복수하고 일도 잘 마무리해놓고 그렇게 힘들어하지 말라고."

바구니에 담아둔 빵을 꺼내던 연두의 손이 멎었다. 광대는 그녀를 대신해 빵을 꺼내 자르고 잼도 꺼내 담았다. 맛보다 보존을 우선시한 빵은 워낙에 퍽퍽하고 맛이 없어 잼이라도 있어야 먹을 만해졌다.

"말했듯이, 여기 사람들의 도덕관념은 너랑 달라. 똑같이 굴지 않으면 이기지 못할 때도 분명히 있어. 그레텔을 봐, 마차 안에 단검만 준비해 둔 건 아니었는데 끝내 그걸 집었잖아."

"……그레텔이 그럴 줄 몰랐다고 하면 거짓말이야."

"그건 그렇지만, 다른 길 다 막아놨냐고 물으면 그건 아니라는 것도 사실이지. 여행용품이 든 자루는 왜 준비했는데? 그리고 솔직히 말하는데, 그걸 고민하는 거 자체가 아직 멀쩡하다는 증거야."

연두는 차마 빵에 손을 대지 못하고 가만히 노려보기만 했다. 광대가 하는 말이 어찌나 달콤하고 듣기 좋은지, 잠깐 정신줄을 났다간 마구 고개를 끄덕이고 말 것 같다. 그런 고민이 있다고 말한 적도 없는데 어떻게 알고 정곡을 찔러오는지.

광대는 별것 아니라는 얼굴로 빵에 잼을 발라 내밀었다. 연두는 멈칫거리며 빵을 받아들었다.

"위화감이 드는 동안엔 괜찮아. 완전히 물들어서 뭐가 나쁘냐고 생각하면 그때가 진짜 문제지."

"……."

"혼자 있는 것도 아닌데 뭘 그렇게 걱정해? 내가 옆에 있잖아. 네가 이상해질 거 같으면 그땐 바로 말해줄게. 나도 그다지 양심 챙기고 살진 않았지만 그 정도 구분은 해. 자, 쳐다보지만 말고 얼른 먹어. 먹고 땅요정 찾으러 가자."

빵은 역시 맛없었다. 어찌나 질기고 퍽퍽한지 넘기기조차 어려웠다. 연두가 살던 세계에서라면 돈을 받고서라도 먹지 않을 그런 빵이었다. 꾸역꾸역 씹어 삼켰다. 고픈 줄도 몰랐던 배가 채워지며 기분이 좀 나아졌다.

"……있잖아."

"왜? 물 줘?"

"너 정말 이름 없어?"

광대는 난데없는 질문에 미간을 찌푸렸다. 없으니까 없다고 하지, 있는 걸 없다고 했겠나.

"없다니까. 그런 건 왜 자꾸 물어? 아무렇게나 불러도 된다고 했잖아."

"정말 이름 없으면 내가 지어도 돼?"

물 같은 정적이 흘렀다. 광대의 얼굴에선 미소가 사라졌고 연두는 쥐고 있던 빵을 내려놓았다. 광대는 빈 잔에 물을 한가득 따라 연두의 앞에 밀어놓았다. 이 냉수 먹고 속이나 좀 차렸으면.

"안 돼."

"왜?"

"이름이라는 건 불러주는 사람이 있을 때에나 의미가 있는 법이니까. 돌아가서도 드림랜드에 들락거리게? 그땐 너 손님으로 안받아. 지금 같은 고생은 한 번으로 족해."

"아니, 그래도······."

"그래도고 나발이고 없어. 이런 일이 없었다면 네가 마법과 마녀가 세상에 있다는 말을 믿었겠어? 애들 동화 같은 소리나 한다고 웃었겠지. 너나 나나 서로 다른 세상에 사는 사람들이야."

어렴풋하게만 보이던 선이 뚜렷하게 존재감을 가지고 제 모습을 드러냈다. 마치 내일 아침엔 해가 뜰 거야, 뭐 이런 말을 하는 것처럼 차분한 태도가 연두의 속을 뒤집었다.

옷깃만 스쳐도 인연이라는 말이 있는데, 이런 일을 함께 겪고도 다른 세상 사람이라고 단박에 쳐 낼 수 있다는 게 믿어지지가 않는다. 이를 악물고 물었다.

"정말 그렇게 생각해?"

"돌아가면 이곳에서의 일은 다 잊고 일상으로 돌아가서 그냥 사는 거야. 넌 너대로, 난 나대로 살면 돼. 마주칠 일은 없고, 네가 내 이름을 붙인대도 부를 일 없어. 그러니까 이름 같은 건 필요 없어."

"그럼 키스는 왜 했어?"

"키스? 뭔 키스? 그새 꿈꿨어?"

광대는 조금의 틈도 없이 맞받아치며 낯빛 하나 바꾸지 않았다. 그놈의 도둑 키스 때문에 외면하고 싶었던 마음을 자각하고 몇 날 며칠 마음고생을 한 연두로서는 복장이 터질 노릇이다.

"왕궁의 정원에서 밤에 만났던 날. 먼저 온 내가 쪼그리고 앉아 자고 있을 때 네가 나한테 키스했잖아. 이마에 한 번, 입술에 한 번."

"자면서 꿈꿨네."

"너 오는 소리 듣자마자 깼어. 자는 척하고 안 일어난 건 미안. 근데 그 자리에 있었던 건 나 혼자가 아닌데, 그건 어떻게 설명할 거야? 나이팅게일이 바로 우리 머리 위에 있는 나뭇가지에 앉아 있었던 건 몰랐나 보지?"

광대는 몹시 당황하고 말았다. 제3자인 나이팅게일의 등장도 놀랍지만, 그때 연두가 깨어 있었다는 걸 전혀 눈치채지 못했다는 건 더 충격적이었다. 그는 뛰어난 사냥꾼이었고, 귀와 코가 굉장히 예민했다.

"무슨 그런 말도 안 되는…… 네가 깨어 있었으면 내가 그걸 몰랐을 리가 없어. 자는 사람과 깨어 있는 사람은 숨소리부터 달라."

"내가 안 자는 걸 눈치 못 챘던 게 그게 처음은 아니잖아."

"……"

"기억 안 나? 처음 벨을 만나던 날의 마차에서, 난 말로는 잔다고 해놓고 네 무릎을 벤 채 가만히 누워만 있었지. 넌 그때도 내가 영락없이 자는 줄 알았잖아. 아냐?"

광대는 그날의 기억을 되살렸다. 워낙에 피곤해 보여 무릎베개 해줄까, 하고 물었더니 냉큼 드러누웠던 강연두. 평화롭게 눈을 감은 모습이 보기 좋아 숨 쉬는 것도 조심스러웠다.

"처음부터 잔 적도 없어요."

때때로 마음은 눈과 귀를 가린다. 광대는 연두에 한해서라면 장님에 귀머거리가 되고 마는 자신을 깨닫고 충격을 받았다. 대책 없이 끌려가는 마음을 알았던 때가 그 납치 사건이 있었던 때라는 건 확실한데, 그 마음이 대체 언제부터 시작되었던 것인지는 가늠이 안 되었다.

연두는 광대의 혼란을 예민하게 알아차렸다. 테이블 위에서 갈 곳을 잃고 흔들리는 손에 자신의 손을 살그머니 올렸다. 모양 좋은 손은 기껏 간호한 보람도 없이 차갑기만 했다.

"……이름 지어주겠다는 거……. 당장 나랑 어떤 구체적인 사이가 되자고 그러는 거 아니야."

"……."

"네 말대로 너랑 나는 사는 세계가 다르다는 거 알아. 그래도 연락 정도는 하고 살 수 있잖아. 그렇게 딱 잘라서 얼굴 볼 일 없다, 이름 부를 일도 없다, 그럴 것까진 아니잖아."

스트레이트로 돌진해 봐야 안 될 상대에게는 이렇게 돌아서 접근하는 것도 한 방법이었다. 서로 부담스러워지는 관계는 나도 원치 않으니, 연락 정도는 하고 살자.

많이 양보한 구슬림이었지만 광대는 그것마저 거절했다. 그는 매정하리만치 차갑게 연두의 손을 떨쳐 냈다.

"미안. 네가 깨어 있든 아니든, 하면 안 되는 일이었는데. 다시는 그런 일 없을 거야."

"그런 일이라면, 어떤 일? 난 네가 하는 도둑 키스 싫지 않는데? 정말 싫었으면 당장 일어나서 뺨을 갈겼을 거야."

"쓸데없이 여지를 주는 일은 없을 거란 얘기야. ……다 먹었어?

그럼 일어나지."

광대는 연두가 빵 한쪽도 제대로 못 먹은 걸 뻔히 보고도 딴소리를 했다. 그건 마치 더는 널 위한 배려 같은 걸 하지 않겠다는 말을 행동으로 보여주는 것만 같았다. 연두의 속 안에서 뭔가가 부글부글 끓어올랐다. 눈앞이 뿌옇게 흐려졌다.

지독한 스토커에게 시달리면서, 연두의 주변은 완전히 황폐해지고 말았다. 친구도 지인도 친척도 모두 그녀에게서 등을 돌렸다. 남은 건 준규 선배뿐인데 그 사람은 너무 바빴고 연두가 친하게 지내기에는 몹시 부담스러운 사람이었다.

결국 어느새 사적인 인간관계에 대해서는 겁쟁이가 되어버린 그녀가 먼저 손을 내민 건 광대가 처음이었다. 본래부터 동화 세계의 인물이었던 벨과는 경우가 달랐다. 그러나 연두 본인도 미처 알아채지 못한 사실을 광대가 알 리 있겠는가. 그는 연두의 마음이 잠깐의 흔들림이라고 생각했다. 낯선 세계에서 말이 통하는 유일한 상대다 보니 일시적으로 기대는 것뿐이라고.

연두의 갈색 눈은 원망으로 가득 차 처참해졌다. 나름대로 친해졌다고 생각했고, 분명 좋은 관계로 발전할 수도 있을 거라고 생각했다. 이렇게 밀쳐질 거라곤 상상도 해보지 않았다.

"……나쁜 새끼."

"뭘 그렇게 화를 내? 되지도 않을 걸 되는 척, 헛된 희망만 주는 것보다야 이게 훨씬 깔끔한 거 아냐? 난 그렇게 생각하는데."

"옆에…… 옆에 있겠다면서!"

"그래, 여기 있는 동안에는. 다만 그다음까지 기대하지는 말라는 거야. 다 먹은 거 아니었으면 더 먹고 나와. 난 먼저 간다."

광대는 눈에 눈물이 가득 고인 연두를 내버려 둔 채 오두막을 나와 버렸다. 쿵, 굳게 닫아버린 문을 뚫고 뭔가 내던지는 소리와 화내는 소리가 희미하게 들려왔다. 쓸데없이 예민한 귀는 그 속에 스며 있는 울음소리까지 잡아내었다.

"이름…… 하, 이름…… 이름이라고. 제기랄……."

얼굴을 덮은 손 사이로 한숨이 쏟아졌다. 그는 괜히 땅바닥을 걷어차며 신경질을 부렸다. 한때는 그도 이름이 있었다. 다정하게 이름을 불러주고 매일 머리를 쓰다듬어 주던 손길이 있었다. 가끔은 그때가 그립기도 했다. 하지만,

"또 버려지는 건 질색이야."

퍼뜩 튀어나온 진심이 그를 놀래켰다. 그는 혹시 연두가 자신의 말을 들었을까, 두려워하며 오두막 안쪽을 향해 주의를 기울였다. 다행히 연두는 아무것도 듣지 못한 듯했다.

'망할 니니스 같으니……'

광대는 모든 일의 원흉에게 악담을 퍼부으며 서둘러 그 자리를 떴다. 그 빌어먹을 땅요정의 이름을 빨리 알아내고, 그래서 수아나의 이야기를 빨리 완결하고, 그 외의 다른 동화들도 얼른 끝내 버리고…….

그리고 어서 돌아가고 싶었다. 그의 드림랜드, 평온하고 지루하고 안락한 그의 낙원으로.

❂

짙은 속눈썹을 두른 눈꺼풀이 다시는 열리지 않을 것처럼 굳게 닫혀 있다. 흰 뺨에는 핏기라곤 찾아볼 수가 없어 점점이 튄 핏자국이 더욱 붉다.

"무슨 일이 있었던 거야."

아무리 물어도 대답은 없었다. 창백한 입술에 생긴 피딱지가 자꾸 눈에 거슬렸다. 이대로 옆을 지키며 깨어나길 기다려야 하나, 아니면 손수건에 물이라도 적셔와야 하나. 준규는 고민을 하면서도 좀체 일어나지 못 했다.

손목에 감아놓은 실이 너무 오랫동안 움직이지 않는 걸 수상하게 여겨 따라와 봤더니, 연두가 얼굴과 손, 그리고 옷 이곳저곳에 피를 묻힌 채 쓰러져 있지 뭐냐. 그런 그녀를 발견했을 때의 충격은 굉장히 컸다.

'피를 닦아야 하는데……'

상처가 없다는 걸 확인했음에도 발걸음이 떨어지질 않는다. 물을 떠오는 짧은 새에 눈뜨면 어쩌지, 하는 초조함이 그를 좀먹었다. 무방비한 얼굴을 바라보고 있는 시간이 좋으면서도 아까워 자꾸 침이 말랐다.

"으…… 으으응……."

연두가 신음소리를 내며 몸을 뒤척거렸다. 고운 이마를 잔뜩 찡그리고 속눈썹을 바르르 떨었다. 아마도, 깨어나려는가 보다. 준규는 당장에라도 흔들어 깨우고 싶은 마음을 억지로 누르며 기다렸다. 조금 전보다 훨씬 느려진 시간이 굼벵이처럼 기어갔다.

마침내 눈을 뜬 연두가 흐릿한 시선으로 준규를 바라보았다. 셔츠 자락을 움켜쥐는 손에 몹시 힘이 없어 자꾸만 미끄러졌다. 잔뜩 가라앉은 목소리가 그를 불렀다.

"선…… 배……."

준규가 다정하고 부드러운 표정과 목소리를 만들 때까지는 시간이 조금 필요했다. 그 어느 때보다도 난폭하게 날뛰는 충동을 다독이며 가까스로 미소를 지었다.

"그래, 나 여기 있어. 이제 괜찮아."

"흐으……. 선배……."

"괜찮아. 아무것도 걱정할 거 없어."

연두는 준규의 만류에도 불구하고 꾸역꾸역 몸을 일으켰다. 자꾸만 팔이 꺾이는 것이, 어지간히 놀랄 만한 일이 있었던 것 같다. 그녀는 그의 가슴에 머리를 묻은 채 연신 몸을 떨었다.

"선배……."

"어이 강연두, 뭐가 그렇게 무서워. 내가 옆에 있는데."

"내 옆에…… 계속 있어줄 거죠?"

"웬 어리광이야? 나야 좋긴 한데 무슨 일이 있었기에 이렇게 몸을 떨어? 쉬……. 진정하고 말해봐. 응?"

준규가 한참을 어르고 달랜 뒤에야 간신히 진정한 연두가 준규와 시선을 맞췄다. 잘 익은 개암 같은 갈색 눈동자에 맑은 눈물이 가득 고여 있었다.

"그 마녀가 깨어났어요. 분명 죽은 줄 알았는데……. 너무너무 무서웠어요."

"그런……. 불로도 소용이 없다니 곤란한데. 안 되겠다, 이제 쭉 같이 다니자. 네가 암만 싫다고 해도 안 들어줄 거야."

준규는 안 그래도 영 마음에 안 들던 실을 잽싸게 풀어버렸다. 실을 묶을 것을 강력히 주장했던 연두도 이번엔 그냥 고개를 끄덕거렸다. 실이 묶였던 자리엔 발그스름한 자국만 남았다. 손목을 만지작대던 연두가 흘끔흘끔 준규의 눈치를 보았다.

"저어……. 선배."

"왜?"

"또 마녀를 만나면…… 그땐 선배가 저 지켜주실 거죠? 같이 있을 거잖아요. 네?"

연두가 눈을 사르르 접으며 준규의 팔에 매달렸다. 긴 속눈썹이 나비의 날갯짓처럼 팔랑거렸다.

계속해서 준규를 괴롭히던 소소한 위화감이 단숨에 덩치를 불리고 그를 집어삼켰다. 혼자 있는 건 무섭다는 말에 이어 지켜달라니, 그게 어디 그 고집불통 강연두가 할 만한 말이던가.

충격적인 경험을 연달아 겪고 마음이 약해졌다는 말로는 설명이 되지 않았다. 마음이 약해졌다고 고집을 꺾을 정도의 여자였으면 이제껏 이렇게 애를 먹지는 않았을 거였다. 두드리면 두드릴수록 더 질겨지는 강철 같은 여자가 강연두였다.

"네 눈엔 저 인형이 정말 연두 씨로 보여?"

미친 여자의 헛소리라고 생각했는데, 이제는 좀 진지해져야 할 것만 같다. 듣기 좋은 소리, 기분 좋은 행동만 하는 강연두가 정말 자신이 아는 그 강연두가 맞을 리 없으니까.

"선배? 무슨 생각해요? 그렇게 무서운 표정으로……."

말이 없는 준규가 이상했는지, 연두가 그를 향해 손을 뻗었다. 다정한 체온이 그의 뺨을 쓰다듬고 따스한 갈색 눈이 걱정으로 흐려졌다.

"또 머리 아파요? 어디 쉴 곳 찾아볼까요?"

준규가 한없이 바랐던, 그에게 아낌없이 애정을 쏟아부어 주는 연두가 거기에 있었다. 언제나 다른 곳을 향하고 있던 시선이 오롯이 그에게로 쏟아졌다. 이대로 눈을 감아버리면, 잘 숙성된 술처럼 달고 향긋한 애정 속에 완전히 잠길 수도 있을 것이다.

준규는 연두를 끌어안고 그녀의 등을 쓰다듬었다. 흘러내린 머리카락에서 익숙한 샴푸 향기가 났다. 그는 몹시 좋아했지만, 연두가 대학을 졸업한 이후로는 맡아본 적 없는 향기였다.

"나야…… 늘 너를 지키고 싶지. 네가 여지를 안 줘서 그렇지, 강연두. 하여간 이 고집불통."

"에이, 저 고집 센 거 다 아시면서 새삼. 저 선배만 믿어도 되죠?"

"그래, 넌 나만 믿어."

연두가 키득키득 웃었다. 품에 쏙 안긴 몸이 기분 좋게 울렸다. 준규는 동그란 뒤통수를 쓰다듬으며 니니스를 생각했다. 어디로 가면 만날 수 있을까, 어떻게 하면 진실을 말하게 할 수 있을까, 뭐 이런 것들을.

그때, 준규의 시선이 닿은 벽 한구석에 이상한 일이 일어났다. 벽난로를 장식하던 아름다운 조각들이 흐물흐물하게 뭉그러졌다. 장작불 대신 켜져 있던 빨간 전등 불빛은 마치 진짜 불꽃이라도 되는 듯이 흔들거리다가 형태를 바꾸는 조각들에 묻혀 사라졌다.

"강연두……, 저것 좀 봐봐. 내 눈이 이상해진 건가?"

"어…… 어어? 진짜 이상한데요? 뭐지?"

"일어나. 일단 가보자. 혹시 알아? 저기가 출구로 변할지."

준규는 좀체 일어서지 못하는 연두를 채근해 일으키고 그녀의 손을 꽉 움켜쥐었다. 가느다란 손가락이 힘 있게 그의 손을 마주 잡아왔다. 두 사람은 천천히 걷기 시작했다.

벽난로가 있는 곳은 눈으로는 그다지 멀지 않은 것 같았는데, 걷기 시작하니 의외로 거리가 상당했다. 일단 가는 길에 놓인 장애물들이 너무 많았다. 잔뜩 부풀린 드레스를 입은 인형은 물론이고 온갖 장식과 소품들 말이다.

"이것들을 죄다 치워 버려야 하나……."

연두는 짜증스레 중얼거리는 준규의 뒤에서 몰래 명령을 내렸다.

비켜.

그런데 이게 어찌 된 일일까. 아까 전까지만 해도 순순히 연두의 명령에 따랐던 인형들이 꿈쩍도 하질 않았다. 도리어 연두를 향해 흘끗 시선을 던지며 비웃듯 눈을 가늘게 뜨는 게 아닌가.

'마녀가 깨어나서 그런가?'

입술을 꽉 깨물고 다시 한 번 명령했지만 역시 마찬가지. 이상했다. 설령 마녀가 깨어났다 해도 이 정도면 말을 들어야 하는데 말이다. 연두는 몹시 당황하고 말았다. 당황한 그녀를 향해 아무것도 모르는 척 책을 들여다보던 인형 하나가 시선을 주었다. 분홍빛으로 칠해진 입술이 양옆으로 쭉 늘어나고 천진난만한 얼굴에 오싹한 미소가 어렸다.

'어……?'

아삭. 등 뒤에서 과일 씹는 소리가 났다. 돌아보자 어느새 바로 뒤에까지 다가온 백설공주 인형이 새빨간 사과를 맛있게 베어 먹었다. 사과만큼 빨간 입술 사이로 흰 이가 눈부시게 반짝거렸다. 정체 모를 소름이 등줄기를 따라 쭉 올라왔다. 저절로 뒷덜미가 뻣뻣해졌다. 연두는 준규의 손을 잡아당기며 그를 불렀다.

"선……, 선배, 선배. 선배!"

"조금만 더 가면 돼."

"선배, 나 좀 봐요. 네? 앞만 보지 말구요!"

"다 왔어."

"잠깐만요! 잠깐, 잠깐만 서 봐요! 선배!"

연두가 아무리 불러도 준규는 뒤를 돌아보지 않고 계속 걸었다. 그의 손아귀 힘이 어찌나 센지, 잡힌 손목이 끊어질 것처럼 아팠다. 그녀는 멈추지도 못하고 질질 끌려갔다. 키가 커서 그런가, 성큼성큼 걷는 걸음은 보폭도 크거니와 속도도 어지간했다. 연두는 숨이 턱에 차도록 준규를 따라 걸었지만, 어째 계속 제자리인 기분이다. 멀리 보이는 벽난로는 이제 거의 본래의 형체를 잃고 괴상하게 흐물거리고 있었다.

공포와 고통에 젖은 연두의 눈에 눈물이 고이기 시작했다. 헐떡이는 숨소리가 들리지 않을 리 없는데, 준규는 여전히 뒤돌아보지 않은 채 그녀를 채근했다.

"놓치지 말고 따라와."

준규는 눈앞에 보이는 문을 향해 직진했다. 찰흙 반죽처럼 모습을 바꾸던 벽난로는 시간이 지나면서 거대한 문이 되어 있었다. 슬쩍 벌어진 문틈으로 시원한 밤바람이 흘러들었다. 한 뼘은 족히 되던 틈은 시간이 지나며 점점 좁아졌고, 준규는 자꾸만 조급해졌다. 연두가 뭐라 칭얼대는 것 같긴 했지만 귀에 들어오지도 않았다. 그저 빨리 가야 한다는 생각만이 그의 뇌리를 지배했다.

"선배!"

갑자기 연두가 비명을 질렀다. 준규는 귀를 송곳을 찌르는 듯한 고통을 느끼며 눈을 찌푸렸다. 견디기 힘든 이명이 귓가를 울리는 가운데 그가 바라보고 있던 문이 급격히 일그러졌다. 도로 찰흙 반죽이 되려는 것처럼 말이다.

"갑자기 웬 난리야? 조용히 하고 따라와!"

준규가 있는 힘껏 손을 잡아당겼지만 연두는 끌려오지 않았다. 마치 땅에 뿌리를 박고 선 거대한 나무처럼 오히려 그를 끌어당겼다. 준규는 하마터면 넘어질 뻔했다.

하지만 그 덕분에 퍼뜩 정신이 들며 눈이 맑아졌다. 준규는 조금 전까지 확실하게 존재감을 과시하던 문이 뭉그러진 찰흙반죽 같은 꼴을 하고 있는 걸 보고 어이가 없어 헛웃음을 흘렸다.

'속았나……'

심지어 거리도 줄어들지 않은 채였다. 아래를 내려다보자 드라이아이스의 연기 같은 것이 발목까지 차올라 바닥이 전혀 보이지 않았다. 이렇게 되도록 모르고 있었다는 게 어이가 없고 기막혔다.

연두가 말없이 준규의 손을 잡아당겼다. 조금 전까지 그렇게 크게 소리를 질렀으면서 지금은 어째 굉장히 얌전하고 소극적인 몸짓이었다. 준규는 무심히 뒤를 돌아보았다가 기가 막힌 장면을 마주했다.

뾰족 모자를 비스듬하게 쓴 니니스가 연두의 등에 반쯤 올라타서는 그녀의 목에 끈을 감아 조르고 있었다. 연두는 제대로 소리도 내지 못하고 목과 끈 사이에 손가락을 끼워 넣은 채 버티는 중이었다.

준규는 단숨에 칼을 뽑아 니니스의 목에 겨눴다. 흰 목에 닿을 듯 멈춰선 칼날에서 서늘한 한기가 흘렀다.

니니스는 그의 서슬에 밀려 연두의 등에서 내려왔다. 하나 그녀의 목을 죄는 끈을 풀지는 않았다. 자칫하다간 마녀로 각성할 기세인 더미가 신경 쓰여 부러 만들어낸 무대였다. 꽤나 공들였는데 쉽게 포기할 순 없었다.

"네 짓이었어?"

"어머나……. 어떻게 빠져나왔어?"

"문을 돌려놔. 이 정도로 정교하게 환각을 만들 재주가 있다면 문을 만들 재주도 있겠지."

"그렇게나 문, 문 해대고 있었으니 분명 못 빠져나올 거라고 생각했는데. 역시 다른 걸로 했어야 하나……."

"잡소리하지 말고!"

연두가 준규의 옷자락을 잡아당겼다. 숨이 부족한 만큼 손짓이 필사적이다. 니니스가 그 손을 향해 눈짓하며 웃었다.

"연인이 목 졸리는데, 문 타령을 할 이성이 있어? 그렇게 안 봤는데, 매정하네."

"일탈은 충분히 즐겼어. 진짜가 아니라고 힌트 줄 때는 언제고 매정하다 비난이라니, 웃기는군."

준규는 칼을 고쳐 쥐었다. 죽지는 않아도 상처 입고 고통스러워하기는 하는 거 같으니, 꼬치 꿰듯 꿰어놓으면 일이 좀 수월하게 풀릴 것 같다. 연두도 함께 꿰이겠지만 어차피 진짜도 아닌데 신경 쓸 것도 없다.

"와, 너 정말 엄청난 녀석이구나?"

니니스는 그의 심상찮은 기색에 조금 질리고 말았다. 아무리 가짜래도 그렇지, 문 닫힌 드림랜드를 찾아오게 만들 정도로 탐내는 사람의 외형을 하고 있는데 냉정하기도 하다. 게다가 아까 전까지만 해도 완전히 빠져 있는 것 같았는데 언제 정신을 차렸는지.

될성부른 더미를 잡아 죽이기에는 지금이 가장 좋지만, 이러다 간 더미와 함께 꼬치 신세가 될지도 모르겠다는 위기감이 그녀를 엄습했다. 준규는 요즘 세상에 어울리지 않게 솜씨가 좋았다.

'광대 녀석, 그동안 이런 녀석들에게 초대장을 보내면서 지냈던

건가? 주인 없는 세월이 아무리 길었다고 해도 그렇지, 하여간 그 놈도 정상은 아니라니까!'

니니스는 손에서 슬쩍 힘을 풀었다.

"허으으읍! 허억, 헉!"

그때까지도 이를 악물고 버티고 있던 연두가 단박에 끈에서 도망쳤다. 그녀는 달콤한 공기를 정신없이 들이마시며 준규의 등 뒤를 찾아 숨었다. 꼼짝도 못 하고 니니스에게 당할 뻔했던 게 몹시 큰 충격이 되었는지, 준규의 셔츠 자락을 움켜쥔 손이 불쌍할 정도로 떨리고 있었다.

"영악한 년……."

그러나 준규는 그런 연두에게 관심을 주지 않았다. 그의 눈길은 온통 니니스에게 가 있었다. 여차하면 방패로라도 쓸 것처럼 연두를 쥐고 흔들어대더니, 그가 연두를 신경 쓰지 않을 기색을 보이자마자 바로 내버리다니.

두 손이 자유로워진 니니스에게는 파고들어 갈 만한 허점이 보이지 않았다. 일단 덤벼보기에는 상대가 너무 강한 데다 셔츠 자락을 쥐고 놓지 않는 연두가 거슬렸다. 결국 준규는 신경질적으로 연두의 손을 떨쳐 냈다.

"선배……."

연두는 충격받은 낯을 하고 준규의 등과 자신의 손을 번갈아가며 바라보았다. 맞은 손등이 얼얼했다. 준규가 하는 말이야 놓치지 않고 다 들었지마는, 말로만 하는 위협이라 여겼던 그녀다. 조금 전까지만 해도 다정하게 안아주고 위로해 줬던 그 사람이 맞는가 싶었다.

연두의 혼란이야 어찌 되었든, 니니스도 준규도 그녀에게 관심이 없었다. 서로를 견제하던 둘 중에서 니니스가 먼저 꽁무니를 뺐다. 니니스는 뜨개질과 인형 제작을 취미로 삼은 고상한 마녀였고, 공격 마법에는 영 재주가 없었다.

니니스의 몸은 짙은 안개에 파묻힌 발끝에서부터 서서히 투명해졌다. 안개에 눈이 가려졌던 준규가 상황을 눈치챘을 땐 이미 늦어서, 니니스는 도망칠 준비가 이미 끝난 뒤였다. 차가운 빛이 니니스를 갈랐지만, 그곳에 있는 건 그저 허깨비뿐이었다.

"제기랄!"

짜증스레 욕을 해보지만 이미 놓친 걸 어찌하겠나. 준규는 시야를 방해하던 안개가 빠르게 흩어지는 걸 느끼고 내심 혀를 찼다. 완전히 그 마녀의 손아귀에서 놀아난 기분이었다.

연두는 내내 준규의 뒤에서 안절부절못하고 서 있다가 그제야 그의 옷자락을 조심스레 잡아당겼다. 그의 기세가 어찌나 흉흉한지, 바로 말을 걸기가 무서웠다. 과연 휙 돌아보는 준규의 얼굴은 한겨울 칼바람이라도 부는 양 차갑기만 했다.

"왜?"

"선배⋯⋯. 아까 저 진짜 찌르려던 거 아니죠? 그냥 위협만 한 거죠?"

연두는 자신이 제법 표정을 잘 숨겼다고 생각했지만, 준규의 눈에는 그녀의 속내가 훤히 들여다보였다. 그가 부정할까 두려워 떨고 있는 내심이 어쩜 그리 명확한지. 준규는 깨끗하게 면도한 매끈한 턱을 쓱쓱 문지르며 연두를 바라보았다.

'분명 죽이고 싶어 하는 거 같았는데 말이야⋯⋯.'

자신 때문에 실패했으니 다시 돌아올 것이다. 마녀를 끌어들일 미끼로서의 가치가 있는데 굳이 비위를 거스를 필요가 있겠나. 그에게 매달리는 여자들을 어르고 달래는 일 따위는 이미 익숙할 대로 익숙했다.

준규의 모양 좋은 손가락이 연두의 턱을 잡아 들어 올렸다. 그는 연두와 눈을 맞춘 채 엄격한 어조로 물었다.

"너 이름이 뭐야."

생각지도 못한 질문을 받은 연두의 눈이 가늘게 떨렸다. 그녀는 준규의 말뜻을 이해하지 못하고 이리저리 눈을 굴리다가, 모기만 한 목소리로 중얼거리듯 대답했다.

"강연두요⋯⋯."

"그래, 강연두. 내가 강연두한테 해 될 만한 짓 한 적 있어? 없지?"

"네에⋯⋯ 그치만 아깐⋯⋯."

"적군을 속이려면 아군부터 속여야지. 덕분에 잘 풀려났잖아."

단단한 팔이 연두의 어깨를 다정하게 감싸 안았다. 피 냄새와 땀 냄새가 뒤섞인 체향이 훅 끼쳐 왔다. 연두는 넓은 가슴에 머리를 박고 그의 허리를 힘주어 끌어안았다. 그의 체온을 느끼자 떨림이 좀 가라앉는 것 같았다.

"날 버리지 말아요. 그럴 생각은 꿈에도 하지 말아요."

"당연한 말을 하고 있어."

"그랬다간 절대 봐주지 않을 거니까."

"이런, 무서운데?"

킥킥 웃은 준규가 연두의 정수리에 입을 맞췄다. 그의 입맞춤을 받으며 연두는 핏줄이 도드라지도록 주먹을 움켜쥐었다. 맑은 개암색으로 빛나던 그녀의 눈동자가 일순 새카맣게 변했다가 본래의 색으로 돌아왔다.

흰 달빛이 신부의 베일처럼 숲을 덮은 밤, 나이팅게일은 바람결을 가르며 날고 있었다. 달빛에 빛나는 땅요정의 흔적을 찾기 위해서였다. 광대에게 그리 큰소리를 친 이후, 나이팅게일은 정말로 오두막으로 돌아가지 않고 있었다.

　　하지만 나름 필사적으로 찾고 있는데도 땅요정의 흔적은 거의 보이지 않았다. 어쩌다 발견하는 것들도 이미 흐려질 대로 흐려져 의미가 없는 것들이 대부분이었다. 이래서야 광대에게 들 낯이 없다.

　　한참 동안 숲을 뒤지던 나이팅게일은 나뭇가지에 주저앉아 아픈 날개를 쉬었다.

　　"……찮아, 아무도 없어."

　　"우리 아빠가 숲엔 들어가지 말라고 그랬단 말야!"

　　"깊이 들어온 것도 아니잖아. 마을까진 금방이야. 나랑 만나는 거 싫어?"

　　"아니…… 그건 아니지만……."

　　갑자기 나무 아래가 소란스럽다 했더니, 간 큰 처녀총각이 이 밤에 숲에서 연애 중이었다. 세상에 남의 연애 얘기만큼 재미있는 것도 없다. 나이팅게일은 슬쩍 아래쪽으로 내려가 연인들을 살폈다.

　　「뭐야. 어린애들이잖아?」

　　다 큰 처녀총각인 줄 알았더니, 생각보다 어렸다. 겨우 열넷, 많이 봐주면 열다섯쯤? 하긴 열일곱이면 혼인해서 아이를 가지는 게 이 세계의 평민들이니 딱 연애하기 좋을 나이이긴 했다. 이런 밤에 숲에 들어온 건 대단한 용기이지만.

금빛 도는 붉은 머리칼을 늘어뜨린 소녀는 장래가 기대되는 미인이고, 소녀의 손을 잡아끄는 사람은 이제 막 나기 시작한 수염이 몹시 풋풋한 소년이었다. 아무래도 부모님 몰래 데이트 할 장소를 찾다가 숲까지 들어온 모양이었다.

"달리아, 좋아해."

"으응, 나도."

손가락을 얽고 시선을 마주했다가 얼굴을 붉히고 고개를 돌려버린다. 이런 늦은 밤에 숲까지 온 연인치고는 퍽 보들보들하지 않나. 나이에 맞는 귀여운 연애였다. 입맞춤이라도 하는 걸까 싶어 열심히 구경하던 나이팅게일은 그만 맥이 빠져 버렸다. 저렇게 순진한 연인이라니, 구경할 맛도 안 난다.

「광대 놈의 코를 납작하게 만들어줘야 하는데…….」

충분히 쉬었겠다, 나이팅게일은 다시 날기 시작했다. 벌써 며칠이나 숲을 뒤지고 있었는데 수확 없이 돌아가서 광대 녀석의 구박을 감당할 자신이 없었다. 유들유들한 표정으로 속을 긁어댈 게 뻔하니까. 그때,

「……응?」

낯선 목소리가 들렸다. 가래 끓는 건지, 아니면 목이 쉴 대로 쉰 건지, 듣기 싫은 금속성의 목소리였다.

「오늘따라 숲에 손님이 많네. 누군지는 몰라도, 얼굴이나 좀 볼까?」

이 망할 놈의 호기심 때문에 버린 시간이 이미 한참이건만, 나이팅게일은 목소리의 주인을 찾아 날개를 파닥거렸다. 목소리는

의외일 정도로 가까운 곳에서 들려오고 있었고, 나이팅게일은 금세 목소리의 주인을 찾아냈다.

「히…… 히히히…… 금방 끝나…… 금방……!」

끔찍한 몰골의 땅요정이 나무뿌리 사이에 드러누워 낄낄 웃고 있었다. 수아나의 앞에 나타났을 때보다도 처참한 몰골이었다. 피딱지와 고름에 절은 몸은 멀쩡한 곳을 찾기가 더 어려웠다. 몸에 걸치고 있던 거적은 거적이라는 말이 아까울 정도로 상태가 나빴다.

'뭐야, 저게…….'

나이팅게일은 제 눈을 믿지 못하고 날갯죽지에 눈을 비볐지만 달라지는 건 없었다. 땅요정의 끔찍한 꼴만 더 똑똑히 보게 되었을 뿐이었다.

드러누운 땅요정 위로 달빛이 쏟아지고 있음에도, 주변이 반짝반짝 빛나는 일 따위는 없었다. 오히려 주변은 뭔가에 오염되기라도 한 것처럼 시커멓기만 했다. 찾아내는 흔적마다 흐릿했던 게 당연했다.

「며칠만 더 기다리면 돼. 그럼 이 더러운 몸뚱이 따위 버릴 수 있어……. 히히히!」

히죽히죽 웃는 입술 사이로 듬성듬성 빠진 이가 드러났다. 시커멓게 죽은 피와 침이 흘러넘쳐 땅을 적시며 주변을 검게 물들였다.

나이팅게일은 본능적인 혐오감을 눌러 참고 오랫동안 땅요정을 지켜보았다. 땅요정은 마치 그 자리에 못 박히기라도 한 것처럼 꿈쩍도 하지 않다가, 동녘이 밝아오기 시작하자 그대로 눈을 감은 채 잠에 빠져들었다.

햇살을 맞으며 잠든 땅요정은 그냥 흙무더기처럼 보였다. 나이팅게일은 해가 머리꼭대기에 올라올 때까지 지켜보았지만 흙무더기는 미동도 없었다. 조심조심 내려가 흙무더기를 콕 쪼아보고 파헤쳐 보기도 했지만 흙은 그냥 흙이었다. 이래서야 찾아낸 게 더 용할 지경이었다. 땅요정이 입을 다물고 있었다면 정말 찾지 못했을 것이다.

「기분 나빠……. 으이씨, 이래서야 광대 녀석에게 자랑도 못 하게 생겼잖아?」

나이팅게일은 서둘러 날갯짓을 시작했다. 며칠 안 남았다는 중얼거림이 너무나 불길해서 견딜 수가 없었다.

관처럼 조용하던 소렐 백작부인의 저택이 발칵 뒤집혔다. 아직 산달이 되려면 두 달은 족히 남은 소렐 백작부인이 갑자기 진통을 시작했기 때문이었다.

"물을 데워와. 깨끗한 수건도 가져오고. 산파를 불러와! 아, 의사도!"

"네!"

"너흰 당장 나가서 집안의 창문들을 모조리 닫고, 커튼을 치렴. 쌓인 빨랫감이 있거들랑 죄다 밖으로 내다 놔. 그리고 교회에 가서 성수를 받아와라."

"네!"

끈질기게 저택에 남아 있던 베테랑 시녀 몇몇이 있어 그나마 저택이 굴러갔다. 한밤중에 벌떡 일어난 하녀들은 앞치마를 걸친 채 바쁘게 저택 안을 뛰어다녔다. 액을 쫓을 가시나무와 자수, 천사상과 성수가 저택 곳곳에 놓이고 향유를 넣은 램프가 불을 밝혔다.

날벼락 같은 진통 소식에 다급하게 불려온 의사와 산파 할멈이 허둥지둥 산실 안으로 들어가고 난 뒤, 어린 하녀들은 작은 방에 모여 앉아 불안한 마음을 나눴다.

"이대로 태어나면 팔삭둥이야."

"팔삭둥이는 곧잘 죽는다는데……. 이렇게 빨리 태어나다가 죽기라도 하면 우리한테 불똥 튀는 거 아니야?"

햇빛이 들어오지 못하도록 커튼을 쳐서 어두컴컴한 방 안에서 기도하라고 넣어준 촛불이 위태롭게 흔들거렸다. 그게 꼭 이제 태어나려는 아이의 목숨 같았다.

"제기랄, 빨리 도망갔어야 했어. 내가 뭐 주워 먹을 게 있다고 여기에 붙어 있었나 몰라."

"넌 도망갈 집이라도 있지, 난 여기 아니면 갈 곳도 없어……. 그나저나 왜 이렇게 일찍 태어나는 거지? 역시 고양이 때문인가?"

"야, 고양이가 뭔 재주가 있어서 뱃속의 애를 빨리 나오게 한다고 그래? 당연히 마님께서 건강을 안 돌봐서 그런 거지. 요즘에야 식사도 잘 하시고 산책도 잘 하셨지만 예전엔 아주 대단했잖아."

"그래, 맞아. 게다가 블랙인지 뭣시깽인지 하는 고양이 잃어버리고 사흘이나 우셨잖아. 그때 내가 얼마나 어이가 없었는데. 이집에 고양이라면 지긋지긋하게 많은데 그깟 고양이 한 마리 없어졌다고 아주……. 어휴, 그때 내가 쥐 잡듯 잡힌 거 생각하면 이가 갈려."

"맞아, 맞아. 일부러 도망시킨 거 아니냐고 의심이 대단했었지. 나중엔 몰래 죽여놓고 모른 척하는 거 아니냐고 난리를 피우셨잖아."

"됐어, 다들 닥치고 기도나 해. 마님과 아기가 무사해야 우리도 살아."

어린 하녀들의 수군거림 그대로였다. 수아나는 연두와 광대가 카멜르로 떠날 무렵 블랙을 잃어버렸고, 의지하고 있던 만큼 큰 충격을 받았다. 스노우를 비롯한 다른 고양이들이 있었지만 블랙만큼 그녀를 잘 알아주지는 않았다.

아세라드마저 발길을 끊은 이후론 누구도 찾아오지 않는 저택은 끔찍하게 외롭고 적막했다. 고양이를 끌어안는 걸로는 도저히 달래지지 않는 순간들이 있었다. 하지만 세상이 텅 빈 것만 같은 외로움이 그녀를 덮칠 때면 어김없이 태동이 있어 그녀를 위로해 주었다.

옅은 안개보다 희미하던 모성애가 샘물처럼 솟아나기 시작한 것은 그 무렵이었다. 뱃속에 아기가 있다는 걸 실감하는 순간은 정말이지 뭐라 표현하기 힘든 경이로움, 그 자체였다. 동네 아주머니들의 둥근 배를 만져 보는 것과는 느낌이 전혀 달랐다.

그러나 부풀어가는 배와 함께 끔찍한 공포도 그녀를 찾아왔다. 보기만 해도 눈살이 찌푸려지던 그 땅요정에게 아이를 빼앗길지도 모른다는 상상을 하면 몸이 덜덜 떨렸다.

"안 돼…… 아파…… 안 돼……."

수아나는 지금 자신을 괴롭히는 게 반복적으로 찾아오는 고통인지, 아니면 땅요정에 대한 두려움인지 잘 분간이 되지 않았다. 예상했던 것보다 너무 이른 출산이었고, 이름을 알아보러 간 두 사람은 아직 소식이 없었다.

산파는 고통과 두려움에 젖은 이마를 닦아내며 연신 혀를 찼다. 초산은 으레 힘들다지만 이번은 유독 심했다. 양수가 터진 게 이미 한참 전인데 아기는 나올 낌새조차 보이지 않았다. 수아나가 물고 있는 천은 침과 눈물과 피로 범벅이 되어 엉망이었다. 몇 번이고 정신을 놓으려는 것을, 산파가 그때마다 뺨을 쳐 깨운 탓에 두 뺨도 시뻘겠다.

"정신 차리고 힘주세요!"

"흐으…… 아아아악!"

"손 놓으시고요! 그렇게 배를 감싸 안으면 나오려던 아이도 안 나옵니다! 죽는다니까요!"

산파가 뭐라 하든, 수아나는 정신이 조금 들자마자 배를 끌어안고 몸을 웅크리는 등, 출산을 늦추기 위해 노력했다. 오로지 땅 요정에게 아이를 빼앗기지 않겠다는 일념 하에 하는 짓이었다. 사정 모르는 산파로선 환장할 노릇이었다. 그러다 둘 다 죽는다고 아무리 말해도 듣지를 않으니, 대체 어찌 된 일인지.

'신이시여, 제발……'

팔삭둥이로 태어날 아기 때문에 미리 불려온 의사도 미칠 노릇이긴 마찬가지였다. 파티션 너머의 소리를 듣고 있는 것만으로도 피가 바짝바짝 말랐다. 이래서야 두둑한 보수는커녕 몰매를 맞고 쫓겨나는 일이 생기지는 않을까 걱정이었다.

아침나절부터 시작한 진통은 해가 떨어지고 나서도 계속됐다. 기운 좋은 시녀들이 달려들어 수아나의 팔다리를 주무르고 배를 누르는 등 아기를 빼내기 위해 기를 썼다. 하지만 아기는 여전히 수아나의 뱃속에 있었고 긴 밤은 이제부터가 시작이었다.

'그린!'

수아나는 온몸이 조각나는 것만 같은 고통 속에서 연두를 생각했다. 자신이 위기에 빠져 있을 때마다 이야기 속의 요정대모처

럼 나타나던 그녀를. 아, 하지만 이번에는 그녀도 별수 없을 것만
같다. 더는 버티지 못하겠으니까.

"조금만 더!"

"마님! 안 돼!"

"물, 물 가져와! 데운 물!"

주변의 소리들이 아득하게 멀어졌다. 수아나의 눈앞이 까맣게
물들었다.

이름을 둘러싼 다툼 이후, 연두와 광대의 사이는 몹시 어색해
졌다. 둘 모두 이전처럼 행동하려고 애쓰고는 있었지만 어딘가 미
묘하게 삐걱대는 걸 감추지는 못했다. 결국 둘 사이의 대화는 극
도로 줄어들고 말았다.

'차라리 물어보지 말걸.'

'적당히 대답해 주고 끝낼걸, 쓸데없이 솔직했어.'

스프 그릇을 긁어대는 숟가락 사이로 채 감추지 못한 시선들
이 건네어지다 와스스 떨어졌다. 말 한마디 없이 침묵에 잠긴 식
사 시간, 연두도 광대도 하고 싶은 말을 꾹꾹 눌러 담아 밥 대신
삼켰다.

'스토커 딸린 가난뱅이 주제에 사랑이 뭐라고 감정에 휩쓸려서
는.'

'여기에서만이라도 잘 지내고 싶었는데……'

나이팅게일은 그렇게 두 사람이 서로 속내를 감춘 채 눈치만
살금살금 보고 있던 와중에 나타났다. 스프 그릇을 뒤엎으며 요
란하게 등장해서는, 날개를 퍼덕이며 빽 소리를 지른다. 다 식은
스프가 사방으로 튀었다.

「땅요정을 찾아냈어!」

그거 듣던 중 반가운 말이다. 연두와 광대는 먹던 것도 다 내려놓고 벌떡 일어섰다. 가타부타 말도 없이 나갈 준비를 시작한 둘의 모습은 나이팅게일에겐 몹시 수상쩍고 이상하게 보였다.

「오늘은 웬일로 둘 다 말이 없어? 분위기는 또 왜 이래? 둘이 싸웠어?」

연두는 쓸데없는 오지랖에 혀를 차며 나이팅게일을 엎질러진 스프에서 건져 냈다. 안 그래도 볼품없는 날개가 스프에 젖어 엉망이었다.

"시끄러워, 기껏 끓인 스프를 다 엎어놓은 주제에 말이 많아."

「기껏 땅요정을 찾아냈는데 잘했단 소리도 없어.」

"오냐, 미안타. 고맙다. 그래서 거기가 어딘데?"

나이팅게일은 부지런히 깃을 손질하기 시작했다. 연두가 끓인 스프는 역시 맛이 없었다. 이 정도로 요리를 못하면 그것도 재능이었다.

「어차피 지금은 그냥 흙무더기라 찾아가 봐야 별것도 없어. 밤은 되어야 입을 나불거릴 상태가 되는 모양이야.」

"어차피 해가 지려면 금방인데 가서 기다리고 있지 뭐. 도망가면 곤란하잖아."

「꼭 뭐에 꿰이기라도 한 것처럼 꿈쩍도 안 하던데.」

"급한 것처럼 쳐들어와 놓고 갑자기 웬 여유야?"

연두의 짜증에 나이팅게일은 괜히 딴청을 부렸다. 그러면서 흘끔흘끔 연두와 광대를 관찰하니, 둘 사이가 이상하리만치 어색하다는 걸 알겠다. 자리를 비운 며칠 사이에 대체 무슨 일이 있었던 건지.

'뭐어…… 남녀사이가 매양 맑을 수는 없는 거니까. 응. 이것도 좋은 징조지!'

좁은 오두막에서 함께 지내는 주제에 너무 진도가 안 나가 답답했는데, 서로 어색해할 정도의 일이 생긴 거라면 그게 뭐든 대환영이다. 니니스가 골라낸 사람인데 설마 파국까지야 가겠나.

나이팅게일의 속셈을 알 리 없는 두 사람은 깃 손질이 끝나자마자 나이팅게일을 닦달해 기어이 땅요정의 흙무더기를 찾아갔다. 한낮의 햇살이 쏟아지고 있음에도 땅요정의 흙무더기 주변은 어딘지 음산한 기운이 감돌았다. 나이팅게일의 안내가 없었다면 실수로라도 발을 들이지 않았을 정도로 기분 나쁜 곳이었다.

광대는 주변 흙의 상태를 살펴보고 혀를 찼다. 이상하게 검다했더니 땅이 썩기 직전이었다. 늪지대인 것도 아니고, 낙엽이 지나치게 쌓인 것도 아니며, 통풍이 되지 않는 것도 아닌데.

"그 땅요정, 제대로 맛이 갔나 본데."

「그렇다니까.」

"그래도 혹시 모르니까 부근에서 지켜보자."

두 사람은 숨을 곳을 찾아 주변을 뒤졌지만, 딱히 숨을 만한 곳이 없었다. 본래는 주변에 있는 바위 뒤에 숨어 있으려고 했는데, 나이팅게일이 땅 위에 서 있으면 땅요정이 알아차릴지도 모른다는 주장을 하는 바람에 애매해졌다.

「땅요정이 괜히 땅요정이야? 그 꼴이 났어도 조심은 해야지.」

"그래도 그렇지, 땅에 발을 안 디디면 뭘 어떻게 있으라는 거야? 나무라도 타?"

「나무 탈 줄 알아?」

되레 순진하게 물어오는 통에 연두는 그만 이마를 짚고 말았

다. 도시에서 나고 자란 사람이 나무를 타긴 뭘 타나. 사다리나
잘 타면 다행인데.

「나무 탈 줄도 모르면서 말은……. 괜히 기대했잖아. 여기 어때?」

울컥 화를 내려던 연두는 나이팅게일이 가리킨 곳을 보고 그만
입을 다물었다. 왜 보지 못했나 싶을 정도로 커다란 나무 가운데
에 구멍이 뻥 뚫려 있었다. 어찌나 큰 구멍인지, 성인 여자 두 명
은 족히 들어가고도 남을 것 같다.

"의외로 괜찮은데?"

연두는 시험 삼아 나무구멍에 들어가 봤다가 의외의 안락함에
깜짝 놀랐다. 햇살은 살랑살랑 들어오면서 바람은 막아주어 포근
하기까지 하니, 자칫 잠이 들 걸 걱정해야 할 것만 같다.

"강연두, 잠깐만 나와봐."

광대가 연두를 불러냈다. 그는 어리둥절한 채 나오는 연두를
옆에 세워두고 나무구멍 안에 마른 낙엽을 두둑이 깐 뒤, 훌쩍
들어가 자리를 잡았다. 그리곤 제 앞을 두드리며 연두더러 들어
오라 손짓을 하는 게 아닌가.

"아니, 네가 거길 왜 들어가? 너 나무 잘 타잖아. 나무 타."

"내가 무슨 나무를 잘 탄다고 그래?"

연두는 뒷목을 잡았다. 시시때때로 새집에서 알을 훔쳐오던 게
누군데 이제 와서 저런 말도 안 되는 거짓말을 하나. 조금 전까지
눈도 제대로 안 마주치던 사람이 하는 짓치고는 너무 깜찍하지
않은가.

「둘이 알아서 해. 난 간다.」

"야!"

나이팅게일은 훌쩍 날아가 버렸고, 갈팡질팡 고민하던 연두는

결국 이를 악물고 나무구멍 안으로 들어갔다. 광대가 깔아놓은 낙엽 덕분에 엉덩이가 몹시 푹신했다.

아까보다 훌쩍 좁아진 구멍 안에 적당히 자리를 잡았다 싶었는데, 갑자기 광대가 그녀를 감싸 안고 몸을 끌어당겼다. 몸이 편안히 기울어지면서 단단한 가슴에 등이 툭, 닿았다. 따뜻한 온기가 전해지고 조용한 숨소리가 귓가를 간질였다. 지독히 상처 입어 다시는 뛰지 않을 줄 알았던 심장이 입 밖으로 튀어나올 것처럼 날뛰기 시작했다.

"……너 뭐 하는 짓이야."

"그렇게 웅크리고 앉으면 불편하잖아. 기대서 편하게 있으라고."

"나가면 아는 척도 안 할 거라며! 그럴 거면 이렇게 잘해주면 안 되지!"

"안에선 널 지켜주고 도와주겠다고 했잖아. 그냥 편하게 있어."

안에서는, 이라고 한정짓는 말이 어찌나 서러운지. 상대는 안과 밖을 분명하게 나누고 똑똑하게 행동하고 있는데 혼자서만 바보 멍청이가 된 기분이다. 연두는 괜히 뜨거워지는 눈을 꽉 눌렀다.

그리고 광대는 퍽 난감해졌다. 울릴 생각은 아니었는데 울기 직전까지 가버렸으니, 이를 어쩐다. 그는 어찌할 바를 모르고 입술을 달싹거리다 결국 짙은 한숨을 내쉬었다. 거짓말에는 제법 도가 텄다 생각했는데, 어째 연두에게만은 좀체 거짓말을 할 수가 없었다.

오늘 낮까지만 해도 솔직하지 말았어야 한다고 후회했던 주제에, 그는 또다시 솔직해졌다.

"……나도 내 이름 있으면 좋지."

"그런데 왜!"

"하지만 넌 분명 날 버릴 거야."

깊은 서늘함과 쓸쓸함이 담긴 목소리가 어깨 위로 떨어져 내렸다. 지금 광대의 목소리가 형태를 가진다면, 그건 분명 가을의 낙엽 형태를 하고 있을 것이다. 그것도 나뭇가지에 매달려 마지막 아름다움을 뽐내는 것이 아니라, 길바닥에 나뒹굴며 초라하게 일그러져 버린 모습으로.

"아무도 불러주지 않는 이름을 혼자서 곱씹고 있을 생각은 없어."

"일어나지도 않은 일을 왜 사서 걱정해?"

"지지 않는 해는 없어. 넌 날 버릴 거고 나는 끝내 혼자 남을 거야."

연두는 더 견디지 못하고 몸을 돌렸다. 나비의 날갯짓처럼 팔랑거리는 검고 긴 속눈썹 아래에 아름다운 호박이 숨어 있었다. 어둠 속에서 더욱 은은한 광채가 흐르는 호박이 연두의 가슴을 뒤흔들었다.

"대체 왜 그렇게 생각하는 거야? 내가 왜 널 버려? 이 세계에서 겪은 일을 나눌 수 있는 상대가 너 말고 또 누가 있어서?"

광대는 대답하지 않았다. 그는 그저 연두는 감히 가늠할 수 없는 세월을 담은 눈으로 웃었을 뿐이었다. 그게 마치 나이든 할아버지가 어린 손녀의 재롱을 보며 귀여워하는 것만 같아 연두는 자존심이 조금 상했다.

"그럼, 평생을 약속하면 이름을 지어도 된다는 거겠지?"

"인간의 약속은 믿을 수 없어."

"꼭 땅요정 같은 소릴 하네. 너, 내가 약속 어기면 그땐 날 죽여도 좋아."

"……"

"아무렇지 않게 그레텔을 죽이고 오겠다고 했던 거 보면 그만한 실력도 있겠지. 괜히 증거 남겼다가 꼬리 잡히지 말고 제대로 죽여."

광대는 황당함에 말을 잃었다. 연두의 장담을 제가 정말 실행할 수 있을지 없을지는 둘째치고라도, 평생이라니…… 그 무슨 달짝지근한 말인지. 그는 아찔해지려는 정신을 붙들고 억지 미소를 지었다.

"그런 말 함부로 하는 거 아니야. 목숨을 걸려면 좀 더 중요한 것에 걸어."

"너야말로 그렇게 쉽게 사람 못 믿겠다고 하는 거 아니야. 혹시 알아? 내가 아닌 네가 날 버릴지?"

연두는 차갑게 웃었다. 스토커가 광대를 따라다니기 시작하면, 그때 그는 어떻게 반응할까. 몰래 찍힌 불법 촬영 사진, 피 묻은 옷가지, 장문의 협박 편지를 받으면서도 자신과 인연을 유지할 수 있을까?

"너에게 있는 사정이 뭔지 모르지만, 내게도 사정쯤은 있어. 각오하고 내민 손을 그따위로 쳐 내지 마."

"……일단 이번 일을 끝내고 나면, 그때 다시 얘기하자."

"그래, 약속. 손가락 걸어. 그때 가서 또 회피하기만 해봐."

광대는 서투른 손짓으로 연두와 새끼손가락을 걸었다. 얽은 손가락에서, 어깨를 짚은 손에서 전해지는 체온이 도저히 놓을 수 없을 만치 사랑스러웠다. 일찍이 경험해 본 일 없는 감정이 그를 옭아맸다.

"반드시 무사히 돌려보내 줄게."

"음……? 당연한 말을 뭘 그렇게 진지한 얼굴로 말해? 괜히 무섭게."

광대는 부러 눈꼬리를 접고 입술을 말아 올려 웃는 얼굴을 만들어냈다.

"이런 건 진지하게 말해야 그럴듯하잖아."

"싱겁긴……."

손가락을 건 약속 이후, 연두는 다시 광대의 품에 안겨 편안히 등을 기댄 자세로 돌아갔다. 물론 자세만 그렇지 그 속내까지 편하지는 않았지만, 그건 광대도 마찬가지였다.

둘이 들어가 딱 들어맞는 나무구멍은 두 사람의 심장 소리와 숨소리로 가득 차올랐다. 가을의 바람 소리와 새소리가 배경음처럼 흘러가는 와중에 신경만 올올이 곤두섰다. 맞닿은 살갗의 체온이 지나치게 따뜻했다.

해가 지기 시작했다. 새빨간 노을이 빨간 단풍을 더욱 빨갛게 칠하다가 남은 물감을 흙바닥에 뚝뚝 떨어뜨렸다. 땅요정이 누워 있던 자리에도 공평하게 물감이 떨어졌다. 그러자 새로 떨어진 낙엽을 쓰고 있던 흙무더기가 조금씩 움찔거렸다.

"으……."

"쉿."

연두가 오소소 돋아난 소름을 가라앉히는 동안, 광대는 연두의 입을 막은 채 흙무더기에 좀 더 시선을 집중했다. 쉴 새 없이 들썩거리는 흙무더기에서 개미며 땅강아지며 하는 것들이 기어나와 주변으로 흩어졌다.

시간이 좀 더 지났다. 한줌의 노을빛마저 사라지고 달이 제 모습을 드러냈다. 땅요정은 흙무더기에 달빛이 닿고 나서야 겨우 모습을 드러냈는데, 어제 나이팅게일이 보았던 것보다 더 끔찍해져

있었다. 큰 눈은 눈알이 굴러떨어질 것 같고, 커다란 매부리코는
종기로 뒤덮였다. 피고름과 딱지로 덮인 피부는 보는 것만으로도
사람을 질리게 만들었다.

「히히…….」

땅요정은 여기저기 비틀린 팔다리를 제 손으로 끼워 맞추며 일
어섰다. 구멍 난 거적 사이로 뱃가죽에 난 구멍이 보였다. 거적에
덕지덕지 묻은 검은 것이 뭔가 했더니 피였던 게다.

땅요정이 한 발짝 걸음을 옮길 때마다 시커먼 발자국이 찍혔
다. 사방으로 고약한 썩은 내가 퍼졌다.

「내가 이겼어. 이겼다구! 히히!」

흰 달빛이 쏟아졌다. 땅요정은 달빛을 뒤집어쓴 채 춤추기 시
작했다.

나는 멋쟁이 땅요정
약속을 지키는 신의 있는 땅요정
내 이름은 룸펠슈틸츠헨 Rumpelstilzchen
마녀가 지어준 이름
하지만 아무도 모르지
불러주는 사람은 아무도 없지
내 이름은 룸펠슈틸츠헨 Rumpelstilzchen
아무도 모르는 이름
내게 승리를 가져다 줄 이름
룸펠슈틸츠헨!

그 다리로 무슨 힘이 났는지, 땅요정은 목청껏 춤추고 노래하

며 날뛰었다. 이제껏 자신이 드러누워 있던 흙무더기를 마구 밟아대기도 했다. 어제는 나무뿌리 사이에 꼬치 꿰인 것처럼 꼼짝도 않았다더니, 다 거짓말 같다.

땅요정은 주변을 쿵쿵대며 돌아다니고 쌓인 낙엽을 파헤쳤다. 연두와 광대가 본래 숨으려던 바위 뒤쪽을 확인하는 것도 모자라 그들이 숨어 있는 나무도 살폈다. 광대가 파드득 놀라는 연두를 끌어안고 입을 막으며 속삭였다.

"쉿……. 조용히."

광대가 무슨 재주를 부리기라도 했는지, 땅요정은 코앞에 있는 나무구멍이 보이지 않는 것처럼 굴었다. 광대의 품에 안겨 딱딱하게 굳어 있던 연두는 입을 막은 그의 손에 제 손을 더했다. 견디지 못하고 비명을 질렀다가 들키기라도 하면 큰일이었다. 그녀의 등이 쏟아지는 식은땀으로 흠뻑 젖었다.

다행히도, 땅요정은 크기만 크지 별거 없는 나무에 금세 흥미를 잃고 돌아섰다. 근처를 기웃대던 짐승들이 땅요정이 풍기는 고약한 냄새와 괴성에 학을 떼고 도망갔다.

「키키키…….」

땅요정이 소리 내어 웃을 때마다 피인지 침인지 모를 뭔지 모를 것들이 입 밖으로 튀어나갔다. 땅요정은 너덜거리는 손가락을 쪽쪽 빨고 노래 같지 않은 노래를 흥얼대면서, 춤이라도 추는 듯한 걸음걸이로 그 자리를 떠났다. 땅요정이 있던 자리에 흰 달빛이 쏟아졌지만, 땅요정이 남긴 흔적 중 어느 것도 빛나지 않았다.

연두와 광대는 땅요정이 멀리 사라져 가는 것을 보면서도 차마 바로 나오지 못하고 한참을 더 나무구멍 안에서 머물렀다. 끔찍한 몰골의 땅요정이 나무구멍 코앞에까지 고개를 들이밀었던 여파가 몹시 컸다.

연두는 간신히 나무구멍에서 기어 나와 땅을 딛고 선 뒤에도 좀체 진정하지를 못했다. 백태 낀 눈동자에 비치던 자신의 얼굴을 떠올리면 저절로 소름이 돋고 몸이 부르르 떨렸다.

"……나 저 얼굴 꿈에 나올 것 같아."

"꿈에만 나오면 다행이게? 가위 눌리면 말해, 깨워줄게."

광대의 농담을 얼른 알아듣지 못하고 잠깐 멍청한 표정을 지었던 연두가 뒤늦게 입을 삐죽 내밀었다.

"한겨울에 까치 얼어 죽는 소릴 하고 있어."

"얼어 죽은 까치 구워 먹으면 맛있어."

"야!"

광대는 낄낄 웃으며 바닥에 동그라미를 그렸다. 그 안에 세모를 그리고, 네모를 그리고, 다시 원을 그렸다. 연두는 알아보지 못할 글자들도 적었다.

"이게 뭐야?"

"빨리 가야지. 마법을 쓰자."

마법에 대한 재주는 개미 눈물 정도 밖에 안 된다더니, 웬 마법이람. 연두는 무심결에 눈썹을 하늘로 치켜 올렸지만, 이겼다를 반복하던 땅요정을 생각하면 당장 가야 할 것 같은 기분이 들긴 했다.

"아기가 태어날 때까지는 거의 두 달은 남았을 텐데."

"혹시 알아? 팔삭둥이로 나올지. 자, 이리와."

복잡하게 그린 도형의 가운데에 선 광대가 양팔을 벌렸다. 뛰어 들어가 안기면 되는데, 연두는 저도 모르게 멈칫거리고 말았다. 아직도 등에 광대의 체온이 남아 있었다. 머뭇대는 연두를 향해 광대가 짓궂은 미소를 지었다.

"왜 망설여? 나한테 더 빠질까 봐 무서워? 평생을 약속하겠다 더니, 거짓말이었군."

"무, 무슨 말이 그래? 잘못 들으면 내가 청혼이라도 한 줄 알겠네!"

「아가씨, 광대한테 청혼했어? 이야, 빠른데?」

땅요정이 나다닐 땐 코빼기도 안 보이던 나이팅게일이 뒤늦게 나타나 깐죽거렸다. 연두가 바닥의 돌멩이를 주워 던졌지만 그게 퍽이나 맞겠다. 게다가 나이팅게일이 광대의 어깨에 올라앉은 뒤에는 그것마저 포기해야 했다.

「……이봐, 괜찮겠어?」

광대는 나이팅게일의 속삭임 따위는 무시하고 연두를 끌어당겼다. 연두는 별 반항도 없이 순순히 끌려와 그에게 안겼다.

"꽉 잡아."

광대는 연두더러 꽉 잡으라고 해놓고 저가 더 그녀를 단단히 끌어안았다. 그에 비하면 터무니없을 정도로 가느다란 몸이 품 안에 쏙 들어왔다. 허리를 감싸는 체온이 지나치게 자극적이었다. 향긋한 체향이 콧속으로 밀려들어 머리가 아찔해졌다. 그는 억지로 머리를 흔들며 잡념도 함께 털어냈다.

'젠장, 안 그래도 정신 차려야 하는데.'

두 사람의 머리 위로 달빛이 쏟아졌다. 광대는 희미한 희망을 품었다. 이만한 달빛이면, 생각보다 피해가 적을 수도 있겠다고. 그는 이를 악물고 마법을 발동시켰다. 그들이 밟고 있는 마법진이 새파랗게 빛났다.

연두는 몸속의 내장이 떠오르는 느낌에 눈을 질끈 감았다. 고소공포증도 고소공포증이지만 이 느낌이 싫어서 바이킹이고 롤러코스터고 아무것도 못 타는데! 그녀는 살짝 안는 시늉만 했던 광대의 허리를 있는 힘껏 끌어안았다.

곧 빛이 사그라지고, 내장이 떠오르는 느낌도 사라졌다. 연두는 살짝 눈을 떴다가 눈앞에 보이는 광경에 대단히 감탄하고 말았다. 조금 전까지 달빛이 내린 숲속에 서 있었는데, 지금은 눈이 번쩍 뜨이도록 호화로운 교회 안이었다.

달빛에 호화로운 색을 입히는 스테인드글라스, 조용히 타오르는 촛불들, 향기롭게 불타오르는 등불들, 드높은 천장과 벽을 장식한 아름다운 그림들. 카멜르의 교회가 시골의 그저 그런 교회로 보일 만큼 황홀한 공간이다. 연두는 광대의 팔 안에 갇힌 채로 고개만 돌려가며 사방을 구경했다. 어느 것 하나 예사로운 것이 없는 곳이라, 연두의 호기심은 폭발하기 직전까지 부풀어 올랐다.

"우와……. 여기, 여기 어디야?"

"……."

"야아, 여기 어디냐니까……. 야?"

등을 안고 있던 손이 툭 떨어졌다. 힘없이 쓰러지는 광대를, 연두는 간신히 받치고 섰다. 안 그래도 훌쩍 키가 큰데 힘없이 늘어지기까지 하자 어마무지하게 무거워졌다.

"왜…… 왜 이래? 응? 야아!"

와락 겁이 난 연두가 광대를 흔들었지만 그는 반응이 없었다. 축 늘어진 팔이 힘없이 흔들렸다. 어깨 부근이 축축하게 젖어들고 지독한 피비린내가 코를 찔렀다.

연두의 심장이 덜컥 내려앉았다. 마법엔 재주도 뭣도 없다고 해놓고 무리하게 마법 따위를 써서 크게 다치기라도 한 거면 어떡하지. 그녀는 끙끙대며 광대를 바닥에 눕혔다. 눕혀놓고 보니 상태가 심각하다는 게 한눈에 보였다. 호박처럼 아름답던 눈동자는 굳게 닫힌 눈꺼풀에 가려 보이지 않고, 안 그래도 흰 편이었던 피부는 그저 창백했다. 조금 전에 토한 피가 그의 입과 목, 앞섶까지 번져 온통 붉었다.

속에서 뭔가가 쿵 떨어졌다. 연두는 자기도 모르게 입을 틀어막았다. 비명이 나올 것 같았다. 뭔 일이 있어도 다치지 않을 것 같았던 사람이었다. 폭풍우 속에 내던져진 배처럼 흔들리는 연두를 이끌어주던 등대 같은 사람이었다. 이런 꼴로 쓰러질 거라곤 한 번도 상상해 본 적이 없었다.

연두는 몇 번이나 침을 삼키고 나서야 겨우 입에서 손을 뗐다. 그리고 소맷자락으로 광대의 얼굴을 닦아내기 시작했다.

「아가씨, 정신 차려!」

"내상…… 내상 치료는 못 배웠어……. 어떡해……."

스스로도 눈치채지 못한 사이 연두의 얼굴은 눈물로 죄 젖어버렸다. 그녀는 광대의 피를 닦아내다가 또 울컥 토해내는 피에 어쩔 줄을 모르고 다시 눈물을 흘렸다. 어느 모로 보나 완전히 패닉에 빠진 듯한 모습이었다.

나이팅게일은 그런 둘의 주변을 파닥거리고 날다가 제기랄, 하고 욕을 했다. 광대가 쓰러진 건 예상 범위 내의 일이었다. 아무리 달빛이 도와줬대도 제 그릇을 넘어서는 마법을 썼으니 당연한 결과였다. 그러나 연두가 이렇게까지 흔들릴 거라고는 생각하지 못했다.

'생각보다 별로 안 다친 건데……. 그런 얘길 했다간 정말 미움받겠지?'

나이팅게일은 연두를 달래거나 하는 대신 주변을 살펴보았다. 그는 이곳이 어디인지 알고 있었다. 광대가 종종 아셰라드를 만나러 오곤 하던 교회였다. 오로지 왕족만을 위한 왕궁내의 예배당.

「아가씨, 내가 신데렐라를 불러올게. 여기서 기다리고 있어.」

"신데…… 아셰라드?"

「아주 정신을 놓은 건 아니었네? 아무튼 잠깐만 기다려. 금방 불러올게.」

　연두가 무언가 말을 했지만, 나이팅게일은 마음이 급했다. 그는 열심히 날갯짓해 교회를 빠져나갔다. 말하는 새의 등장을 아셰라드가 어떻게 생각할지는 모르겠지만 그녀 말고는 기댈 곳이 없었다.

　아셰라드는 수아나의 조산 소식 때문에 제대로 잠을 이루지 못하고 있었다. 땅요정이 제시한 기한은 아기가 태어나고 열흘까지였다. 진통이 시작됐단 말을 듣자마자 카멜르에 전서구를 보내놓았지만 걱정이 되는 건 어쩔 수 없었다. 카멜르는 멀었고 비둘기의 날개는 연약했다.

　그런 그녀에게 나타난 말하는 새는 갑작스럽긴 해도 놀랍지는 않았다. 요정대모의 유리구두와 땅요정도 겪었는데 말하는 새쯤이야. 그녀가 간신히 구색만 갖춘 옷차림으로 예배당에 도착했을 때, 연두는 광대의 머리를 끌어안고 멍하니 앉아 있었다. 치마고 소맷자락이고 전부 광대의 피로 새빨갛고, 백지장 같은 얼굴은 온통 눈물범벅이다.

"그린."

　아셰라드가 조심스레 불렀지만 연두는 고개도 들지 않았다. 그 어떤 소리도 그녀의 귀에는 닿지 않는 것처럼 보였다. 눈앞에 손을 흔들어 보아도 반응이 없었다. 결국 아셰라드는 나이팅게일을 손짓해 불렀다.

"피에로는 죽은 건가?"

「아니. 워낙에 큰 마법을 써서 저 꼴이 나긴 했지만 죽지는 않을 거야.」

"그래? 마법은 못 쓴다더니……."

미간을 찌푸린 채 말이 없는 아셰라드를 어떻게 생각했는지, 얌전히 그녀의 손가락에 앉아 있던 나이팅게일이 첨언했다.

「당신의 유리구두는 이동마법과는 비교도 안 되게 큰 마법이야. 니니스의 역작이라고. 저기 엎어진 광대는 흉내도 못 내.」

"니니스……?"

「대모님의 이름 정도는 알 때도 됐지. 아무튼 광대 녀석이 저래서야 아가씨도 입을 열 거 같지가 않은데, 좀 도와줘.」

"나도 모르는 요정대모의 이름을 알고 있는 걸 보니 너도 예삿놈은 아니구나. 그래도 그렇지, 땅요정의 이름을 알고 싶거든 당장 뛰어오라며 난리를 칠 때는 언제고……. 너는 저 피에로보다더 뻔뻔한 녀석이야."

나이팅게일은 아셰라드의 힐난에도 끄떡도 하지 않았다. 아무것도 못 들은 척 날갯죽지에 머리를 비빌 뿐.

아셰라드는 시체처럼 희게 질린 얼굴을 하고 있는 광대를 물끄러미 바라보았다. 흥건하게 쏟아낸 피의 양이 만만치 않다. 그녀는 문득 밀려온 피비린내에 콧잔등을 찡그렸다.

"깨어날 수는 있나?"

「그럼, 당연하지. 왜 아직까지 안 일어났지? 깨어날 때도 됐는데.」

"약혼녀의 품에 안겨 있는 게 좋은가 보지."

아셰라드는 한숨과 함께 광대의 곁에 주저앉았다. 슬쩍 코에 손가락을 가져다 대보니 희미한 숨이 느껴졌다. 아셰라드는 그의 귓가에 나직이 속삭였다.

"피에로, 수아나가 조산했어. 아들을 낳았지."

까마귀의 깃털처럼 검은 눈썹은 꿈쩍도 하지 않았다.

"곧 땅요정이 올 거야. 그전에 빨리 일어나서 그린이 땅요정의 이름을 말하게 해. 그렇지 않으면……."

아셰라드는 슬쩍 연두에게 시선을 주었다. 창백한 낯짝에 시퍼런 입술, 넋 나간 표정……. 그녀가 요정대모 삼고 싶어 할 정도로 의지가 되던 여자는 어디로 갔는지 없고 지나치게 큰 충격을 받은 평범한 계집애만 거기에 있었다.

아셰라드의 속이 부글부글 끓어올랐다. 넋이 나간 채로 앉아 있는 연두의 모습이, 마치 아버지의 실종을 받아들이지 못하고 눈감고 귀 막은 채 바보처럼 굴 때의 자신과 겹쳐 보였다. 연인이 아니라고 그렇게 우기더니 이게 뭔가.

"그렇지 않으면, 내 남편이 크게 분노할 거야. 넌 이렇게 누워 있으니, 그린이 그 불똥을 다 뒤집어쓰겠지. 분명 목숨 부지도 어려울 거란다."

이렇게까지 말했는데 안 일어나기만 해봐라. 아셰라드는 가차 없이 뺨이라도 때릴 마음을 먹었다. 그리고 정말 다행히도, 그녀의 협박은 나름의 효과를 거뒀다.

굳건히 닫혀 있던 눈꺼풀이 파르르 떨렸다. 긴 속눈썹이 팔랑팔랑 흔들리고 짙은 호박색 눈동자가 모습을 드러냈다. 제대로 초점을 잡지 못하고 흔들리던 눈동자가 연두의 얼굴을 보자마자 반짝, 생기를 띠었다. 서늘하게 식은 손이 눈물로 젖은 뺨을 쓰다듬었다.

"……강, ……연두……."

토해낸 피로 붉게 물든 입술이 연두의 이름을 불렀다. 엉망으로 갈라진 목소리가 멍하니 넋을 놓은 채 앉아 있던 연두를 불러 깨웠다. 노란 촛불이 온통 까맣기만 하던 그녀의 시야에 불을 밝혔다. 뒤이어 색색으로 물든 달빛을 뒤집어쓴 광대의 얼굴이 보였다. 피에 젖은 입술이나 창백한 안색은 그대로지만, 노랗게 빛나는 눈동자는 횃불보다 더 따뜻했다.

"울지 마."

조금 전보다는 훨씬 명료해진 목소리였다. 연두는 저가 또 울고 있다는 걸 알았다. 서둘러 옷소매로 얼굴을 닦았지만, 광대의 피를 얼굴에 문지르는 꼴이 되고 말았다. 흰 뺨이 광대의 피로 시뻘게졌다.

광대는 가만히 그 꼴을 보고 있다가, 슬쩍 손을 내밀어 연두의 눈물을 훔쳐내 핥았다. 손가락에 묻은 눈물에서는 짠맛이 났다. 연두의 뺨과 목이 새빨갛게 물들었다.

아셰라드는 바로 눈앞에서 벌어지는 애정행각이 어이가 없어 입을 다물 수가 없었다. 아무래도 저 둘의 눈에는 바로 옆에 있는 자신이 아예 보이지도 않는 모양이었다.

"정신 차렸으면 이만 일어나는 게 어떻겠니."

연두는 화들짝 놀랐고, 광대는 굉장히 귀찮고 짜증난다는 표정을 숨기지도 않은 채 몸을 일으켰다. 도와주려는 손도 거절하고 가뿐하게 일어나 앉는 동작이 몹시 가벼웠다. 조금 전에 그렇게 많은 피를 토하고 쓰러져 있던 사람이라는 게 믿어지지 않을 정도였다.

그 가벼운 몸놀림에 아셰라드는 미간을 좁힌 채 혀를 찼지만, 치맛자락을 온통 피로 적신 연두의 생각은 달랐다. 불안한 표정을 감추지 못하고 광대의 옷자락을 움켜쥐었다.

"괜찮아."

"피를 이렇게 쏟아놓고!"

"이제 멀쩡해. 생각보다 피를 조금 많이 쏟긴 했지만, 그렇게 큰 부상은 아니니까 그렇게 정색하지 않아도 돼."

그렇게 말하는 광대는 확실히 조금 전보다 안색이 좋아 보였다. 조금 쉰 것 같긴 하지만 목소리도 거의 다 돌아왔다. 결국 연두는 손을 놓을 수밖에 없었다. 그러나 광대는 멀어지려는 그녀의 손을 낚아채 쥔 채 아셰라드에게 몸을 돌렸다. 부지불식간에 그에게 손이 잡힌 연두가 다시 열이 오르는 얼굴에 열심히 부채질을 시작했다.

아셰라드가 그 둘을 향해 뭐라 형언하기 힘든 표정을 짓고 있었지만 광대는 개의치 않았다. 태연히 어깨를 으쓱이며 묻는다.

"아까 제대로 못 들어서요. 수아나가 조산이라고요?"

"맞아. 팔삭둥이를 낳았지."

연두도 광대도 순간 땅요정을 떠올렸다. 아셰라드의 어깨에 앉아 있던 나이팅게일이 새삼 날개를 퍼덕거렸다.

「금방 끝나…… 금방……. 며칠만 더 기다리면 돼……!」

나이팅게일이 말을 전해주었을 때, 그게 뭘 뜻하는지는 몰라도 그저 불길했다. 그래서 이름을 알자마자 광대는 마법을 썼고 연두는 그를 말리지 않았다. 광대가 나직이 신음을 흘렸다.

"어쩐지 불길하더라니……. 급하게 오길 잘했군요."

"그래. 전서구를 보내긴 했지만 제시간에 도착할 거라곤 장담할 수 없었으니까. 저 새가 날 찾아왔을 땐 정말 깜짝 놀랐단다."

땅요정이 정한 기한은 아기가 태어나고 열흘. 설마하니 열 달을 못 채우고 나올 줄 누가 알았으랴. 두 달이나 남았다고 여유롭게 굴었다간 분명히 기한을 넘겼을 상황이었다.

광대는 거의 썩기 직전이었던 흙과, 눈 뜨고 볼 수 없을 정도로 처참한 꼴을 하고 있던 땅요정의 외양을 생각했다. 이전에 보았을 때도 상태가 썩 좋진 않았지만, 이렇게 급격히 망가진 데에는 분명 이유가 있을 터였다. 이를테면,

"기한을 당기려고 술수를 부렸나……."

"……땅요정이? 요정은 약속을 지킨다고 그랬잖아. 인간과는 다르다고 그렇게 날뛰어놓고 그런 꼼수를 썼다고? 조산이라니, 자칫하다간 엄마도 아기도 죽어!"

"그런 꼼수를 썼으니까 그 꼴이 된 거겠지. 장담하는데, 아기는 멀쩡할걸. 그렇죠, 비전하?"

아셰라드는 무겁게 고개를 끄덕였다. 수아나가 낳은 아기는 남자아이였는데, 팔삭둥이라는 게 믿기지 않을 정도로 건강했다. 하지만 수아나는 아니었다. 초산이면서 난산을 겪은 그녀는 몇 시간 동안 하혈했고 피가 멎은 뒤에도 정신을 차리지 못하고 있었다.

"아기는 아무 문제 없단다. 문제라면 수아나지……. 젊은 산모인데 좀처럼 깨어나질 못해서 걱정이야. 그래도 그 애의 곁에 붙은 의사가 많으니까 곧 눈을 뜰 거란다."

"아뇨."

광대가 아셰라드의 낙관적인 예측에 찬물을 끼얹었다.

"조산을 하게 만들 정도로 음흉한 놈이에요. 약속한 날까지 수아나가 일어나게 놔둘 리 없죠. 설령 그녀가 이름을 알았대도 말할 수 없으면 이름도 댈 수 없으니, 자연히 땅요정의 승리입니다."

"너와 그린이 알고 있는데, 너희가 이름을 대면 안 되는 거니? 특히 그린 너는 조건을 제시하는 현장에 있기도 했었잖니."

「안 돼.」

조용히 입을 다물고 있던 나이팅게일이 나섰다. 세 사람의 시선이 날짐승 한 마리에게 집중됐다.

「요정의 계약은 다른 사람이 대신할 수 없어. 게다가 수아나가 죽은 것도 아니고 살아 있는 상태라면 예외라고 우길 수도 없는걸.」

나이팅게일이 광대를 바라보았다. 광대는 어쩐지 표정이 없는 창백한 낯을 하고 있었다.

「너라면 깨울 수 있어.」

"……."

「다 알면서 뭘 망설여? 기껏 몸 상해가며 시간 맞춰 와놓고, 다 헛수고로 만들 셈이야?」

몸 상해가며, 라는 말에 연두의 가슴이 철렁 내려앉았다. 하긴, 지금 당장은 괜찮아 보여도 조금 전에 그렇게나 피를 쏟았는데 멀쩡하길 바라면 그게 도둑놈 심보다. 광대의 손은 아직도 평소보다 차가웠다. 그녀는 다급히 광대를 끌어당겼다. 아셰라드에게는 들리지 않도록 속삭였다.

"네 몸에 부담 가는 거면 하지 마."

"……."

"그런 표정 짓지 말고!"

그런 표정이라는 게, 대체 무슨 표정인지. 광대는 제 얼굴을 더 듬어보았지만 잘 알 수가 없었다. 그래서 그는 이제껏 으레 지어 왔던 표정을 지었다. 웃는 얼굴이다.

"내버려 두면 수아나는 죽어."

연두의 눈이 커다래졌다. 광대는 가늘게 떨리는 그 눈동자가 몹시 마음에 들었다. 그래, 그는 연두의 이런 면이 좋았다. 매정하게 굴면서도 일단 마음을 주고 나면 어쩔 수 없이 물러지고 마는 다정함이 마음에 들었다. 수아나가 죽고도 그녀가 멀쩡할 것 같지 않았다. 아무렇지 않은 척 할 테지만, 분명 괴로워할 테지. 그녀의 다정한 울타리 안에 들어갈 수는 없지만, 지켜주고 싶었다.

"수아나가 죽으면 후회할 거잖아? 어차피 나한테는 별것도 아닌 일이야. 네 발 치료했던 것보다 쉬울걸."

"그래도……."

"난 돌아가고 싶어. 내 드림랜드가 그립다고."

광대는 연두가 말한 '그런 표정'이 뭔지 알 것만 같았다. 연두가 우는 것도, 웃는 것도 아닌 묘한 표정을 하고 있었다. 마음이 약해졌다. 그는 언젠가 자신이 후회하리라는 걸 알면서도 끝내 이렇게 말할 수밖에 없었다.

"손님…… 으로는 좀 그렇지만, 종종 놀러오는 정도로는 뭐라 하지 않을게."

"……정말이지?"

연두는 이제 광대의 웃는 얼굴에 속지 않았다. 그녀의 눈에 지금 광대는 웃는 게 아니라 마치 우는 것처럼 보였다. 도저히 그냥 내버려 둘 수 없는 얼굴이라, 저절로 심장 부근이 죄어들었다.

"그럼. 그러니까 이만 손 놓지? 아니면, 너도 따라갈래?"

"갈래."

땅요정을 보고 꿈에 나올까 무섭다고 할 때는 언제고, 연두는 대뜸 치맛자락을 움켜쥐고 뛰어갈 준비를 했다. 광대는 그만 헛웃음을 짓고 말았다.

"여전히 간을 배 밖에 내놓고 사네……."

"내가 보기에 그린의 배는 멀쩡한데 재미있는 말을 하는구나. 그래, 얘기는 다 끝났니?"

손바닥 위에서 나이팅게일을 희롱하며 놀고 있던 아셰라드가 심드렁히 물었다. 연두와 광대는 제법 비장하게 고개를 끄덕였지만, 아셰라드는 둘을 바로 수아나에게 데리고 갈 생각이 눈곱만큼도 없었다.

"예배당 밖에 시녀를 불러놓았단다. 따라가서 좀 씻고, 쉬고, 사람 꼴을 만든 다음에 가렴. 어디 그 꼴로 산모를 만나러 가겠다는 건지."

연두와 광대는 새삼 자신들의 몰골을 확인하고 머쓱하게 뒷머리를 긁었다. 안 그래도 낙엽과 흙이 잔뜩 묻어 있던 옷에 피까지 묻으며 엉망진창이었다. 이대로 갔다간 건강한 산모라도 병에 걸릴까 걱정을 해야 할 것이다.

그날 밤은 그렇게 넘어갔다. 연두와 광대는 깨끗하게 씻고, 좋은 음식을 먹고, 편안한 침대에서 푹 잠을 잤다. 그것만으로도 얼굴이 환해져 제법 멀쩡한 사람의 태가 났다.

문제는 그 다음이었다. 깨어나지 못하는 수아나에 대한 국왕의 염려가 어찌나 큰지, 검증된 의사가 아닌 외부인은 그녀의 저택에 들어갈 수가 없게 되고 말았다. 아셰라드가 병문안을 가겠다는 것조차 막히는 형국이었다. 광대는 몰래 다녀오겠다고 했지만, 아셰라드는 반대했다. 어떻게든 제대로 들어갔다 나오는 편이 낫다는 것이다.

"며칠만 더 기다리렴. 어떻게든 들여보내 줄 테니."

시간은 속절없이 흘러갔다. 초조함 속에서 애써 침착함을 가장하며 하루, 이틀, 사흘……. 연두는 퍽 담담하게 굴고 있었지만, 광대는 더 견딜 수가 없었다. 꼼수를 부리기 시작한 땅요정이 무슨 짓을 할지, 아무런 짐작도 되지 않았다.

'이대로는 죽도 밥도 안 돼. 계속 질질 끌었다가 수아나가 죽기라도 하면 그땐 쫄딱 망하는 거야.'

광대는 결국 달밤을 틈타 수아나에게 몰래 가보기로 결정했다. 아셰라드는 물론, 연두에게도 알리지 않은 결심이었다. 어차피 독방을 쓰고 있겠다, 눈치 볼 사람도 없었다.

조금씩 줄어들기 시작한 달이 높이 떠오른 한밤중, 광대는 검은 망토를 뒤집어쓰고 창문을 열었다. 그에게 밤은 익숙한 무대였기에, 램프도 촛불도 필요치 않았다. 그는 걸음이 빨랐다. 그가 인적 드문 거리를 가로질러 수아나의 저택까지 가는 데엔 채 한 시간도 걸리지 않았다. 주인인 수아나의 상태가 좋지 않아 그런지, 저택은 어수선한 기색이 역력했다. 이런 밤에도 사람들이 깨어나 돌아다니고 있었다.

"……아직도 못 일어났대?"

"그렇다니까. 출신도 천한 주제에 정부가 됐다고 우쭐대더니, 꼴좋다."

정원의 나무 그늘 사이에 사람 그림자가 어른거렸다. 앳된 목소리들이 소곤거렸다.

"그래도 조금 불쌍하다……. 그렇게 고생해서 아기를 낳았는데 얼굴도 못 보고 죽을 수도 있는 거잖아."

"그게 운명이면 어쩔 수 없는 거지 뭐. 야, 그래도 방앗간 딸로 태어나서 누릴 수 있는 호사는 다 누려보고 죽는 거잖아. 난 오히려 조금 부러운데?"

"세상에, 얘 좀 봐. 섬뜩한 소릴 하고 앉았어."

광대는 일을 하다말고 수다를 떠는 하녀들 사이를 유유히 가로질러 걸었다. 하녀들은 그에게 눈길을 주었다가도 아무것도 못 본 것처럼 고개를 돌렸다. 그러나 나뭇가지에서 쉬던 새들과 사냥에 열을 올리던 벌레들은 광대가 스쳐 가자마자 기겁을 하고 도망쳤다. 역시 가장 속이기 쉬운 건 인간이었다.

"웃차……."

사람들이 돌아다니느라 문이 열려 있으니 저택 내부를 돌아다니는 건 어린애 팔 비틀기보다 쉬웠다. 그는 여유롭게 수아나의 방에 발을 디뎠다. 수아나의 방은 침묵 속에 잠겨 있었다. 바람이 들어오지 않도록 꼭꼭 닫은 커튼이 달빛 한 줄기도 허락하지 않았다. 조용히 타오르는 촛불 몇 개만이 어두컴컴한 실내를 밝히고 있었다.

"이런, 이런……."

문밖은 제법 소란스럽고 어수선하더니, 정작 수아나의 방을 지키는 건 의사도 시녀도 아닌 하녀 한 명이었다. 하녀는 낮의 일이 고되었는지 의자에 앉아 자는 중이었다. 머릿수건 아래로 삐져나온 긴 갈색 머리카락이 하녀의 얼굴을 베일처럼 가리고 있었다.

광대는 하녀를 무심히 지나쳐 수아나의 곁에 섰다. 수아나는 창백한 안색을 하고 침대에 파묻히다시피 누워 있었다. 몸을 푼 지 며칠이나 지났는데 아직 배도 꺼지지 않은 모습이 몹시 기이했다.

그녀의 숨은 당장 끊어져도 이상하지 않을 정도로 가늘었고, 체온은 죽은 사람처럼 싸늘했다. 심장이 뛰는 간격도 비정상적으로 넓었다. 광대가 뺨을 툭툭 건드려 보았지만 아무 반응이 없었다.

'이거야 원…… 동면하는 다람쥐도 아니고.'

이건 땅요정의 짓이었으니, 인간의 의사들이 손을 놓아버린 것도 어쩔 수 없는 일이었다. 아니기를 바랐건만, 바람은 그저 바람으로 끝났다. 광대는 그 땅요정이 어디까지 타락했는지 가늠하다 그만 고개를 젓고 말았다.

야옹.

수아나의 머리맡에서 몸을 동그랗게 말고 웅크리고 있던 스노우가 광대를 향해 애처롭게 울었다. 수아나의 사랑을 먹고 자란 흰 고양이는 주인이 아프자 함께 앓기라도 하는 것처럼 기운이 없었다. 일전에 달라붙는 스노우를 냅다 밀쳐낸 경력이 있었던 광대였지만, 이번에는 차마 그러지 못했다. 자그마한 머리통을 쓰다듬는 손이 사뭇 다정했다.

"……걱정 마라. 꼭 일어나게 해줄게."

광대는 누워 있는 수아나의 턱을 들어 올리고 그 위로 몸을 굽혔다. 그리곤 바짝 마른 데다 핏기 없는 입술에 살짝 입을 맞췄다. 맞닿은 입술을 타고 얼음보다 찬 냉기가 밀려들었다. 그는 피하지 않고 모조리 받아내 삼켰다.

"윽……."

분명 삼킨 것은 차가운 냉기인데, 목을 타고 내려가는 건 뜨거운 불길이라. 달아오른 돌을 삼킨 듯 지독한 통증이 광대를 덮쳤다. 숨이 턱 막히고 눈앞이 빙글빙글 돌았다.

광대는 휘청대며 몇 걸음이나 뒤로 물러섰다. 급히 입을 틀어

막았지만 채 막지 못한 비명이 새어나왔다. 저절로 허리가 굽고 무릎이 땅에 닿았다. 그는 차가운 바닥에 이마를 박은 채 고통을 견뎠다.

'확인, 해야 하는데…….'

분명 효과가 있었을 거라고 생각하지만, 어쩌면 아닐 수도 있다. 수아나는 '바깥'세상의 사람이 아니지 않은가. 그러니 어서 일어나 그녀의 상태를 살펴야 하는데 몸이 말을 듣질 않았다. 속에서 뭔가 올라온다 싶더니 시뻘건 핏덩이가 왈칵 쏟아졌다.

광대는 자꾸만 쏟아지는 핏물을 걷어치우며 혀를 찼다. 이거야 원, 각오했던 것보다 더 상태가 나빴다. 이럴 줄 알았으면 커튼이라도 걷어서 달빛을 좀 쬘 걸 그랬다. 무거운 눈꺼풀이 자꾸만 내려앉았다.

"이…… 거짓말쟁이."

광대는 자신이 꿈을 꾸고 있다고 생각했다. 들릴 리 없는 목소리가 들리고, 있을 리 없는 사람의 손길이 느껴졌기에. 따뜻한 손, 낯익은 향기가 그를 끌어안고 다정하게 뺨을 쓰다듬었다.

"괜찮아. 쉬어."

광대는 몇 번이고 노력한 끝에 간신히 실눈을 떴다. 온통 흐릿하기만 한 세상에서 한 사람의 얼굴이 유독 뚜렷하게 들어왔다. 연두가 커다란 눈에 눈물을 가득 담은 채 입술을 질겅대고 있었다.

'꿈이…… 아닌가……?'

꿈이든 아니든, 이에 짓눌려 새빨갛게 변한 입술이 신경 쓰였다. 내버려 뒀다간 또 딱지도 못 앉을 정도로 입술을 물어뜯고 잡아 뜯으며 괴롭힐 것이다. 어찌나 야무지게 깨물었는지, 입술엔 벌써부터 피가 맺히고 있었다. 닦아주고 싶어 손을 뻗었다.

연두는 광대의 손을 가슴 앞에서 낚아챘다. 어찌나 피를 많이 토했는지, 차게 식은 손이 온통 피로 미끈미끈했다. 별일 아니라고, 아주 간단하다고 말해놓고 이게 무슨 꼴인가. 광대가 잡힌 손을 꼼지락댔다.

"입술, 깨물지 마."

지금 누가 누구 걱정을 하는 건지. 정신만 붙들고 있을 뿐, 교회에서보다 더한 안색을 하고 있는 게 누군데.

"안 깨물어. 봐, 멀쩡하지?"

연두는 당장에라도 화를 내고 싶은 걸 참고 웃는 표정을 만들어냈다. 의식적으로 입꼬리를 끌어올리고 눈을 접자 광대가 뭔가 못마땅한 표정을 지었지만, 그뿐이었다. 그는 그대로 정신을 잃었다. 연두는 하마터면 비명을 지를 뻔했다. 정신을 잃고 눈을 감은 광대의 몸이 퍼드득 경련을 일으키지 않았다면, 정말 그랬을지도 모른다.

'정신 차리자, 강연두. 넌 여기 하녀로 왔어.'

남자의 출입이 금지된 방에서 하녀가 비명을 지르고 피투성이 남자가 발견되면 그 뒤엔 무슨 일이 벌어지겠는가. 이곳에 있는 게 자신이라 참 다행이었다. 시녀가 아니어도 좋으니 들어가게 해달라고 사정하기를 참 잘했다.

그녀는 일단 광대를 옮기기로 마음먹었다. 어깻죽지 아래에 손을 넣고 질질 끌어당겼다. 업을 수 있다면 좋겠지만 워낙에 덩치 차이가 나니 어쩔 수 없었다. 수아나의 침대 건너편 구석에 그를 눕히고 커튼을 걷어 덮었다. 창문을 넘어 들어온 달빛에 비친 얼굴이 지독히 창백했다.

'깨어나기만 해봐라.'

깨어나지 않을지도 모른다는 공포는 가슴 깊은 곳에 묻어 두었다. 무조건 일어날 거라고 믿었다. 그렇지 않으면 견디기 힘들었다.

야옹……. 끼이잉…….

죽은 것처럼 내내 조용하던 스노우가 갑자기 칭얼거리기 시작했다. 연두는 수아나의 상태를 확인하려 침대 가까이에 갔다가 깜짝 놀라고 말았다.

수아나의 상태가 조금 전과 완전히 달랐다. 눈 밑의 그늘도, 창백한 입술도 간데없이 사라지고 없었다. 피부에선 반들반들 윤이 났고 뺨은 분홍빛으로 혈색이 좋았으며, 입술은 발그레했다. 그녀는 건강한 숨소리를 내며 자고 있었다.

"다행이다……."

연두는 저도 모르게 안도의 한숨을 내쉬었다. 만약 수아나의 상태가 나아지지 않았다면, 그래서 광대가 한 번 더 시도를 하겠다고 나선다면 그땐 자신이 어떻게 굴지 장담할 수 없던 차였다. 한 번으로 끝날 수 있어서 정말 다행이었다.

하나 상태가 좋아진 건 좋아진 것이고, 모든 일을 끝내려면 그녀가 일어나야 했다. 연두는 수아나를 흔들기 시작했다. 스노우도 주인을 깨우려는 것처럼 열심히 이마를 비벼댔다.

"으응……."

연두가 끈질기게 깨운 보람이 있어, 수아나는 결국 눈을 떴다. 익숙한 천장, 익숙한 고양이, 그리고 기다렸던 얼굴이 그녀를 반겼다.

"……그린?"

"수아나!"

수아나는 정신이 들자마자 벌떡 일어나 앉았다. 그렇게나 아팠는데, 분명 아기와 함께 죽었을 거라고 생각했는데 이상하리만치 몸이 가벼웠다. 설마 모든 게 꿈이었던 건가? 불안해하며 만져본 배는 납작했다.

"그린, 내 아기는? 응?"

"아기는 멀쩡해. 수아나, 빨리 땅요정을 불러줘."

"왜 안 보여? 어디 있어?"

"다른 방에 있어. 네가 깨어나질 못해서 유모가 돌보고 있어. 수아나, 그것보다 빨리 땅요정을."

"지금 당장 보러 갈 거야. 내 아기, 예쁜 아기……."

수아나는 더듬더듬 옷을 찾기 시작했다. 연두의 말은 들리지도 않는 것 같았다.

평소의 연두라면 그녀를 위해 아기를 데려오도록 사람을 불렀을 것이다. 혹은 기꺼이 스스로 나섰을 수도 있다. 그러나 광대가 쓰러져 누워 있는 지금, 연두의 인내심은 비 온 뒤 고인 물구덩이처럼 얄팍하기만 했다.

"수아나."

수아나는 제 손목을 잡아챈 연두를 물끄러미 올려다보았다. 어찌나 세게 잡혔는지, 손이 저릿저릿했다.

"지금 당장 땅요정을 불러. 그 염병할 새끼한테 이름을 말해주고, 당장 꺼지라고 말해."

"……그린……. 나, 아기……."

"아기 타령은 그만해. 그 빌어먹을 이름을 전해주려고, 누워 있는 널 깨우려고 저 사람이 무슨 고통을 당했는지 알기나 해? 전부 다 네 욕심 때문이었어!"

연두의 손가락이 가리키는 곳을 향해 시선을 주었던 수아나는 시체처럼 커튼을 덮고 누운 광대를 발견하고 부르르 몸을 떨었다.

"저 사람이 잘못되면, 내 손으로 그 아기 죽여 버릴 줄 알아."

수아나는 화들짝 놀라 손을 빼려 애썼지만, 연두는 꿈쩍도 하지 않았다. 따뜻하던 갈색 눈동자가 마치 불타는 것처럼 이글거렸다. 지금의 그녀는 수아나가 알고 있던 그 사람이 아닌 것만 같았다.

"……아니, 아니지. 그럴 필요도 없지. 요정의 이름을 가르쳐 주지 않으면 그만이지. 그럼 땅요정은 아기를 데려갈 거고, 나는 손도 안 대고 코 푸는 격이 되겠지."

온통 아기의 안부에게로 쏠려 있던 수아나의 정신이 그제야 균형을 되찾았다. 아기를 제대로 지키려면 땅요정의 이름을 알아야 했다. 그녀는 반항을 멈췄다.

"이름…… 알아낸 거야? 뭔데?"

"룸펠슈틸츠헨Rumpelstilzchen."

수아나는 낯선 발음에 미간을 찌푸렸다. 몇 번을 되뇌어도 좀체 입에 붙지를 않았다. 그러나 광대가 치른 희생이 헛것이 되게 만들 수 없었던 연두는 그런 그녀를 몇 번이고 다그쳤다. 거기에 본인의 노력이 더해져, 수아나는 곧 이름을 완전히 입에 익혔다.

"제대로 할 수 있지?"

"당연하지! 내 아기야. 그 더러운 요정 따위한테 절대 안 뺏겨!"

아기를 위해 필사적인 수아나의 모습은 연두에겐 좀 많이 이상하게 보였다. 이전에는 아기를 신분 상승을 위한 티켓 정도로만 생각했던 것 같은데, 왜 저렇게 갑자기 태도가 바뀌었느냔 말이다.

'됐어, 지금 중요한 건 그게 아니니까.'

연두는 이번엔 침대 밑이 아니라 커튼 뒤를 숨을 곳으로 택했다. 깊어진 가을만큼 두꺼워진 커튼이 쉽사리 그녀를 숨겨주었다.

수아나는 땅요정을 불렀다. 아기가 옆에 없으니 안 올지도 모른다고 걱정했지만, 땅요정은 금세 그녀의 앞에 모습을 드러냈다.

땅요정은 숲에서보다도 더 흉측한 모습을 하고 있었다. 팔 한쪽은 어디로 갔는지 없고 귀와 코는 뭉그러져 형태만 남아 있었다. 땅요정의 발치에서 노란 진물인지 뭔지가 줄줄 흘러나와 바닥에 웅덩이를 만들었다. 백태 낀 눈동자가 수아나를 바라보았다.

"이런……. 수아나……. 용케 일어났네. 분명 누워 있을 거라고 생각했는데. 누군가 너 대신 희생했나? 정말이지, 인간이란!"

"설마……. 내 아기가 달을 채우지 못하고 태어난 게 네 녀석 때문이었어? 이런 개자식! 요정은 약속을 지킨다더니!"

"약속을 지킨다고 했지 꼼수를 쓰지 않는다고는 안 했어."

땅요정이 키들키들 웃었다. 누렇고 뾰족한 이빨들이 드러났다. 거뭇거뭇한 것들이 이빨 사이에 끼어 흉물스러웠다.

"내 이름은 알아냈어? 분명 못 알아냈겠지. 자아, 어서 아기를 데려,"

"룸펠슈틸츠헨Rumpelstilzchen!"

수아나가 버럭 소리를 질렀고, 오만하게 배를 두드리던 땅요정은 그대로 굳었다. 댕그란 눈이 떨어질 것처럼 덜렁거렸다.

"다시, 다시 말해봐……."

"다시 말하라면 못 할 줄 알아? 네 이름은 룸펠슈틸츠헨이야! 룸펠슈틸츠헨! 넌 내 아기를 못 데려가, 이 멍청하고 더러운 요정아!"

그깟 이름이 뭐라고, 땅요정은 입도 떼지 못하고 부들부들 떨었다. 수아나는 히죽히죽 웃기 시작했다. 하루하루 피를 말리던 땅요정이 저렇게 기죽어 있는 꼴을 보니 정말로 기분이 좋았다.

"볼일 끝났지? 당장 꺼져. 나와 아기 근처에 오지도 마. 네 더러운 꼴을 참아주는 것도 이젠 한계야!"

수아나는 계속해서 폭언을 퍼부었지만 땅요정에게는 전혀 들리지 않는 모양이었다. 땅요정은 괴상한 신음소리를 내며 얼굴을 마구 긁었다. 날카로운 손톱에 긁힌 얼굴에서 새카만 피가 줄줄 흘렀다. 마치 눈물 같았다.

"으으… 아아……. 누가…… 누가 네게 지혜를 줬어? 누가 널 일으켰어? 누가 내 이름을 가르쳐 줬어? 대체 누가!"

악을 쓰는 입에서 검은 핏물이 쏟아졌다. 땅요정은 검은 발자국을 남기며 수아나를 향해 다가왔다. 기괴한 몰골에 질린 수아나는 한 발, 두 발 물러나다 침대에 부딪쳐 주저앉고 말았다.

"저리 가……. 저리 가!"

"누가! 누가 그랬느냔 말이야!"

땅요정이 하나 남은 팔을 뻗었다. 수아나는 허우적허우적 침대 위로 도망치며 비명처럼 연두의 이름을 불렀다.

"그린!"

연두는 커튼을 걷어버리고 뛰쳐나가 땅요정을 걷어찼다. 땅요정은 몇 바퀴나 바닥을 나뒹굴었다. 검은 진흙덩이 같은 흔적이 바닥을 더럽혔다. 연두는 혀를 차며 제 옷자락을 살폈다. 신발도 치마도 시커멨다.

"더러워 죽겠네, 진짜……. 내기를 해서 졌으면 얌전히 꺼질 것이지 왜 난리야?"

"너……."

땅요정은 엎어진 채 일어나질 못했다. 연두에게 걷어차인 부분 어딘가가 잘못되기라도 한 모양이었다. 비정상적으로 큰 머리만

간신히 쳐든 채 연두를 노려본다.

"너였어."

"그래, 나였다. 어쩔 건데. 요정은 인간과 달라 약속을 지킨다면서? 졌잖아, 당장 꺼지지 않고 뭐 해?"

"너였어……."

땅요정이 검은 눈물을 흘렸다. 그 눈물에서는 정제되지 않은 기름 냄새가 났다.

"너만…… 너만 아니었어도……. 분하다……. 분해!"

검은 진흙덩어리 같은 몸에서 연기가 피어올랐다. 심상치 않은 기색에 연두는 부근의 촛대를 움켜쥐었고, 수아나는 기겁을 하고 연두의 등 뒤로 숨었다. 그러나 땅요정이 두 여자에게 달려드는 일은 없었다.

땅요정은 웅크린 그대로 불덩이가 되었다. 작은 몸이 기름 먹인 장작처럼 활활 타올랐다. 놀란 연두가 어떻게든 불을 꺼보려고 노력했지만 소용없었다. 그저 다른 곳으로 번지지 않는 것만으로도 감사해야 할 판이었다. 그러나 불은 갑자기 생겨난 것처럼 갑자기 꺼졌다. 불이 꺼지고 난 뒤, 땅요정이 있던 자리엔 뼛조각도 살점도 남지 않았다. 약간의 그을음, 그게 전부였다.

연두의 뒤에 숨어 숨을 헐떡거리던 수아나가 벌벌 떨리는 손으로 연두의 어깨를 두드렸다.

"그런……. 끝난 거야?"

"아마도……? 불타서 없어졌으니, 죽은 거 아닐까."

연두는 슬쩍 제 치마와 발을 확인해 보았지만, 시커멓게 남아 있던 흔적은 깨끗이 사라지고 없었다. 마치 땅요정이라는 존재가 본래부터 이 세상에 존재하지 않았던 것만 같았다. 괜한 오한이

들었다.

　반면 수아나는 기쁨을 감추지 못했다. 이제껏 자신을 괴롭히던 가장 큰 걱정거리가 사라졌으니, 이제 남은 건 오로지 행복뿐이렷다. 그녀는 당장 옷을 챙겨 입고 아기를 보러 가려 했다. 그러나 채 세 걸음도 걷기 전에 연두에게 붙잡혔다.

　"아기를 보러 가기 전에 저 사람부터 나갈 수 있게 좀 해줘. 몰래 들어온 거라 들키면 큰 소동이 벌어질 거야."

　"대충 침대 밑에 밀어 넣어둬. 일단 내 아기부터 보고 나서……."

　연두의 눈이 시퍼렇게 빛났다. 하늘에 닿을 듯 들떠 있던 수아나는 그만 입을 다물었다. 끔찍한 몰골의 땅요정을 멀리 걷어차던 솜씨가 새삼 떠올랐다. 하지만 수아나라고 별 뾰족한 수는 없었다. 갑자기 왕의 정부가 되고 소렐 백작부인이 된 그녀는 아랫것들을 제대로 관리하지 못했다. 그녀를 위해 기꺼이 비밀을 지켜줄 충복은 아무도 없었다.

　그렇게 연두가 우물대는 수아나를 노려보고 있는데, 갑자기 광대가 몸을 일으켜 앉았다. 덮고 있던 커튼을 대충 구겨 치우는 손길에 제법 힘이 있다. 기척에 고개를 돌렸던 연두가 깜짝 놀라 그에게 달려갔다. 이제 좀 괜찮아진 걸까. 그러나 그렇게 생각하기엔 광대의 안색은 여전히 창백하기만 했다.

　"……너……. 괜찮아?"

　"아아……. 많이 좋아졌어. 커튼 뗀 거, 너야? 아주 잘했어."

　광대는 얼굴을 적시는 달빛을 들이마시며 심호흡했다. 달빛을 충분히 쬐어서인지 정신을 놓을 정도로 자신을 괴롭혔던 통증이 거의 사라졌다. 그는 주먹을 쥐었다 폈다 하며 남은 힘을 가늠했다. 아슬아슬하긴 해도 이만하면 괜찮을 것 같다. 그러던 중, 유령이라도 보는 듯한 얼굴로 서 있는 수아나를 발견했다.

"수아나, 멀쩡해졌네."

"그래, 누구 씨 덕분에. 내가 몸에 부담 가는 일은 하지 말랬지!"

"미안해. 그래도 이렇게 일어났잖아. 정말이지, 여기 있던 게 너여서 다행이야. 정말 큰일 날 뻔했어."

연두의 뺨과 귀가 빨갛게 물들었다. 이런, 또 화나게 했나. 광대는 그녀가 소리치며 화내기 전에 잽싸게 일어나 주변을 살폈다.

반쯤 열린 커튼 때문에 달빛이 쏟아지고 있었다. 그는 호화로운 바닥에 남은 검은 그을음을 보는 것만으로 사태의 전말을 파악했다. 분을 못 이긴 땅요정이 스스로를 태워 버린 모양이었다. 그가 짐작했던 그대로의 끝이었다.

"땅요정 녀석, 결국 죽어버렸군. 대단해, 강연두. 내가 누워 있는 사이에 일을 전부 해치워 버리다니."

"……이건 본래 내 일이었어."

"내 일이기도 하지. 그나저나, 일이 마무리됐다면 더는 내가 여기 있을 필요는 없는 거네. 사람들에게 들키면 곤란하니, 난 이만 돌아가겠어."

광대의 태도는 얄미우리만치 산뜻했다. 그는 수아나에게 묘한 미소를 남기고, 연두를 한번 꽉 끌어안은 뒤, 일전에 그랬듯 창문 너머로 뛰어내렸다. 기겁을 한 연두가 아래를 내려다보았지만, 달빛 비치는 정원에 광대는 없었다.

chapter 11.

여우와
나무와
샘

땅요정이 스스로를 불태운 밤, 광대는 아무렇지 않은 것처럼 산뜻하게 수아나의 방을 빠져나와 자신의 방으로 돌아왔다. 그러나 그게 전부였다. 그는 방에 발을 디딤과 동시에 바닥으로 고꾸라졌다. 아슬아슬하게 괜찮을 거라고 생각했던 건 그저 착각이었다.

"제기랄……."

땅요정이 제 몸을 썩혀가며 건 마법은 몹시 강력했다. 균형은 삽시간에 무너졌고 차가운 냉기가 손끝발끝에서 밀려왔다. 그의 등에 자리 잡고 있던 멍이 금세 기지개를 켜고 제 자리를 넓혔다. 목, 배, 가슴…….

차라리 피라도 토하면 나으련만, 냉기는 속에서만 감돌 뿐 나갈 생각을 하지 않았다. 광대는 꾸역꾸역 침대 위로 기어 올라가 이불을 뒤집어썼다. 오한이 들어 덜덜 떨리는 몸이 낯설었다.

'정신을⋯⋯. 차려야 하는데⋯⋯.'

띄엄띄엄 끊어지는 의식 속에서 연두의 얼굴이 떠올랐다. 눈물을 그렁그렁 매단 주제에 억지로 미소 짓던 얼굴 말이다. 멋있는 척, 괜찮은 척은 잔뜩 하면서 사라져 놓고 또 이 꼴이 났으니, 이번엔 거짓말쟁이라는 비난에서 끝날 것 같지가 않다.

'안 울었으면 좋겠는데⋯⋯.'

그걸로 끝이었다. 광대는 그대로 정신을 잃었다. 그는 며칠이 지나도록 깨어나지 못했다. 이전에 수아나가 그랬던 것처럼, 차갑게 식은 채 느린 숨을 내쉬며 꿈속을 헤맸다.

연두는 그런 광대의 곁을 지켰다. 누워 있는 수아나를 보면서도 미칠 것 같더니, 대상이 광대가 되니 하루하루 눈뜨고 있는 게 고통이었다. 굳게 닫힌 검은 눈꺼풀이 얄밉고 원망스러웠다. 호박처럼 반짝이던 눈동자가 보고 싶었다.

꾸역꾸역 뜯어먹던 빵을 결국 다 먹지 못하고 내려놓았다. 제대로 식사를 하지 못하는 그녀에게 지체에 맞지 않는 잔소리를 퍼부었던 아세라드를 생각해서라도 먹어야 하는데, 어째 넘어가질 않았다.

"이 멍청아."

바보야, 거짓말쟁이야, 허풍선이야. 누가 네 몸 상해가며 그리 도와달래? 서비스면 서비스답게 적당히만 할 것이지 이게 뭐야.

"언제 일어날 건데⋯⋯."

연두는 광대가 누운 침대에 머리를 박고 엎드렸다. 이대로 누워만 있다가 갑자기 숨을 거두는 건 아닐까, 불길한 상상이 들어 자꾸만 겁이 났다. 목까지 번진 검은 멍이 무서웠다. 울어서 해결될 일이 아니니 울고 싶지 않은데 자꾸만 눈물이 났다.

「아가씨, 오늘 광대 녀석은 어때? 좀 나아진 거 같아?」

"아니……. 여전해."

낮 동안 정원에서 쿨쿨 자던 나이팅게일이 해가 지자 연두를 찾아와 광대의 안부를 물었다. 좋은 소식을 전해줄 수 있으면 좋으련만, 연두는 어제처럼 오늘도 나쁘다는 말밖에 할 수가 없었다.

「너무 오래 자는데…….」

이제껏 느긋한 태도를 고수하고 있던 나이팅게일도 슬슬 걱정이 되기 시작했다. 광대도 광대지만 계속 그가 이렇게 누워 있다간 옆을 지키던 연두도 끝내 쓰러져 버릴 것만 같았다. 그건 안 되지. 작은 새는 가슴 털을 크게 부풀리고 날개를 파닥거렸다.

「있잖아, 아가씨. 어쩌면 왕궁 말고 다른 곳으로 가야 하는 건지도 몰라.」

난데없는 말에 연두는 몹시 어리둥절해졌다. 나이팅게일은 계속해서 부리를 종알거렸다.

「아가씨도 짐작하다시피, 이 녀석이 이러는 건 재주도 없는 놈이 억지로 마법을 써서 그런 거야. 땅요정의 마법을 이길 수 있을 정도의 힘을 회복해야 하는데 아무래도 여긴 인간이 너무 많아.」

"어디로 가야 하는데?"

「특별한 장소로 가야지. 자연이 풍부하고 영적인 힘이 강한 곳이 좋아.」

"특별한 장소라……."

나이팅게일의 말은 연두에게 꽤 그럴듯하게 들렸다. 마법과 자연이 어떤 상관관계가 있는지는 모르겠지만, 숲속에 처박혀 있던 드림랜드를 생각하면 아주 무시할 것도 아니었다. 게다가 광대는 자주 굿 타령을 하곤 했었다.

「그런 곳에선 이성으로 판단하기 힘든 일들이 자주 일어나. 마침 신데렐라도, 그녀의 남편도 아가씨한테 빚을 졌잖아. 찾아달라고 하면 열심히 도와주지 않을까?」

나이팅게일이 뭐라 떠들든, 연두에게는 따로 떠오르는 곳이 있었다. 여우가 안내해 줬던 그 나무. 숭배받는 서당나무처럼 압도적인 느낌을 자아내던 그 나무가 있는 곳이 바로 그 특별한 장소일 것이다.

"······짐작 가는 곳이 있어."

손 놓고 광대를 지켜만 보면서 시들시들해졌던 연두의 눈빛에 생기가 돌았다. 뭐든 할 수 있는 게 생겼다는 것만으로도 훨씬 숨 쉬기가 편해진 느낌이었다. 연두는 당장 일어나 뛰어 나갈 듯 자세를 잡았다가, 문득 생각났다는 것처럼 나이팅게일을 향해 물었다.

"그런데, 넌 그런 걸 어떻게 알고 있어?"

「······.」

"생각해 보면 참 신기하기도 하지. 아셰라드도, 수아나도 자신의 처지를 제대로 알고 있지는 못했는데. 넌 대체 뭐야?"

「아가씨가 내 소원을 들어준다고 약속하면 가르쳐 줄게.」

"이게······."

연두가 불쾌감을 표시하자마자 나이팅게일은 서둘러 창문 밖으로 날아가 버렸다. 연두는 자신을 가지고 노는 것만 같은 나이팅게일의 태도에 몹시 기분이 상했지만, 저렇게 머리 좋은 날짐승을 잡을 방도가 없었다.

"저 녀석 성질 긁는 재주는 너보다 더한 것 같아. 같이 있다 보면 내가 무슨 신경질쟁이에 성격파탄자라도 되는 것 같다니까."

연두는 누워 있는 광대를 향해 투정했다. 요 며칠 혼잣말을 자주 하며 붙은 버릇이었다. 당연히 광대에게서 돌아오는 대답은 없었다. 핏기 잃은 입술은 그답지 않게 창백하기만 했다.

"난 돌아가고 싶어. 내 드림랜드가 그립다고."

광대의 속삭임을 새삼 떠올렸다. 생각해 보면, 그녀가 현실로 돌아가고 싶어 하는 것만큼이나 그도 드림랜드로 돌아가길 원했다. 아무리 괴상한 놀이공원이라도 그에겐 소중한 터전인 것이다.

연두는 잠시 머뭇대다 살그머니 광대에게로 몸을 숙였다. 가슴에 귀를 가져다 대자 느리게 뛰는 심장 소리가 들렸다.

"……꼭 돌려보내 줄게."

가끔 놀러가는 정도는 된다고 했었지? 돌아가면, 우리 꼭 연락하고 지내자. 그때 너 나 모른 척하면 안 돼.

가을이 짙어진 숲은 곧 다가올 겨울을 준비하고 있었다. 나무들은 서둘러 옷을 벗었고 숲 바닥에는 낙엽이 켜켜이 쌓였다. 숲의 짐승들은 몸에 지방을 축적하기 위해 사냥과 식량 비축에 열을 올렸다.

해가 짧아졌다는 게 실감이 나는 시기였다. 점심을 먹고 이런저런 일을 하고 있다 보면 순식간에 하늘 서편이 붉게 물들고 노을이 졌다. 오래 깨어 있어봐야 초값, 기름값만 나가니, 사람들은 일찍 잠자리에 들었다.

달리아는 이불을 뒤집어쓰고 누워 자는 척하며 바깥의 소리에 귀를 기울였다. 그러다 모두가 잠이 들고 집안이 조용해졌을 무렵, 슬그머니 침대에서 내려와 준비해 뒀던 옷으로 갈아입었다. 예쁜 빨간 망토를 걸치고, 침대 아래 숨겨두었던 램프까지 꺼냈다.

들키지 않도록 살금살금 걷는 걸음은 고양이보다도 더 조용했다. 눈치 없는 가을바람이 창문을 두드려 댔지만, 덕택에 아무에게도 들키지 않고 집을 나올 수 있었다. 부쩍 차가워진 바람이 옷 틈으로 스며들었다. 문득 올려다본 하늘엔 가느다란 달이 두툼한 구름을 외투 삼아 두른 채 밤을 걷고 있었다.

"아…… 벌써 한밤중이야. 기다릴 텐데……."

한스와 한밤의 데이트를 즐긴 지도 벌써 거의 한 달이 다 되어갔다. 달리아는 서둘러 마을을 가로질러 숲을 향해 뛰었다. 밤귀 밝은 개 몇 마리가 컹컹 짖다가 곧 조용해졌다.

이런 야밤에 숲을 들어간다니.

처음에는 무서워하고 겁을 냈던 달리아도, 한스의 손에 이끌려 밤의 숲을 돌아다니는 동안 겁이 없어졌다. 낮의 숲과 밤의 숲은 완전히 다른 얼굴을 하고 있어 탐험하는 재미가 있었다. 얼마 전에는 정말 신기할 정도로 크고 멋진 나무를 발견하기도 했다.

'오늘 만나면 또 가자고 해야지.'

달리아는 그 나무 근처에서 아주 예쁘게 생긴 여우를 봤었다. 발이 하얀 것도 신기했지만 이상할 정도로 사람을 무서워하지 않는 여우였다. 하늘에 닿을 듯 커다란 나무도 멋지지만 그 여우를 다시 한 번 만나고 싶었다.

삐루루루루루루…….

낯선 새가 울었다. 낯선 바람이 달리아의 치맛자락을 헤집었다. 달리아는 갑자기 낯설어진 풍경에 우뚝 멈춰서고 말았다.

"왜…… 갈림길이 있지?"

본래 갈림길 따위 없는 길이었다. 일직선으로 내달리기만 하면 언제나 만나던 약속 장소가 나와야 했다.

"분명, 분명 이 길이 맞는데."

이루 말할 수 없이 든든하던 램프 불빛이 갑자기 초라하게만 느껴졌다. 이쪽저쪽 아무리 비춰도 두 길 모두 낯설기만 했다. 돌아갈 셈으로 휙 뒤돌아서서 이제까지 걸어왔던 길을 비췄다.

그런데 이게 무슨 일인가. 분명 한 갈래 길을 걸어왔건만, 지금 램프에 비춰진 길은 무려 세 갈래나 되었다. 그중 어느 길이 자신이 왔던 길인지 알 수가 없었다. 달리아는 다섯 갈래나 되는 길 가운데 서 있었다.

더럭 겁이 났다. 어른들이 누누이 말하지 않았던가. 밤의 숲에는 요정이 살아서, 무서운 줄도 모르고 기어들어 온 인간 아이들을 잡아먹는다고. 그동안 무사했던 건 그냥 운이 좋아서 그랬던 건지도 몰랐다.

"숲에 들어가면 안 된다."

아버지의 경고가 새삼 뼈에 사무쳤다. 달리아는 어쩔 줄 모르고 발을 동동대다가, 그나마 제일 그럴듯해 보이는 가운데 길을 골라 걷기 시작했다. 제발 이 길의 끝에 마을이 있기를 바랄 뿐이었다.

그런데 아무리 걸어도 숲은 끝을 보여주지 않았다. 점점 폭신해져 가는 땅, 두터운 낙엽, 무성해지는 풀숲 등이 달리아를 무섭게 했다. 돌아가려 했을 땐 이미 늦어, 그녀가 걸어온 길의 흔적마저 거의 보이지 않았다.

"어떡해……. 내가 못돼서 벌을 받나 봐……."

뒤늦게 나무에 표시를 하고 풀잎을 묶어두는 등 표식을 남기기 시작했지만 그것만으로는 부족했다. 숲은 자꾸만 어두워졌고 램프 불빛은 너무나 미약했다. 인간을 두려워하지 않는 짐승들의 기척이 사방에서 들려왔다.

"흑…… 흐흑……."

자꾸만 눈물이 났다. 달리아는 결국 램프 손잡이를 움켜쥔 채 쪼그려 앉아 울기 시작했다. 이렇게 풀숲에 앉아 울면 위험하다는 걸 알고 있었지만, 눈물 덮인 시야로는 도저히 걸을 수가 없었다.

"흑…… 내가 잘못했어요……. 돌아가면 엄마아빠 말도 잘 듣고…… 착하게 심부름도 잘 하고……. 흐흑…… 엄마……."

"거기 누구냐?"

"히끅."

사람의 목소리가 들렸다. 달리아는 화들짝 놀라 딸꾹질을 시작했다. 그녀는 자신이 요정에게 홀린 건 아닐까 의심했지만, 목소리는 점점 가까워졌다. 풀숲을 헤치는 발소리도 함께 들려왔다.

"누구냐니까! 귀신이야, 사람이야? 염병, 이놈의 숲은 매일 와도 매일 기분 나쁘다니까."

저 멀리서 노란 등불이 흔들거렸다. 사람이었다! 달리아는 정신없이 등불을 향해 달려갔다. 중간에 한 번, 아니 여러 번 넘어진 것 같기도 했지만 개의치 않았다. 혹여 자신을 두고 갈까 두려워 크게 소리도 질렀다.

"사람…… 사람이에요!"

"······이게 무슨····· 달리아?"

"벡 아저씨!"

노란 등불의 주인은 마을의 나무꾼, 벡이었다. 달리아가 어릴 때 자주 간식을 주고 놀아주었던, 친근한 사람이었다. 그녀는 벡의 허리를 끌어안고 한참이나 울었다. 등을 두드려 주는 손길이 정말 따뜻했다.

"달리아······. 이 시간에 숲에 들어오다니 대체 무슨 일이냐?"

"그, 그게······."

"괜찮아. 아저씨한텐 다 말해도 돼. 아빠한테는 비밀로 해줄 테니까. 응?"

달리아는 결국 자초지종을 털어놓고 말았다. 당연히 불벼락이 떨어지리라 각오하며 눈을 질끈 감았지만 한참이 지나도 벡은 그저 조용했다. 살짝 실눈을 뜨고 살펴보니 그는 뭔가 생각에 잠겨 있었다.

"아저씨? 제 말 다 들으신 거 맞아요?"

"······어? 아아, 다 들었다. 겨우 내 허벅지만 해가지고 아저씨, 아저씨 하고 따라다닐 때가 엊그제 같은데 벌써 이렇게 커서는 아버지 몰래 연애도 하고 말이야. 이야, 달리아, 처녀 다 됐네?"

"놀리지 마세요······."

혼나지 않은 건 기쁘지만, 이렇게 놀림당하는 것도 좋은 기분은 아니었다. 달리아는 창피함과 민망함에 벌겋게 달아오른 뺨을 식히며 벡을 흘끔 바라보았다.

벡은 아버지의 또래로, 부인을 일찍 잃고 재혼을 하지 않아 숲 인근의 집에서 혼자 살았다. 달리아는 그와 친하지 않았다. 어릴 적엔 꽤 자주 만났던 것 같은데, 언제부터인가 그의 이름을 꺼내는 것만으로도 정색을 하고 싫어하는 아버지, 로넬 때문에 점차 사이가 벌어졌다.

"아저씨는 이 시간에 웬일이세요?"

"순찰 도는 거야. 이주민 놈들이 내가 찜해놓은 나무를 종종 베어가는 바람에 말이다. 내 눈에 띄기만 하면 그냥!"

달리아는 고개를 끄덕였다. 갑자기 몰려든 이주민들 때문에 다들 불편해하고 있다고 들은 적이 있었다. 하지만 그건 여름에나 들었던 얘기고, 지금은 가을인데.

"가을이 되면 다들 돌아갈 거라고 했는데, 아직 안 간 사람이 있었어요?"

"머릿수가 몇인데 다 갔겠냐. 끈질긴 놈들이 몇 놈 남았어."

"그렇구나……."

"그렇게 멍하니 끄덕대지 말고 따라와라. 아무리 남자가 좋아도 그렇지, 부모님 몰래 이런 야밤에 숲엘 들어오다니. 큰일 날 짓을 했어."

아까 안 했던 잔소리를 이제야 하려는가 보다. 달리아는 그의 잔소리를 한 귀로 흘리며 부지런히 걸었다. 숲길을 거침없이 헤치고 걷는 산처럼 넓은 등이 그렇게 든든할 수 없었다.

"아저씨, 이대로 가면 마을이에요?"

"아니. 난 바빠. 널 마을에 데려다줄 시간까진 없다."

"그럼……."

"일단 내 집에 자리를 마련해 줄 테니까, 거기서 자고 날이 밝으면 알아서 가도록 해라. 길은 닦여 있으니까 해만 뜨면 너 혼자서도 갈 수 있어. 너도 다 컸잖아?"

달리아는 불안해졌다. 로넬은 벡을 두고 언젠간 어린애를 잡아

먹을 늑대 같은 놈이라고 했고, 그녀는 흉년이 들면 어린애를 잡아먹는 난민들에 대한 이야기를 듣고 자랐다. 낯선 사람을 따라가지 말라는 얘기는 골백번도 더 들었다.

"안 갈 거냐?"

"아, 아뇨! 갈 거예요! 괜찮아요!"

달리아는 불안을 씹어 삼켰다. 이주민이 마구 몰려들 만큼 올해의 채광은 풍년이었고, 벡은 같은 마을에 사는 어른이었다. 설마하니 어릴 적부터 알고 지낸 자신을 토막 내 먹어치우진 않을 것이다.

'혼자 숲에 남는 것보단 낫겠지?'

그래, 어쩔 수 없었다. 신나서 따라오는 동안 표식을 남기는 것도 잊어버렸다. 숲에 혼자 남겨지는 것보다는 하룻밤 불안한 걸 참는 쪽이 훨씬 나았다.

벡의 집은 달리아가 상상했던 것보다 훨씬 깨끗했다. 부인이 돌아가신 지 한참이니 좀 더 엉망일 거라고 생각했는데, 무려 손님용 침상까지 갖추고 있었다. 달리아는 푹신한 침대를 눌러보며 연신 감탄을 쏟아냈다.

"우와……."

"좀 더 더러울 줄 알았나 보지? 자, 마셔라. 자는 데 도움이 될 거야."

벡이 큰 컵에 포도주를 따라 내밀었다. 포도주는 낯설지 않았다. 가끔 달리아가 감기에 걸리면 그녀의 어머니는 따뜻하게 데운 포도주를 먹이곤 했었다. 달리아는 순순히 받아 들었다. 포도주는 맛있었다. 깊고, 달고, 향이 풍부했다.

"음……. 아저씨, 이거 되게 맛있어요."

"한 잔 더 주랴?"

"네."

벡이 내민 포도주는 감기약 따위로 쓰이는 것보다 도수가 훨씬 높은 녀석이었다. 맛이야 있지만 앉은 자리에서 마시다가 일어나지 못하고 그대로 쓰러지는 사람도 여럿이었다.

그런 사실도 모르고 포도주를 연거푸 넉 잔이나 마신 달리아는 금세 취해 버렸다. 희었던 얼굴은 꽃이라도 핀 것처럼 벌겋게 변했고, 안 그래도 발갛던 입술은 더욱 붉게 물들어 반짝반짝 윤을 냈다. 달리아는 제 상태가 어떤지도 잘 몰랐다. 그저 기분이 알딸딸하게 좋아지고 주변 풍경이 일렁거리니 연신 신기해하며 웃었다. 귓가가 화끈거리도록 몸이 더워 연신 손부채질을 했다.

"아저씨, 더워요……."

"그렇게 두꺼운 망토를 걸치고 있으니까 그렇지. 벗으면 시원해질 거다."

달리아는 순순히 망토를 벗었다. 갑작스레 들이닥친 한기에 몸이 부르르 떨렸다. 그러나 더위는 지치지 않고 다시 찾아왔다. 어쩐지 눈앞이 어지럽고 팔다리에서 힘이 빠졌다.

"그래도 더워요……."

"신발을 신고 있어서 그래."

숲을 돌아다닐 생각에 밑창이 두꺼운 신발을 신고 나왔다. 달리아는 주섬주섬 신발을 벗으려 시도했지만 잘 안 됐다. 끈을 복잡하게 묶은 것도 아니었는데 자꾸만 손이 미끄러졌다.

"어……. 내가 왜 이러지……."

"취해서 그런 거다."

벡이 달리아의 신발을 대신 벗겼다. 그때쯤, 달리아의 눈은 거의 감겨 있다시피 했다. 꾸벅꾸벅 졸던 소녀는 그대로 침대 위에 쓰러져 잠들었다. 어찌나 깊이 잠들었는지, 소녀는 벡이 오두막집의 문을 걸어 잠그는 소리에도 깨지 않았다. 오랫동안 도끼를 쥐어 굳은살 박인 손이 말랑말랑한 뺨을 쓰다듬었다.

"신이 주신 선물인가……."

그날 밤, 그는 소녀의 미래를 부쉈다. 꿈도 소망도 모조리 망가뜨렸다. 그리고 망가진 파편을 맛있게 씹어 삼켰다.

✿

니니스는 다시금 피가 흐르기 시작한 장딴지를 확인하고 혀를 찼다. 준규가 깨운 더미를 잡으려고 함정을 팠다가 목표는 이루지도 못하고 되레 손해를 보았다.

"그 더미를 어째야 하나……. 준규인지 중규인지 하는 놈만 없으면 까짓 거 금방인데."

이럴 바엔 더미 먼저 망가뜨려 놓고 뒤에 연결을 끊을 것을, 마력 아깝다고 한 번에 해치우려다 둘 다 실패해 버렸다. 두 마리 토끼는 쫓는 게 아니라더니, 무리했다가 날린 마력이 몹시 아까웠다.

"안쪽에 걸어놓은 마법을 풀어버리면……. 아, 그건 안 돼. 그 깜장 고양이 녀석, 내 경고 같은 건 귓등으로 들었을 게 뻔한데 구명줄은 남겨놔야지."

이건 이래서 안 되고, 저건 저래서 안 되고. 끙끙대며 손가락을 꼽던 니니스는 자신이 할 수 있는 게 거의 없다는 사실을 깨닫고 몹시 충격을 받았다.

이거야 원, 집에서 놀고먹다 반트가 신호를 주면 문만 열어주면 되는 일이었는데 이게 무슨 사태인지. 더미에게 물어뜯기지만 않았어도 훨씬 여유로웠을 텐데. 겨우 인형 따위를 못 피하고 물어뜯기다니, 이게 바로 나이 먹었다는 거구나.

"릴리 이 망할 계집애……. 지 고양이는 알아서 챙겼어야지 왜 나한테 떠맡겨서는."

니니스는 오래전에 불 속으로 사라진 친구의 이름을 입에 담았다. 아마 그녀가 들었다면 대체 자기가 언제 떠맡겼냐며 멀쩡한 마녀 잡지 말라고 할 것이지만, 니니스는 제멋대로 생각하기로 했다.

도저히 외면할 수 없을 정도로 신경 쓰이는 처지로 만들어뒀으면 그게 떠맡긴 거지 딴 게 있겠나. 꼭두각시 인형을 만들어 달라며 니니스에게 때 묻은 동전을 내밀었던 그날부터, 광대는 니니스의 아픈 손가락이 되었다.

"어디보자……. 그게 언제였지? 가스등이 막 나왔을 때였나? 아, 그땐 그 녀석도 귀여웠는데."

꾀죄죄한 몰골에 푸르죽죽한 안색을 하고 내미는 돈을 차마 받기가 뭐해, 의뢰받아 제작한 인형이지만 공짜로 주었다. 마녀의 선물은 받는 게 아니라며 망설이는 모습이 귀여워 억지로 떠맡겼다.

"자, 받아. 다음번에 만날 땐 지금 이 꼴보다는 나은 모습을 보여주면 돼. 알겠지?"

알아듣게 말했으니 다음에 만날 땐 좀 좋은 꼴을 하고 있겠지,

하고 기대했다가 생각지도 못한 모습으로 나타나는 바람에 기함했었다. 내가 준 인형으로 무슨 장사를 하고 있었던 건가 좀 화가 나기도 했었다. 큰 전쟁이 있는 동안 시체 더미라도 뒤지고 다녔나 했다.

"새 의뢰입니다, 니니스. 이걸 좀 개조해 줄 수 있겠어요? 이왕이면 사람 크기 정도로 크기를 좀 키우고, 누구나 깜빡 속아 넘어갈 정도로 정교했으면 좋겠는데."
"……요즘 사람들은 옛날과 달라. 바비인형이란 것도 있고, TV도 있고……. 워낙에 눈이 높아서."
"니니스는 할 수 있지 않나요?"
"어휴, 눈 깜빡거리지 마라. 그따위 분장하고 귀여운 척 해봐야 소름만 끼쳐. 아무튼 할 수야 있긴 한데……. 뭐에 쓰려고?"
"떠돌이 생활은 질렸습니다. 이제 정착할 겁니다."
"정착, 정착이라……. 그거 좋은 생각이네. 걱정 말렴, 내 평생의 역작을 만들어줄 테니."

그리고 만든 게 바로 드림랜드였다. 니니스는 자신이 가진 모든 재주를 총동원해서 정말로 근사한 등신대 인형을 만든 것도 모자라 아예 커다란 놀이공원까지 만들어주었다. 광대는 그 놀이공원에 걸린 마법이 뭔지도 모르는 채 고맙게 받았고 말이다.

니니스는 멍하니 앉아 있는 반트를 향해 시선을 주었다. 지금은 아직 소년 인형의 모습을 하고 있는 반트지만, 일이 모두 끝나면 자신의 도제로 들어오기로 약속이 되어 있었다.

'나는 이렇게 고생인데, 넌 왜 이렇게 편해 보이니?'

괜한 심술이 나 반트의 뺨을 쭉 잡아 늘렸다. 과연 동화 속에 빠져 있는 녀석이다 보니 반응이 없었다.

"빨리 오렴, 반트. 일이 꼬였어. 이대로 뒀다간 나 진짜 폭발해서 다 뒤집어엎을지도 몰라."

니니스는 인형 제작과 손뜨개질이 취미인 고상한 마녀이지만, 그 인내심의 깊이는 다른 마녀들과 다르지 않았다. 무척 얕다는 얘기다.

❈

연두는 카멜르 부근에서 지냈던 오두막으로 다시 돌아왔다. 아직 깨어나지 못한 광대도 함께였다. 아셰라드와 대판 싸워야 할 줄 알았는데, 그녀는 생각과는 달리 매우 순순하게 연두를 보내 주었다.

"사랑이 뭔지."

라는, 이제는 차마 반박하기도 힘든 탄식과 함께 말이다.

어쨌건 무사히 오두막으로 돌아온 연두는 가장 먼저 여우 찾기부터 시작했다. 아무리 생각해도 그 나무는 멀쩡한 방법으로 갈 수 있는 곳이 아니었다. 그때의 방문 이후 땅요정을 찾아 숲을 그렇게 뒤지고 다닐 때에도 단 한 번도 본 일이 없었으니까.

연두가 벨의 가게 터 부근에서 거의 매일 고깃조각을 뿌리고 다니는 동안, 나이팅게일은 나이팅게일 나름대로 숲을 뒤지고 다녔다.

'여우 따위가 갈 수 있는데 내가 못 갈 리 없어!'

라는 게 나이팅게일의 주장이었다. 비록 결과물은 그다지 신통치 않았지만 말이다.

그래도 시간이 마냥 헛것으로 흐르진 않았다. 여우는 발자국만 남긴 채 뵈질 않고, 나이팅게일은 매일 헛수고만 하는 중에도 광대의 증세는 차츰 나아졌다. 이제는 전보다 체온도 따뜻해진데다 심장박동도 빨라졌다.

덕분에 연두의 기분이 좋았던 것도 잠시, 광대에게 새로운 증상이 나타났다. 그의 상체 거의 대부분을 뒤덮고 있는 멍이 점점 짙어지는 게 불길하다 했더니, 그 자리에서 털이 자라났다. 새카맣고, 보드랍고, 촘촘한 털이었다. 눈을 씻고 보아도 사람의 체모는 아니었다.

"이게 대체 무슨 일이야⋯⋯."

상의를 벗겨 버리고 앞뒤를 다 확인했다. 그런데 이런, 멍이 든 곳 전부에 털이 나 있지 뭔가. 좀체 타지 않는 흰 피부에 둘러진 검은 피모는 기이할 정도로 잘 어울렸다. 광대는 마치 맨몸에 모피코트를 입고 누운 것만 같았다.

그날 연두는 밤을 꼬박 새우며 나이팅게일을 기다렸다. 뭐든 알고 있는 것처럼 잘난 척을 해대던 녀석이니 추궁해 볼 셈이었다. 한데 평소 같으면 동녘이 밝아오자마자 냉큼 돌아왔을 녀석이 어찌나 늦는지⋯⋯.

그녀의 속은 시간이 갈수록 새카맣게 타들어갔다. 몸은 또 어찌나 피곤한지, 병든 닭이라도 되는 것처럼 자꾸만 고개가 떨어졌다. 이러다 정말 잠들겠다 어떡하지, 하는 순간 나이팅게일의 목소리가 들렸다.

「아가씨, 왜 이러고 있어? 편안히 침대에서, 켁!」

연두의 손에 잡힌 나이팅게일이 나죽는다 엄살을 피웠지만 그녀는 놓아줄 마음이 없었다. 광대의 가슴팍 절반을 뒤덮고 있는 털을 보여주며 윽박질렀다.

"또 말도 안 되는 소리 하면서 시간 끌 생각은 꿈에도 말고, 이거 왜 이런지 말해봐."

「으음…….」

초조해 죽을 것 같은 연두와는 달리 나이팅게일의 반응은 뜨뜻미지근했다. 연두의 눈치를 보면서도 걱정하는 기색이라곤 거의 보이지 않았다.

「이건 그냥 회복의 한 과정일 뿐이야.」

"멀쩡하던 몸에 털이 돋았는데 그게 무슨 회복이야? 나랑 장난해?"

「그러니까……. 으이씨, 암튼 그렇다고. 나아가는 과정이니까 더 추궁해도 난 몰라!」

연두의 이마에 핏대가 섰다. 저게 나아가는 과정이라니, 뻥을 쳐도 적당히 쳐야지. 나이팅게일의 해명은 연두에게 납득할 만한 이유가 되지 못했다. 갈색 눈동자에서 불꽃이 튀었다.

"……그래. 지금은 내가 아는 게 없으니까 믿고 넘어가는데, 정말 낫는 과정이 아니고 그냥 잠깐 입 발린 소리 한 거면 그땐 가만 안 둬."

「뭐, 뭘 하려고…….」

"새 구이 해먹을 거다, 이 자식아. 나 이제 새 깃털도 잘 뽑아."

「힉!」

연두는 꽤나 진심이었다. 그녀는 새답지 않게 이상한 소릴 내며 꿈틀대는 나이팅게일을 내던지고 하루 일과를 하러 나갔다. 예전에야 광대가 사냥과 물뜨기를 비롯해 힘쓰는 일을 전담해 주었다만, 연두 혼자 하는 오막살이는 하루도 일을 쉴 수가 없었다.

혼자 남은 나이팅게일은 작은 날개를 파닥여 광대의 가슴 위로 올라갔다. 폭신폭신한 털이 제법 따뜻하고 부드러웠다. 자칫하다간 그대로 잠들어 버릴 것처럼 기분이 좋다. 작은 부리를 딱딱거리며 쯧, 혀를 찼다.

「이것 참……. 이젠 형태 유지도 하기 힘든 정도인가? 이러다 차이기라도 하면 곤란한데.」

연두에게 말했던 대로, 회복해 가는 과정인 것은 맞다. 그러나 이렇게 인간의 모습을 잃어가는 건 그다지 좋은 징조가 아니었다.

「역시 돌아오는 마력이 너무 적은 거야. 이거야 원, 지금처럼 대충 찾아서는 안 되겠네.」

나이팅게일은 그다지 열심을 다하지 않았던 과거를 반성했다. 하지만 그의 눈에도 영 보이지 않는 나무를 어떻게 찾아야 하는 건지는 막막하기만 했다.

버스럭.

밖에서 수풀을 가로지르는 소리가 났다. 어느 녀석인지는 안 봐도 안다. 발자국만 남기고 털 한 가닥도 안 남기는 그놈의 여우일 것이다. 고기는 잘만 집어가면서 보답은 안 하는 못된…….

「아, 그렇네. 그 여우 놈을 족치면 되잖아?」

새삼스러운 깨달음이었다. 본인이 못 찾으면 시키면 되는 것을, 굳이 스스로 하겠다고 시간과 노력을 쏟았다. 나이팅게일은 날렵하게 오두막을 빠져나갔다. 연두가 없는 시간을 노려 고깃조각을 주우러 왔던 여우는 그날부터 밤낮없이 나이팅게일에게 시달렸다. 어딜 가든 졸졸 따라다니며 추궁을 하니, 결국 견디다 못해 결국 나무의 위치를 가르쳐 주기로 했다.

「천천히 가, 천천히. 멀미 나잖아!」

여우의 머리 위에 앉아 이래라, 저래라 주문도 많던 나이팅게일은 하늘에 닿을 듯 커다란 나무 앞에서 넋이 빠졌다. 크기도 크기지만 드넓게 펼친 팔이 참으로 안락해 보였다. 나뭇가지마다 휘감긴 마력이 마치 화려한 휘장 같았다.

나무 아래에는 작은 샘도 있었다. 작긴 해도 깊이가 제법 깊어 보이는 샘에서는 맑은 물이 쉴 없이 퐁퐁 솟아나왔다. 나이팅게일은 샘물을 들이마시곤 그 시원함과 풍부한 마력에 감탄사를 흘렸다. 이 물이면, 그 광대에게도 충분히 도움이 될 게 틀림없었다.

「딱 좋아. 이만하면 아가씨에게 칭찬을 기대해 봐도 되겠지?」

당연했다. 연두는 나이팅게일을 따라 나무를 보러 와서는 나이팅게일이 다 받아먹지도 못할 칭찬을 퍼부어주었다. 몸이 짓눌릴 것만 같은 위압감도 지금의 그녀에게는 그저 기쁨이었다.

"네가 최고야. 진짜야. 너만 한 새는 본 적이 없어."

「흠흠. 흠흠. 좀 더 해봐.」

이게 진짜. 벌써 한 시간은 칭찬해 줬는데도 모자라나. 연두는 저절로 찌그러들던 미간을 얼른 폈다. 그토록 찾던 나무를 찾아냈는데, 까짓 입 발린 소리쯤이야 몇 시간을 못 해주겠나.

"네가 없었으면 난 어떻게 됐을지 모르겠어!"

「그렇지? 역시 내가 최고지?」

"당연하지."

연두는 나무 아래에 있는 샘물을 조심스럽게 떠 마셨다. 나이팅게일은 이 샘물에서 풍부한 마력이 느껴진다고 했지만, 연두에게 샘물은 그냥 샘물이었다. 시원하고 달콤한, 좋은 물이었다.

'예전엔 없었는데…….'

연두의 기억 속에 이 나무 근처엔 샘이 없었다. 그러나 샘이 있는 자리는 예전에 여우와 연두가 간판을 파냈던 그 자리였다. 아마 그때 땅을 파낸 덕분에 샘이 생긴 건지도 모를 일이었다. 의심하기에는 사정이 너무 절박했다. 그녀는 조심스레 물을 떴다.

"광대 녀석, 아무것도 못 먹는데 물이라고 먹일 수 있을까?"

「못 마시면 그냥 입술만 적셔주면 되지. 몸을 닦아줘도 되고.」

"그런 걸로도 효과가 있으면 좋겠다……."

다행히 샘물은 효과가 있었다. 연두는 그 샘물로 광대의 몸을 닦아주었고, 하룻밤이 지날 때마다 털이 난 부분들은 확연히 범위가 줄어들었다. 저녁을 먹고 난 뒤 광대의 몸을 닦아주는 일은 연두의 하루 일과 중 하나가 되었다.

금방 일어나겠지. 이 털이 다 사라지면 일어날 거야.

그러나 일은 그리 연두의 마음대로 흘러가지 않았다. 가슴팍과 목 부근의 털은 금방 사라졌지만 등의 털은 좀체 없어지질 않았다. 매일 희망을 갖고 샘물로 닦아주고 있었지만, 희망만큼의 실망이 그녀를 찾아왔다.

"야, 이 나쁜 자식아."

평소라면 그만 자러 갔을 시간이지만, 연두는 떠나지 않고 광대의 침대 곁을 차지하고 앉았다. 가슴 가득 쌓인 걱정을 토해내지 않고는 견딜 수가 없었다. 램프 불빛에 비친 얼굴선은 여전히 곱기만 했다.

"매일 얼굴 닦아줘, 몸 닦아줘……. 내가 준규 선배 병간호도 이렇게 열심히 해본 적이 없어. 이제 그만 일어날 때도 됐잖아."

기대도 않았지만 역시 대답은 없었다. 그동안 꿋꿋하게 버텨왔는데, 꼼짝도 않는 속눈썹이 이젠 그저 원망스럽다. 뜨거워지려는 눈을 꽉 눌렀지만 눈물은 기어이 눈썹 사이를 비집고 나와 뺨을 적셨다.

"옆에 있겠다고 했잖아……. 왜 날 혼자 두는 건데……."

"……미안."

"미안하면 당장 일어나!"

차가운 손이 뺨을 더듬었다. 턱에 매달렸던 눈물방울을 거둬갔다. 연두는 뒤늦게 그가 대답을 했다는 걸 깨달았다. 눈을 가렸던 손을 허둥지둥 뗐지만 어찌나 꽉 눌렀었는지 앞이 잘 안 보였다. 허공을 더듬대는 손이 우스웠는지, 광대가 낮은 웃음소리를 흘렸다. 연두는 눈을 마구 비비다가 광대에게 손을 잡혔다. 매가리라곤 없는 손인데 저절로 손이 멎었다.

"비비지 마."

"너…… 너……."

연두는 차마 말을 잇지 못했다. 고급 호박처럼 광채를 발하는 노란 눈이 자신을 바라보고 있었다. 그동안 미치도록 보고 싶었던 눈이었다. 눈앞이 다시 흐려졌다. 기껏 닦은 보람도 없이 눈물이 또 떨어졌다.

"강연두, 울보였네."

"시끄러워……."

"말 잘 하는 줄 알았더니 그것도 아니고."

"시끄럽다니까……."

눈을 감으면, 이 모든 게 꿈이 될 것만 같았다. 사실은 지금도 의심스러웠다. 너무나 간절히 바라서 현실 같은 꿈을 꾸고 있는 건 아닐까. 연두는 눈물도 제대로 닦지 못한 채 광대를 바라보았다. 그저 보기만 했다.

광대의 입가가 어쩐지 곤란한 기색으로 일그러졌다. 그는 아주 조심스럽게 몸을 일으켰다. 그리고 연두를 향해 손을 뻗어 그녀의 눈물을 걷어냈다.

"안 울었으면 좋겠다고 생각했는데……."

"……."

"어떡하지. 나 때문에 우는 거 보니까 마냥 기분이 좋아."

연두는 말이 없었고, 광대는 그녀를 끌어당겨 품에 안았다. 매끄러운 머리카락은 여전했지만, 연신 훌쩍대는 몸은 기억하던 것보다 조금 말라 있었다. 그녀의 옷자락에선 끝나가는 가을의 냄새가 났다. 자신은 아무래도 생각 이상으로 오랫동안 잠들어 있었던 모양이었다.

"고마워."

"……."

"이런……."

광대는 자신을 부서져라 끌어안는 연두의 팔에 몹시 당황했다. 이 정도로 스킨십이 편한 사람은 아니었는데. 분명 자신을 밀쳐내고 다다다 잔소리를 할 줄 알았는데. 어딘지 마음 한구석이 울렁거렸다.

한참을 훌쩍이던 연두가 고개를 들었다. 밤에 물들어 검게 보이는 갈색 눈에 어딘지 결연한 빛이 들어 있었다.

"이름……."

"뭐?"

"이름 지을 거야. 네가 뭐라고 하든 이제 몰라."

아, 그놈의 이름. 광대는 헛웃음을 지었지만 연두는 달랐다. 누운 광대를 위해 온전히 불러줄 이름이 없다는 게 어찌나 서러웠는지. 그러나 광대는 이번에도 허둥지둥 선을 그었다. 연두는 그에게 밀려 도로 의자에 앉아야만 했다.

"아니……. 그건 생각 좀 해보고 결정하는 건 어때?"

"무슨 생각? 돌아가서도 얼굴 보고 살기로 결정한 거 아니었어? 손님으론 못 받아도 가끔 놀러오는 정도로는 괜찮다며? 그때도 광대, 야, 너, 하고 싶진 않은데?"

입도 못 떼고 우물대던 때는 언제인지, 속사포처럼 말이 쏟아졌다. 이제 막 일어난 광대에겐 버겁기만 한 기세였다. 그는 끙끙대며 마른세수를 했다.

"잠깐, 잠깐만. 잠깐만……."

광대는 말없이 입술을 달싹거렸고 연두는 기다렸다. 지독스러운 침묵이 계속됐다. 환하기만 하던 램프가 천천히 빛을 잃었다. 끝내 결심을 굳힌 광대가 연두를 향해 시선을 주었다.

"나…… 인간 아니야. 그래도 계속 얼굴 보고 지낼 자신 있어? 소름 끼친다고 멀리하지 않을 자신은? 이름까지 지어주면 난 널 절대 놓지 못할 게 분명한데, 너와는 종족부터 다르다는 걸 받아들일 수 있겠어?"

연두는 그저 웃었다. 이제는 등 가운데까지 내려오도록 길어진 머리카락을 손가락으로 빗고 손가락 끝에 감아 빙글빙글 돌렸다. 입술을 잡아 뜯는 버릇을 고쳤더니 대신 새로 생긴 버릇이었다.

"난 또 뭐라고. 이미 알고 있었어."

"……안다고?"

어릿광대의 **동화**

"너 누워 있던 시간이 얼마나 됐는지 알아? 거의 한 달이 다 되어가. 아, 거기까진 아닌가? 한…… 삼 주쯤 되나?"

처음엔 날짜를 셌다. 하루, 이틀, 사흘……. 그러다 열흘이 넘었을 때쯤, 세기를 그만두었다. 그가 눈을 감고 있는 시간을 센다는 게 너무 고통스러웠다. 내일은 깨어나겠지, 내일은 일어날 거야, 희망만을 가지려 노력하며 하루하루를 넘겼다.

"링거를 맞는 것도 아니고, 뭔가를 먹는 것도 아니야. 물 한 모금 넘겨주려고 해도 입을 딱 다물고 있어서 불가능했어. 입술을 적셔주는 게 고작이었다고."

"……"

"그런데 넌 이렇게 멀쩡하지. 그게 어떻게 인간이야? 인간이라고 했으면 화냈을 뻔했어."

연두는 손을 뻗어 광대의 뺨을 감쌌다. 처음 쓰러질 때와 똑같은 얼굴이었다. 안색은 그늘지고 입술은 창백할지언정 야위지는 않았다. 먹지도 않고 한 달 가까이 드러누워 있던 사람이라곤 믿을 수가 없다.

"근데 그거보다 놀라운 게 있어."

"……"

"네가 인간이든 아니든, 그건 별로 상관없더라구. 인두겁을 썼다고 다 사람인 건 아니잖아."

"그런……"

숨도 제대로 못 쉬고 연두의 말을 듣던 광대가 손을 뻗었다. 마치 연두의 손을 잡으려는 것처럼 보였지만, 연두는 그의 손을 쳐내고 한 걸음 물러섰다. 노란 눈동자가 바람에 떠가는 풍등처럼 흔들거렸다.

"실은 나도 말할 게 있어. 절대 말하지 않으려고 했는데……. 네가 용기를 냈으니까, 나도 말하는 거야."

연두는 기억 속에 파묻고 있던 스토커를 떠올렸다. 심호흡을 했지만 등에서 땀이 났다. 무의식중에 입 안쪽을 깨물었는지 찝찔한 피 맛이 났다.

"연두야, 이제 연락하지 마. 미안해."

"집에 쥐 시체가 배달됐어. 더는 못 견디겠다. 우리 모르는 사이로 살자."

"강 기자, 우리도 애써봤는데, 흔적이 전혀 안 잡혀. 신체적인 상해를 입은 것도 아닌데 강 기자가 좀 너그럽게 봐줘. 강 기자는 검도를 배운 적도 있다며? 보통 사람들보단 덜 무서울 거 아냐."

"도장엔 그만 와주셨으면 좋겠습니다."

"전에 제가 했던 말은 없던 걸로 해주셨으면 좋겠습니다. 죄송합니다."

손끝이 차갑게 얼어붙었다. 견디지 못하고 두 손을 꽉 맞잡았다. 손톱 때문에 손바닥에 상처가 났지만 어째 아프지도 않았다.

"날 따라다니는 스토커가 있어. 오래됐어. 한…… 사 년 좀 더 됐나 그래. 처음에는 우리 집 대문 앞에 꽃을 놓아두는 정도였어. 매일매일 다른 꽃다발을 갖다 놓더라고. 쪽지고 뭐고 없었지만, 그때는 조금 설레기도 했어."

광대는 숨을 죽이고 들었다. 언제나 빳빳하게 고개를 쳐들고 약한 소리를 하지 않던 연두가 처음으로 꺼내놓는 이야기였다.

"그런데 그 꽃다발이 대문에서 끝나질 않더라구. 사무실 책상, 내 단골 카페, 출장지의 호텔방……. 점점 무서워져서 내다 버렸어. 그랬더니 꽃다발에 내 사진을 넣어 보내더라."

"……."

"전부 몰래 찍은 사진이었어. 기겁했지. 난 신문사 기자였고 발도 넓어서, 여기저기 도움 주겠다는 사람은 많았는데……. 끝내 못 잡았어. 그 뒤엔 말 없는 전화가 걸려왔고, 나 몰래 우리 집에와서 밥상 차려놓고 가는 일이 생기기 시작했어. 소용없다는 거알면서도 못 견디고 계속 이사하다 보니까 가난뱅이 빈털터리가됐고. 부모님이 남겨주신 유산 말아먹는 거 진짜 순식간이더라."

"……."

"내 주변 사람들도 피해를 입었어. 나와 개인적으로 만나거나연락하거나 하면 어김없이 그 스토커 새끼에게 테러를 당했지. 친구고 지인이고 다 떨어져 나갔어. 그나마 딱 한 명 남아 있는데, 그 사람이 당하고 있는 건 수위가 조금 높아."

"한 명……?"

"찢어진 사진, 욕설 편지, 피 묻은 옷가지, 동물 시체……. 내가아는 것만 해도 이래. 본인은 괜찮다는데 정말 괜찮은지는 나도몰라. 아주 놓아버리면 외로우니까 모른 척 붙들고 놓지 않는 것뿐이지."

연두는 흐릿한 램프 불빛에도 빛을 잃지 않는 호박색 눈동자를가만히 바라보며 거절당할 준비를 했다. 준규 선배 같은 사람은세상에 흔하지 않았다.

"너한테도 분명 달라붙을 거야. 견딜 수 있겠어? 나와 계속 만날 수 있겠어? 놓지 못하는 나에게 소름 끼친다고, 이기적이라고 말하지 않을 수 있겠어? 단지 나와 친하게 지낸다는 것만으로 당하는 테러를 버틸 수 있겠어?"

"나는,"

"바로 대답하지 마. 지금 괜찮다는 말을 듣고 나중에 버려지면 두 배로 비참할 거야."

허세가 벗겨진 얼굴은 두려움에 떠는 아이처럼 연약했다. 광대는 연두를 위로하고 싶었지만 그녀는 그의 위로를 거절했다. 지금 필요한 건 온기가 아니라 생각할 시간이라고 했다. 연두가 방을 나가고 얼마 지나지 않아 아까부터 가물거리던 램프가 끝내 꺼졌다. 빛이 사라진 방은 삽시간에 어둠에 휩싸였다. 그날 밤은 두 사람 모두에게 몹시 길었다.

날이 밝았다. 그러나 두 사람은 서로 짜기라도 한 것처럼 지난밤의 이야기를 꺼내지 않았다. 생각할 시간은 길수록 좋았다. 연두는 입이 늘어나니 할 일이 많다며 매양 바쁘게 굴었고 광대는 오랫동안 움직이지 않아 약해진 몸을 되돌려야겠다며 재활운동을 시작했다. 나이팅게일은 갑자기 서먹해진 둘을 보고 기막혀 했지만 자세한 사정을 들을 수는 없었다.

「기껏 일어났는데 이게 뭔 꼴이야? 야밤에 호감 가진 남녀 단둘이 있었으면서 뭐 했어? 뭘 했기에 분위기가 이래?」

"닥쳐. 방해되니까 좀 꺼지지?"

「광대 너 너무한다……. 내가 너 분명 밤에 일어날 거 딱 알고 일부러 밤마다 자리도 비워줬는데…….」

나이팅게일이 뭐라고 떠들어대든, 광대가 신경 쓰는 곳은 따로 있었다. 터무니없이 약해진 몸도 몸이지만 등에 난 털이 문제였다. 그저 멍으로 끝났어야 할 게 털까지 나다니.

'그렇게까지 강한 마법은 아니라고 생각했는데 내가 틀렸나. 잠깐 앓고 끝날 줄 알았더니 형태 유지도 못 할 정도로 무너지고. 연두는 못 봤으면 좋았을 텐데……. 봤겠지, 아마도.'

이래서야, 개미 눈물만 한 재주라고 놀리던 니니스의 말을 부정할 수가 없다. 광대는 유능하고 변덕스럽고 오만한 마녀를 떠올리고 쳇, 혀를 찼다. 이야기에 틈이 생기면 도와주겠다더니 대체 뭘 하고 있는 건지.

'설마 또 쇼핑하느라 정신 놓고 있는 거 아냐? 아니면, 또 어디 수도원에 들어갔거나 비구니 노릇을 하고 있거나…….'

상상하는 것만으로도 모골이 송연해져 오건만, 그게 또 아주 근거 없는 상상은 아니라는 게 참 무서운 일이었다. 니니스는 예전부터 뭔가에 빠지면 정신을 못 차렸다. 그나마 다행이라면 수상하기 짝이 없는 나이팅게일이라도 곁에 있다는 걸까.

"야, 새 새끼."

「왜 불러.」

"여긴 왜 온 거야?"

「네가 정신을 못 차려서 왔지. 아가씨가 여기 특별한 나무가 있다고 그랬단 말야.」

특별한 나무, 라는 말을 듣자마자 짐작 가는 곳이 있었다. 연두가 간판을 파내왔던 그 나무를 말하는 것이다. 마법에 익숙한 자신조차 납득하기 어려웠던 일이 이렇게 들어맞다니. 광대는 제법 요란하게 혀를 찼다.

"염병, 짜고 치는 고스톱도 아니고 뭐가 이렇게 딱 들어맞아? 빌어먹을 니니스는 대체 여기에 뭔 짓을 해놔서……."

「짜고 치다니. 준비성이 철저하다고 해. 그러게 왜 그렇게 미련하게 굴었어?」

나이팅게일이 잔소리를 하려는 때를 노리기라도 한 것처럼 비가 오기 시작했다. 끝나가는 가을의 막을 잡아 내릴 부슬비였다.

광대는 비를 싫어했고, 그건 장대비와 부슬비를 가리지 않았다. 그는 금방 끝날 비가 아니라는 걸 깨달은 순간 냅다 집 안으로 피신했다. 미처 들어오지 못한 나이팅게일이 빽빽거렸지만 무시했다.

"비 싫어하는 건 여전하네. 혹시 너 소금인형이야? 비 맞으면 녹아?"

먼저 들어와 있던 연두가 수건을 던졌다. 광대는 입을 삐죽대며 수건을 받아 몸을 닦았다. 물 한 방울도 남기지 않겠다는 기세였다. 깨끗한 걸 좋아한다는 건 알겠지만 비 싫어하는 것도 저 정도면 병이었다.

연두는 한마디 할까 하다가 그냥 고개를 저었다. 싫다는데 뭐 어쩌겠나. 대신 아궁이에 걸어놓은 솥을 툭툭 두드렸다. 오늘의 메뉴는 잘게 썬 고기와 채소를 넣고 푹 끓인 스튜였다.

"일부러 속에 부담가지 않는 걸로 했어. 와."

"아, 뜨거운 거 싫은데……."

"알아서 식혀 먹어. 내가 제대로 할 수 있는 게 몇 개나 된다고 투정이야? 스튜라도 할 줄 알아서 천만다행이지. 너 누워 있는 동안엔 다 귀찮아서 그냥 빵이나 뜯고 살았어."

광대는 새삼 깨달았다는 듯한 표정으로 고개를 끄덕였다. 벨에게 1:1 요리 수업을 받은 연두가 건진 메뉴는 스튜, 고기찜, 각종 과일잼 정도가 전부였다. 벨은 몹시 자존심 상해했었지만 이건 배우는 사람의 센스의 문제였다. 그래도 약학지식은 빠르게 잘 배웠으니 그걸로 체면치레는 했다 하겠다.

"재료는 어디서 구했어?"

"여기 카멜르 부근의 그 오두막이야. 인맥은 뒀다 뭐에 써? 나부터 먹는다."

연두는 곧바로 먹기 시작했지만 광대는 한참을 기다렸다. 그는 적당히 따뜻한 수준까지 스튜가 식고서야 겨우 숟가락을 떴다. 그리고 조금 놀랐다. 냄새는 좋았어도 맛은 기대하지 않았는데, 꽤 맛있지 않은가.

문득 고개를 들어보니 관심 없는 척하고 있던 연두가 어딘지 기대에 찬 시선으로 자신을 바라보고 있었다. 그녀가 생각하기에도 이번엔 제법 잘 만들어졌던 게다. 광대는 기꺼이 그 기대에 부응해 주기로 마음먹었다.

"맛있는데? 돌아가면 가게 차려도 되겠어."

"가게는 무슨……."

"아니, 진짜야. 적어도 단골 한 명은 무조건 확보야. 내 자리 고정석으로 잡아놔."

"입에 침이나 바르고 말해."

타박을 주면서도 연두의 뺨엔 슬그머니 홍조가 어렸다. 맛있게 먹는 광대의 모습을 보기만 해도 어쩐지 배가 불렀다. 맛있는 한 끼를 만들어주겠다던 다짐을 이제야 실현했다. 핏기가 돌아 발그스름하게 생기 넘치는 낯빛이 몹시 기꺼웠다. 그는 연두의 시선을 한 몸에 받으면서도 스튜 한 그릇을 순식간에 비워냈다.

"한 그릇 더 줄까?"

"내가 퍼다 먹지, 뭐. 앉아서 쉬고 있어."

"너 아직 환자잖아. 재활 끝나면 그땐 지금이 편했지 싶게 부려 먹어 줄 테니까 얌전히 그릇 내놓으시지?"

연두는 광대의 손에서 그릇을 빼앗아 스튜를 퍼 담았다. 부러 고기를 잔뜩 담았다. 광대는 천천히 스튜를 먹었고, 연두는 그런 그를 가만히 바라보았다. 따스하게 데워진 안온한 공기가 작은 오두막 전체를 가득 채웠다.

캥! 캥!

오두막 밖에서 여우가 짖었다. 어딘지 다급하게 느껴지는 소리였다. 이제껏 고기를 얻어가면서도 부러 불러낸 적은 없었는데 무슨 일인지. 연두는 혹시나 싶어 먹던 숟가락을 내려놓고 일어섰다.

광대는 밖에서 들리는 소리에는 별로 신경을 쓰지 않고 있었지만, 연두가 나갈 기색을 보이자 어쩐지 심기가 불편해졌다. 그는 괜히 심통 맞게 그릇을 긁었다. 끽끽, 듣기 싫은 소리가 났다.

"길들였어?"

"어, 뭐라고?"

"어차피 돌아갈 건데, 책임질 수 없으면 길들이지 마."

"길들이긴 무슨……. 별걱정을 다 하고 있어. 금방 올게."

연두는 대수롭지 않게 대답하고 밖으로 나갔다. 아직도 비가 오고 있었지만 그래봤자 부슬비였다.

캥!

여우는 연두가 나온 걸 보자마자 캥캥거리며 반가워했다. 연두는 정말 자신을 불렀던 건가, 싶어 아연해졌다. 고깃조각만 실컷 주워 먹고 얼굴 한번 안 보여주던 녀석이 갑자기 왜 저럴까.

"나 불렀니?"

캥캥!

여우가 펄쩍펄쩍 뛰었다. 폭신폭신한 꼬리를 이리저리 휘두르며 연신 고갯짓을 하는 게, 꼭 따라오라는 것만 같았다. 기시감이 들었다.

'내가 저 꼬리를 따라가서 간판을 건졌지, 아마……'

분명 이번에도 뭔가 이상한 곳엘 데려갈 셈일 것이다. 처음에는 간판을 찾아주었고, 그다음엔 나이팅게일에게 나무가 있는 곳을 가르쳐 줬으니 이번에도 그리 나쁜 일이기만 하진 않겠지.

'말을 하고 가야 하나.'

연두는 잠시 망설였다. 광대는 어젯밤에 겨우 일어났고, 아직 제대로 몸을 가누지도 못했다. 겉으로야 멀쩡한 척을 하지만 완전히 괜찮아지려면 시간이 필요했다. 하나 여우를 따라갔다 오겠다고 하면 분명 같이 가겠다고 나설 것이다.

"오래 걸려?"

푸르르르……. 여우가 고개를 저었다.

"급해?"

캥캥!

오래 안 걸리고 급하다면 금방 다녀오지 뭐. 연두는 빗속에 잠긴 오두막을 돌아보곤 서둘러 여우의 뒤를 따랐다. 폭신폭신한 꼬리가 그녀를 숲속으로 잡아끌었다.

"헉, 헉…… 헉……."

뭐가 그리 급한지 자꾸만 재촉을 해대는 여우 때문에 연두의 숨이 턱까지 차올랐다. 최근 들어 제법 체력이 붙었다고 생각했는데, 네 발 달린 짐승과는 비교도 안 됐다. 숨을 몰아쉬며 주변을 살펴보니 어딘지 낯이 익었다.

"그, 헉, 나무로 가니?"

캥캥!

여우는 잠깐도 쉬지 말라는 것처럼 펄떡거렸다. 연두는 내가 왜 따라왔을까, 이를 갈면서도 꾸역꾸역 발을 재촉했다. 어찌나 서둘렀는지 입에서 단내가 다 났다.

나무는 여전히 압도적인 자태를 자랑하고 있었다. 사방을 뒤덮은 희뿌연 안개 속에 파묻히고서도 불쑥 솟아오른 나무줄기는 그저 위풍당당했다. 물을 뜨러 올 때마다 느끼는 기묘한 압박감이 연두의 어깨를 짓눌렀다. 어쩐지 숨쉬기마저 힘들었다.

"으이씨……. 여기 올 줄 알았으면 물이나 떠가게 양동이라도 좀 챙겨올걸."

주변을 두리번거리며 빨간 꼬리를 찾았지만 점점 짙어져 가는 안개가 연두의 눈을 가렸다.

"여우야~"

캥!

안개 저편에서 여우가 대답했다. 연두는 여우의 울음소리를 따라 걸었다. 한 걸음, 두 걸음……. 그렇게 나무기슭에 다다랐을 때, 그녀는 웅크린 채 쓰러진 소녀와 그 앞에 얌전히 앉아 있는 여우를 볼 수 있었다.

"뭐야……. 얘 보여주려고 날 부른 거야?"

연두는 별생각 없이 소녀를 살피려 무릎을 꿇었다가 안색이 잿빛이 되었다. 소녀의 상태가 심상치 않았다.

금빛 도는 붉은 머리카락은 진흙과 낙엽으로 뒤덮여 엉망이고, 몸을 감싼 건 옷이라고 불러주기도 민망한 넝마였다. 드러난 팔목과 발목에는 뭔가에 묶여 있었던 흔적이 역력했고 다리엔 핏줄기가 흘러내린 자국이 남아 있었다. 가느다란 목에 새겨진 손가락 모양의 멍은 보는 것만으로도 숨이 막혔다.

얼굴에 수초처럼 들러붙은 머리카락을 걷어내자 앳된 이목구비가 드러났다. 열넷? 열다섯? 겨우 그쯤 되어 보이는 얼굴에 폭력이 남긴 상흔이 남아 있었다. 부르터 딱지가 앉은 입술, 푸르죽죽하게 멍든 눈, 피딱지가 앉은 이마, 눈물 자국 선명한 뺨.

"……어떤 미친 새끼가……."

이미 몇 년이나 지난 일이라 기억이 가물가물하긴 하지만, 연두는 사회부 기자였다. 이런 종류의 상처를 입은 피해자들은 아무리 시간이 흘러도 잊히지 않았다.

"성폭행 피해자인가……. 미치겠다, 진짜."

광대에게 매달려 있는 동안 이 세계가 잔혹동화의 세상이라는 걸 새카맣게 잊고 있었다. 한데 이런 어린애가 끔찍한 꼴을 당한 걸 보니 찬물이라도 뒤집어쓴 것처럼 정신이 들었다.

'여길 만든 게 마녀 니니스라고 했지? 빌어먹을 마녀, 아무리 인형이라지만 너무한 거 아냐? 너무…… 너무 어리잖아.'

내심 욕을 퍼부으며 숨을 확인했다. 다행히 아직 살아 있었다.

연두는 샘물을 퍼서 소녀의 얼굴과 상처를 닦아보았지만, 치유 효과 같은 건 나타나지 않았다. 하긴, 그녀가 마셨을 때도 샘물은 그냥 샘물이었다. 이를 악물고 소녀를 추슬러 둘러업었다. 얼른 돌아가는 편이 좋으리라.

"빨리 가자. 지름길 알지?"

여우는 짙은 안개 속으로 연두를 안내했다. 그녀는 망설임 없이 그 속으로 뛰어들었다. 등에 업힌 소녀는 슬플 정도로 가벼웠다.

chapter 12.

달리아

　광대는 닫힌 문을 노려보며 연신 테이블을 두드렸다. 아침부터 운동해서 몸도 피곤하겠다, 잘 먹어서 배도 부르겠다, 회복을 위해서라도 좀 자둬야 하는데 잠이 안 왔다. 여우가 부른다고 냉큼 나간 연두가 신경 쓰였다.

　'금방 온다더니 뭔데.'

　그 빌어먹을 여우는 연두를 데려다 뭘 하고 있는 걸까. 설마 자기 둥지라도 보여주고 있는 거 아닐까. 연두는 길들인 게 아니라고 했지만 어쩌면 그건 그녀 혼자만의 착각일 수도 있지 않나. 개비린내 나는 놈들은 하나같이 다 질척질척한 것들이니까!

　'나가볼까?'

　이젠 부슬비라고 부르기에도 민망해진 빗발이 연신 지붕을 두드려 댔다. 이까짓 부슬비라며 맨몸으로 나간 연두는 지금쯤 쫄딱 젖어 있을지도 모른다. 갑자기 마음이 급해졌다. 일교차가 크게 나는 이 시기에 이 비를 다 맞고 감기에라도 걸리면 큰일이었다.

광대는 아궁이에 장작을 더 던져 넣고 오두막을 나섰다. 굵은 빗줄기가 머리와 어깨를 적셨다. 기분 나쁜 습기가 온몸에 축축하게 달라붙었다. 뿌옇게 일어나기 시작한 안개가 주변을 덮고 있었다.

주변을 살펴보았지만 여우의 빨간 털도, 연두의 갈색 머리카락도 보이질 않았다. 비도 모자라 안개까지 피어오르는데 대체 어딜 간 건지 모를 일이었다. 점이라도 쳐 볼 요량으로 주머니에서 원통을 꺼내는데, 다급히 날아온 나이팅게일이 그의 어깨에 주저앉아 숨을 골랐다.

「삐이, 삐, 삐……. 야, 광대야, 아가씨 온다. 아가씨가 와.」

"어디서?"

「저쪽. 다 큰 계집애를 업고 뛰어오는 걸 봤어. 쫄딱 젖었……야!」

광대는 나이팅게일의 말이 끝나기도 전에 연두가 온다는 방향을 향해 뛰었다. 비가 내리는 숲에서 사람을 업고 뛴다니, 그 무슨 무모한 짓이란 말이냐. 희뿌연 안개가 금세 그의 팔다리에 휘감겼다.

"강연두! 어디 있어!"

"……기! 헉, 여기!"

연두는 금세 나타났다. 질끈 묶은 머리카락에서 물을 줄줄 떨어뜨리면서, 팔다리가 축 늘어진 계집아이를 등에 업고. 빗물인지 땀인지 모를 게 턱을 타고 뚝뚝 떨어졌다. 그녀를 이끌기라도 하듯 앞장서던 여우는 광대를 보자마자 꽁무니를 빼고 도망가 버렸다.

"어떻게, 헉, 알고 왔어?"

"날개 달린 새 새끼가 가르쳐 줬지. 줘, 내가 업을 테니까."

"아니, 안 돼."

"환자니 뭐니 해도 이런 계집애 하나 업을 정도는 돼."

광대가 등을 내밀었지만 연두는 고개를 저었다. 성폭행 피해자였다. 의식이 있거나 없거나 남자와 접촉시켜서 좋을 건 없었다. 잠깐 멈춰 섰다고 후들거리는 다리에 힘을 주고, 미끄러지는 소녀를 다시 추슬렀다.

"너 말고 애 때문에 그래. 으, 어차피 다 온 거 같으니까, 빨리 가자. 힘들어 죽겠어."

연두의 태도는 완강했다. 광대가 재차 권해도 소용이 없었다. 결국 그는 그녀의 등을 차지한 빨간 머리 계집애를 향한 짜증을 곱씹으며 길 안내를 해야 했다.

소녀는 연두의 방, 연두의 침대를 차지했다. 연두가 한시도 쉬지 못하고 머리를 감긴다, 몸을 닦는다 난리를 피우는 동안에도 소녀의 눈꺼풀은 꼼짝도 하지 않았다. 정성 들여 닦아놓으니 멍과 상처로 얼룩덜룩한 몸이 더욱 잘 드러났다.

광대는 연두가 쉬지 못하는 게 몹시 마음에 안 들었지만, 소녀의 끔찍한 몰골을 보고 난 뒤엔 도저히 불만을 표할 수가 없었다. 어린 몸에 새겨진 상처는 그에게조차 분노를 일으켰다. 따뜻하게 데운 우유를 연두에게 건네는 얼굴엔 채 감추지 못한 화가 묻어 있었다.

"어디서 주워왔어?"

"그 나무 아래에 있었어. 여우와 안면이 있었던 것 같아."

연두는 광대가 준 우유를 단번에 다 마셔 버렸다. 비를 맞고 식어 떨던 몸에 따뜻한 게 들어가니 좀 살 것 같았다. 광대가 연두를 억지로 의자에 앉히고 그녀의 머리카락을 말리기 시작했다. 수건을 꾹꾹 눌러가며 물기를 닦아내는 손이 제법 야무졌다.

"여우라니, 뻔하네. 무슨 동화의 주인공인지 알겠어?"

"이건 빨간 모자 이야기야. 부모님의 심부름으로 할머니 댁에 먹을 것을 전해주러 가던 빨간 모자는 숲에서 길을 잃고 늑대를 만나. 늑대는 길 잃은 빨간 모자에게 길도 가르쳐 주고 친절하게 굴지만, 빨간 모자와 헤어지고 난 뒤 할머니 댁에 먼저 가서 할머니를 죽이지. 늑대는 할머니의 옷을 입고 빨간 모자를 기다리다가, 할머니의 피와 살점으로 빨간 모자를 대접해 먹이고 끝내는 빨간 모자도 잡아먹어."

"……빨간 모자가 그런 동화였어?"

"이 결말엔 여러 판본이 있는데, 말 그대로 꿀꺽 삼켜서 잡아먹는 결말이 있는가 하면 빨간 모자가 기지를 발휘해 빠져나오는 결말도 있어."

"늑대는? 그 뒤 늑대는 어떻게 되는데?"

"아무것도. 어느 결말이든 늑대에 대한 얘기는 나오지 않아. 후대에 각색하면서 다른 동화의 결말이 덧붙여져서 지나가던 사냥꾼이 잡아먹힌 빨간 모자를 꺼내주는 결말도 있는데…… 우리의 빨간 모자는 그건 아닌 모양이야. 우기자면 우리가 그 사냥꾼이라고 할 수도 있겠지만……."

광대는 할 말을 잃었고 연두는 괜히 머리카락을 잡아당겼다. 동화를 좋아하는 연두라도 빨간 모자 이야기만은 좀체 좋아할 수가 없었다. 동화의 주인공이 애먼 피해자가 되는 거야 자주 있는 일이지만, 그렇게까지 보상이 없는 끝은 드물었다.

"우리가 손을 대기도 전에 동화는 끝났어."

"빌어먹을 니니스……."

연두의 담담한 선고에 광대가 탄식했다. 그는 작게 욕설을 읊조리다 한 가닥 희망은 있지 않느냐는 듯 연두에게 물었다.

"동화가 끝났다고 늑대 그냥 둘 거 아니지? 헨젤과 그레텔도 가만 안 뒀잖아."

"글쎄……. 이런 종류의 사건에선 피해자 본인의 의사가 제일 중요해서 말이야. 용서도, 복수도, 피해자가 결정해야지."

"……."

"야. 쟤 어려. 괜히 가가지고 몰래 죽여줄 테니까 범인 이름이랑 인상착의 말하라고 하고 그러지 마."

"크흠. 흠, 흠."

속내를 들킨 광대가 헛기침을 했다. 연두는 바깥의 소리에 귀를 기울였다. 좀체 그칠 것 같지 않던 빗소리는 아까보다 한층 약해져 이젠 거의 들리지 않았다. 마침 머리카락도 그럭저럭 말랐겠다, 주섬주섬 나갈 준비를 했다.

"약초를 따와야겠어. 카멜르에 가서 약도 좀 사고……."

"저 애가 언제 깰 줄 알고 네가 가? 내가 다녀올게."

"그렇게 빨리 안 깨. 그리고 뭘 사야 하는지 구분은 할 줄 알고 가겠다는 거야?"

"그야 냄새를 맡으면,"

"약만 사겠다는 게 아니야. 여자애한테 필요한 물건을 사는 거야. 저 넝마를 계속 걸치고 있게 둘 수도 없잖아. 게다가 넌 환자야. 삐걱대며 돌아다니면서 회복 기간을 늦추지 말고 푹 쉬고 빨리 나아서 도와줘."

하여간 말로는 이길 수가 없다. 결국 광대는 소녀와 단둘이 오두막에 남겨졌다. 서까래에 앉아 조는 나이팅게일도 치면 셋이었다. 광대는 소녀의 머리맡에 앉아 엉망이 된 얼굴을 가만히 내려다보았다. 소녀는 눈꺼풀을 굳게 닫고 있었지만 종종 입술을 꿈틀거리기도 했고 주먹을 꽉 쥐기도 했다. 아무래도 꿈을 꾸는 모양이었다.

'좋은 꿈은 아니겠지.'

광대의 손짓에 따라 허공에 나비가 생겨났다. 커다랗고 투명한 날개에서 노란 빛가루를 점점이 떨어뜨리는 꿈나비였다. 꿈나비는 악몽을 쫓아내고 좋은 꿈을 불러들이는 재주가 있었다.

꿈나비는 소녀의 코에 앉아 날개를 팔랑팔랑 흔들다 녹아들듯 사라졌다. 소녀의 얼굴이 단박에 편안해졌다.

「하여간 잔재주는 많아요.」

자는 줄 알았던 나이팅게일이 이죽거렸다. 광대는 익숙하게 나이팅게일을 무시했고, 나이팅게일은 무시에 상관치 않고 침대 위로 내려앉았다.

「이번에야말로 내 차례가 될 줄 알았는데 웬 불청객인지 모르겠네.」

"……"

「하필 이렇게 다쳐서 왔으니 신경질도 못 부리겠고. 에휴.」

광대는 귀마개가 없는 걸 아쉬워하며 아예 눈을 감아버렸다. 그러자 침대 위를 종종거리며 뛰어다니던 나이팅게일이 광대의 어깨에 올라앉았다. 귀찮아하며 휘젓는 손을 용케 피해가며 속삭였다.

「광대야. 너 아가씨에 대해 어떻게 생각해?」

"⋯⋯."

「아가씨는 널 마음에 들어 해. 눈치 없는 척은 적당히 하고 이름 지어준달 때 냉큼 받는 게 어때?」

"⋯⋯."

「설마 또 버려질까 무서워서 그래?」

"시끄러워!"

「우와, 정말인가 보네!」

대답을 하면 안 됐는데. 광대는 깊은 후회와 함께 나이팅게일을 집 밖으로 쫓아냈다. 부리로 창문을 두드려 대는 소리를 애써 무시하며 의자 등받이에 몸을 기댔다. 오두막의 천장은 그의 마음처럼 어두컴컴했다.

스토커? 스토커 따위 하나도 무섭지 않다. 몰래 사진을 찍으면 어쩔 거고, 욕설 편지를 보내면 어쩔 거냐. 눈앞에 나타나 칼이라도 휘두르지 않는 이상 무시하면 그만이었다. 피 묻은 옷가지도, 동물 사체도 마찬가지다. 자신은 사냥꾼이었다.

문제는 자신의 마음이었다. 인간이 아니라는 것은 고백한 주제에, 사실 본신의 모습이 무엇인지에 대해서는 말하지 못했다. 그랬다간 지금 받고 있는 마음조차 받지 못할 것 같았다.

"껍데기만 인간인 주제에⋯⋯ 어느새 마음까지 인간 흉내를 내고 말이야⋯⋯."

이럴 땐 차라리 눈치가 없었으면 좋겠다. 친구로 지내자는 그녀의 말을, 액면 그대로만 받아들일 수 있었을 테니까. 이름을 주고 싶다는 말 뒤에 숨은 마음을 모를 수 있었을 테니까.

의식하지 않아도 저절로 눈길이 가고 마음이 쓰이는 자신이 낯설고, 신기하고, 그런 마음을 그녀가 알아줬으면 싶다가도, 번쩍 정신이 들면 또 꽁꽁 숨기고 모른 척하고 만다.

제 마음이 무겁다고 덜컥 마음을 표현했다가, 그녀가 뒤늦게 자신의 본신을 알게 되면 그땐 어쩌나. 보나마나 크게 충격받을 텐데 그걸 어찌 보나. 쏟아질 경멸보다 상처 입고 몰래 울 그녀가 더 걱정이 됐다.

"너와는 종족부터 다르다는 걸 받아들일 수 있겠어?"

비겁한 자신은 선을 긋고 물러서는 것 이상으로 그녀를 멀리하지 못해서, 제발 먼저 멀어져 주길 바라며 한 말이었다. 그러나 연두는 너무나 쉽게 거리를 좁혔다. 이미 알고 있었고 상관없다는 그 말이 어찌나 달콤했는지, 하마터면 제 주제를 잊을 뻔했다. 거침없이 닿아오던 팔, 그 온기가 뭐라고 이성이 날아갈 뻔했다.

"멍청하고 비겁한 자식."

새삼 스스로에게 욕을 퍼부었다. 자꾸만 말을 미루면 그녀에게 상처가 된다는 걸 알고 있었다. 스토커라는 핑곗거리도 생겼겠다, 도저히 안 되겠다고 한마디만 하면 되는데 그것도 못 하고 지지부진 시간을 끄는 꼴이 그저 한심할 뿐이었다.

그때, 편안한 얼굴로 자고 있던 소녀가 갑자기 몸을 떨며 발작을 일으켰다. 꿈나비를 보내놓고 안심하고 있던 광대에게는 날벼락 같은 일이었다.

"끄…… 흐윽……. 아저씨, 그만……! 싫어!"

다시 꿈나비를 불러냈지만, 이번에는 소용이 없었다. 꿈나비는 소녀의 머리 위에서 어쩔 줄 모르고 날개를 팔랑이다가 그만 사라져 버렸다. 소녀는 몸부림을 치며 울었다. 차라리 깨어나는 편이 나았을 것을, 그러지도 못하고 마냥 꿈에 사로잡혀 울었다.

"싫어! 아아악!"

"……괜찮아. 괜찮아, 무서워하지 마. 괜찮아……."

어지간해선 손을 대고 싶지 않았지만, 침대에서 떨어질 뻔한 걸 보고는 어쩔 수 없었다. 광대는 소녀의 팔을 단단히 잡아 누른 채 끊임없이 괜찮다는 말을 속삭였다. 과연 효과가 있을까 싶었지만 다행히 먹혀들었다.

소녀는 발작을 멈추고 다시 깊은 잠에 빠져들었지만, 광대는 그리 안심이 되지 않았다. 그의 손이 악기라도 연주하듯 허공을 유영했다. 손이 지나간 자리마다 꿈나비가 태어났다.

꿈나비들은 제각각 다른 빛가루를 흩뿌렸다. 노오란 수선화색, 서쪽 하늘의 노을색, 비둘기의 날개깃색, 깊은 샘처럼 푸른색……. 수십 마리 꿈나비가 소녀의 몸에 올라앉아 날개를 팔랑거렸다. 소녀는 마치 온갖 색으로 물들인 이불을 덮고 있는 것처럼 보였다.

소녀의 손이 온기를 찾아 주변을 더듬거렸다. 광대는 그 손에 베개도 쥐여주고, 이불도 쥐여주었으나 전부 거절당했다. 큰마음 먹고 내준 손도 마찬가지였다.

"정말이지……. 이젠 나도 모르겠다."

광대는 자리에서 일어나 길게 기지개를 켜고 유연하게 몸을 굽혔다. 그리고 눈을 깜빡.

다음 순간, 광대가 있던 자리엔 광대는 없고 다 자란 고양이 한 마리만이 남아 있었다. 윤기 나는 검은 털, 호박처럼 노란 눈, 늘씬한 몸매가 몹시 매력적인 잘생긴 고양이였다. 고양이는 소녀의 옆에 다가가 몸을 둥그렇게 말고 누웠다. 온기를 찾아 헤매던 손은 고양이를 만나 얌전해졌다.

비들은 연두의 요구를 듣고 인상을 썼다. 돈을 뜯어가는 거야 평소와 다를 바 없다지만, 왜 갑자기 고가의 약들을 요구하는지 알 수가 없었다. 돈도 돈이지만 구하는 것 자체가 힘든 약들이었다. 예전에야 벨이 있었지만 지금은 그녀가 없지 않나.

"갑자기 웬 약입니까? 이 비싸고 귀한 것들을 대체 어디서 구해오라고 지금,"

"거절해도 난 그다지 상관없는데. 대신, 전서구 한 마리를 빌리지."

"당신이란 사람은 진짜……."

연두는 비들이 무슨 표정을 짓든 개의치 않았다. 린든의 서명이 들어간 전면적인 협조 명령문에는 그만한 힘이 있었다. 어차피 신분이 깡패인 세상이었다. 찔리는 게 많은 비들은 린든과의 직접적인 연결고리를 과시하는 연두를 거스르지 못했다.

"후우……. 처음에는 옷이라도 깔끔하게 입고 오시더니, 요즘엔 마을의 아낙네 같습니다. 카멜르를 드나드는 이방인이 한둘도 아니고, 제가 못 알아보면 어쩌시려고……."

"핑계를 대려거든 좀 그럴듯한 걸로 대야 속아주는 척이라도 하지?"

이민족의 얼굴을 어떻게 못 알아본다고 그런 소리를 하는가. 연두는 코웃음을 치며 비들을 약 올리고 태연히 관청을 나섰다.

초겨울을 맞은 카멜르는 날이 갈수록 활기가 떨어졌다. 날이 추워지면서 소금광산의 소금을 사다 나를 장사치들의 방문이 적어졌기 때문이었다. 매년 카멜르의 상인들은 가을에 최대한의 수

익을 내고 그 돈으로 겨울을 버텨냈다.

연두는 사람이 줄어 한산해진 시장을 느긋하게 돌았다. 소녀에게 필요할 물건을 사고, 말려 내놓은 약초도 몇 종류 샀다. 어쩌다 시장에 올 때마다 아낌없이 돈을 쓰는 그녀는 꽤 인기 좋은 손님이었다.

꼭 필요한 쇼핑을 마친 뒤엔 대량의 주전부리를 샀다. 양손 가득 사탕과자를 들고 걷는 연두의 뒤로 군침을 흘리는 동네 꼬맹이들이 줄줄이 따라붙었다. 피리 부는 사나이가 따로 없었다.

연두가 뿌리는 사탕과자가 먹고 싶은 아이들은 성 내의 소식을 비롯해 돌아다니며 들은 이야기들을 있는 대로 풀어놓았다. 한두 번 있는 일도 아니었기에, 모아둔 이야기보따리가 제법 컸다.

"새로운 신부님이 오셨어요. 수녀님도 같이 오셨는데, 엄청나게 친절하세요."

"국왕님의 정부가 아들을 낳았대요. 왕께서 어찌나 예뻐하시는지, 아직 고개도 제대로 못 돌리는 아기에게 벌써부터 작위를 주려고 하신대요. 동네 아주머니들이 왕비님이 불쌍하다며 막 눈물을 찍어냈어요."

"토라 부인이 그러는데, 비들님이 또 집을 사셨대요. 그분은 천국 가기는 글렀어요."

"어른들이 올해는 이상하게 늑대들이 조용해서 겁난대요."

"요새 우리 엄만 해질 무렵만 되도 나가지 말라고 난리예요. 어린애를 납치해서 팔아먹는 사람들이 있다나 봐요."

"어, 그 얘기 나도 들었어!"

"나도!"

제멋대로 떠들던 화제가 단박에 하나로 모였다. 아이들은 저마다 부모님이 얼마나 자신을 구속하는지, 겨우 일이 적어지는 겨울이 왔는데 나가서 놀지도 못해 얼마나 짜증이 나는지에 대해 떠들어댔다.

연두는 아이들의 이야기를 주의 깊게 들었다. 그리고 물었다.

"정말 없어진 아이가 있어서 그렇게 당부하고 계신 거야?"

"네. 바깥 마을에서 여자애 하나가 없어졌대요. 근데 그건 바깥 마을 얘기잖아요. 우린 성 안에서 사는데 정말 쓸데없는 걱정을 하고 있다니까요."

"바깥 마을이라면 여러 군데가 있잖아. 어디인지는 알아?"

"거기까진 모르겠어요."

"그래……. 오늘도 고맙다. 자, 줄 서. 과자 줄 테니까."

돌아오는 길에는 코쉬의 마차를 탔다. 그는 여전히 마당발이었고, 소문을 좋아했다. 연두가 가볍게 운을 띄우자마자 신이 나서 나불나불 혓바닥을 놀렸다.

연두는 그를 통해 없어진 소녀의 이름이 달리아이고, 금빛이 도는 붉은 머리칼을 가졌으며, 올해 열넷이고, 마을에서 앞날이 기대되는 미인이었다는 사실을 알았다. 마을 주민들 전부가 나서서 주변을 이 잡듯 뒤졌는데도 찾지 못했다는 것도.

"정말 소문대로 납치를 당한 거라고 생각해?"

"설마요. 정말 애를 잡아다 납치하는 놈들이 있었으면 그 애 하나만 없어졌다는 게 말이 안 되죠. 수지가 안 맞는데 무슨……. 야밤에 숲에 들어가서 놀고 그랬다니 짐승에게 당한 게 틀림없습니다요."

"예를 들면…… 늑대라든가?"

"늑대일 수도 있고, 곰일 수도 있고. 날이 추워지면 짐승들이

사나워지니 조심할 줄을 알아야 하는데 말이죠."

코쉬는 연신 혀를 찼고, 연두는 말을 아꼈다. 그는 잔뜩 늘어난 짐을 오두막 근처까지 날라다 주었고, 연두는 오두막 안까지 짐을 들여주겠다는 걸 거절하느라 진땀을 뺐다.

"하여간 입은 가벼워 가지고⋯⋯. 달리아 안 들키게 조심해야지. 야아, 광대야~? 클라운~? 피에로~? 잠깐만 나와서 짐 나르는 것 좀 도와줘. 무거운 건 별로 없는데 양이 많아."

연두가 조심스레 오두막 문을 열고 광대를 불렀지만 오두막은 그저 조용하기만 했다.

"잠들었나?"

광대가 쓰던 방을 들여다보았지만 침대엔 아무도 없었다. 침대보가 흐트러진 자국도 없는 걸 보면 아예 누운 적도 없는 모양이었다. 혹시 달리아의 방에 있나 싶었지만, 거기에도 없었다.

"뭐야⋯⋯. 몸도 안 좋으면서 어딜 간 거야. 광대도 광대지만 나이팅게일 녀석은 환자를 두고 집을 비우면 어떡해? 어디보자⋯⋯."

들어온 김에 살펴본 달리아는 꽤 평온한 얼굴로 자고 있었다. 연두는 짐 속에서 연고부터 찾아 꺼냈다. 벨에게 배운 약학지식은 생각지도 못한 곳에서 유용했다.

"으음⋯⋯."

"아파도 좀 참아."

연두가 약을 바르는 동안, 달리아는 잠든 와중에도 연신 미간을 찌푸리고 신음을 흘렸다. 까지고 베인 상처에 약이 닿자 아픈 모양이었다. 대체 어떤 미친놈인지, 어린애를 험하게도 다뤘다.

"애⋯⋯. 달리아. 어서 일어나. 네 부모님이랑, 마을 사람들이 널 찾고 있대. 돌아가야지."

대답을 기대하고 한 말은 아니었다. 연두는 이불을 달리아의 목까지 끌어올려 덮어주었다. 요즘의 오두막은 아침저녁으로 냉골이 되어 정말 추웠다. 지금이라도 이불을 한 채 더 꺼내와야 하나 고민하던 차, 이불 구석에 묻은 검은 털이 눈에 띄었다.

"어라……? 이게 웬 털이야? 동물들이 뭐 먹을 거 있는 줄 알고 들어왔었나? 이상하다, 이제껏 그런 일은 없었는데……."

솜털처럼 가볍고 야들야들한 털이었다. 연두는 동물을 키워본 적도 없었고, 동물 카페에 가본 적도 없었다. 수아나의 저택에서도 털을 치우기만 했지 제대로 관찰해 본 적은 없었다. 그녀는 그게 무슨 동물의 털인지 전혀 짐작할 수 없었다.

그 시각, 광대는 나이팅게일을 앞세워 문제의 특별한 장소를 찾아가는 중이었다. 나이팅게일은 안내를 하면서도 쉬지 않고 종알거렸다. 조금 전에 본 광경이 충격적이긴 했던 모양이다.

「광대 너 고양이였구나? 어쩐지, 괴상할 정도로 깔끔을 떤다 했어!」

"네가 지저분한 거야. 새 주제에 날개깃에 흙이나 묻히고 다니고 말이야. 그 날개로 멀쩡히 날아지긴 해? 매나 부엉이가 잡아먹겠다고 안 쫓아와?"

「으이씨…….」

"인간의 모습을 할 수 있게 된 다음부터는 쭉 인간으로 살았어. 여기 들어오기 전엔 내가 예전에 고양이였다는 사실도 까먹고 살았다고. 새삼 고양이 운운하면서 자꾸 떠들어대고 성질을 긁어대면 확 잡아먹을 수도 있으니까 알아서 해."

「…….」

"조용하니까 아주 좋네. 계속 그렇게 해."

나이팅게일은 울분을 삼키며 날았다. 자꾸 선착순 어쩌고 지껄이며 깐족거리면 동화고 나발이고 불에 구워버릴 거라며, 안내나 하라는 광대의 협박을 받고 나선 길이었다. 어차피 비틀린 심사, 조금 놀리는 걸로 풀려 했더니 또 협박이다.

「돌아가면 니니스한테 이를 거야.」

"이를 수 있으면 일러보든가. 뭐 별 웃기지도 않는 소릴 다 하고…… 아, 여긴가 보지?"

하늘에 닿을 듯 까마득한 나무가 드넓게 팔을 펼치고 안개를 휘감은 채 서 있었다. 마르고 헐벗은 나뭇가지마다 짙은 마력이 휘장처럼 걸려 펄럭였다. 바닥에 수북이 쌓인 낙엽 틈새마다 마력이 고여 있었고, 끊임없이 물이 솟는 샘에서는 물과 함께 마력이 솟았다.

"이거야 원……."

광대는 쓴웃음을 지을 수밖에 없었다. 짐작은 했지만 정말로 니니스의 마법일 줄이야. 그것도 이렇게 뚜렷한 형태를 가지고 있다니 그저 황당하기만 하다. 자신이 알기로 이런 종류의 마법은 미리 준비하지 않고서는 쓸 수 없었다.

"어이, 나이팅게일. 니니스는 대체 무슨 속셈이지?"

「그걸 내가 어떻게 알아?」

"인형이 자아를 가지긴 개뿔이……. 내가 그 마녀를 아는데. 또 속았군."

「인형은 또 뭐고 자아는 또 뭐람?」

"이런 괴상한 세상에 멀쩡한 인간을 잡아 가둔 것도 모자라 나까지 보내놓고, 대체 뭘 하려는 거지? 나 몰래 드림랜드를 때려 부술 셈인가?"

광대의 눈빛이 험악해졌지만 나이팅게일은 가슴 털을 부풀리며 고개를 저었다. 검고 동그란 눈이 순진하게 깜빡거렸다.

「나도 몰라. 그런 눈으로 봐도 모르는 건 모르는 거야.」

"니니스를 닮아 거짓말을 잘 하네."

「거짓말쟁이는 너잖아. 남을 속이는 것도 모자라 이젠 너 자신까지 속이고 말이야. 좋으면 좋다고 하면 될 걸, 하여간 잡생각은 많아가지고…… 켁!」

"한 마디만 더 해봐. 응? 왜 가만있어? 나불대 보라니까?"

노란 눈동자가 번들거렸다. 나이팅게일은 이러다 정말 홀랑 구워질지도 모른다는 위기감에 사로잡혔다. 몸을 움켜쥔 광대의 손힘이 심상치 않았다.

「아, 아니야. 난 아무것도 몰라! 난 그냥 멍청한 새일 뿐인걸! 하하, 하하하하! 과, 광대야, 우리 빨리 돌아가자! 그 여자애가 깨어났으면 어떡해?」

"급해지니까 말 바꾸는 거 보게나. 앞으로도 쭉 그 혓바닥 단속 잘해. 알겠어?"

「으, 응…….」

광대는 나이팅게일을 내던지고 샘물을 떴다. 마력이 잔뜩 섞인 물이니, 몇 모금 마시는 것만으로 상당한 효과를 볼 수 있을 터였다. 물은 놀라울 정도로 차갑고 시원하게 목을 타고 넘어갔다.

「근데, 우리 진짜 빨리 안 가도 돼? 그 여자애가 깰지도 모르잖아. 집도 비었는데 놀라면 어떡해.」

"꿈나비를 그만큼 얹어놓고 왔는데 금방 안 깨. 그나저나 이거 효과 괜찮네? 계속 와야겠는데."

등을 더듬어본 광대가 감탄사를 흘렸다. 털의 범위가 줄어든 게 느껴졌다. 이렇게까지 효과가 좋을 줄 알았으면 뭐라도 좋으니 물을 뜰 만한 물건을 가져올 걸 그랬다.

나이팅게일은 광대가 샘물에 정신이 팔린 사이 높은 가지 위로 몸을 피했다. 한마디 했다가 또 잡히는 건 사양이었다.

「하여간 섬세하지 못한 녀석 같으니라고.」

"뭐라고?"

「아가씨가 빨리 오겠다며 갔잖아. 돌아왔다가 너 없는 거 보면 놀라지 않겠어?」

광대는 찬물을 뒤집어쓴 듯 정신이 들었다. 달리아도 얌전히 잠들었겠다, 연두가 오기 전에 어떻게든 털을 없애는 것에만 정신이 팔려 있었다. 시원하게 손을 적시던 샘물이 갑자기 짜증스러워졌다. 다급히 바지에 손을 문질러 물기를 닦아냈다.

"빨리 가야겠어. 지름길 알지?"

「글쎄? 알기야 알지만, 내가 아는 지름길은 전부 나무 위에만 있어서 말이야!」

"뭐?"

연두를 안내할 땐 잘만 알고 있던 지름길이지만, 광대를 위한 지름길 같은 건 없는 모양이다. 나이팅게일은 훌쩍 날아 나무 사이로 사라져 버렸다.

"저 망할 새 새끼가!"

정작 연두는 욕이 많이 줄었는데 나무라던 광대가 욕이 늘었다. 광대는 순식간에 그림자도 남기지 않은 나이팅게일을 향해 욕을 퍼붓고 뛰기 시작했다. 부스러진 낙엽과 진흙이 신발과 바지 밑단을 더럽혔지만 신경 쓸 겨를도 없었다.

광대는 최선을 다해 뛰었다. 하지만, 역시 땅보다는 하늘이 빨랐다. 그가 오두막에 도착했을 땐, 먼저 온 나이팅게일이 연두의 손에 앉아 과자를 쪼아 먹고 있었다. 광대를 놀리기라도 하듯 귀엽게 꽁지깃을 까닥댄다.

"왔어?"

"그, 일찍, 왔네?"

하도 숨이 차서 말이 잘 안 이어졌다. 조금 쉬면서 숨을 가다듬고 올 것을, 마음만 앞섰던 결과였다. 그는 나이팅게일을 무섭게 쏘아보았지만, 날개 달린 날짐승은 또 훌쩍 날아 자리를 피했다.

"일찍 온다고 했잖아. 그런데……."

광대의 상태를 살피던 연두가 의아한 표정을 지었다. 첫째도 깔끔, 둘째도 깔끔, 셋째는 잠이라는 생활신조를 가진 것처럼 보이던 그가 영 지저분한 꼴을 하고 있어서다. 바짓단은 온통 흙투성이고, 새카만 머리카락은 땀에 흠뻑 젖어 반듯한 이마에 달라붙어 있었다.

"아가씨가 왔을 거란 말에 깜짝 놀라던걸. 금방 올 거야."

셔츠를 풀어헤친 것도 아니요, 남성다움을 어필한 것도 아니다. 딱히 성적 매력을 강조한 것도 없는데 얼굴에 열이 올랐다. 연두는 분명 벌겋게 달아올랐을 얼굴에 괜히 부채질을 하며 시선을 비꼈다.

"음……. 수건 줄까?"

"……나 그렇게 더럽나?"

새삼 제 상태를 확인한 광대가 내심 충격을 받는 사이, 연두는 얼른 오두막으로 뛰어 들어가 잡히는 대로 수건을 꺼냈다.

'더럽기는 개뿔……. 아 진짜, 나 왜 이래.'

시간을 주기로 했는데 쿵쿵 뛰는 심장을 어쩔 수가 없다. 거절당할 준비를 했는데도 자꾸만 기울어지는 마음을 멈출 수가 없다. 자존심도 뭣도 다 놓고 매달리기 전에 빨리 대답을 해줬으면. 수건을 건네느라 닿은 손끝에서부터 시작된 온기가 온몸으로 퍼져 나갔다. 가슴 한구석이 간질간질했다. 부러 턱을 치켜들고 엄포를 놓았다.

"빨리 닦아. 다 닦기 전엔 안에 들어올 생각도 하지 말고."

"알았어, 알았다니까."

연두의 마음은 조금도 눈치채지 못한 듯, 광대는 그저 몸을 닦는 데에만 열심이었다. 바라던 모습인데도 어쩐지 속이 상했다. 연두는 알다가도 모를 제 마음이 두려워 안으로 도망쳤다. 도망치고 말았다.

좀처럼 깨어나지 않아 연두의 애를 태우던 달리아는 모두가 잠들어 사위가 조용한 새벽녘이 되어서야 눈을 떴다. 조금 전까지 구름 속에서 헤엄치는 꿈을 꾸고 있던 소녀는 멍한 눈으로 사방을 둘러보았다. 흰 달빛이 비추는 방은 낯설었다. 천장도, 침대도, 이불도.

'분명 숲으로 도망쳤었는데…….'

조심조심 침대에서 일어나 두 발로 섰다. 상처투성이 맨발로 딛기엔 끔찍하리만치 차가운 나무 바닥이었지만, 지금의 달리아에게 그건 아무래도 좋은 문제였다. 기껏 그 끔찍한 남자에게서 도망쳤는데 또 다른 변태에게 붙들리기라도 한 거라면 그땐 정말 죽고 싶어질지도 몰랐다.

끼이이이…….

기름칠 덜 된 문이 지르는 비명 소리에 가슴이 철렁 내려앉았다. 달리아는 발소리에 이어 숨소리마저 죽이며 주변을 둘러보았다.

달빛 비치는 창가에 투박한 나무 식탁과 의자가 놓여 있고, 반대편엔 채 풀지 않은 짐 꾸러미가 잔뜩 쌓여 있다. 짐 꾸러미 너머 보이지 않는 공간에는 부엌 아궁이가 있을 게 틀림없다. 뒤를 돌아보자 방금 자신이 나온 방의 문과 똑같이 생긴 문이 굳게 닫혀 있었다.

슬쩍 문에 귀를 대보았지만 사람의 기척은 느껴지지 않았다. 천천히 돌아서서 출입구가 있을 법한 곳을 향해 걸었다. 혹여나 들킬세라, 살금살금 걷던 걸음은 창문 부근에서 멈춰 서고 말았다.

'어쩐지 밝더라니…….'

뿌연 유리 창문 너머로 보이는 달은 크고 둥글었다. 마치 엄마가 생일이면 만들어주던 케이크 같았다. 집에서 몰래 나오던 날, 그날의 달은 어린아이의 눈썹처럼 가늘었는데.

그때, 달에 정신이 팔려 있는 달리아의 뒤에서 누군가 인기척을 냈다. 달리아는 놀란 고양이처럼 펄쩍 뛰어올랐다. 잔뜩 쌓인 짐 꾸러미 뒤에서 누군가 몸을 일으켰다. 소녀는 사방을 두리번거렸지만 기껏해야 식탁과 의자가 전부인 공간엔 숨을 구석이 없었다. 뻣뻣하게 굳은 등에서 식은땀이 흘러내렸다.

"일어났구나? 기분은 어떠니?"

연두는 최대한 부드럽고 상냥한 목소리를 냈다. 부러 치맛자락을 흔들고 머리카락을 쓸어내리며 여성적인 면을 강조했다. 과연, 상대가 여자라는 걸 확인한 것만으로도 달리아의 긴장은 눈에 띄게 줄어들었다.

"그렇게 경계하지 않아도 돼. 목마르지 않니? 물 마실래? 우유도 있어. 따뜻하게 데우면 맛있을 거야. 어떤 게 좋니?"

"……."

"역시 우유가 좋겠지? 나도 마시고, 너도 마시고. 거기 앉아 있어. 금방 데워줄게."

빨간 숨을 쉬는 숯 위에 우유를 담은 냄비를 올렸다. 이가 시리도록 차가웠던 우유가 따뜻하게 데워지는 데에는 제법 시간이 걸렸다. 연두에게도 그랬을진대 달리아에게는 천년처럼 길게 느껴졌으리라.

연두는 훈김이 오르는 우유를 투박한 물 컵 두 개에 나눠 담아 식탁에 올려놓고 손짓을 했다. 달리아는 그때까지도 의자에 앉지 못하고 벽에 찰싹 달라붙어 있었다. 긴장은 줄었어도 경계심은 그대로였다.

"앉으라니까 왜 아직도 서 있어? 자, 여기."

"……."

"아, 따뜻하니 기분 좋다."

달리아는 느긋하게 우유를 마시는 연두의 모습을 확인하고서야 주춤주춤 의자에 앉았다. 미심쩍어 하는 시선을 숨기지 못한 채 따뜻한 우유를 한참이나 노려보다가, 우유가 거의 식어갈 때가 되어서야 간신히 입에 댔다.

우유는 몹시 고소했다. 미지근한 우유가 목을 타고 넘어가 속을 채웠다. 지독하게 허기져 있던 위는 간만에 들어오는 음식물을 매우 기쁘고 반갑게 받아들였다. 인식조차 못 하고 있던 허기 때문에 속이 꼬이는 것처럼 아팠다.

"흑……."

눈물이 쏟아졌다. 이제껏 울지 않고 버텼던 게 너무나 이상했다. 달리아는 쏟아지는 눈물을 닦고, 우유를 마시고, 다시 눈물을 닦길 반복했다. 컵은 금방 비었다. 연두는 반쯤 마시고 남겨두었던 자신의 우유를 내밀었다. 달리아는 연두가 내민 우유까지도 모조리 마셨다. 그마저 다 마셨을 땐 얼굴이 눈물 콧물로 엉망이었다.

"다친 곳은 괜찮니?"

달리아는 더듬더듬 손목과 발목을 확인했다. 밧줄에 쓸려 까지고 멍들었던 자리에 붕대가 감겨 있었고, 싸한 약 냄새가 났다. 손목과 발목을 묶인 채 침대에 매여 있던 날들이 어쩐지 아득하게만 느껴졌다.

"고, 고맙습니다……."

"고맙긴. 이름이 뭐니?"

"달리아요……."

"예쁜 이름이네. 난 그린이라고 부르면 돼. 이것 참, 타이밍이 좀 공교롭다. 계속 침대 곁에 있었는데 잠깐 자리를 비운 사이에 이렇게 깨어나다니……."

달리아는 조금 놀랐다. 지금의 말은 마치 계속 곁에서 간호를 해줬다는 말 같지 않은가. 생판 남인 사람을 왜 데려와서 치료해 주고 간호해 주나. 잠깐 잠들어 있던 경계심이 다시 뾰족뾰족하게 가시를 세웠다.

연두는 비어버린 컵에 데운 우유를 한 잔 더 채워 내미는 것으로 소녀의 경계심을 흘려보냈다. 달리아는 따뜻하게 김이 오르는 우유의 유혹을 거절하지 못했다. 우유는 아까보다 훨씬 맛있었다.

"이 집은 카멜르 성 부근의 숲에 있어. 집으로 가는 길은 알고 있니?"

"아뇨……."

"그럴 거 같았어. 그럼, 날이 밝으면 카멜르 성으로 가자. 교회의 도움을 받으면 집에 갈 수 있을 거야."

"네. 고맙습니다……. 엄마…… 아빠……. 흑……."

달리아는 다시 훌쩍거리기 시작했고, 연두는 조금 난처해졌다. 다시 방에 가서 자라고 할 셈이었는데 엄마아빠를 중얼대는 달리아는 쉽게 울음을 그칠 기색을 보이지 않았다. 연두가 머뭇대며 어깨에 손을 올렸는데도 전혀 개의치 않았다.

"괜찮아, 집에 금방 갈 수 있을 거야. 그러니까……."

연두가 달리아를 열심히 달래고 있던 그때, 갑자기 출입문이 벌컥 열렸다. 간신히 조금 안심한 상태였던 달리아는 기겁을 하고 놀랐고, 연두는 공든 탑이 무너지는 기분에 이마를 짚었다.

해가 지자마자 달빛도 쬘 겸 샘에 목욕을 다녀왔던 광대는 꽁무니에 불이라도 붙은 듯 방으로 도망치는 달리아의 뒷모습을 멍하니 바라보았다. 아니, 핏물 떨어지는 사냥감을 들고 들어온 것도 아닌데 웬 난리람.

"왜 저래?"

"……."

「딱 보면 몰라? 넌 쟤랑 사이좋게 지내긴 글렀어.」

광대의 어깨에 앉아 있던 나이팅게일이 깐족거리며 참견했다. 달리아를 위해 꿈나비 수십 마리를 불러내고 본신의 모습까지 드러냈던 광대는 조금 서운해졌다. 알아달라고 한 일은 아니지만 서운한 건 서운한 것이다. 그는 괜히 입을 내밀고 툴툴거렸다.

"내가 뭘 했다고……. 됐어, 어차피 곧 집에 돌아갈 텐데."

"글쎄. 정말 잘 돌아갈 수 있을지는 가봐야 알지……. 아무튼, 내일 쟤 집에 돌려보내는 데에는 너도 동행해."

"쟤 나 싫어하잖아. 나도 싫어."

"애처럼 굴지 말고. 싫어하는 게 아니라 낯선 남자라 무서워하는 거야. 그나저나 몸은 어때? 좋아졌어?"

광대는 거침없이 옷을 들추고 등을 보여주었다. 거의 등 절반을 차지하고 있던 검은 털은 이제 손바닥 두 개 정도의 넓이로 줄어들어 있었다. 연두는 기쁜 기색을 숨기지 못했다.

"그거 진짜 효과 있네. 금방 없어지겠다."

"응. 근데 너 눈 밑이 시커먼데? 잠은 제대로 잔 거야? 저기 의자가 하나 모자란데 설마 침대 곁에 의자 하나 놓고 졸고 있었던 건 아니지?"

연두는 저도 모르게 시선을 피했다. 본인은 목욕하러 다녀오겠으니 편히 쉬라며, 침대와 방을 깨끗하게 정리하고 나갔던 광대였다. 고마운 배려를 홀라당 날려먹은 걸 고스란히 들켜 버렸다.

"빨리 들어가서 자."

"달리아는……."

"내가 돌보면 되지. 무서워하는 거라며? 안 무섭게 해주면 되잖아. 네가 쟤 엄마인 것도 아닌데 뭘 그렇게 신경 써?"

"언제는 안쓰러워 죽을 것 같은 표정을 지었으면서."

"그거야 네가 이렇게 잠을 설치기 전의 일이지."

"안 무섭게 하는 건 대체 뭔 수로."

"나 잔재주 많아. 광대 분장을 괜히 하고 있었던 건 줄 알아? 걱정할 거 하나도 없어. 이건 바톤터치야, 바톤터치!"

결국 연두는 광대에게 떠밀려 침대에 누워야 했다. 그다지 졸립지 않다고 생각했던 건 다 착각이었는지, 눕자마자 잠이 와르르 쏟아졌다. 그녀는 순식간에 잠에 빠져들었다.

광대는 문밖에서, 문에 기대어 서 있었다. 안쪽에서 들리던 숨소리가 조용해지자마자 그의 손끝에서 꿈나비가 팔랑, 피어올랐다. 그의 손을 떠난 꿈나비는 굳게 닫힌 문을 가뿐히 지나 연두의 입술에 내려앉았다. 빛가루가 사르르 내려앉았다.

그동안 달리아는 문밖의 소리를 들으며 떨고 있었다. 이곳은 안전하고, 방금 들어온 남자는 벡이 아니라는 걸 머리로는 알고 있었지만 몸은 그렇지 않았다. 자꾸만 손발이 덜덜 떨리고 숨이 찼다. 토기가 올라와서 입을 틀어막았다.

똑똑.

문 두드리는 소리만으로 가슴이 철렁 내려앉았다. 달리아는 침대 위로 뛰어올라가 이불을 뒤집어썼다. 엉덩이를 맞은 개처럼 웅크리고 덜덜 떨면서, 문을 두드린 사람이 빨리 멀어지기만을 기도했다.

똑똑똑.

이불 속은 안전하지 않다는 걸 새삼 깨달았다. 어디 벡의 오두막에서는 이불이 없어서 그 꼴을 당했던가. 이불에서 머리만 뺀 채 무기로 삼을 만한 것을 찾아 방을 두리번거렸지만 딱히 들고 휘두를 만한 게 보이지 않았다.

그때, 문 너머에서 반짝반짝 빛을 뿌리는 꿈나비가 한 마리 날아들었다. 꿈나비는 바로 달리아에게 다가오거나 하지 않고 너울너울 방을 날아다니기만 했다. 나비에게서 떨어지는 빛가루 때문에 방바닥이 희미하게 빛나기 시작했다.

환상적인 광경이었다. 꿈나비의 행적을 따라 시선을 옮기는 것만으로도 달리아의 어깨에서 힘이 빠졌다. 광대는 거기에 익살스러운 말투와 목소리를 추가했다.

"나는 피에로야. 꼬마 아가씨는 나비를 좋아하나? 난 굉장히 좋아하는데!"

"나는…… 꼬마가 아니에요……."

"이런, 이 피에로가 실수를 했네. 우리 숙녀분께서는 나비를 좋아하시나요?"

"좋아해요……."

꿈나비가 춤추기 시작했다. 꿈나비는 오로지 달리아를 위해 날고, 춤추고, 아름다운 꿈을 보여주었다. 꿈나비가 뿌리는 빛가루가 거의 사라졌을 무렵, 달리아는 웃으며 자고 있었다.

다음 날, 햇살 아래에서 거울을 보고 자신의 꼴을 확인한 달리아는 카멜르 성으로 가자는 연두의 재촉에 몸을 뺐다. 마을로 돌아가는 건 최소한 얼굴에 생긴 멍이라도 빼고 난 다음으로 미루고 싶다고 했다.

그러나 연두의 생각은 달랐다. 안 그래도 인권이라고 불러줄 만한 게 전혀 없는 세상이었다. 사회적 약자에 속하는 여자이면서 청소년이기까지 한 달리아는 더 말할 것도 없었다. 보름 가까이 실종됐다가 돌아온 소녀를 두고 뭐라 입방아를 찧어댈지 알 수 없으니, 차라리 피해자임을 드러내놓고 전시하는 쪽이 동정이라도 받을 수 있었다.

"부모님이 기다리고 계실 거야. 카멜르 성에는 아이를 훔쳐가는 도둑들이 나타났다고 소문이 짜하게 돌고 있어."

"그래도…… 이 얼굴을 하고 가서 엄마아빠 속상하게 하기는 싫어요. 그린, 제가 여기 있는 게 불편하세요? 저 빨래도 잘하구요, 음식도 그럭저럭 하구요! 데리고 계셔도 폐 안 되게 뭐든 열심히 할게요. 네?"

"다 나아서 돌아가면, 네가 그런 끔찍한 폭력을 당했다는 걸 아무도 믿지 않을지도 몰라. 발랑 까진 계집애라고 욕이나 안 하면 다행이지. ……알잖아."

달리아는 어깨를 움츠린 채 고개를 떨궜다. 연두의 말은 구구절절 정론이었다. 어린 소녀라고 제 처지를 모르겠는가. 하나, 멀쩡한 얼굴로 마을을 돌아다닐 벡을 마주할 용기가 없었다. 그의 얼굴을 다시 볼지 모른다고 생각하는 것만으로도 눈앞이 아득해졌다.

연두는 가만히 달리아의 어깨를 쓰다듬었다. 동그마하고 작은 어깨에도 어찌나 멍과 상처가 많던지, 그녀는 두꺼운 모직 망토를 걸쳐 주면서 아프지는 않으냐고 몇 번이나 물어야 했다.

"절대 네가 여기 있는 게 불편하거나 싫어서 그런 게 아니야."

다정하게 말하면서도 내심 한숨이 났다. 고개 숙인 소녀의 머리꼭지가 신경 쓰였다. 동정도 때와 장소가 있고 자선도 능력이 닿는 한에서 해야 한다는 게 평소의 신념이었건만, 어째 이곳에서는 이상하게 오지랖을 부리게 된다.

"정 그렇게 싫으면…… 소식만 전할까? 교회에 부탁해서 네가 여기 있으니 걱정 말라고 말만 전하는 거야."

"고맙…… 고맙습니다……."

달리아의 커다란 눈에 잔뜩 고여 있던 감정들이 방울방울 떨어졌다. 소녀는 연두의 허리를 끌어안고 울었다. 어쩌다 다쳤는지, 누구에게 다쳤는지, 왜 그런 꼴로 숲에 있었는지……. 분명 다 짐작하고 있을 거면서 아무것도 묻지 않고 돌봐주는 그녀는 참 고마운 사람이었다. 아, 그 수상쩍은 마법사도 포함해서.

그렇게 오두막의 거주인은 세 사람이 되었다. 달리아는 연두가 하는 빨래나 청소 등의 집안일을 도우려고 했지만, 눈가에서 명도 덜 빠진 어린애에게 일을 시키기엔 연두의 양심이 몹시 찔렸다. 양심 따위, 다 닳아빠졌다고 생각했는데 모르는 사이 되살아나기라도 한 모양이었다.

「아가씨가 이렇게 상냥한 사람인 줄은 몰랐는데.」

"난 네가 시끄럽고 참견 심한 새인 줄 진즉에 알고 있었어."

「우와, 너무해!」

"흥!"

연두는 나이팅게일의 종알거림을 무시하며 열심히 발을 놀렸다. 지금 그녀는 커다란 빨래통에서 빨래를 밟는 중이었다. 무릎 위까지 추어올린 치마 아래에서 흰 거품이 뭉글뭉글하게 일어났다.

빨래통 옆에선 광대가 커다란 솥에 물을 끓이고 있었다. 솥을 가득 채운 물에 그가 손을 담글 때마다 차갑던 물에서 모락모락 김이 피어올랐다. 그는 드디어 등에 생겼던 털을 모조리 없앴다며 의기양양해하다가 연두에게 잡혀 졸지에 온수보일러 노릇을 하는 중이었다.

달리아는 연두의 손짓에 따라 새 물을 붓거나 빨래통에 비누가루를 풀었다. 발과 발목에 감은 붕대를 풀지도 못했는데 함께 들어가서 밟겠다고 하다가 크게 혼쭐이 난 후엔 이렇게 보조 노릇만 열심히 하고 있었다.

"됐어! 이제 헹구기만 하면 돼."

"조심해서 나와. 미끄럽…… 아, 조심하라니까!"

광대의 말이 떨어지기가 무섭게 연두가 미끄러졌다. 광대는 빨래통 속으로 처박히기 직전의 연두를 잽싸게 낚아채고 얼른 끄집어냈다. 연두도 절대 작은 키가 아닌데 번쩍 들어 올리다니, 대단했다. 옷에 묻은 거품을 털어내는 손길만큼 잔소리가 쏟아졌지만 많이 놀랐는지 연두는 광대의 잔소리에도 별 반응을 보이지 않았다.

달리아는 그런 두 사람을 물끄러미 바라보았다. 뭐든 척척 잘해내는 것 같으면서도 은근히 구멍이 있는 여자와, 아닌 척하면서도 계속 신경을 쓰고 있는 남자. 의외로 잘 어울리는 커플이 아닌가.

"흐응……. 있잖아, 새야."

「빨간 모자, 나 불렀어?」

"내 이름은 달리아라니까. 저 둘, 잘 어울리지 않아?"

광대가 연두의 젖은 치마를 쥐어짜고 있었다. 연두가 짤 때보다 배는 더 많은 물이 후드득 떨어졌다. 겉으로는 전혀 근육질로 보이지 않는 체형이건만, 저만 한 힘이 어디서 나오는지 모를 일이었다. 그래놓고 구겨진 치맛자락을 펴주는 손길은 몹시 섬세했다.

나이팅게일은 달리아의 어깨에 앉아 괜히 불만스럽게 부리를 딱딱거렸다. 서로에게 호감이 있는 게 뻔히 보이는데, 그걸 억지로 외면하고 있는 꼴이 갑갑해 죽을 지경이었다. 어쩌다 한마디 할 때마다 아주 구워 먹으려고 드는 통에 가만히 있을 뿐이었다.

「서로 관심이 있긴 하지.」

"그렇지? 내가 보기엔 상대의 마음도 잘 알고 있는 거 같은데 왜 저렇게 서로 모른 척하는 거지? 이상해."

「내가 생각해도 이상해. 하여간 둘 다 똑같이 이상하다니까.」

연두와 광대는 여분의 빨래통에 빨래를 넣고 헹구기 시작했다. 연두가 빨래통에 들어가 빨래를 잘근잘근 밟으며 비눗물을 빼면 광대가 얼른 빨래를 끄집어내는 식이었다. 시작 전에 물을 많이 떠 왔는데도, 워낙 쌓인 빨랫감이 많았던 터라 헹구다 보니 물이 부족해졌다.

광대는 절반이나 남은 빨랫감을 흘끗 확인하고 물통을 챙겼다. 보아하니 냇가를 두세 번만 왕복하면 될 것 같았다.

"다녀올 테니까 헹군 거 널기나 하고 있어."

"그렇게 일일이 말해주지 않아도 알아. 내가 하녀 노릇만 몇 년 인데 잔소리야?"

"얼씨구. 그렇게 하녀 노릇에 능숙해서 빨래통에서 미끄러지셨 어요? 헹구는 내내 얼마나 마음을 졸였는지 알아? 손이라도 잡 아줘야 하나 고민했다고."

"그……."

연두의 얼굴에 순식간에 열이 올랐다. 추위에 창백하게 얼어 있던 귀 끝이 빨갛게 달아올랐다. 온통 붉어진 얼굴, 미묘하게 피 하는 시선. 그녀의 반응은 광대에게도 연쇄작용을 일으켰다.

호박색 눈동자가 어쩔 줄 모르고 허공을 더듬었다. 그의 얼굴 도 연두 못지않게 붉어졌다. 모양 좋은 입술이 붕어 뻐끔대듯 뻐

끔대다 끝내 굳게 다물렸다. 누군가 잡아당기기라도 하는 것처럼, 광대는 몇 걸음이나 뒷걸음질을 쳤다.

"가…… 갔다 올게."

평소엔 그렇게 혓바닥을 잘 놀리더니, 이럴 때 하는 말이라곤 겨우 저게 전부다. 달리아는 금세 사라진 광대의 뒷모습을 좇으면서 저도 모르게 혀를 끌끌 찼다. 동네 꼬맹이들이 연애를 해도 저거보단 더 그럴듯할 게다.

"그린, 피에로가 그렇게 좋아요?"

"뭐, 뭐! 무슨 소리야?"

불쑥 치고 들어온 달리아 때문에, 연두는 기껏 깨끗하게 세탁한 빨랫감을 바닥에 떨어뜨릴 뻔했다. 달리아는 태연히 연두의 짐을 나눠 들며 말을 이었다.

"좋으면 그냥 좋다고 하든지 뭘 그렇게 답답하게 구는지……. 아, 그린 나이는 연애가 아니라 결혼을 생각할 때라서 그린이 먼저 말 꺼내기가 좀 그래요?"

"달리아!"

"네에, 제 이름 달리아입니다~ 알아요~ 빨랫줄이 좀 높네요? 하긴, 그린도 피에로도 키가 크니까……."

달리아는 연두의 부끄러움을 모르는 척 얼른 빨래를 널었다. 광대가 어찌나 꽉꽉 눌러가며 짰는지 벌써부터 반쯤 마른 것처럼 빨래가 꾸덕했다.

"이제 비누 가루 안 풀어도 되니까 저 들어가도 되죠? 요즘 이상하게 허리가 아파요."

"……."

"진짜예요. 그린은 그 빨개진 얼굴이나 좀 식히고 있어요. 어휴, 딱따구리 머리통보다 빨개."

"더워서 그래!"

"네, 네. 방금까지 따뜻한 물에 발을 담그고 있었죠. 더울 만도
해요."

달리아는 연두의 매서운 눈총을 유연하게 흘려보내며 오두막
안으로 몸을 피했다. 여전히 어깨에 나이팅게일을 얹은 채였다.

오두막 안은 따뜻한 훈기로 가득 차 있었다. 광대는 추운 걸
질색했고, 몸이 회복되자마자 제일 먼저 오두막을 따뜻하게 데웠
다. 오두막 곳곳에 따뜻한 온기를 뿜어내는 빨간 꽃들이 놓여 있
었다.

"아그그그."

달리아는 커다란 꽃 한 송이를 끌어안고 이불 속으로 기어들어
갔다. 순식간에 이불 속이 따뜻하게 데워지면서 아팠던 허리가
좀 나아졌다. 허리도, 아랫배도 욱신욱신 쑤시는 꼴이 조만간 달
거리가 시작될 모양이었다.

"피에로는 참 재주도 좋아……."

꿈나비도 봤고, 이 따뜻한 꽃을 만들어내는 것도 봤다. 오늘은
물을 순식간에 데우는 재주까지도 봤다. 본인은 마법사가 아니
며, 마법에는 개미눈물만 한 재주밖에 없다고 하는데 그래서 이
건 마법이란 건지 아니란 건지 알쏭달쏭할 뿐이었다.

두 사람에게서 비밀을 지킬 것을 요구받았지만 안 그래도 어디
가서 말할 생각은 없었다. 미친년 취급을 받거나 둘을 화형대로
보낼 게 뻔한데 그럴 리가.

'마법이면 또 어때.'

그래, 마녀면 어떻고 마법사면 또 어떤가. 연두의 보살핌은 살

뜰했고 광대가 만들어내는 꿈나비들은 매일 밤 환상적인 세계로 소녀를 초대했다. 이곳에 오기 전에 무슨 꼴을 당했는지, 한마디 말없이도 알면서 두 사람 모두 입을 모아 말했다.

"네 잘못이 아니야."
"넌 피해자야."
"자책할 필요 없어."
"충분히 행복해해도 돼. 많이 웃어!"

벡의 오두막에서 도망치던 때, 달리아는 최악의 상황을 생각했다. 어두운 숲속을 헤매며, 마른 풀잎에 살을 베이고 돌멩이에 발을 찔리면서 집을 찾아 걸으며 상상했다.

아, 이제 나는 마을로 돌아가면 남자를 꼬드긴 마녀가 되어 돌팔매질에 죽을 거라고. 아랫마을의 필리나 아주머니가 당했던 것과 같은 끝을 맞을 거라고. 아무도 자신을 지켜주지 않으리라고.

그 상상에 비하면, 이 작은 오두막은 얼마나 따뜻하고 달콤한가. 마법 아닌 마법을 부리는 남자와 아름다운 이민족 아가씨, 말하는 새가 함께 살고 있는 오두막이라니……. 동화 속의 세상에 들어온 것만 같았다. 매일매일 따뜻한 물로 목욕하고 설탕물을 들이켜는 것만 같은 날들이 계속되었다. 하루하루가 특별했다. 몸에 난 상처가 아무는 것만큼이나 빠른 속도로 마음의 상처도 아물어갔다.

끔찍한 폭력을 당했던 밤, 아무리 울부짖어도 대답 없던 낮, 손목과 발목을 묶고 있던 밧줄과 굳은살 박인 손의 감촉. 무엇도 잊지 않았고 잊히지도 않을 테지만 괜찮았다. 스스로도 놀라울

정도로 괜찮았다. 앞으로의 인생에 무슨 일이 생길지는 아직 알
수 없지만, 못 견딜 건 없을 것 같았다.

달리아는 눈가를 가만히 쓰다듬었다. 징그러울 정도로 뚜렷하
던 멍은 이제 꽤 희미해져 있었다. 이 멍이 다 빠지고 얼굴이 제
법 봐줄 만한 꼴이 되면 마을로 돌아가야 했다. 아마 머지않은
날의 일이 될 것이다.

"그전에…… 둘이 잘되면 좋겠는데."

「그렇지? 너도 그렇게 생각하지?」

"아, 깜짝이야. 너 왜 따라 들어왔어? 새 주제에 숙녀의 방에
들어오고 말이야! 당장 나가!"

자투리 천으로 속을 채운 베개가 허공을 날았다. 나이팅게일
은 날랜 몸놀림으로 베개를 피하고 달리아의 앞에 앉아 애교를
부렸다. 귀여운 머리통을 좌우로 까닥이며 노란 날개를 파닥이자
달리아가 웃음을 터뜨리며 손가락을 내밀었다. 나이팅게일은 사
양하지 않고 냉큼 올라앉았다.

"새니까 봐준다."

「달리아니까 내가 이런 애교도 부린다.」

소녀와 새는 서로 얼굴을 마주 대고 키득키득 웃었다. 짧은 사
이, 둘은 아주 친한 친구가 되어 있었다.

「아무튼, 달리아 너도 그 둘이 연인으로 아주 잘 어울린다고 생
각하는 거지? 그렇지?」

"응. 그린과 피에로는 아주 잘 어울려. 성격도, 생긴 것도. 안
꾸며서 그렇지 둘 다 미남미녀잖아? 둘이 멋진 옷을 입고 나란히
서면 굉장히 근사할 거야."

짐 꾸러미 풀던 거 보니까 예쁜 옷이 없는 것도 아니던데, 둘

다 매양 입기 편한 옷만 입고 다녔다. 워낙 미남미녀라 그것만으로도 근사하지만 참 아쉬운 일이었다.

나이팅게일은 날개를 파닥이며 한숨을 쉬는 달리아의 관심을 끌었다.

「그러니까 우리가 좀 도와주자.」

"도와줘? 뭔 수로? 서로 마음 모르는 것도 아닌데 괜한 간섭했다가 더 망치면 어쩌려구? 연인 사이의 일에는 함부로 끼는 거 아니야. 잘돼봤자 고맙단 소리나 듣고, 안 되면 다리가 부러진댔어."

「……나이도 어린 게 뭘 그렇게 잘 알아?」

"네가 모르는 거야."

달리아는 엣헴, 하고 콧대를 세웠다. 사실은 마을의 온갖 일에 참견하고 다니는 아빠에게 엄마가 하던 말이지만 뭐 어떠랴. 딱 맞는 경우인데. 하지만 나이팅게일은 그렇게 보고만 있을 수가 없었다.

「그래도 말이야, 이대로 내버려 두면 두 사람은 그냥 저렇게 있다가 끝날걸. 그린이 피에로에게 대답을 해달라고 했는데도 저러고 있다고. 그린은 대답을 재촉할 생각도 없고, 피에로는 하염없이 미루고만 있단 말이야.」

"대답을 그린이 하는 게 아니라 피에로가 한다고? 그건 좀…… 이상한데?"

「대답쯤이야 남자가 하든 여자가 하든 뭔 상관이야. 아무튼 그래서 도와줄 거야, 말 거야?」

"흐음……."

달리아는 고민하는 것처럼 턱을 슬슬 쓰다듬었지만, 금방 개구쟁이 같은 미소를 짓고 고개를 끄덕였다. 서로 싫어하는 것도 아니고 좋아하면서 말만 못 하고 있는 건데 참견 좀 했다고 설마 다리가 부러지기야 하겠나.

"좋아. 그럼 뭐부터 해야 하나? 역시 피에로 엉덩이를 걷어차는 것부터 해야겠지?"

「그렇지! 그린이 얼마나 마음이 타겠어? 기껏 용기 냈는데, 대답도 않고 말이야.」

"피에로가 나쁘네. 여자가 먼저 말하기가 얼마나 힘든데 그걸 몰라주고."

「그, 그렇다니까. 아주 나빠! 못됐어!」

아무래도 달리아는 연두가 청혼이라도 한 줄로 이해한 것 같았지만, 나이팅게일은 부러 모른 척하며 달리아를 부추겼다. 설마 달리아한테까지도 협박을 할까. 그 광대 녀석은 몹시 성격이 나쁜 주제에 어린아이에게는 퍽 관대하게 굴었다.

"근데, 그럼 그린 없이 피에로랑 얘길 해봐야 하는데……. 기회가 없어."

달리아는 따뜻한 꽃을 배 위에 올려놓고 쓰다듬으며 이리저리 궁리했지만, 좀체 좋은 생각이 떠오르질 않았다. 두 사람의 보살핌은 살뜰했지만, 너무 살뜰하고 상냥해서 좀 불편할 정도이기도 했다.

"뭐 좋은 생각 없어?"

「글쎄……. 아, 그래. 그린을 심부름 보내는 게 어때? 카멜르에 다녀오라고 하면……. 왜, 왜 그렇게 봐?」

"아니 그냥……. 새는 새구나, 싶어서. 피에로가 그린을 카멜르에 혼자 보낼 거 같아? 아무리 아파도 기어코 따라가겠다고 해서 같이 가던 거 기억 안 나?"

「너, 너 지금 나더러 멍청하다고 그런 거지! 아니야! 예전에는 그린 혼자 잘만 다녔단 말이야!」

"그거야 피에로가 아파 누워 있을 때의 얘기겠지. 그리고 그린 은 웬만해서는 나랑 피에로랑 둘이 있게 하지 않는단 말이야."

달리아는 입술을 삐죽거렸다. 연두가 광대와 달리아를 같이 두지 않게 된 건, 여기 온 지 얼마 안 됐을 때, 달리아가 광대와 단둘이 식사를 하다가 거의 경기를 일으켰기 때문이었다.

그는 벡과 전혀 닮지 않았고, 꿈나비를 만들어주는 사람이란 걸 알고 있고, 자신에게 흑심이 없다는 것도 알면서도, 단지 그가 남자라는 이유만으로 단둘이 마주 앉아 있는 순간이 너무나 고통스러웠다. 그리고 겨우 그것만으로 팔다리를 떨며 토하는 자신이 수치스럽고 황당해 눈물이 났다.

"미안. 내가 좀 더 신경 썼어야 하는 건데."
"내가 조금 늦게 먹을 걸 그랬네. 셋이 있을 땐 괜찮은 거지?"

그 증상은 시간이 지나면서 괜찮아졌고, 요즈음 달리아는 광대와 나란히 앉아 농담 따먹기도 할 수 있을 정도가 되었다. 그러나 광대는 이제 달리아가 괜찮다는 걸 알면서도 종종 그녀의 핑계를 대고 연두를 불렀다. 달리아가 무서워하는데 같이 좀 있자면서.

"하여간, 그린이 아직도 날 금 간 유리컵처럼 대하는 이유의 절반은 피에로 때문일 거야. 그러게 내 핑계는 그만 좀 대라니까."

「은근히 소심해서 그래. 아닌 척하면서 겁이 엄청 많다니까.」

"정말, 어쩜 좋지……."

어쩌면 좋으냐고, 좋은 생각이 떠오르지 않아 큰일이라고 연신 종알거리던 목소리가 점점 줄어들었다. 따끈따끈한 꽃을 배 위에 올려놓고 푹신한 이불을 덮고 있던 달리아는 자꾸만 밀려드는 잠의 유혹을 이기지 못하고 그대로 꿈나라행 열차를 탔다.

나이팅게일은 당황하여 달리아를 깨우려 했지만, 간만에 몸을 움직여 피로했던 소녀는 뾰족한 부리가 뺨을 콕콕 찔러도 반응이 없었다. 규칙적으로 내쉬는 숨소리가 더할 나위 없이 평화로웠다.

「이것 참⋯⋯. 뭐야, 보는 나까지도 졸리잖아.」

본래 나이팅게일은 야행성이었다. 요즘 달리아의 생활 패턴에 맞춰 지내느라 억지로 낮밤을 바꿔 살았던 것뿐이었다. 나이팅게일은 이불 위로 올라가 자리를 잡고 웅크린 채 눈을 감았다.

창문 틈으로 새어 들어온 한낮의 햇살이 달리아의 얼굴에 노오란 빛을 뿌렸다. 마치 꿈나비가 뿌리던 빛가루 같았다. 바로 그 낮잠이, 소녀가 꿈나비 없이도 평화로이 맞이한 첫 번째 잠이었다.

그리고 달리아가 노리고 있던 기회는 생각지도 못한 형태로, 꽤 이른 때에 찾아왔다. 이른 아침에 일어나 소변을 보던 달리아는 속옷을 더럽힌 핏자국을 보고 짜증스레 혀를 찼다.

"아⋯⋯. 정말이지. 알고 있었는데!"

요 며칠 배와 허리에 은근한 통증이 지속되는 등의 전조증상이 있었는데도 미처 대비하질 못했다. 하루 이틀은 더 있어야 할 거라고 생각했는데, 어째 이번 달은 조금 빨리 시작해 버렸다. 그나마 한밤중에 시작되지 않은 게 다행이었다.

"그린, 그린!"

"왜? 뭔데 그렇게 다급해? 또 스튜인 게 싫어? 참아, 내가 할 줄 아는 게 얼마 없어.”

연두는 아침으로 먹을 스튜를 뜨고 있었다. 모락모락 피어오르는 따뜻한 김이 연두의 얼굴을 덥혔다.

“그게 아니라요……. 그린, 나 이모님이 오셨어요.”

“이모님? 뭔 이모님?”

“아이 참. 그거 있잖아요. 달에 한 번씩 오시는 그 말 많고 귀찮은 이모님이요.”

아, 마법. 이쪽 세계의 여자들이 쓰는 은어는 이모님이구나. 연두는 그제야 알아듣고 고개를 끄덕였다. 달거리라고 대놓고 말을 꺼냈던 수아나가 특이한 거였다.

“아아. 새 속옷은 네가 쓰는 방 왼쪽 제일 위 짐꾸러미에…….”

연두의 말문이 막혔다. 이 세계의 여자들은 생리 할 때 뭘 쓰지? 일회용생리대가 있을 리도 없고, 탐폰이나 생리컵 따위는 더더욱 없을 텐데. 분명 생리대 용도로 쓰는 천이 따로 있을 테지만, 그녀는 그에 대해 아는 바가 없었다.

이 세계에 떨어지고 나서, 연두는 월경을 한 적이 없었으니까.

처음에는 본래도 불규칙했으니 좀 늦는가 보다 생각했고, 그 다음엔 스트레스가 심해서 몇 달을 그냥 건너뛰는 거라고 생각했다. 일 년쯤 지나고선 자궁에 뭔가 문제가 생긴 게 아닐까 걱정하느라 전전긍긍했고, 그 뒤에는 아예 잊어버리려 노력했다. 그 노력은 꽤 성공적이었다.

당연히 일주일에 한 번씩 카멜르 성에 가면서도 그런 용도의 천을 구입한 적도 없었다. 달리아가 있었지만, 사야 한다고 생각하지조차 못했다. 어찌나 철저하게 잊어버렸는지 스스로도 놀라울 정도였다.

이런 연두의 사정을 알 리 없는 달리아는 마음이 급했다.

"그런? 아, 혹시 모자라요? 그럼 급한 대로 수건 써도 돼요?"

"어……. 응, 수건 써."

달리아는 급하게 수건과 반짇고리를 챙겨 방으로 뛰어들어 갔다. 연두는 기계적으로 스튜를 떠 식탁을 차려놓고 멍하니 넋을 뺀 채 앉아 있다가, 광대가 눈앞에 손을 흔들어 보이고서야 겨우 정신을 차렸다.

"왜 그래? 어디 아파?"

연두의 상태가 영 멀쩡해 보이지 않자 광대가 몹시 걱정스러운 표정을 지었다. 연두는 영롱하게 빛나는 눈동자를 보며 멍하니 생각했다. 이런 이상한 세상에서 실컷 고생했는데 대답도 못 듣고 죽으면 억울하겠어.

"글쎄……. 내가 아픈 건지, 안 아픈 건지 모르겠어."

"무슨 소릴 하는 거야?"

광대는 자그마한 얼굴 곳곳을 자세히 뜯어보는 걸로 모자라 그녀의 이마에 제 이마를 대고 체온을 쟀다. 맞닿은 이마는 평소와 다를 바 없이 살짝 서늘했다.

"열은 없는데. 몸살 기운이라도 있어? 밀린 빨래하겠다고 너무 기운 뺀 거 아냐? 그러게 사람 사서 맡기라니까 왜 사서 고생을 해."

"……."

"오늘은 얌전히 침대에 누워 있어."

"……."

"너 단 거 좋아했지? 꿀이 좋아, 마른 과일이 좋아? 오전 내로 사다 줄게. 근데 안 먹고 뭐 해? 입맛 없어? ……맛은 괜찮은데.

혹시 나 몰래 또 뭐 이상한 풀이라도 넣었어?"

광대가 잔소리와 걱정이 뒤범벅된 말을 늘어놓는 동안에도 연두는 별 반응이 없었다. 이상한 일이었다. 평소라면 입을 떼기가 무섭게 맞받아쳤을 사람이 이러니 무섭기까지 했다. 그는 다시 한 번 체온을 쟀다.

"역시 열은 없는데……."

광대가 인상을 쓴 채 맞댔던 이마를 그만 떼려는데, 연두가 그의 얼굴을 덥석 붙들었다. 광대는 깜짝 놀라 감았던 눈을 떴고, 뜨자마자 후회했다. 연두의 얼굴이 지나치게 가까웠다. 차라리 눈을 감고 싶었지만, 투명하게 빛나는 갈색 눈동자에서 눈을 뗄 수가 없었다.

"야, 광대야."

"……왜?"

"너, 내가 했던 말이 정말 말 그대로의 뜻이 아닌 거 알지?"

똑바로 부딪쳐 오던 호박색 눈동자가 어설프게 시선을 피했다. 연두는 비실비실 흘러나오려는 웃음을 감출 수가 없어 그냥 웃었다. 뚜렷한 햇살 아래 가까이에서 보는 호박색 눈동자의 동공은 고양잇과의 짐승처럼 세로로 뾰족했다.

"내가 귀여워서 봐준다."

"누가 귀엽다고……!"

"누구긴. 너 말하잖아. 너. 생각할 시간이 아직도 부족해?"

광대는 말이 없었다. 연두에게 얼굴이 잡혀 엉거주춤하게 허리를 굽힌 그 상태 그대로, 도망가지도 않고 끌어안지도 않은 그대로. 연두가 그의 뺨을 양쪽으로 쭉 잡아 늘렸다. 말랑말랑한 게 잘 늘어났다.

"멍청이."

"……뭐야, 갑자기 왜 이래?"

연두는 광대를 놓아주고 제 앞에 두었던 스튜 그릇을 챙겼다. 갑작스러운 깨달음이 입맛을 싹 가져가준 덕분에 그릇엔 아직도 스튜가 가득 담겨 있었다. 그녀는 광대가 말리기도 전에 얼른 솥에 스튜를 도로 부어버렸다.

"뭘. 사람이 이럴 때도 있고 저럴 때도 있지. 어떻게 매번 한결같아? 걱정해 준 건 고마운데, 누워 있긴 좀 곤란할 거 같아. 카멜르 성에 다녀와야 해서."

"내가 다녀온다니까. 진짜 왜 그래? 무슨 일이 있는 거야?"

"아니, 별거 아냐. 달리아가 생리를 시작했대. 급한 대로 수건을 줬는데 계속 그렇게 때우라고 할 순 없잖아. 그렇다고 네가 포목점에 가서 달거리용 천 주세요, 할 수도 없는 노릇이고. 그랬다간 널 변태 취급할걸."

"그게 밥도 안 먹고 다녀와야 할 정도로 급한 일은 아니잖아."

광대는 연두의 손에서 빈 그릇을 빼앗고 그녀를 식탁에 앉혔다. 그리고 얼른 스튜를 그릇 가득 담아 연두의 앞에 들이밀었다. 빤히 보기만 하고 먹을 생각도 않는 게 안타까워 직접 떠서 입가에 들이밀어도 봤지만, 연두는 그저 피하기만 했다.

"안 먹는다니까. 입맛이 없는 걸 어떡해."

"마른 우물에 갇혀서도 빵은 잘 뜯어 먹던 사람이 아무 일 없이 갑자기 입맛이 없다고 그러면 내가 퍽이나 믿겠다. 얼른 먹어."

"아, 진짜……. 내가 먹다가 체하면 다 네 탓인 줄 알아."

연두는 억지로 스튜를 떠 넣기 시작했다. 텅 빈 속은 음식을 기뻐하고 환영하는데 입은 그저 껄끄럽기만 했다. 게다가 먹는 걸 어찌나 빤히 쳐다보고 있는지, 스튜가 코로 들어가는지 입으로 들어가는지 모를 지경이었다. 먹는 건 자신인데, 어째 보고 있는 광대가 더 배부른 표정을 짓고 있다.

"성에 갈 땐 같이 가자. 주문은 네가 하고, 난 짐 챙기고. 전에도 했던 일이잖아."

"아니, 괜찮아. 어차피 짐은 사람 시켜 보낼 거고, 넌 여기서 달리아 재활에나 힘 좀 더 써봐. 곧 있으면 마을로 돌아가야 하는 애가 계속 남자랑 단둘이 못 있으면 안 되잖아. 어쨌거나 이 세상에서 여자는 결혼 안 할 수도 없고 애를 안 낳을 수도 없는데."

"꿈나비로도 충분히."

"충분하지 않으니까 하는 말이지. 우리가 천년만년 돌봐줄 수 있는 것도 아닌데 재활 기간을 어떻게든 줄여봐야 할 거 아냐. 정 안 되겠음 꿈나비 한 열댓 마리 불러내서 놀게 해주든가."

"어차피 우리 일이 다 끝나면……."

"끝나면 뭐. 달리아 앞에서도 그 뒷말 해볼래? 할 수 있어?"

"……."

"내가 복수하겠다고 눈 뒤집혔을 때는 안 말리고 협조했으면서 새삼 그런 소리 하지 마. 금방 다녀올 테니까, 그 사이에 달리아 철자 공부 좀 봐줘. 몇 글자 안 남았어."

거짓말의 대가를 이렇게 치르게 될 줄이야. 처음부터 끝까지 맞는 말이라, 광대는 따라가겠다 떼도 못 썼다. 그는 침울한 한숨을 내쉬며 빗을 집어 들었다.

"그럼 머리나 좀 만지게 해줘."

"머리? 머리는 왜?"

연두는 저가 쓱쓱 묶은 머리를 만지며 고개를 갸웃거렸다. 깔끔하게 잘 묶었는데 뭐가 문제인지. 그럼에도 하지 말란 말은 하지 않으니, 광대는 그런 그녀의 등 뒤에 서서 머리끈을 슥 풀어냈다. 결 좋은 머리카락이 등 위에서 광채를 발하며 출렁거렸다.

"그냥 보내려니 내 마음이 안 좋아서 그러지. 금방 예쁘게 땋아줄 테니까 기다려 봐."

"오래 걸리면 안 돼."

"걱정을 마시죠, 손님."

광대는 손가락 사이로 부드럽게 빠져나가는 머리카락을 정성스레 빗질했다. 연두의 머리카락은 굉장히 결이 좋았고, 색이 아름다웠다. 만지는 즐거움이 있는 머리카락이었다. 게다가 이상하리만치 좋은 향기가 났다. 그는 무심결에 연두의 머리카락을 한 줌 쥐어 코를 묻었다.

"······향기 좋다."

"뭔 소리야? 같은 비누를 쓰는데."

"아니, 진짜야."

연두는 제 앞에 거울이 없어 정말 다행이라고 생각했다. 머리칼을 쓰다듬는 광대의 손놀림이 어찌나 부드럽고 다정한지, 발가락이 오그라들고 속이 간질간질해지는 것도 모자라 얼굴과 목덜미가 자꾸만 달아오르고 있었다. 만약 거울이 있었다면 부끄러움과 설렘을 고스란히 드러내 놓은 자신의 얼굴을 마주 봐야 했으리라.

어쨌건 광대는 여전히 솜씨가 좋았다. 그는 재빠른 손놀림으로 연두의 머리카락을 땋고, 엮고, 머리끈을 묶어 짧은 시간 내에 꽤 괜찮은 작품을 만들어냈다. 연두의 배웅을 나온 달리아가 새삼 놀랄 정도로 괜찮은 머리 모양이었다.

"달리아, 난 잠깐 카멜르에 일이 있어 다녀올게. 힘들더라도 둘이 잠깐만 같이 있어. 잘 있을 수 있지?"

"그럼요. 걱정 말고 다녀오세요."

"어휴, 내가 마음이 안 놓여서……."

그러나 연두의 걱정과는 달리, 달리아는 광대와 둘이 남고서도 아주 멀쩡했다. 아무렇지 않게 광대와 마주 앉아 연두가 준 숙제를 한다. 하긴 나란히 앉아 농담도 하는데 식탁에서 마주 앉은 것쯤이야 뭐가 어렵겠는가. 달리아는 제 앞에 앉아서 자꾸만 엉덩이를 들썩대는 광대를 향해 삐죽 입술을 내밀었다.

"그러게 내 핑계 대지 말라고 했잖아요."

"이 꼴이 날 줄 알았나……."

"사실은 내가 벌써 예전에 괜찮아졌다고 하고 따라가지 그랬어요? 그린이 화를 좀 내긴 했겠지만 금방 용서해 줬을지도 모르잖아요. 같이 있고 싶어서 그랬던 건데."

"그 상황에서 그런 말을 하면 퍽이나 믿었겠다."

"겁쟁이. 그린이 화내는 게 무서워서 그랬죠?"

"쓰던 거나 마저 쓰지? 그린이 왔을 때 백지로 내려고 그래?"

"칫……."

달리아는 연습장으로 받은 종이에 다시 철자를 쓰기 시작했다. 종이는 마을에서도 촌장 할아버지나 가끔 만져 보는 값비싼 물건이었다. 거기에 이런 글자인지 지렁이인지 분간도 안 되는 검은 줄을 긋고 있으려니 죄책감이 들었다. 이게 대체 얼마짜리람.

"솔직히 이거 왜 배우는 건지 모르겠어요. 재미는 있지만 나중에 쓸 일이라곤 눈곱만큼도 없을 건데."

"그 말은 나 말고 그린한테 해. 왜, 혼날까 봐 무서우면 내가 대신 해줄까?"

"와, 피에로 진짜 치사하다."

"정성 들여서 똑바로 써."

달리아의 입이 한 뼘이나 튀어나왔다. 소녀는 다시 펜을 쥐고 끙끙대기 시작했다. 어쩌다 한 번씩 구경이나 해봤지 쥐어본 적은 없던 깃펜은 상상 이상으로 불편하고 다루기 어려운 물건이었다. 안 그래도 달거리 때문에 신경 쓰여 죽겠는데 제대로 다루지도 못하는 깃펜을 쥐고 있으려니 딱 죽을 것만 같았다.

광대는 달리아의 고군분투를 멍하니 바라보며 연두를 생각했다. 분명 아침나절에 잠깐 마주쳤을 때의 그녀는 평소와 다를 바가 없었다. 새벽에 잡아 온 멧토끼를 깔끔하게 손질해서 주자 오랜만에 토끼 고기를 맛보겠다고 좋아하기도 했었다.

'대체 뭣 때문에 그렇게 창백해져서는……'

본래 인간은 먹기 위해 사는 거라며, 어떤 상황이든 꼭 식사를 챙겼던 사람이 왜 갑자기 그렇게 식욕을 잃었는지 알 수가 없었다. 아픈 건지 안 아픈 건지 모르겠다던 말이 지나치게 마음에 걸렸다.

"너무 오래 있다간 아가씨의 생명이 위태로워져."

연두 본인은 건강에 아무 이상 없다고, 걱정하지 않아도 된다고 계속 말했지만 그게 단지 그녀의 착각이라면 어쩔 건가. 혹시라도 자신이 눈치채지 못한 거짓말이면. 금방 끝날 줄 알았던 동화는 계속해서 이어지고 있는데 니니스는 대체 언제가 되어야 개입하는 건가.

한번 눈을 뜬 의심은 자꾸만 몸집을 불렸고 불안은 광대의 마음을 좀먹었다. 걱정할 것 하나 없다고, 초조해하지 말라며 연두에게 큰소리를 쳤던 자신이 믿어지지 않았다.

'염병, 그땐 내가 미쳤지……. 빌어먹을 니니스!'

달리아는 점점 얼굴이 굳어가는 광대를 흘끔흘끔 훔쳐보았다. 대체 무슨 생각에 빠져 있는 건지, 글자 쓰기를 그만둔 지 벌써 한참이나 되었는데도 모르는 것만 같았다.

'이래서야, 둘 사이에 발전이 있을 수가 없잖아. 진짜 내가 돌아가는 그날까지도 서로 눈치만 보게 생겼는데?'

세상에서 제일 재미있는 구경이 남들 싸우는 구경이고, 두 번째로 재밌는 구경은 남들 연애하는 구경이라는데, 이 둘은 서로의 마음을 뻔히 알면서도 왜 이렇게 답답하게 구는지. 나이팅게일이 어떻게든 이어주고 싶어 안달하는 마음을 알 것만 같았다. 달리아는 광대의 눈앞에 손을 흔들어 주의를 끌었다.

"피에로, 있잖아요. ……저기요? 피에로? 앞에 사람 있거든요?"

"……왜 불러?"

"어휴……. 정말이지. 그린이 나간 다음부터 영혼을 도둑맞은 사람처럼 굴고 있다는 거 알고 있어요? 계속 그렇게 생각만 하고 있지 말고 좀 가요, 가. 엉덩이가 뭐 그렇게 무거워요?"

광대는 있는 대로 미간을 찌푸렸다. 안 그래도 그녀의 연인도 아니고, 가족도 아니고, 친구조차 아닌 이 어정쩡한 상황에서 한 발짝도 움직이질 못하는 자신이 짜증나 죽겠는데, 이런 말까지 듣다니.

"왜 그렇게 못 보내서 안달이야?"

"왜긴요. 둘이 하는 거 보고 있으니까 갑갑하다 못해 내 속이 터질 것 같아서 그렇죠. 그래요, 뭐 나름 이유가 있겠죠. 그래도 말이에요, 그 이유 그린도 알아요? 그린한테 말은 해봤어요?"

"네가 뭘 안다고……."

"모르니까 이런 말 하죠. 당연한 소릴 하고 있어. 난요, 피에로가 망설이는 이유 같은 건 잘 모르고, 별로 알고 싶지도 않아요. 그런 건 피에로나 내가 고민할 게 아니라 그린이 듣고 알고 결정할 문제라고요."

허를 찔린 광대는 놀란 표정을 채 감추지 못하고 달리아를 바라보았다. 그런 그의 표정을 어떻게 해석했는지, 달리아가 턱을 괸 채 혀를 끌끌 찼다.

"어린 나도 아는데 어떻게 다 큰 어른이 그런 것도 몰라요? 그 나이 먹도록 뭐 했, 아야! 할 말 없으니까 꿀밤이나 때리고 말이야!"

달리아는 난데없이 이마를 얻어맞고 입을 삐죽 내밀었다. 보기엔 가볍게 튕긴 거 같은데 아프긴 어찌나 아픈지, 눈물이 절로 났다. 광대를 노려보는 눈이 제법 매서웠다.

광대는 코웃음을 치며 달리아의 팔꿈치 아래에서 짓이겨지고 있는 종이를 가리켰다. 그리 큰 종이도 아닌데, 절반 이상이 비어 있었다.

"하라는 연습은 안 하고 입이나 놀린 벌이다. 달리아 너, 내가 이대로 그린 찾아서 나가고 나면 이거 이대로 엎어놓고 쳐다보지도 않을 거잖아."

"아니에요! 그럴 리가 있나요! 철자 연습하는 게 얼마나 재미있는데요! 이렇게 조그만 종이 따위는 금방 채울 수 있어요! 한 장이 뭐야, 두 장, 세 장도 가뿐하죠!"

혹여나 마음이 바뀔까, 달리아는 수선스럽게 글씨를 쓰기 시작했다. 그러다 슬금슬금 광대의 눈치를 보니, 그가 자신을 보며 키득키득 웃고 있지 뭐냐. 얼굴이 순식간에 뜨끈해졌다.

"으이씨……. 놀리면 재밌어요?"

"놀리기는 누가 놀렸다고 그래? 하는 짓이 귀여워서 좀 웃은 거야. 그래, 연습 재밌으니까 내가 다녀오는 사이 세 장쯤은 가뿐히 채울 수 있겠지?"

약간 길쭉한 눈매가 부드럽게 휘어지고 호박색 눈동자에 웃음이 담겼다. 새카만 속눈썹은 어찌 그리 길고 머리를 쓰다듬는 손은 어찌 그리 따뜻한지. 정말이지, 가슴 뛰고 싶지 않은데 쓸데없이 잘생긴 얼굴이었다. 달리아는 볼에 바람을 넣어 빵빵하게 부풀렸다.

"어차피 갈 거였으면서 자꾸 숙제만 내주고. 훌쩍 다녀오면 될 걸 꼭 그렇게까지 조건을 붙여야 돼요?"

"당연한 소릴. 왜, 못하겠어?"

"누가 못한대요? 할 수 있으니까 피에로는 썩 그린에게로 꺼져버려요. 올 땐 둘이 손잡고 오구요."

광대는 웃으며 일어났다. 달리아가 바라는 대로 행동할 생각은 눈곱만큼도 없었지만, 연두의 건강은 신경 쓰였다. 암만 캐물어봤자 순순히 대답할 위인이 아니니, 제멋대로 살펴볼 작정이었다.

❁

준규는 연두와 함께 인형의 집 한구석에 앉아 쉬는 중이었다.

지친 연두는 가방을 끌어안고 꾸벅꾸벅 졸고, 준규는 바닥에 지금껏 파악한 인형의 집 구조를 그렸다. 쭉쭉 거침없이 구조도를 그리던 손이 채 절반을 넘기지 못하고 멈춰 섰다.

'몇 바퀴를 돌았는데 아직까지 구조를 전부 파악하지 못했어.'

설마하니 문을 찾아 돌아다니면서 표식도 안 남겼을까. 문제는 한 바퀴 돌고 나서 다시 확인하면 그 표식들이 제멋대로 뒤섞여 있다는 것이다.

인형의 배치뿐만 아니라 구조 자체가 변했다. 벽의 위치가 뒤바뀌고 멀쩡하던 길이 사라지는 경우가 허다했다. 기계장치라면 작동하는 소리가 들렸을 텐데, 의심할 만한 소리도 조짐도 없었다.

제 옆에 있는 연두가 가짜인 것을 확신하고도 마법 따위, 라며 완전히 믿지 못했던 준규이지만, 이제는 인정해야 했다. 이 인형의 집은 이상했다. 이런 곳에 에어컨 따위가 설치되어 있다는 게 오히려 괴상하게 느껴질 정도였다.

그는 구조도의 몇몇 곳에 동그라미를 그려 넣었다. 몇 번을 도는 동안에도 변하지 않아, 구조 파악의 기준점이 되어주었던 장소들이었다.

'마녀를 불태웠던 곳하고, 소년 인형이 있는 곳, 그리고 일그러진 난로 부근……. 생각보다 너무 적어. 그 마녀는 대체 어디에 박혀 있는 건지……. 일부러 피해 다니기라도 하는 건가?'

니니스가 판 함정에 빠져 험한 꼴을 겪은 뒤로, 두 사람의 활동 반경은 대단히 좁아졌고 속도도 느려졌다. 구조가 바뀌고 인형의 배치가 낯설어질 때마다 주변을 꼼꼼히 확인하느라 시간이 배로 들었다.

그런 와중에 연두는 계속 아픔을 호소했다. 니니스에게 졸린

목의 상처뿐만 아니라 온갖 곳이 다 아프다고 했다. 어느 때는 배, 어느 때는 다리, 어느 때는 머리. 꾀병은 아니었다. 바닥에 쓰러진 채 몸을 일으키지도 못해 준규가 직접 업어야 하는 경우도 여러 번 있었으니까.

이 정도로 약해졌으니 다시 기회를 노릴 거라 여겼는데, 니니스는 다시 나타나지 않았다. 대신 어느 순간부터 인형들이 종종 뒤를 돌아본다거나 치맛자락을 정리한다거나 하는 등의 행동을 하며 인기척을 내서 준규의 신경을 긁었다.

지금도 그랬다. 준규가 구조도에 집중한 사이, 빨간 망토를 걸친 인형이 그를 향해 허공에 발길질을 했다. 그래놓고는 눈이 마주치자마자 아무것도 안 한 척 얌전을 떨었다.

'짜증나네.'

준규의 매끈한 미간에 주름이 잡혔다. 마음 같아서는 이 빌어먹을 인형들을 죄다 쓰러뜨려 가며 길을 열고 싶은데, 그게 또 몹시 어려웠다. 하나를 넘어뜨리는 사이 둘이 앞길을 막으니, 머릿수에 밀리자 감당이 안 됐다.

그때, 거의 잠든 것처럼 미동이 없던 연두가 준규를 불렀다. 문틈을 비집고 들어오려는 바람처럼 희미하고 가느다란 목소리였다.

"서…… 선배……."

"왜 그래? 또 아파? 이번엔 어딘데?"

연두는 눈물이 날 것 같았다. 준규의 반응이 너무 찼기 때문이었다. 처음에는 하늘이 무너지기라도 한 것처럼 걱정을 해주더니, 지금은 고개도 돌리지 않은 채 가시 돋친 말투를 쓴다. 불이라도 삼킨 듯 열이 오르는 몸보다 그의 말 한마디가 더 아프고 숨 막혔다.

연두는 구조도에서 시선을 떼지 않는 준규를 보면서 그를 이해하기 위해 노력했다. 본래 일하다가 방해받는 걸 싫어하는 사람이었으니, 그래서 그런 걸 거라고. 자신이 하필 타이밍을 잘못 잡은 거라고. 험한 일을 겪으면서 오래 갇혀 있어서 신경이 곤두선 걸 거라고. 그게 '진짜' 강연두는 한 번도 받은 적 없는 대접이라는 사실은 애써 무시했다.

"열이…… 나요……."

연두는 펄펄 열이 끓는 손으로 준규의 옷자락을 잡아당겼다. 어찌나 열이 높은지, 눈앞이 빙글빙글 도는 것도 모자라 팔다리에 힘이 하나도 안 들어갔다. 지금 당장 차가운 바닥에 뺨을 대고 눕고 싶은 것을, 준규의 앞이라 간신히 참고 있을 뿐이었다.

그러나 준규에게 그녀의 모든 노력은 그저 짜증스럽게만 느껴졌다. 진짜 강연두도 아닌 게, 모습과 이름을 빌린 껍데기 주제에 진짜와 동등한 수준의 보살핌을 바라다니, 너무 뻔뻔스럽지 않나.

'미끼 노릇도 제대로 못하는 게…….'

마음 같아선 확 내다 버리고 편히 혼자 다니고 싶지만, 그러기에는 걸리는 게 너무 많았다. 연두에게 강한 집착과 적대감을 보이던 니니스도 문제였고, 겉모양으로나마 진짜 연두와 똑같이 생긴 얼굴도 문제였다.

"흑……. 준규 선배……."

발그스름하게 열 오른 뺨, 열에 들떠 흐릿해진 눈동자, 붉어진 입술로 부르는 자신의 이름. 가짜라는 걸 알면서도 순간순간 시선을 빼앗겼다. 차라리 얼른 쓰러져 버렸으면 싶은 게 솔직한 심정이었다.

그럼에도 불구하고, 결국 준규는 연두에게 무릎을 내주었다. 부러 바닥에 손을 짚어 차갑게 만든 손바닥으로 이마를 식혀주었다. 가짜일망정 같은 얼굴이 아파하는 걸 보는 건 몹시 힘들었다. 자신의 손이 닿지 않는 곳에서 갑자기 쓰러지는 연두의 모습은 그의 오랜 악몽이었다.

"선배 무릎…… 좋다아……."

준규의 무릎을 베고 누운 연두가 그를 올려다보며 배시시 웃었다. 준규로서는 그저 한숨밖에 나오지 않는 상황이었다. 진짜는 어디서 무슨 일을 겪고 있는지도 모르는데 가짜에게 무릎베개나 해주다니.

"계속 멀쩡하더니, 갑자기 왜 이러는 거야? 그 마녀에게 목 졸린 거 말고도 뭐 더 당한 거 있어?"

"그런 거 없어요……. 추궁하지 마세요, 왜 이러는지는 제가 더 알고 싶단 말이에요."

연두의 눈에 바로 눈물이 고였다. 바로 흘리기라도 할 것처럼 그렁그렁했다. 준규는 얼른 연두의 눈을 가렸다.

"알았어, 알았으니까 편히 쉬고 빨리 낫기나 해. 다른 것들도 그리 오래가진 않았으니 이번에도 그렇겠지."

"네……. 선배도 쉬세요……."

"안 그래도 그럴 거야."

준규는 차가운 벽에 등을 기대고 눈을 감았다. 그 빌어먹을 마녀가 걱정되긴 해도, 당장은 나올 기미가 보이지 않으니 조금이라도 휴식을 취해둬야 했다. 안 그래도 온갖 이상한 일은 다 겪은 하루였던지라, 그는 아주 약간 긴장의 고삐를 늦추는 것만으로도 쉽게 잠에 빠져들었다.

연두는 준규가 완전히 잠든 뒤에도 좀처럼 잠들지 못했다. 제 얼굴을 덮은 준규의 손을 가만히 쥔 채 누워만 있었다. 그러다 갑자기 흐느끼기 시작하니, 맑은 눈물이 쉴 새 없이 흘러 머리카락을 적셨다.

"내가 왜 몰라요……. 다 알지."

선배가 날 안 믿으니까 아프죠. 날 쓸모없다고 생각하니까 아프죠. 난 이제야 진짜의 상태에 영향받지 않을 정도가 되었는데, 선배가, 내 주인이, 날 버리고 싶어 하니까…… 그러니까 아프잖아요.

"날 버리지 마세요……."

그 희미한 중얼거림이 바로 그녀의 본심이었다. 그가 질색하고 싫어할 걸 알아 차마 입 밖으로 내지 못하는 본심.

제발 나를 버리지 마세요.

〈3권에서 계속〉